Karl-Heinz Tuschel
Die blaue Sonne der Paksi

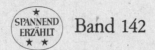 Band 142

Zweieinhalb Tage, bevor das Raumschiff zurück zur Erde starten soll, finden Utta und Tondo im dichten Laubgras des Planeten einen Körper, den sie für ein verendetes Tier halten. Doch als sich der Gegenstand in den grellen Strahlen der blauen Sonne plötzlich bewegt, erkennen die Sternfahrer, daß es sich um einen Roboter handelt. Wenig später entdecken sie ganze Scharen von Robotern, die sich sehr merkwürdig betragen. Und seltsam dabei ist — von den Konstrukteuren fehlt jede Spur.
Nachdem sich der Rückstart verzögert hat, werden die Menschen in Auseinandersetzungen hineingezogen, die schwierige Entscheidungen verlangen. Roboterkönig Iskatoksi fordert ihre Unterstützung; Kompetenzen alter und neuer Götter sind zu beachten; eine Gefährtin wird als Geisel festgehalten... Zwar stoßen die Sternfahrer bald auf ein geheimnisvolles Bauwerk und danach auf ein zerfallenes Wrack, aber sie müssen noch zahlreiche Abenteuer bestehen und alte Denkgewohnheiten überwinden, ehe sie das Rätsel um den Planeten der Roboter lösen können.

Karl-Heinz Tuschel

Die blaue Sonne der Paksi

Wissenschaftlich-phantastischer Roman

Verlag Neues Leben Berlin

Illustrationen von Werner Ruhner

ISBN 3-355-00461-8

© Verlag Neues Leben, Berlin 1978
3. Auflage, 1988
Lizenz Nr. 303 (305/313/88)
LSV 7503
Einband: Werner Ruhner
Schrift: 11p Garamond
Lichtsatzherstellung: (140) Druckerei Neues Deutschland, Berlin
Druck und buchbinderische Weiterverarbeitung: Karl-Marx-Werk Pößneck V 15/30
Bestell-Nr. 642 574 1
00660

1

Der rot und gelb gefleckte Zwerglöwe blickte die Sternfahrer lauernd an. Jetzt, im Licht des zweiten Mondes, sah er jedoch nicht rot und gelb aus, sondern eher golden und silbern, und ein Zwerg war er auch nur im Vergleich zu einem irdischen Löwen.

Das Tier, immerhin gut einen Meter lang, duckte sich zum Sprung. Utta ballte die rechte Faust und schaltete damit das Kopierfeld ein, das wichtigste Handwerkszeug der Sternfahrer, sobald sie auf einem Planeten gelandet waren. Im Prinzip glich es den auf der Erde üblichen Geräten, mit denen ja jeder von klein auf umzugehen lernt. Das Feld bildete die Hand und ihre Bewegungen nach, verstärkt, vergrößert und natürlich unsichtbar. Aber das Gerät, mit dem die Sternfahrer ausgerüstet waren, hatte so viele zusätzliche Eigenschaften, daß Utta keine Gelegenheit vorbeigehen ließ, ihre Geschicklichkeit zu erproben.

Jetzt sprang der Zwerglöwe. Utta hielt die hohle Hand mit der Innenfläche nach oben; in dieser Stellung war die Kopie weich und nachgiebig, so daß das Tier sich nicht verletzen konnte. Sie fing den Löwen mitten im Sprung auf. Es sah aus, als bliebe er einen Augenblick in der Luft hängen. Dann drehte er sich blitzschnell, sprang von der Kopie herunter und floh, als er wieder Boden unter den Tatzen spürte, in großen Sätzen davon.

Utta lachte, wandte sich um. „Alles aufgenommen?" fragte sie.

„Klar", sagte Tondo, der mit der Kamera seitlich hinter ihr gestanden hatte. „Aber jetzt müssen wir wirklich weiter, die blaue Sonne geht bald auf!"

„Ich will sehen, wie weit er ausreißt", sagte Utta. Sie schüttelte die rechte Hand leicht im Handgelenk und schaltete damit das Kopierfeld ab. Dann deutete sie auf die Spur des Löwen, die in dem sonderbaren Laubgras dieses Planeten silbern leuchtete. „In ein paar Minuten schließt sich das Gras wieder, dann finden wir ihn nicht mehr, und wer weiß, ob wir in den paar Tagen noch einmal einen Löwen vor die Kamera kriegen."

In dieser Stunde vor Sonnenaufgang, im Licht seines zweiten Mondes, war der Planet am schönsten. Man konnte gut sehen, etwa so wie an einem wolkenverhangenen Herbsttag in den mittleren Breiten der Erde. Alle Farben waren weich und freundlich, die Atmosphäre atmete Frische und Heiterkeit. Später, wenn die blaue Sonne aufgegangen war, wurde selbst die Farbe des Sandes am Flußufer dem menschlichen Auge unerträglich, gar nicht zu reden vom Glitzern der Wellen oder vom blendenden Weiß der winzigen Vögel auf den Trompetenbäumen. Und doch waren die Sternfahrer glücklich über diesen Planeten. Es war der letzte, den sie bei ihrer Forschungsreise am Rande der Galaxis aufgesucht hatten, und zugleich der erste mit höherentwickeltem Leben. Alle anderen waren kalte oder heiße Wüsten gewesen, außerhalb der Biosphäre der jeweiligen Sonnen.

Dieser Planet hingegen war der Erde in vielem ähnlich – Größe, Schwerkraft, Rotation, Atmosphäre, Lebensformen. Allerdings war die Sonne vom blauen Spektraltyp tagsüber für Menschen kaum zu ertragen, und sicherlich empfanden die Sternfahrer diese Morgenstunde auch deshalb als so angenehm, weil die Landschaft zu dieser Zeit etwas von der heiteren Gelassenheit der heimatlichen Parks hatte.

Utta war also gar nicht geneigt, schon zum Raumschiff zurückzukehren, und Tondos Drängen bestärkte sie nur in ihrer vergnügten Dickköpfigkeit. Obwohl sie beide gleichaltrig waren, knapp dreißig, blutjung für Sternfahrer, fühlte Utta sich ihrem Begleiter himmelhoch überlegen. Das hatte einen ganz einfachen Grund: Er schwärmte für sie, und sie machte sich nichts daraus. Das alles war nicht sehr ernst, aber ihre Spielerei mit der Gefahr eben war ja auch nicht ernst gewesen; in wichtigen Fragen hätte sie keiner Laune nachgegeben, wenigstens war sie davon überzeugt, daß es so wäre. Aber wer wollte zu dieser Stunde, in dieser Landschaft an ernste Dinge denken!

Utta lief trotz des etwas größeren Gewichts auf diesem Planeten leichtfüßig hinter dem Löwen her und genoß ihren Übermut.

Tondo folgte ihr lächelnd. Er war sich seiner Rolle durchaus bewußt, und meistens gefiel er sich sogar darin. „Wir können ja immer noch den Heiligenschein aufsetzen, wenn uns die blaue Sonne überraschen sollte", meinte er.

Utta hörte aber am Ton, daß seine Nachgiebigkeit nicht Unterwerfung war, und das gefiel ihr nicht. Sie blieb stehen. Sie wollte das Spiel nach ihren Regeln spielen.

„Nein, wir kehren um!" sagte sie.

Diesmal machte ihr Tondo die Freude zu widersprechen. „Ming hat Dienst in der Zentrale", sagte er. „Ming hat Verständnis, er reißt uns schon nicht den Kopf ab, wenn wir ein bißchen später kommen!"

„Wir haben aber alle beschlossen, daß nach Sonnenaufgang nicht draußen gearbeitet werden soll", sagte Utta und verfiel ins Dozieren, „und einen einhelligen Beschluß muß man auch durchführen, ohne Disziplin ist keine Sternfahrt möglich."

„Ich hab aber schon von anderen Beispielen gehört", sagte Tondo, und es war gut, daß Utta in diesem Augenblick zum Waldrand blickte und nicht sehen konnte, wie Tondo grinste.

„Gehört, gehört", entgegnete sie. „Das ist deine erste Raumfahrt und dein erster Planet..."

Tondo lachte leise. Sie hatten nämlich auch einhellig beschlossen, und das schon in den ersten Tagen und auf Tondos Beschwerde hin, daß niemand mehr auf seine Rolle als Raumbaby anspielen sollte.

„Du Teufel!" schimpfte Utta. „Jetzt bin ich dir doch in die Falle gegangen. Diese Schmach ist nur mit Blut abzuwaschen! Zieh blank!" Sie ballte die Faust, um das Kopierfeld einzuschalten, und streckte den Zeigefinger aus. Auf diese Weise entstand eine Art unsichtbarer Degen. Sie hatten schon oft damit gefochten, und die vorgeschichtliche Terminologie, die Utta eben gebraucht hatte, stammte aus Tondos historischen Studien.

Fünf Minuten fochten sie so, dann hielten beide wie auf Verabredung ein und wischten sich den Schweiß aus dem Gesicht.

„Also was ist", fragte Utta lachend, „verzeihst du mir die Anspielung?"

„Was sollte ich dir sonst zu Füßen legen, wenn nicht ab und zu meine Verzeihung", sagte Tondo fröhlich. „Na los, machen wir uns auf den Rückweg!"

Sie nahmen aber nicht den kürzesten Weg, sondern folgten dem weiten Bogen, den der Waldrand hier bildete. Denn wenn sie auch sehr spielerisch Filmaufnahmen machten — ein Spiel war es trotzdem nicht. Schließlich waren sie mit Vorbedacht gerade an dieser

Stelle gelandet, wo mehrere Biotope zusammenstießen: Wald, Steppe, Fluß, Berge. Sie hatten sogar lange nach einer solchen Stelle gesucht, nachdem die ersten Aufnahmen aus der Parkbahn ergeben hatten, daß es keine Ansiedlungen und keine Transportwege gab und daß folglich keine höherentwickelte Gesellschaft auf diesem Planeten zu finden war. An dieser Stelle war die Chance am größten, verschiedene Vertreter der Tier- und Pflanzenwelt des Planeten kennenzulernen. Und wenn sich schon Gruppen einer ursprünglichen Gesellschaftsform herausgebildet haben sollten, dann mußten sie am ehesten an solch einem Platz zu entdecken sein.

Schnell hatten sie herausgefunden, daß die biologische Entwicklung ähnlich verlaufen war wie die auf der Erde: Es gab Pflanzen und Tiere in ähnlicher Differenzierung wie zu Hause, und besonders bei den höheren Tieren fiel die Analogie auf; sie hatten Kopf, Rumpf, vier Beine, zum Teil Schwänze und waren anscheinend auch Säugetiere. Es existierten sogar Formen, die den irdischen Primaten ähnelten. Aber irgendwelche Spuren gesellschaftlicher Organisation hatten die Sternfahrer trotz intensiver Suche nicht gefunden, keine Feuerstellen, keine Ansiedlungen, keine Fallgruben auf den Tierpfaden, die zum Flußufer führten. Freilich konnte man nicht mit letzter Gewißheit sagen, daß es auf dem ganzen Planeten nichts dergleichen gab, doch das entsprach auch nicht ihrem Auftrag.

Die Aufgabe ihres Raumschiffs, schon fast erfüllt, hatte darin bestanden, diesen Sektor des galaktischen Randgebietes zu durchstreifen und erste Angaben über die hier vorkommenden Himmelskörper zu sammeln. Diese Angaben von diesem und auch von anderen Sektoren wurden gebraucht, weil der Oberste Rat beschlossen hatte, am Rande der Galaxis eine Station für extragalaktische Funksendungen einzurichten. Um so glücklicher waren sie nun, daß sie die Kunde von einem Planeten mit nach Hause bringen konnten, der der Erde ähnlich war, auf dem zwar noch keine Gesellschaft existierte, aber doch in Zehntausenden oder Hunderttausenden von Jahren existieren würde.

Es war durchaus im Sinne ihres Auftrags, wenn sie diesen Planeten genauer untersuchten als die anderen, bei denen sie nur geparkt hatten. Denn die Einrichtung einer solchen Station würde viele Jahre in Anspruch nehmen, und es würde für die Bauleute im direkten Sinne des Wortes ein Geschenk des Himmels sein, wenn sie als Ausgangsbasis dafür einen erdähnlichen Planeten hätten.

In den langen Unterhaltungen, zu denen dieser Planet die Besatzung angeregt hatte, war Tondo, der Historiker an Bord, sogar noch weiter vorausgeeilt: Die Menschen könnten einst, wenn die Gesellschaft auf diesem Planeten sich zu formieren begänne, die hiesigen Bewohner an die Hand nehmen und, so hoffte er, ihnen in ihrer Entwicklung den Umweg über die Scheußlichkeiten der Klassengesellschaft ersparen. Aber das waren Probleme der allerfernsten Zukunft, und die Debatte darüber war eigentlich auch mehr Ausdruck der Entdeckerfreude gewesen als ernsthafter wissenschaftlicher Meinungsstreit.

Das einzige, was sie jetzt bis zum geplanten Abflug in zweieinhalb Tagen praktisch noch tun konnten, war ein ungezieltes Sammeln aller möglichen Informationen über das hiesige Leben. Ausgenommen von dieser Aufgabe waren nur der Planetologe Ming, der die Aufnahmen aus der Parkbahn und die Bodenproben auswertete, und Hellen, Kommandantin und Ärztin, die wohl oder übel ihren biologischen Forschungsdrang zügeln mußte, um genügend Zeit für die Leitung ihrer Mitarbeiter und für die Sorge um deren Gesundheit zu haben. Da aber Hellen und Ming zur älteren Generation gehörten – sie waren etwa um die hundert Jahre alt –, gelang es ihnen, vor den anderen zu verbergen, welches Opfer es für sie bedeutete, meist an Bord zu bleiben.

Die Hände auf dem Rücken verschränkt, schritt Ming in der Zentrale auf und ab. Jetzt, da das Raumschiff auf dem Planeten stand, konnte er sich diesen Luxus erlauben. Alle sechs Pulte standen dem Diensthabenden zur Verfügung, und er hatte alle sechs eingeschaltet, so daß er in dem großen Raum, der durch seine Gliederung in Halbkabinette noch größer erschien, immer mindestens ein Pult im Blickfeld hatte.

Ming, in der Bordfunktion Gravitator und von der wissenschaftlichen Qualifikation her Planetologe, war von allen Besatzungsmitgliedern in seinen Gewohnheiten am meisten der Erde verhaftet, und nicht nur der Erde, sondern sogar seiner engeren Heimat in Ostasien. Aber das paßte zu ihm, denn er gehörte zu den nicht mehr sehr zahlreichen Menschen, bei denen der Typus einer der ursprünglichen Großrassen relativ geschlossen das äußere Erscheinungsbild prägte, in der Hautfarbe, im Schnitt des Gesichts, der Form der Augen. So sollten vor zehntausend Jahren die Chinesen ausgesehen haben, nur meist kleiner gewesen sein. Aber auch dieses Merkmal hatte sich wenigstens relativ erhalten: Mit seinen gut zwei Metern war er der Kleinste an Bord, obwohl auch an seinen Vorfahren und ihm die Akzeleration nicht vorbeigegangen war, die mit der stärkeren Durchmischung der Großrassen in den ersten Jahrtausenden der Neuzeit eingesetzt hatte.

Ming orientierte sich in vielen Fragen des Alltags am historischen Bild des Ostasiaten: in der Kleidung, im Essen, in der lächelnden Verbindlichkeit seines Auftretens — nur, daß er nicht mit gekreuzten Beinen dazusitzen pflegte.

Für Ming entstand höchste Konzentration beim Auf- und Abgehen. Und er brauchte sie jetzt, denn er konzipierte bereits den Einsatz der Meßautomatik für den ersten Teil des Rückflugs im Normalraum.

Ein Summen ertönte. Utta meldete sich über Funk.

Ming hielt in seiner Wanderung inne. „Ja, Utta, was gibt's?" fragte er.

„Wir haben etwas gefunden", sagte Utta, „anscheinend ein verendetes Tier. Kannst du uns jemand mit einem Kissen schicken?"

„Ypsilon: Stereogramm der anliegenden Funkverbindung ins Zentrum!" befahl Ming. Ypsilon war das bordübliche Kodewort für akustische Computerbefehle. Sofort erschien auf einer waagerechten Kreisfläche in der Mitte der Zentrale das Raumbild von Utta, Tondo und deren Umgebung.

„Ypsilon: Bild etwas aufhellen, Ausschnitt verkleinern — so, gut!" Die Gestalten von Utta und Tondo wuchsen ein wenig und wurden heller, und jetzt sah Ming deutlicher, was da zu ihren Füßen lag. Das konnte tatsächlich ein verendetes Tier sein. Ein brauner, plumper Rumpf, einige Gliedmaßen, vier anscheinend — Ming ging um das Bild herum —, ja, vier waren es. Da gab es auch einen Kopf mit einer Art Horn, oder nein, nicht mit einem Horn, eher einem Federbusch oder — nun, man würde sehen.

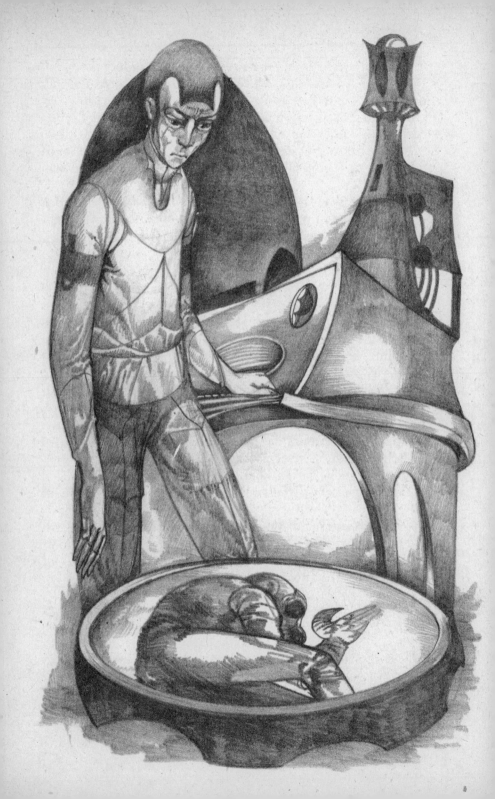

„Ypsilon: Sprechverbindung zu Hellen!" sagte Ming.

„Ja, Ming?" meldete sich Hellen mit tiefer, freundlicher Stimme.

„Utta und Tondo haben etwas gefunden, anscheinend ein verendetes Tier. Möchtest du es sehen?"

„O ja — aber ich verarzte gerade Juti. Sie sollen es mitbringen und vor dem Raumschiff absetzen. Aber nicht an Bord nehmen!"

„Bitte, sag Raja, sie möchte ein Kissen nehmen und zu den beiden fliegen. Das Tier ist zu groß zum Tragen — na, zu groß vielleicht nicht, aber das Kissen ist erschütterungsfrei."

„Gut", rief Hellen. „Ich freu mich!"

„Ihr habt's gehört, Raja kommt gleich!" sagte Ming zu Utta.

„Ja, danke", anwortete sie. „Sollen wir die Verbindung noch stehenlassen?"

„Ja, ich möchte mir's noch ein bißchen ansehen!" Er ging nachdenklich um das Stereobild herum, veränderte mehrmals den Ausschnitt, betrachtete einiges genauer — ja, Hellen hatte wohl Grund, sich zu freuen. Sie hatten selbstverständlich beschlossen, kein ersichtlich lebendes Wesen, Tier oder Pflanze, ohne Not zu verletzen. Mochte die Entwicklung noch so erdähnlich sein — genau konnte man ohne gründliche Erforschung des ganzen Planeten nie wissen, ob man nicht doch vielleicht gerade auf ein gesellschaftliches Wesen gestoßen war. Wenn sie aber nun ein totes Tier gefunden hatten, konnte die Sezierung tiefe Aufschlüsse über das organische Leben des Planeten liefern. Und das war endlich eine würdige Aufgabe für Hellen mit ihrer wissenschaftlichen Qualifikation als Biologin — falls es sich nämlich wirklich um ein Tier handelte. Ming zweifelte plötzlich daran, denn er hatte auf dem helleren Stereobild einiges gesehen, was Tondo und Utta möglicherweise noch nicht bemerkt hatten, aber er beschloß, sich vorläufig zurückzuhalten.

Jetzt sah er, wie Raja auf dem unsichtbaren Gravitationskissen ins Bild schwebte. Sie stieg ab, begrüßte die beiden anderen und ging dann neugierig um den Fund herum.

Ming freute sich, wie sorgsam die drei ans Werk gingen. Niemand berührte den Fund. Daraus, wie Raja die Finger auf ihrem Gürtel spielerisch hin- und hergleiten ließ, ersah er, daß sie das Kissen millimeterflach formte und vorsichtig unter den Fund schob. Dann hob sich der Körper langsam in die Höhe, die drei Sternfahrer stiegen auf, und das Kissen entschwebte mit ihnen aus dem Stereokreis.

Hellen fühlte sich selbst müde, als Juri endlich schlief. Der kräftige, untersetzte Mann von etwa fünfzig Jahren war zwar sehr diszipliniert, aber der gemeldete Fund hatte die Entspannungsphase unterbrochen und ihn erregt, und auch Hellen war abgelenkt worden. Sie hatte ihre eigene Aufregung unterdrücken müssen, um Juri in gewohnter Weise beruhigen zu können. Gerade er hatte die meisten Schwierigkeiten mit dem Biorhythmus, der für ihn ausgearbeitet worden war. Aber das war charakterlich bedingt: Das Aufbegehren gegen äußere Zwänge, die er nicht oder noch nicht vollständig als innere Notwendigkeit akzeptiert hatte, war einer seiner prägnantesten Züge. Er wußte das selbst und litt gelegentlich darunter, weil die Einsicht meist eher da war als die gefühlsmäßige Identifizierung, und deshalb brauchte er in solchen Dingen ihre Hilfe.

Jetzt hatte er endlich Schlaf gefunden, und Hellen hätte sofort aufstehen und zu den anderen gehen können, die sicherlich draußen schon ungeduldig warteten. Sie tat es nicht, denn sie spürte, daß sie noch nicht in der Gemütsverfassung dazu war. Sie konnte doch nicht mit mattem Herzen vor die Gefährten treten, die natürlich erwarteten, daß gerade sie als Biologin die größte Freude über den Fund zeigen würde!

Sie hatte bereits drei-, viermal an sich bemerkt, daß sie mehr Zeit brauchte als früher, um sich auf eine neue Situation einzustellen, und sie wußte nun schon, daß es eine Begleiterscheinung des Übergangs zum Weisenalter war. Schon oft hatte sie von Älteren gehört, daß sich mit dem Eintritt in diesen Lebensabschnitt zugleich auch die ersten Vorboten des biologischen Alterns meldeten, aber sie hatte sich das bis vor kurzem nicht vorstellen können. Körperliche und intellektuelle Spannkraft ließen sich in der Regel bis hundertfünfzig erhalten, aber für die Elastizität der seelischen Vorgänge, dieser kompliziertesten Prozesse, gab es noch keine ausgereiften Trainingsmethoden.

Hellen wandte das gleiche Verfahren an, das sich auch in

anderen Fällen als erfolgreich erwiesen hatte: Sie dachte an die Zukunft, an ihre Zukunft, und sie wußte, das würde ein Gefühl tiefer Freude und Zufriedenheit auslösen. Sie hatte schon vor Antritt dieses ihres letzten Raumflugs alle Prüfungen abgelegt und die höchste Qualifikation errungen, von der ein Mensch träumen konnte. Manchmal behielten große Wissenschaftler und Künstler auch ihren früheren Beruf bei, wenn sie in das Alter der Weisheit eintraten, aber das waren Ausnahmen, und zu ihnen gehörte sie nicht. Es drängte sie, zu tun, was Brauch war und ihrem Alter angemessen, und sie war glücklich, daß sie zu der knappen Hälfte ihrer Altersgefährten gehörte, die den höchsten Ansprüchen genügten. Nach ihrer Rückkehr auf die Erde und nach einer angemessenen Vorbereitungszeit würde sie eine Gruppe von drei bis fünf Kindern im Alter von vier Jahren übernehmen, gemeinsam mit ihren Eltern ihre Charaktere, Talente und Neigungen ausforschen und prägen, mit ihnen reisen und ihnen die Welt zeigen, ihnen die Anfangsgründe menschlichen Wissens beibringen und sie so bis zu ihrem zehnten Lebensjahr auf den Besuch der Schule vorbereiten – die komplizierteste, aufopferungsvollste, aber auch an Entdeckungen reichste und schönste Arbeit, zu der sich Hellen schon seit Jahren unwiderstehlich hingezogen fühlte.

Kein einziger Fehlschlag ihres Lebens würde sie so geschmerzt haben wie ein negatives Ergebnis jener Prüfungen, aber sie hatte sie bestanden, und kein Erfolg ihres bisherigen Lebens hatte sie so stolz gemacht!

Mit einem Gefühl der Ausgeglichenheit erhob sich Hellen. Jetzt konnte sie zu den anderen gehen, jetzt fühlte sie sich frisch, stark und lebendig und der Freude gewachsen wie auch der Enttäuschung, wenn sich die Meldung von dem toten Tier als Irrtum herausstellen sollte.

Sie trat hinaus gerade in dem kurzen, viel zu vergänglichen Augenblick, in dem dieser Planet der heimatlichen Erde am ähnlichsten war: kurz bevor die Sonne aufging. Statt des Morgenrots gab es hier ein Morgengelb, und dort, wo sich gleich die Sonne erheben würde, erschien ein Strahlenkranz, in Farbe und Leuchtkraft der irdischen Sonne fast gleich, und auch der Himmel, heute wiederum wolkenlos wie an den letzten beiden Tagen, hatte jetzt den irdischen Azur. Alle Farben der Landschaft wirkten vertraut und heiter.

Hellen sah nicht zuerst auf den Fund, sondern in die Gesichter ihrer Gefährten, die sich – bis auf den schlafenden Juri – hier versammelt hatten und ihr erwartungsvoll entgegenblickten. Sie hatten wohl gerade Bemerkungen über den Fund ausgetauscht, jetzt aber schwiegen sie, und dieses Schweigen war eine Art Übergabe, eine Aufforderung an die Kommandantin, die Sache in die Hand zu nehmen.

Uttas und Tondos Gesichter drückten jugendliche Munterkeit aus, ein wenig Stolz auch. Nicht daß die beiden den Zufall, die glücklichen Finder gewesen zu sein, als Verdienst empfunden hätten, aber doch hatten sie eine ihrem Alter angemessene naive Freude daran, um die Hellen sie ein wenig beneidete. Rajas braunes Gesicht war sachlich, und ihre Augen blickten wie gewöhnlich gescheit und neugierig in die Welt. Aber in Mings lächelnden Zügen, tief versteckt, glaubte Hellen eine Spannung zu erkennen, die sie nicht zu deuten wußte.

Mit gesammelter Aufmerksamkeit wandte sie sich jetzt dem Fund zu. Sie ging nahe heran und umschritt ihn dann, um ihn von allen Seiten zu betrachten. Rein äußerlich zeigte der Körper wenig Ähnlichkeit mit denen der höheren Tiere, die sie bisher hatten beobachten können. Die Haut war graubraun und glatt, nicht gemustert, nicht mit Haaren oder Schuppen bewachsen, ohne erkennbare Struktur. Die Füße wiesen den Fund als Sohlengänger aus; der eine Arm endete in einem handähnlichen Greiforgan, der andere war unter dem Rumpf verborgen, und da, was war denn...?

Nein, das war kein Tier. Aber was war es denn? Hellens Gedanken überstürzten sich, sie bemühte sich, nichts davon merken zu lassen, und während sich Einfälle und Vermutungen in ihrem Kopf jagten, beschloß sie zugleich, die anderen selbst herausfinden zu lassen, was sie soeben entdeckt hatte – so wie offenbar auch Ming im Interesse der Jüngeren verfuhr.

Utta brach das Schweigen, sie hielt es nicht länger aus. „Was machen wir jetzt damit?" fragte sie.

„Nicht anrühren", sagte Hellen, „nur ansehen. Und schaltet den Heiligenschein an, die Sonne geht auf."

Alle griffen zum Gürtel, und über ihren Köpfen erschienen, dem aufgehenden Gestirn zugewandt, große violette Scheiben, Felder, die einen Teil der Strahlung, vor allem den kurzwelligen Teil, reflektierten.

Utta und Tondo waren etwas verwundert. Sie hatten keinen Freudentanz erwartet, aber doch wohl Erläuterungen, Versuche der Klassifizierung, Hinweise, aus denen sie lernen konnten – jedenfalls nicht solche Zurückhaltung, wie die Kommandantin sie jetzt zeigte.

Etwas an dem Fund begann sich zu bewegen: Der Federbusch am Kopf – oder was immer das sein mochte – entfaltete sich langsam.

Zuerst dachten sie, der aufkommende Wind spiele damit, aber schon nach ein, zwei Minuten sahen sie, daß sie sich geirrt hatten: Der Busch spannte sich zu einer glatten Fläche auf, die der aufgehenden Sonne zugeneigt war.

„Heliotrop!" murmelte Tondo erstaunt.

Raja widmete dem Vorgang nicht die gleiche Aufmerksamkeit wie die anderen. Sie hatte begriffen, daß Hellens Verhalten nicht auf ein passives Abwarten zielte, sondern eher eine Aufforderung war. Sie umkreiste ebenfalls den seltsamen Gegenstand. Für Biologisches hatte sie sonst kein sonderliches Interesse, soweit es nicht in ihr Fach, die Mechanik, fiel. Aber das hier, so fand sie jetzt, sah eher apparativ aus als lebendig, sie hätte nicht mal sagen können, wieso, vielleicht wegen der Farbe, der Oberflächenbeschaffenheit oder auch anderer Einzelheiten, die sie noch gar nicht bewußt verarbeitet hatte. Das hatte ihre Neugier erregt. Sollte Hellen irgend etwas entdeckt haben, das ihr bisher entgangen war?

Die Beine sahen unterschiedlich aus, das eine etwas abgenutzter als das andere. Auf dem Rücken war ein heller Fleck, halb verdeckt; aber nein, das war kein Fleck, eher ein Flicken – absurd! Und doch ein Flicken – fast rechteckig, aufgeklebt, und zwar unordentlich; die Ränder waren lose. Und da – was war denn das! Den Rücken entlang, kaum sichtbar, lief von oben nach unten ein schmaler, verdickter Streifen – eine Naht! Oder nein, keine Naht, eher ein Klebefalz! Eine natürliche Bildung konnte es nicht sein, dazu war der Streifen zu gerade und zu gleichmäßig. Wenn er gewachsen wäre, müßten wenigstens kleine Unregelmäßigkeiten erkennbar sein. Aber dann – verrückter Gedanke!

Raja war sehr nahe herangegangen, um genau sehen zu können. Nun richtete sie sich auf. „Das ist ein Roboter!" sagte sie.

Utta und Tondo stürzten zu ihr und bemerkten nun auch, was sie herausgefunden hatte. Ihre Gesichter strahlten vor Begeisterung. Der Traum aller Raumfahrer wurde wahr: die Begegnung mit einer fremden Gesellschaft! Und sie waren dabei. Nein, nicht nur einfach dabei – sie beide hatten sie entdeckt.

Dann kamen Utta Zweifel. Ein Roboter – das setzte eine hochentwickelte Gesellschaft voraus, und sie, gerade sie als Funkerin hätte doch etwas davon bemerken müssen. „Und wenn das nun doch ein gesellschaftliches Wesen ist, auf primitiver Stufe, und diese Haut da ist ein Anzug?" fragte sie.

„Siehst du irgendwelche Haken, Ösen, Knöpfe oder sonstigen Verschlüsse?" fragte Tondo zurück. „Was man nicht an- und ausziehen kann, ist keine Kleidung, und ohne Kleidung gibt's keine Gesellschaft. Sie ist eine der ersten prinzipiellen Entdeckungen, noch vor dem Feuer!" fügte er hinzu.

Ming dämpfte die allgemeine Freude. „Macht euch keine Illusionen", warnte er. „Hundertmal schon haben Kosmonauten geglaubt, eine fremde Gesellschaft entdeckt zu haben, aber immer war es ein Irrtum."

„Und wenn das ein Roboter ist – wo soll er denn herkommen?" protestierte Utta.

Hellen hob die Hand. „Laßt uns doch erst mal beobachten", sagte sie.

Utta lief zum Raumschiff, kletterte in die offene Schleuse und befahl dem Bordcomputer, auf dem Landeplatz eine Reihe von empfindlichen Sensoren für elektrische und elektromagnetische Felder aufzustellen. Bald darauf erschien ein Omikron, ein Roboter für Außenarbeiten, und begann mit der ihm aufgetragenen Arbeit.

Raja hatte sich nicht an der Debatte beteiligt. Sie hatte nur Augen für das fremde Objekt. Um es im ganzen überblicken zu können, war sie ein paar Schritte zurückgetreten. Diese Fläche am Kopf dort, die sich eben unter dem Einfluß der blauen Sonne aufgespannt hatte – ein Strahlungsschutz? Unsinn. Wozu

Schutz? Die Menschen, als Gäste aus einem fernen Sonnensystem, brauchten Schutz. Das Objekt, das hierhergehörte, brauchte keinen. Eher das Gegenteil. Also — Ausnutzung der Strahlung? Ein — ein Fotoelement? Aber das würde ja bedeuten, daß dieses Ding da intakt sein konnte, daß ihm nur Antriebsenergie fehlte, die ihm jetzt die blaue Sonne zu liefern begann, und daß es sich folglich bald wieder bewegen würde...

Unwillkürlich trat sie noch einen Schritt zurück. Ming, der daraus wohl den Schluß zog, daß Raja nun zu diesem naheliegenden Ergebnis gekommen sei, sagte: „Vorher schneide mir bitte mal ein kleines Stückchen vom Rand dieses Flickens ab, aber vorsichtig, daß der Bezug nicht verletzt wird. Ich möchte den Stoff untersuchen, wenn Hellen nichts dagegen hat."

Raja erfüllte schnell und geschickt Mings Bitte, und dieser verschwand im Raumschiff.

„Wenn es ein Roboter ist", sagte Tondo, der offensichtlich eine ganze Weile darüber gegrübelt hatte, „und ganz allein auf dieser Welt, dann ist er sicherlich kaputt. Dann können wir ihn auseinandernehmen, dabei erfahren wir mehr."

„Nein", sagte Raja, „wenn es ein Roboter ist, muß er von jemandem hergestellt worden sein. Und er muß einen Auftrag haben, der ihn hierhergeführt hat. Selbst wenn er funktionsuntüchtig sein sollte, ist er es jedenfalls noch nicht lange. Das Gras an der Stelle, wo er lag, war noch nicht abgestorben. Man sollte es also dem Auftraggeber überlassen, ihn zu reparieren. Wenn er aber intakt ist, dann wird sein Auftrag wohl darin bestehen, mit uns Kontakt aufzunehmen. Und außerdem muß sich erst zeigen, ob es ein Roboter ist."

Hellen staunte nicht wenig. So viele Wenn! Selten hatte die sachliche Raja solche spekulativen Überlegungen geäußert. Das war eigentlich mehr die Art der Jüngeren, die Art von Tondo und Utta. Aber Utta beteiligte sich im Augenblick nicht am Gespräch, sie hatte die Kopfhörer angelegt und horchte die aufgestellten Geräte ab.

Jetzt hob Utta leicht die Hand. Sofort sahen alle sie mit höchster Aufmerksamkeit an. „Schwache elektrische Impulse. Da!" Sie zeigte auf den Fund.

Das Objekt bewegte langsam und anscheinend mühevoll ein

Bein und einen Arm, und dann, mit zunehmender Kraft und Sicherheit, erhob es sich.

Raja unterdrückte einen Ausruf. Der Arm, der bisher vom Körper verdeckt war, endete in einem Haken, in einem unverkennbar metallischen Haken. Also doch ein Roboter!

Utta sprach es aus. „Doch ein Roboter!"

„Und was für einer!" sagte Tondo. „Fällt euch nichts auf?"

Die anderen blickten ihn fragend an.

„Entschuldigt den historischen Ausdruck", meinte Tondo, „aber das ist sozusagen ein zerlumpter Roboter!"

Hellen lachte. Die anderen — selbst Raja, die schon an die fünfzig Jahre alt war — wußten offensichtlich mit diesem Wort nichts anzufangen.

„Das bedeutet", erläuterte Tondo, „nachlässig gekleidet, äußerlich ungepflegt, auf materiellen Mangel hinweisend."

Jetzt verstanden auch die anderen, wie zutreffend Tondos Bemerkung war. Der fremde Roboter taumelte noch ein wenig, drehte sich hin und her, und dabei sah man, daß vieles an seiner äußeren Ausstattung abgenutzt oder notdürftig ersetzt war — vielleicht ist sogar dieser Haken am linken Arm nur ein Ersatz für eine ursprünglich vorhandene Hand, dachte Raja, denn er widerspricht der symmetrischen Bauweise des Roboters.

Kurze Zeit später blickte sich der Roboter um, wobei er den Kopf nur wenig bewegte und sich mehr mit dem ganzen Körper drehte.

„Elektrische Impulse im Innern", verkündete Utta, „keine elektromagnetischen Abstrahlungen."

Der Roboter hatte seine Musterung der Umgebung beendet und marschierte nun schnurstracks auf den Omikron zu, der zwischen den Geräten hin und her lief. Der halbmeterhohe, auf Raupen laufende Roboter für Außenarbeiten mit seinen drei Greifarmen hatte weitaus weniger Ähnlichkeit mit dem fremden Roboter als die Menschen. Utta, die wohl für ihre Geräte und den Omikron fürchtete, lief los, überholte den fremden Roboter und stellte sich schützend vor den Omikron.

Der fremde Roboter blieb stehen. Er wirkte geradezu verdutzt. Wenigstens hatte Tondo diesen Eindruck und sagte das auch.

„Das ist ein Roboter!" tadelte Raja. Doch dann sagte sie: „Bewegt euch mal alle, damit er uns identifizieren kann." Sie ging gleich mit gutem Beispiel voran, lief ein paar Schritte, breitete die Arme aus, bückte sich.

Die anderen taten es ihr nach.

„Vorhin hat sich nur der Omikron bewegt, sicherlich hat er ihn darum als Partner angenommen", vermutete Raja.

Aber ihre Vermutung bestätigte sich nicht — im Gegenteil. Der fremde Roboter verhielt sich so, daß man bald sah, wie er danach trachtete, aus der unmittelbaren Nähe der Menschen fortzukommen, sich aber gleichzeitig dem Omikron zu nähern.

Raja bedeutete Utta, die ja nichts hören konnte, mit Gesten, den Weg freizugeben. Utta tat es zögernd, und schon lief der Roboter auf den Omikron zu, blieb vor ihm stehen und — ja, es war deutlich zu hören: Er gab Laute von sich.

Der Omikron, der gerade eins von den ständig aufgestellten Meßgeräten gewartet hatte, ging nun weiter, auf das nächste Gerät zu. Der Roboter folgte ihm, unaufhörlich Laute ausstoßend.

„Er bewegt die Arme, als ob er gestikuliert", sagte Tondo nachdenklich.

„Redundante Bewegungen", fügte Raja hinzu, „oder Ausgleichsbewegungen. Da er mit uns nichts zu tun haben will, schlage ich vor, wir ziehen uns in die Schleuse zurück und lassen ihn in Gesellschaft des Omikron."

„Ich gehe in die Zentrale und nehme mir mal diese Lautäußerungen vor", sagte Tondo.

Hellen nickte ihm zu. „Unter den gegebenen Umständen muß ich wohl den Biorhythmus für uns heute aufheben", erklärte sie lächelnd. „Später werden wir weitersehen."

Raja winkte Utta, den anderen zu folgen. Als sie in die Schleuse traten, nahm Utta die Kopfhörer ab. „Immer noch ausschließlich innere elektrische Impulse", sagte sie enttäuscht. „Ich laß sie speichern, vorläufig wird sich da wohl nichts ändern. Merkwürdig. Wenn er schon zu uns keinen Kontakt aufnimmt, warum dann nicht wenigstens zu seinem Auftraggeber?"

„Später kannst du ja noch einmal die Aufzeichnungen der Funküberwachung kontrollieren", meinte Hellen. „Jetzt hilf erst mal Raja und schalte den Heiligenschein ab!"

Tatsächlich — in der Aufregung hatten alle diesen sonst selbstverständlichen Handgriff vergessen.

Juri schlug die Augen auf, gähnte mit Behagen und sprang dann aus dem Bett. Er wusch und rasierte sich, wählte eins von den Gedecken aus, die der Küchenautomat ihm anbot, selbstverständlich streng auf der Grundlage der von Hellen für ihn aufgestellten Nährstofftabelle, und frühstückte lange und mit Freude.

Doch nun begann er sich ein bißchen zu wundern, daß er allein blieb. Gewöhnlich war er zwar der erste am Frühstückstisch, aber nach und nach pflegten Utta, Tondo und Raja zu kommen. Jetzt hatte er das Gefühl, als fehle ihm etwas. Und das war nicht gerade angenehm, zumal er genau wußte, was ihm fehlte: Uttas Gesellschaft. In ihrer Gegenwart schmeckten ihm die Speisen kräftiger, die Getränke würziger. Wenn sie dabei war, bemerkte er das nicht, weil er es nicht bemerken wollte. Er hatte schon seit einiger Zeit Mühe gehabt, das gelegentlich aufkommende Gefühl für Utta zurückzudrängen, und er mußte sich jetzt wohl oder übel eingestehen, daß diese Mühe nichts genutzt hatte. Er kramte noch einmal in Gedanken alles zusammen, was ihm an ihr mißfiel — ihr ständiges Opponieren gegen alles und alle; wenn es auch, so fügte er gleich entschuldigend hinzu, durchaus im Rahmen des Vertretbaren blieb und häufig sogar fruchtbar war; vor allem dann und wann ihr Spiel mit Tondo; obwohl es lustig war, dem zuzusehen, und obwohl es anscheinend auch Tondo Spaß machte, seine Rolle in diesem Spiel zu spielen.

Soweit bin ich schon, dachte er stirnrunzelnd, daß ich für alles eine Entschuldigung finde! Nein, er wollte nicht. Er wollte sich auf einem Raumflug nicht binden. Erstens war es nicht üblich, und zweitens war ihm das schon einmal mißlungen, er hatte böse Erfahrungen. Die Sternfahrer, zur Erde zurückgekehrt, offenbarten plötzlich ganz neue psychische Eigenschaften, Bindungen, während des Fluges entstanden, wurden zu Fesseln, die zu zerreißen unvermeidlich, aber leider auch sehr schmerzhaft war — so die herkömmliche Meinung und so auch seine Erfahrung.

Er schob den letzten Rest des Frühstücks auf die Servierplatte und ließ ihn verschwinden. Sein innerer Hader hatte ihm den Appetit verdorben. Aber wo mochten die anderen nur bleiben?

Juri stand auf und zögerte, unschlüssig, wohin er sich wenden sollte. Äußerlich war er das Gegenstück zu Ming, denn er vereinigte Merkmale fast aller Großrassen. Körperbau und Gesichtsschnitt waren ausgesprochen europäisch, groß, breit, fast wuchtig; die Haare dagegen schwarz und kraus; die Haut blaß kupferfarben. Viele Spielarten hatte die kräftige Durchmischung der Menschheit in den letzten zehntausend Jahren hervorgebracht, und es gab kaum zwei Menschen, die sich auch nur in den groben, äußerlichen Merkmalen ähnlich sahen – Geschwister natürlich ausgenommen.

Juri hatte sich entschieden, die Automatik zu fragen, obwohl er sonst, wenigstens in der Freizeit, lieber seine Beine betätigte.

„Ypsilon. Wo ist Utta?"

„In der Schleuse, gemeinsam mit Hellen und Raja!" antwortete die wohllautende, gut artikulierte, aber trotzdem langweilige Computerstimme.

„Ypsilon, Ende", befahl Juri. Er wollte selbst sehen, was sie dort taten. Wahrscheinlich war dieser Fund, der sein Einschlafen gestört hatte, eine kleine Sensation. Denn es mußte schon allerhand geschehen, ehe Hellen Veränderungen im Schlafrhythmus zuließ.

„Du hast noch nicht viel versäumt", plapperte Utta los, als Juri die Schleuse betrat. „Entschuldige, daß ich nicht beim Frühstück war, aber dieser Roboter ist zu ulkig! Um uns ist er herumspaziert, als ob er Angst vor uns hätte, aber der Omikron gefällt ihm, um den tanzt er dauernd herum und gackert wie eine Henne, die ihre Kücken ruft, oder tun Hennen das gar nicht? Na egal, jedenfalls – sieh doch selbst!"

„Soso, einen Roboter habt ihr da", brummte Juri. Wieder spürte er, daß Uttas Erscheinung ihn ebenso anzog, wie ihr übertrieben munteres Gerede ihn abstieß, und so rutschte ihm eine freundliche kleine Gemeinheit heraus: „Wo ist denn dein Tondo?" fragte er Utta.

Die Funkerin wandte sich brüsk ab.

„Tondo analysiert die Lautäußerungen des Roboters", sagte Hellen lächelnd, „und Ming untersucht ein Stück Stoff von seinem Bezug."

Jetzt erst richtete Juri einen Blick nach draußen. Der Omikron kroch auf seinen Raupen geschäftig umher und versorgte die Meßapparate. Ihm folgte, seltsam watschelnd, der plumpe, aber äußerlich nach dem Vorbild menschenähnlicher Wesen modellierte Roboter, den Utta und Tondo gefunden hatten. Wenn der Omikron irgendwo anhielt, um eine Einstellung zu korrigieren oder eine Kassette zu wechseln, tanzte der Roboter um ihn herum, fast wie ein Mensch, der sich bemüht, die Aufmerksamkeit eines anderen zu erregen. Und tatsächlich hörte man wieder, daß der fremde Roboter Laute ausstieß. Dazu gestikulierte er wild mit den beiden oberen Gliedmaßen. Es sah umwerfend komisch aus, fast wie eine Szene, in der der Regisseur die Menschen durch skurrile Roboter ersetzt hat, um eine satirische Wirkung zu erzielen.

Sicherlich konnte man in der Zentrale am Stereobild das Verhalten des Roboters bedeutend genauer verfolgen, aber auch die raffinierteste Technik konnte den Menschen nicht davon abbringen, daß es ihn in erregenden Augenblicken mit beinahe magischer Kraft zum direkten, unvermittelten Beobachten zog.

Juri beschloß, der Vernunft zu folgen und den Hang zum Dabeisein zu unterdrücken. Auf dem Weg zur Zentrale kamen ihm noch andere Gedanken. Plötzlich begann er zu ahnen, daß hier mehr vorlag als eine beliebige Episode auf einem beliebigen Planeten.

Woher stammte der Roboter?

Juri wunderte sich, daß ihn diese Frage nicht sofort beschäftigt hatte. Das hat man davon, wenn man sich in gefühlsmäßige Bindungen verstrickt! Und schon wieder ließ er sich ablenken. Denn viel wichtiger als die Antwort auf diese Frage war, wenigstens im Augenblick und für ihn als Navigator, was daraus folgte: daß man würde suchen müssen. Daß man bald, in zwei oder drei oder höchstens fünf Stunden an ihn die Frage richten würde, ob man den Start verschieben könne und um welche Frist. Dieser Roboter war eine Entdeckung, deren Folgen noch gar nicht abzusehen waren, und ebensowenig war abzusehen, ob sie mit seiner Erforschung fertig werden würden. Der Roboter würde in der Folgezeit jedes Mitglied der Besatzung bis zum Umfallen beschäftigen. Für die anderen mochte die Verschiebung des Starts selbstverständlich sein — er mußte jetzt erst einmal feststellen, ob sie überhaupt möglich war.

Juri arbeitete in Gedanken schon an der Formulierung des Navigationsproblems, als er von dem Gang, der zur Zentrale führte, in Richtung auf die großen astronomischen Rechner abbog.

Das einzige Besatzungsmitglied, das von den allgemeinen Erwägungen nicht erfaßt wurde, war Raja. Das lag nicht nur in ihrem Temperament begründet, sondern auch darin, daß sie hier völlig in ihrem Element war. Die Beobachtung und Ergründung dieses fremden Mechanismus war ihr als Aufgabe zugefallen, weil sie ihren Kenntnissen und Fähigkeiten entsprach. Darauf konnte sie sich konzentrieren und brauchte sich nicht von weiterreichenden Überlegungen ablenken zu lassen.
Das Äußere und die Bewegungen des Roboters, den anderen Grund zur Belustigung, hatten ihr schon so viel über diesen fremden Mechanismus mitgeteilt, daß sie jetzt darangehen konnte, aktivere Formen der Beobachtung einzusetzen.
Nach irdischen Maßstäben ließ sich dieser Apparat in die Generation der Universalindustrieroboter einordnen, die in den ersten zwei Jahrtausenden der neueren Geschichte in Gebrauch gewesen waren und die menschliche Arbeitskraft bei der Aufsicht, Lenkung und Reparatur von Industrieanlagen des damaligen Typs ersetzt hatten. Dafür sprachen die menschenähnliche Gestalt – die damals einfach aus dem Umstand resultierte, daß die Anlagen noch für menschliche Bedienung proportioniert waren – und die Anzahl der Freiheitsgrade in den Bewegungsmechanismen, die weitaus niedriger war als bei einem biologischen Wesen, aber immer noch höher als bei modernen, spezialisierten Robotern.
Es war jedoch fraglich, ob irdische Maßstäbe hier benutzt werden durften. Sie würden sich im Verlauf der Untersuchungen davon lösen müssen, und in den Schlußfolgerungen durften solche Maßstäbe gar nicht auftauchen, aber als Ausgangspunkt konnten sie wohl dienen. Wovon sonst sollte Raja ausgehen?
„Helft mir mal", wandte sie sich an Hellen und Utta. „Ich brauche jetzt allerlei!"
Rajas erster Versuch war ein Schlag ins Wasser. Sie verstreute eine kleine Kollektion von Werkzeugen auf dem Boden, und zwar

Werkzeuge unterschiedlicher technischer Entwicklungsstufen — Hammer, Zange, Schweißapparat, Funkgerät —, in der Hoffnung, der Roboter werde sich für das eine mehr interessieren als für das andere und man könne daraus Schlußfolgerungen ziehen. Aber der Roboter stopfte alles, was herumlag, unterschiedslos in eine Art Beutel, den er unter dem linken Arm trug, so daß er nun ganz unsymmetrisch aussah, was ihn aber anscheinend nicht behinderte. Nachdem er alles aufgesammelt hatte, folgte er weiterhin dem Omikron — sozusagen auf Schritt und Tritt.

Da von einem programmierten Verhalten des Roboters noch immer nichts zu erkennen war, ganz zu schweigen von irgendeiner Zielstrebigkeit, beschloß Raja, die einzig erkennbare Besonderheit in seinem Verhalten auszunutzen: die seltsame Anhänglichkeit gegenüber dem Omikron. Sie nahm einen Gravistapler von der Wand der Ausstiegskammer, ein kleines Kästchen, mit dem sich waagerechte und senkrechte Schwereflächen erzeugen und bewegen ließen, unsichtbare Wände, undurchdringlich für normale Lasten und Kräfte.

Raja bat Utta, dem Omikron einen Auftrag zu geben, der ihn in Bewegung setzte, und als der Roboter ihm wieder folgen wollte, schob sie eine unsichtbare Wand dazwischen.

Der Roboter prallte gegen die Wand und taumelte zurück. Zwei, drei Sekunden blieb er stehen, ohne sich zu rühren, und damit war die erste bedeutungsvolle Aussage gegeben: Der Roboter hatte ein inneres Umweltmodell, sonst hätte er sofort weiterreagiert; und Graviflächen waren in diesem Umweltmodell nicht enthalten, sonst hätte er schneller geschaltet.

Danach verhielt er sich wie erwartet: Er tastete die unsichtbare Fläche ab, und da er in der Höhe keinen Durchlaß fand, schritt er seitwärts an der Wand entlang, bis sie zu Ende war und er wieder zu dem Omikron gehen konnte.

Raja wiederholte das Experiment mehrmals. Der fremde Roboter zeigte sich lernfähig. Beim zweiten Mal handelte er ohne Pause, beim dritten Mal folgte er dem Omikron langsamer und von Anfang an mit vorgestreckten Armen.

Und dann geschah etwas Sonderbares. Als sich der Omikron wieder in Bewegung setzte, folgte der Roboter ihm nicht, sondern ging scheinbar, ohne Interesse für irgend etwas, in seitlicher

Richtung davon, schlenderte sozusagen ziellos umher, rannte dann plötzlich in einer bisher nicht entwickelten Geschwindigkeit zu dem Omikron, so schnell, daß Raja nicht mehr dazu kam, eine Fläche dazwischenzuschieben.

„Wie würdest du das bezeichnen?" Raja fragte Hellen, um ihren eigenen Eindruck zu überprüfen.

Hellen dachte einen Augenblick nach. „Wir testen ihn, und er testet uns", sagte sie dann.

„Das ist eben unklar", meinte Raja nachdenklicn, „er testet, ja. Aber testet er uns? Oder den Omikron? Oder die Umwelt schlechthin? Am Omikron kann er keine Aktionen entdecken, die mit dem Erscheinen der Graviflächen korrespondieren. Uns kennt er nicht – oder erkennt uns nicht an. Nein, so kommen wir nicht weiter, wir deuten die Vorgänge viel zu sehr auf unsere Weise. Wie ist das also – er trifft auf drei verschiedene Arten von Gegenständen, die ihm mehr oder weniger neu sind: die Werkzeuge, den Omikron und uns."

„Vier", warf Utta ein. „Die Graviflächen."

„Richtig", sagte Raja, „das macht das Bild noch klarer. Erstens: Die Werkzeuge sammelt er auf und steckt sie ein. Das ist normale Erkundung, der Beutel an seiner Seite ist wohl dafür da. Zweitens: Er versucht offenbar, sich dem Omikron zu nähern. Falls die Lautäußerungen eine Art Sprache sind, könnte man meinen, es handelt sich um den Versuch, Kontakt aufzunehmen." Sie rief über die Bordanlage Tondo an. „Hast du schon etwas rausbekommen!"

„Es scheint eine Art Sprache zu sein, aber Genaues kann ich noch nicht sagen. In einer halben Stunde vielleicht!"

„Gut", sagte Raja. „Und jetzt zu den Hinderniswänden. Sein Verhalten zeigt zweierlei – einmal, wie nachdrücklich er zu dem Omikron strebt, und zum zweiten, daß er über sehr differenzierte Taktiken verfügt."

„Und noch etwas", meinte Utta.

„Ja?"

„Na, diese unsichtbaren Wände, die müssen ihm doch völlig unbekannt sein. Ich meine, wenn ich mir vorstelle, daß ich auf eine solche Überraschung stoße…"

„Du darfst einen Roboter nicht mit Menschenmaß messen",

27

sagte Raja. „Überraschung, Furcht, Schrecksekunde, Panik und dergleichen sind menschliche Reaktionen oder, richtiger, zum Teil biologische, zum Teil gesellschaftlich bestimmte. Beides trifft bei einem Roboter nicht zu. Zwar könnte man in ihm Modelle davon programmieren, aber wozu? Viel erstaunlicher ist wohl die Tatsache, daß er uns ausweicht."

„Das scheint mir nun wieder leicht erklärlich", entgegnete Utta streitlustig. „Wahrscheinlich ist er darauf programmiert, damit er Menschen keinen Schaden zufügen kann. Oder anderen gesellschaftlichen Wesen."

„So einfach wird das nicht sein", widersprach Raja. „Dieses Ziel wäre nämlich einfacher zu erreichen, wenn er sich bei Annäherung eines Menschen einfach passiv verhalten würde. Ausweichen ist aber eine aktive Reaktion. Warte!" bat sie, als sie bemerkte, daß Utta wieder einhaken wollte, „warte — das ist alles schon Spekulation. Soweit sind wir noch nicht. Ich möchte erst mal dieses Ausweichverhalten experimentell überprüfen. Was wird daraus, wenn man die Situation zuspitzt."

„Aber spitze sie nicht zu weit zu", sagte Hellen lächelnd. „Ich laß euch jetzt allein, ich habe langweiligere Pflichten. Irgendwie muß ich euren gestörten Biorhythmus wieder in Ordnung bringen, wir können ja nicht mit einer maroden Mannschaft abfliegen."

Raja und Utta sahen sich an, als Hellen gegangen war. Abfliegen? Hier weg? Beide hatten bisher als selbstverständlich angenommen, daß diese umwälzende Entdeckung den Fahrplan der Expedition aufgehoben hätte.

„Na, paß auf", sagte Raja nach einem Augenblick des Schweigens zu Utta und erklärte ihr, was sie zu tun habe. Dann baute sie um den Roboter herum einen quadratischen Käfig aus senkrecht aufgestellten Graviflächen, gab Utta eins der Steuergeräte für die Flächen in die Hand und ließ sich aus der Schleuse auf den Boden des Planeten gleiten.

Raja schloß kurz die Augen, weil sie geblendet war; sie hatte in der Aufregung vergessen, den Heiligenschein einzuschalten. Ärgerlich rief sie sich selbst zur Ordnung. Das war nun schon der zweite Fehler, bei dem folgenden Versuch durfte sie sich keinen mehr leisten.

Der fremde Roboter hatte die Wände des Käfigs abgetastet und sich dann in einer Ecke niedergelassen, und zwar in der, die dem Omikron am nächsten war.

Raja trat auf den Käfig zu. Sie mußte den Roboter von der Wand entfernen, die Utta gleich öffnen würde. Also ging sie zu der Ecke, in der er saß, und richtig, der Roboter erhob sich und zog sich in die nächste Ecke zurück, nicht in die entgegengesetzte, wo er weiter von ihr, aber auch weiter von dem Omikron entfernt gewesen wäre.

Dann betrat sie den Käfig; Utta hatte die Wand für einen Augenblick abgeschaltet. Raja wartete, was der Roboter tun würde. Sie schob sich in die Ecke, die dem Omikron am nächsten war. Jetzt wich der Roboter in die ihr gegenüberliegende Ecke aus.

Wie würde er sich verhalten, wenn sie auf ihn zuträte? Er konnte dann nicht mehr ausweichen. Würde er nun passiv werden?

Wenn Uttas Vermutung vorhin richtig war, mußte der Versuch so und nicht anders ausgehen. Aber Raja zweifelte daran, warum, wußte sie selbst nicht.

Noch einmal musterte sie eingehend die Gestalt des Roboters. Sie suchte nach einem Anhaltspunkt dafür, ob er noch über andere Werkzeuge als die mechanischen seiner Extremitäten verfügte, beispielsweise über Laserstrahlen oder ähnliches, aber sie fand nichts dergleichen. Also konnte sie den Versuch wohl wagen. Sie trat einen Schritt auf den Roboter zu.

Das Ergebnis überraschte sie. Sie hatte eigentlich mit zwei Möglichkeiten gerechnet: Passivität oder Abwehr. Aber der Roboter erhob sich aus dem Sitz auf die Knie, ohne seine Ecke zu verlassen, und bewegte die Unterarme kreisförmig.

Raja wunderte sich über diese Bewegung. Die kreisenden Unterarme erweckten einen bestimmten, aber noch unklaren Eindruck in ihr. Und dann erkannte sie plötzlich, was für ein Eindruck das nicht war – es war nicht der einer zweckgerichteten Bewegung, wie man sie bei einem Roboter erwartete. Sie unterschied sich auch von den schlenkernden Bewegungen, die bisher die Lautäußerungen des Roboters begleitet hatten, wenn er sich in der Nähe des Omikron befand. Viel gleichförmiger war sie und ohne akustische Signale. Das verwirrte Raja, und sie machte noch einen weiteren Fehler: Sie trat ungeschützt einen Schritt auf den Roboter zu.

Der Roboter übersprang mit einem Satz die drei Schritt Abstand, die noch verblieben waren, schlug mit dem linken, hakenbewehrten Arm nach ihr und griff mit der rechten Hand nach ihrem Bein. Der Hand konnte sie ausweichen, aber der Haken traf sie am rechten Unterarm, den sie abwehrend vorgestreckt hatte, durchdrang zwar den Schutzanzug nicht, bewirkte aber einen heftigen Schmerz.

Raja wich zurück zur Wand, aber die war nicht mehr da. Utta hatte sofort die Felder abgeschaltet, und so stolperte Raja und fiel hin. Rasch sprang sie wieder auf und ging in Abwehrstellung, aber der Roboter war ebenfalls zurückgewichen, hatte die Wände nicht mehr vorgefunden und lief nun schon wieder, als sei nichts geschehen, dem Omikron nach.

„Hab ich einen Schreck gekriegt", rief Utta. „Bist du in Ordnung?"

„Ja, er hat nicht allzuviel Kraft", antwortete Raja, „wenigstens nach unseren Maßstäben."

„Du machst ja ganz schöne Zicken", ließ sich nun auch Tondo vernehmen, der die Szene offenbar am Stereo verfolgt hatte. „Der Haken hat dich nicht verletzt?"

Raja bewegte die Finger. „Höchstens ein Bluterguß", meinte sie. „Aber trotzdem sollten wir erst mal akzeptieren, daß er mit uns Menschen nichts zu tun haben will."

„Deine unexakte Ausdrucksweise", spottete Tondo, „läßt darauf schließen, daß du doch ganz schön mitgenommen bist."

„Ja", sagte Raja ärgerlich, „aber mehr von den dummen Fehlern, die ich gemacht habe."

„Dann kommt mal beide zu mir, ich glaube, ich habe etwas herausgefunden. Ich habe eine Idee, wie es weitergehen könnte."

Tondo hatte entdeckt, daß die Lautäußerungen des Roboters tatsächlich eine Sprache darstellen konnten. Den letzten Beweis jedoch mußte das Experiment liefern, der Versuch einer sprachlichen Verständigung mit dem Roboter.

Ziemlich schnell hatte Tondo Silben und Sätze herausfinden können. Dann aber war er wieder unsicher geworden, weil diese Sprache anscheinend sehr arm war: Die meisten Silben wiederholten sich, einige sogar sehr oft; die Skala der Laute, aus denen die Sprache zusammengesetzt war, schien sehr klein zu sein und in irdischer Schreibweise nur aus den Vokalen a, i, o und den Konsonanten k, p, s und t zu bestehen. Das war zuwenig für eine Sprache, selbst wenn sie auf rein technische Gegenstände beschränkt sein sollte.

Die Tatsache jedoch, daß die Laute sich so mühelos mit irdischen Buchstaben schreiben ließen, hatte Tondo beflügelt, nach einer Erklärung für die scheinbare sprachliche Armut zu suchen, und er hatte sie gefunden: Es handelte sich nicht um eine rein akustische Sprache wie die irdische, sondern um eine akustisch-gestische. Ein und dieselbe Lautfolge hatte verschiedene Bedeutungen, je nachdem von welcher Gestik der Arme sie begleitet war. Es war Tondo sogar schon gelungen, zwei häufig wiederholte Laut-Geste-Folgen zu isolieren. Die eine trat immer auf, wenn der Roboter dem Omikron hinterherlief, die andere, wenn er vor ihm stand. Tondo schloß seinen Bericht: „Nur mit diesem Armkreisen Raja gegenüber kann ich nichts anfangen, diese Bewegungen ordnen sich nicht ein."

„Sie haben mich irritiert", sagte Raja, „durch ihre Zwecklosigkeit."

„Heben wir uns das für später auf", meinte Tondo, „ich hab mir folgendes gedacht. Die Laute sind zum Glück von der Sprechmechanik in unserem Bordcomputer nachahmbar. Wenn wir nun..."

Eine Viertelstunde später ging der erste Omikron an Bord, und zugleich verließ ein anderer, speziell ausgerüsteter das Raumschiff.

Der fremde Roboter stürzte sich nun auf diesen und versuchte dessen Aufmerksamkeit zu erregen. Diesmal gelang es ihm, denn der Omikron wurde von Tondo gesteuert. Er wiederholte zunächst diejenigen Laut-Geste-Folgen des fremden Roboters, die Tondo als Sätze identifiziert hatte.

Der fremde Roboter stutzte einen Augenblick und redete dann fast zwei Minuten lang ununterbrochen und schnell mit Lauten und Gesten auf den Omikron ein. Noch einmal ließ Tondo den Omikron die beiden Sätze wiederholen. Jetzt schwieg der fremde Roboter.

„Nullverhalten", kommentierte Raja. „Er ist für diese Situation offenbar nicht programmiert."

Sie saßen zu dritt vor dem Stereobild und konnten alles genau verfolgen. Zum drittenmal ließ Tondo den Omikron die beiden Sätze wiederholen.

Und nun geschah etwas Merkwürdiges. Der fremde Roboter beugte sich vor und malte mit dem Haken Striche und Zeichen in den Sand. Langsam und betont in Laut und Geste sprach er dazu, etwa so wie ein Lehrer zu einem Kind, das noch nicht richtig sprechen kann. Die Situation schien so eindeutig zu sein, daß auch der Sinn der Zeichnung klar wurde. Das war, in Strichen und fremdartigen Zeichen ausgedrückt, die einfachste Gleichung: $1 + 1 = 2$.

Tondo ließ den Omikron wiederholen, der fremde Roboter korrigierte etwas, und dann ging der Mathematikunterricht weiter.

Der Kontakt war hergestellt.

Die drei sahen sich an und schwiegen beeindruckt.

„Stellt euch mal vor", sagte Tondo schließlich, „ich hätte vergessen, die Aufzeichnung einzuschalten."

Sie lachten heftig.

„Nun wollen wir mal kundtun", meinte Tondo dann, „daß wir auch nicht aus Dummsdorf sind!"

Der fremde Roboter war in seinem Unterricht bei $7 + 1 = 8$ angelangt. Tondo ließ nun den Omikron in irdischer Schrift und Sprache die nächste Gleichung hinschreiben und aussprechen, aber der fremde Roboter wischte die Zeichen einfach weg und wiederholte dasselbe mehrmals in seiner Sprache, so lange, bis Tondo den Omikron die Gleichung in der fremden Robotersprache interpretieren ließ.

War das nun ein Kontakt oder nicht? Der Roboter strebte offenbar keinen Austausch an, sondern bestand auf Übernahme seiner Sprache!

Tondo ließ den Omikron auf sich zeigen und seinen Namen Omikron aussprechen.

Der fremde Roboter sagte „Opikot".

„Omikron", wiederholte Tondo.

„Opikot", beharrte der fremde Roboter. Er gab sich erst zufrieden, nachdem der Omikron seinen Namen in der verstümmelten Fassung der fremden Robotersprache wiederholt hatte. Wirklich, eine merkwürdige Art, Kontakt aufzunehmen!

„Wie nun weiter?" fragte Tondo ratlos.

„Ein sehr anmaßender Kollege!" meinte Utta.

„Ja, er hat einige Verhaltensweisen, die uns sonderbar vorkommen", bestätigt Raja, zugleich bemüht, Uttas allzu menschlichen Vergleich aufzuheben. „Aber was verlangt ihr eigentlich – soll er sich wie ein Mensch benehmen? Wir wissen nichts über seine Konstruktion, über sein Grundprogramm, seinen Lernumfang und -inhalt. Da wundere ich mich eher, daß nicht mehr unverständliche Reaktionen auftreten. Mach nur weiter mit den Bildungselementen, Tondo. Mal ihm doch mal den Pythagoras auf und dann vielleicht das Atommodell! Utta und ich, wir bereiten jetzt einen anderen Versuch vor." Sie schlug den Weg zur Schleuse ein.

„Was hast du vor?" fragte Utta neugierig. „Willst du ihn verprügeln?"

„Dieses Herumexperimentieren beantwortet keine einzige Frage, sondern wirft immer nur neue auf. Wir müssen eine Frage stellen, bei der man wenigstens hoffen kann, daß es nach dem Versuch ein klares Ja oder Nein gibt!"

„Und das wäre?"

„Was mich von Anfang an am meisten interessiert hat: Wir Menschen sind doch rein äußerlich dem Roboter viel ähnlicher als der Omikron. Woran unterscheidet er uns? Ich frage noch gar nicht nach dem Warum, sondern erst mal nur nach dem Wie."

„Und du hast eine Theorie?"

„Theorie ist zu hochtrabend, einfach eine Annahme. Er differenziert nach der Zahl der Freiheitsgrade in den Bewegungen. Entsinnst du dich – als erstes haben wir ihm unsere Bewegungen vorgeführt. Und Roboter haben immer eine bedeutend niedrigere Zahl von Freiheitsgraden als biologische Wesen gehabt, wenigstens auf der Erde war und ist das so. Auch für den hier trifft es zu."

„Und das willst du überprüfen?"

„Ja – ich werde mich ihm noch einmal nähern, aber mit dem Arbeitsgerüst!"

Utta begriff jetzt, was Raja vorhatte. Das Arbeitsgerüst war eine Vorrichtung für Tätigkeiten auf gravitationsschwachen Himmelskörpern. Es haftete am Boden, hemmte die Bewegungen, so daß zu ihrer Ausführung die gleiche Kraft wie auf der Erde erforderlich war, und hatte natürlich nur eine begrenzte Zahl von Freiheitsgraden.

„Wenn er dich identifiziert, kannst du kaum ausweichen", gab Utta zu bedenken.

„Er wird nicht", sagte Raja überzeugt.

Trotzdem bestand Utta auf Sicherheitsvorkehrungen. Sie wurde noch bestärkt durch Tondo, der sich jetzt meldete und berichtete: „Den Pythagoras hat er verdaut, aber beim Atommodell hat er wieder verrückt gespielt. Er hat es erst weggewischt und dann noch mal, und beim dritten Versuch, stellt euch mal vor, hat er die beiden Arme des Omikron, die ich für die Gestik benutzt habe, gegriffen, zusammengeführt, und jetzt hält er sie immer noch mit einer Hand fest. Was soll das nun wieder?"

„Er hindert ihn also daran, die Zeichnung zu wiederholen?" fragte Raja.

„Ja – was mach ich denn jetzt? Ich kann den Omikron nicht mal befreien, die seitliche Kraft seiner Greifarme reicht nicht aus!"

„Schalte ihn einfach ab", riet Raja. „Wenn der Omikron nicht mehr reagiert, wird der Roboter das Interesse an ihm verlieren. Ich hoffe es wenigstens."

In der Schleuse leuchtete die grüne Lampe auf. Im Materialschacht stand das bestellte Arbeitsgerüst bereit. Utta half Raja beim Festschnallen und betätigte dann den Gravilift, der Raja aus der Schleuse auf den etwa drei Meter tiefer liegenden Boden des Planeten hinabließ.

Draußen war es nicht mehr so grell. Der Himmel hatte sich bezogen, zum erstenmal, seit sie hier gelandet waren. Bezogen war nicht der richtige Ausdruck – eine dichte Wolkenwand war von Südwesten her aufgezogen und hatte schon den halben Himmel verdeckt. Auf der Erde wäre sie sicher finster gewesen, hier dagegen war sie hellgrau, und trotzdem wetterleuchtete es in dieser Wand.

Raja begann mit dem Gerät schwerfällig auf und ab zu gehen.

Der fremde Roboter hatte sie schon erspäht, ließ den Omikron los und näherte sich ihr. Er stieß dabei auf eine Gravifläche, die Utta errichtet hatte. Der Roboter versuchte, sie zu umgehen, wie vorhin, als er sich dem Omikron nähern wollte.

„Er verhält sich genau so wie beim Omikron", sagte Raja. „Du kannst abschalten."

„Erst komme ich runter", widersprach Utta, ließ sich auf den Boden hinab und schaltete mit einem Druck der geballten Faust die Handkopie ein, um Raja notfalls helfen zu können. Erst dann hob sie die Gravifläche auf.

Für einen Augenblick hatte auch Raja ein flaues Gefühl im Magen. Ihre Glieder spannten sich. Aber diesmal verhielt sich der Roboter wie erwartet: Er kam heran und sprach gestikulierend auf sie ein. Raja deutete mit einer gebremsten Armbewegung auf sich selbst und sagte: „Raja!"

„Ka-a", wiederholte der Roboter.

„Ka-a", wiederholte Raja.

Da plötzlich drehte sich der Roboter um und lief unter das Raumschiff.

„Was ist denn nun wieder los?" wollte Utta wissen.

In diesem Augenblick begann es zu stürmen, und ein heftiger Regenguß ging nieder.

„Ich weiß nicht", antwortete Raja, die sich auf einmal müde fühlte. „Vielleicht ist er gegen Nässe empfindlich und stellt sich unter."

Fünf Minuten später fanden sich alle in der Zentrale des Raumschiffes ein. Hellen hatte sie zusammengerufen.

„Zunächst – was haben wir festgestellt?" fragte sie.

Tondo berichtete über die Sprache und fügte hinzu: „Wahrscheinlich ist ihm der Pythagoras bekannt, das Atommodell dagegen nicht."

„Zu voreilig", kommentierte Raja, aber Hellen winkte ab und nickte Utta zu.

„Keine Abstrahlung elektromagnetischer Wellen oder anderer Informationsträger", sagte Utta.

„Der Bezugsstoff", erklärte Ming, „besteht aus einer Plastfaser, die auch auf der Erde bekannt ist, allerdings nicht mehr verwendet wird. Aber", fuhr er fort, als die anderen erregt aufblickten, „das Material stammt nicht von der Erde. Die Isotopenzusammensetzung bei Kohlenstoff entspricht nicht der irdischen, sondern der hiesigen. Also stammt das Material wahrscheinlich von diesem Planeten, bestimmt jedoch aus diesem Sonnensystem."

„Nun sprich du", sagte Hellen zu Raja.

Raja zögerte erst, doch dann sagte sie entschlossen: „Es handelt sich mit Sicherheit um einen Roboter. Erstens sind die meisten seiner Verhaltensweisen und Reaktionen robotertypisch. Einige bleiben freilich erst einmal unverständlich, aber das ändert nichts daran. Zweitens: Er sucht die Nähe von Robotern und meidet die Nähe von biologischen Wesen."

„Warum sagst du biologische Wesen und nicht Menschen?" wollte Ming wissen.

„Weil er die Unterscheidung trifft auf Grund eines Merkmals, das alle biologischen Wesen, wenigstens alle höheren Tiere, mit dem Menschen gemeinsam haben: die größere Zahl der Freiheitsgrade bei Bewegungen."

„Unsere Feststellungen", sagte Hellen ruhig und zusammenfassend, „sind ein einziges Knäuel von Widersprüchen. Es zu entwirren kann nur Aufgabe von Spezialisten sein." Sie hob die Hand, weil einige, vor allem die Jüngeren, protestieren wollten. „Ich sage erst mal meine Meinung, und dann ist auch noch Juri dran. Also: Was wir tun konnten, haben wir getan, und wir werden auch die restliche verbleibende Zeit nutzen. Die Angaben, die wir mitnehmen, genügen aber, um die Ausrüstung einer speziellen Expedition zu bestimmen, und mehr können wir ohnehin nicht schaffen. Wenn Juri gesprochen hat, sollten wir also die Debatte darauf lenken, wie wir die zwei Tage bis zum Start am besten nutzen." Mit einer Handbewegung gab sie Juri das Wort.

„Es tut mir leid", sagte er, „aber wir müssen zur vorgesehenen Zeit starten. Das nächste Startfenster in den Transitraum steht uns erst in etwa zwei Jahren zur Verfügung. Für eine solche Zeit sind wir nicht ausgerüstet. Aber die Zeit ist nicht das einzige Problem. Dieses Startfenster ist sehr weit entfernt, und unser Normalraumtreibstoff reicht nicht aus, es zu erreichen."

Hellen war sich klar darüber, welch niederschmetternde Wirkung ihre und Juris Äußerungen auf die meisten haben mußten. Wenn sie sich auch mit allen Kräften zur Erde, zu ihrer neuen Aufgabe hingezogen fühlte — sie konnte sich doch in die Lage der Jungen versetzen und sich vorstellen, wie sie in ihrem Alter empfunden hätte. Und um sicher zu sein, daß sie nicht subjektiven Wünschen nachgab, verlangte sie: „Juri und Ming prüfen noch einmal die Variante eines späteren Starts. Morgen entscheiden wir. Jetzt gehen wir erst einmal von der Annahme aus, wir hätten noch zwei Tage. Was können wir in dieser Zeit mit dem Roboter anfangen?"

In der Erregung des Augenblicks hatte keiner auf die Bildschirme geachtet. Nun blickte Raja auf — und stieß einen Schrei aus. Dann sahen es alle: Das Gewitter war vorbei. Der Boden strahlte grell wie immer. Aber der Roboter war fort.

2

Tondo war aufgesprungen, aber noch ehe ein anderer ihn darauf aufmerksam machen konnte, sah er selbst ein, daß es sinnlos war, den Roboter zu suchen, und er setzte sich wieder hin.

Nördlich und östlich vom Raumschiff ging die Steppe bald in Wüste über, in einen von einzelnen, vegetationslosen Gebirgsstöcken unterbrochenen Wüstengürtel, der hier etwa dreihundert Kilometer breit war und sich nach Westen hin erweiterte. Er wurde im Osten durch Salzsümpfe begrenzt, im Norden durch einen Gebirgszug, der sich weit nach Nordwesten hin erstreckte und wohl die Wüste hatte entstehen lassen. An seinen jenseitigen Hängen regnete sich der Nordostpassat ab.

Südlich vom Raumschiff aber begann der Wald, aus dem der Roboter gekommen war, in den er sich wohl jetzt wieder zurückgezogen hatte und in dem man ihn kaum finden würde. Denn dieser Wald war im Südosten einem Gebirgszug vorgelagert, der sich etwa tausend Kilometer nach Südwesten hinzog. Ein Fluß, aus dem tropischen Süden kommend, umströmte den Fuß des Gebirges, wobei er den Wald und den Steppenstreifen zwischen Wald und Wüste mit dem lebensnotwendigen Wasser versorgte. Wüste, Steppe, Wald, Fluß und Gebirge stießen in der Umgebung des Raumschiffs zusammen, und das war auch der Grund gewesen, warum man hier gelandet war – der Vielfalt der planetologischen und biologischen Formen wegen, die man erwartet hatte und dann auch fand.

Jetzt aber hatte man einen Roboter entdeckt und wieder verloren, und Tondo begriff nicht, wie die anderen so gelassen bleiben konnten.

Tondo nahm unter seinen Gefährten eine Sonderstellung ein, weil er der Jüngste an Bord und Neuling im Raum war, vor allem aber, weil sein Beruf im Gegensatz zu denen der anderen überhaupt nichts mit der Raumfahrt zu tun hatte. Er war eigentlich nur in diese Mannschaft gekommen, weil es unter seinen Fachkollegen, den Historikern, üblich war, sich nach Erringung des ersten wissenschaftlichen Grades etwas Wind um die Nase wehen zu lassen — wenn auch nicht unbedingt den Wind fremder Planeten. Es war Romantik im Spiel gewesen, als er sich zum Raumflug gemeldet hatte, Sehnsucht nach großen Unternehmungen, an denen ein Historiker sonst nur in Gedanken und nachvollziehend teilnehmen kann. Und als seine Bewerbung angenommen worden war, hatten nur wenige seiner Studienkollegen ihn beneidet. Die meisten hatten ihn für verrückt erklärt: Ein Raumflug, eine einzige Kette von langweiligen technischen Vorgängen — was würde man da schon erleben?

Die bisherigen drei Monate des Fluges hatten den Skeptikern recht gegeben. Nun aber war etwas geschehen, etwas wirklich Bedeutendes, dessen Folgen und Zusammenhänge noch gar nicht absehbar waren, und die anderen, diese alten Hasen des Raumflugs, machten sich ungerührt daran, den Rückflug vorzubereiten!

Aber nein, da hatte er wohl doch seine Gefährten falsch eingeschätzt oder die Pause des Schweigens mißverstanden, die eben eingetreten war. Raja jedenfalls schien nicht über Juris Rückstartankündigung nachgedacht zu haben, sondern über Hellens Frage, was man noch tun könne. Und was sie vorschlug, war so einleuchtend, daß Tondo sich fragte, warum er nicht selbst daraufgekommen sei.

„Aus dem Roboter", sagte sie, „hätten wir wahrscheinlich sowieso nicht mehr herausgeholt. Es sei denn, wir hätten beobachten können, wohin er geht. Er muß ja irgendwoher gekommen sein. Und da es auf diesem Planeten keine Industrie gibt, kann er eigentlich nur..."

„Von einem anderen Raumschiff stammen!" fiel Utta ihr ins Wort.

„Ja, das wollte ich eben sagen", setzte Raja ungerührt fort. „Und dieses Raumschiff kann nicht allzuweit entfernt sein. Der Roboter hat sich nur mäßig schnell bewegt. Vielleicht hat er auch eine schnellere Gangart zur Verfügung, aber ich denke, viel weiter als hundert bis hundertfünfzig Kilometer wird sein Aktionsradius nicht sein, auf größere Entfernungen eignen sich Fahrzeuge oder Flugkörper besser zur Erkundung. Ein Kreis mit dem Radius von hundertfünfzig Kilometern um das Raumschiff umfaßt einen Teil der Wüste, die große Flußbiegung mit dem Wald und dem Nordostteil des südlichen Gebirges einschließlich des jenseitigen Hangs. In diesem Kreis müssen wir suchen."

„Kann aber sein, es verhält sich ganz anders", sagte Utta. „Wenn er sich mit seiner Kopffolie selbst auflädt, ist sein Aktionsradius praktisch unbegrenzt."

„Das ist möglich", bestätigte Raja trocken.

Tondo ärgerte sich eine halbe Sekunde lang über Uttas Widerspruchssucht, aber er wischte den Unmut beiseite und versuchte, Rajas Anregung zu Ende zu denken. Flüchtig blitzte auch der Gedanke in ihm auf, daß Hellen oder Ming oder beide wie so oft den Ausweg schon sahen, es nur den Jüngeren überließen, selbst daraufzukommen.

Juri führte Rajas Gedanken zu Ende. „Die Parkbahnaufnahmen", warf er hin. „Und das Fata-Morgana-Gerät." Er war froh, daß er diese praktischen Vorschläge machen konnte, denn natürlich war er sich klar darüber, daß sein Bestehen auf dem Starttermin den anderen nicht gefallen hatte, selbst wenn sie vielleicht die Notwendigkeit einsahen.

Es war jetzt früher Nachmittag, und man hoffte, wenigstens eine der beiden Methoden würde Ergebnisse zeitigen. Die Parkbahnaufnahmen waren selbstverständlich schon einmal ausgewertet worden, aber da war das Suchprogramm des Computers auf große geometrische Muster ausgerichtet gewesen, wie sie Luftbilder von Industrieanlagen, Städten und Transportwegen aufweisen. Jetzt ging es um ein einzelnes Raumschiff, von dem man nicht einmal die Form kannte, und es war zu erwarten, daß der Computer Hunderte von Aufnahmen heraussuchte, denn eine einzelne geometrisch regelmäßige Form kommt auch in der Natur häufig vor. Wenigstens fünf von den sechs Besatzungsmitgliedern würden sich mit diesen Aufnahmen beschäftigen müssen.

Die Schwäche des Fata-Morgana-Gerätes bestand darin, daß damit nicht jeder Punkt der Umgebung zu jeder beliebigen Zeit beobachtet werden konnte. Der Name drückte das Prinzip des Gerätes aus: Es nutzte die Möglichkeit optischer Spiegelung an atmosphärischen Grenzschichten und war damit abhängig vom Sonnenstand, von der Windrichtung und -stärke und anderen Bedingungen. Dafür lieferte es nicht Momentaufnahmen wie die Parkbahnfilme, sondern erlaubte es, Vorgänge zu verfolgen.

Tondo bat sich das Fata-Morgana-Gerät aus; es entsprach seiner Ungeduld mehr, selbst etwas zu bedienen, als sich das Material vom Computer darbieten zu lassen. Die anderen spürten, wieviel ihm daran lag, und erfüllten ihm die Bitte, aber in den Gebieten, die er hereinspiegeln konnte, fand er kein Raumschiff. Meist waren es Wüstengebiete, und nur einmal entdeckte er Bewegung. Er wunderte sich noch, was das für Tiere sein mochten, die da einen Wüstenberg bevölkerten, und speicherte die Aufnahmen auch, suchte dann aber woanders weiter.

Der ersehnte Aufruf „Hier!" kam also nicht von ihm, sondern von Utta. Normalerweise hätte er darüber nur Freude empfunden, in diesem Falle jedoch gab es ihm einen leisen Stich – mochte sein, weil er bei den anderen nicht den gleichen Eifer für die Sache zu spüren glaubte, den er selbst empfand. Jetzt aber drängte rasende, ungeduldige Neugier alle anderen Empfindungen beiseite.

Tatsächlich – mehrere aufeinanderfolgende Parkbahnaufnahmen, die sich teilweise überschnitten, ließen eine regelmäßige, halbkugelförmige Kuppel erkennen. Die Koordinaten der Aufnahmen ergaben, daß sich der Gegenstand der Abbildung am jenseitigen Hang des Südgebirges befand, zwischen Gebirgsrand und Fluß, etwa hundertzwanzig Kilometer entfernt.

„Und du hast nichts gefunden?" fragte Ming.

„Nichts Wesentliches. Tiere in der Wüste. Ihr könnt euch die Konserve angucken. Also was ist nun, fliegen wir hin?"

Was da unten im nachmittäglichen Schatten lag, an der Grenze zwischen Gebirge und Stromtal, das war tatsächlich eine gleichmäßige runde Kuppel, eine Halbkugel mit einem Durchmesser von etwa fünfzig Metern — ein Raumschiff wohl nicht, aber ein Bauwerk auf jeden Fall, keine natürliche Bildung.

Ming und Tondo waren mit dem großen Schweber geflogen; sie waren so am besten für alle Eventualitäten gerüstet und konnten notfalls, gestützt auf seinen G-Antrieb, auch die Handkopien benutzen, die ja nur in der Umgebung des Raumschiffs oder einer anderen steuerbaren Gravitationsquelle funktionierten.

Tondo war aufs äußerste erregt. Diese Kuppel mußte, nach seiner festen Überzeugung, die Startpläne seiner Gefährten über den Haufen werfen. Es drängte ihn, das Bauwerk zu untersuchen, anzufassen — aber Ming hatte lächelnd festgelegt, wie sie die drei Stunden bis zum Abend verwenden wollten: zwei Stunden schrittweise Annäherung, dann erst direkte Untersuchung.

So betrachtete Tondo zunächst die Umgebung. Nichts regte sich. Rings um die Kuppel lag ein unbewachsener Kreis, obwohl zum Gebirge hin Wald und nach dem Fluß zu Gras und Gebüsch standen. Innerhalb des Kreises gab es nur Geröll und Kies. Wurde der Boden saubergehalten? Wozu? Von wem? Oder war er vergiftet?

Nahezu eine Stunde lang beobachteten sie die Kuppel mit Sensoren für elektromagnetische, akustische und gravische Emissionsbereiche. Es war eine außerordentlich anstrengende Stunde. Jeder hatte rund vierzig unbeweglich glatte, gerade Linien auf dem Schirm zu beobachten. Die Sekunden wurden zu Minuten, die Minuten zu Stunden.

Nach einer Viertelstunde fragte Ming: „Tun dir nicht die Augen weh?"

„Schon lange", antwortete Tondo in der Hoffnung, Ming würde das Verfahren abkürzen.

„Mir auch", sagte Ming, „dann schalten wir den akustischen Signalgeber ein und stellen die Schirme auf drei Sekunden Nachlauf. Eine unmittelbare Gefahr besteht wohl nicht."

Nun brauchten sie nicht mehr auf die Schirme zu starren, ein Glockenton würde melden, daß ein Signal einging. Aber das machte das Warten auch nicht leichter.

Selbst dem gelassenen Ming schien es schwerzufallen, denn fünf Minuten vor Ablauf der geplanten Stunde sagte er: „In Ordnung — da scheint niemand was gegen uns zu haben. Dann wollen wir mal."

Die nächste Stunde war nicht ganz so schwer zu ertragen, aber mehr Ergebnisse brachte sie auch nicht. Die Kuppel wurde mit allen denkbaren Arten von Strahlen abgetastet. Irgendeine Reaktion war nicht zu bemerken.

Aber etwas mehr sagte diese Abtastung doch aus. Die Oberfläche der Kuppel mußte tatsächlich völlig glatt sein. Vorsprünge, Risse, ja selbst enge Fugen wie die einer verschlossenen Luke wären bei der Untersuchung sichtbar geworden.

Endlich war die veranschlagte Zeit um. Der Schweber ging tiefer, langsam, vorsichtig, zunächst senkrecht. Dann, in etwa dreißig Meter Höhe, wichen sie seitlich aus und begannen die Kuppel zu umkreisen.

Nichts ereignete sich. Immer tiefer zog der Schweber seine Kreise. Schon streifte er fast den Boden.

Da schrie Tondo leise auf. Er hielt den Schweber an und zeigte auf das Normalbild, das der Schirm vor ihm wiedergab: Die Kuppel öffnete sich. Wenigstens sah es so aus. Auf dem grauen Material der Kuppel bildete sich, am Boden beginnend, ein halbkreisförmiger schwarzer Fleck — ein Loch, in das sie nicht hineinsehen konnten.

Tondo wollte den Scheinwerfer einschalten, aber Ming hielt ihn zurück. Warten!

Und plötzlich machte der Schweber einen Sprung aufwärts, sie wurden in die Sessel gepreßt, einen kurzen Moment nur. In zehn Meter Höhe blieb der Schweber stehen. Als sie das Objektiv wieder auf das Loch gerichtet hatten, sahen sie gerade noch, wie es sich schloß.

Nach einer Schrecksekunde sagte Ming: „Beobachte du weiter!" Er schaltete das Protokoll dreißig Sekunden zurück und ließ es verlangsamt ablaufen.

Tondo blickte neugierig hinüber, aber Ming bedeutete ihm mit einem ernsten Blick, die Kuppel im Auge zu behalten. „Ein Ausschlag im UV-Bereich", sagte er dann. „Der Sensor fällt aus. Erwärmung der Außenhaut. Der Autopilot reißt den Schweber hoch. Das war alles." Er schaltete noch einmal zurück. „Ein schmaler Rechteckimpuls im UV-Bereich. Monochromatisch. Laserlicht. Offenbar stark genug, um einen ungeschützten Körper zu zerstören."

„Sollten wir uns das nicht noch mal angucken?" fragte Tondo.

Beinahe zaghaft fragte er das, weil er erwartete, Einwände und Gegenargumente zu hören.

Ming stimmte jedoch sofort zu. „Es ist kaum ein Risiko dabei", antwortete er, „diese Reaktion ist unspezifisch. Zu schwach für unseren Schweber."

Sie wiederholten also den Vorgang. Diesmal nahmen sie genau

die Zeit. Fünf Sekunden dauerte das Entstehen des Lochs. Zehn Sekunden danach sahen sie durch spezielle Filter den Laserstrahl aus dem Loch herauszucken, und die Automatik riß den Schweber hoch. Fünf Sekunden später war das Loch wieder verschwunden.

„Merkwürdig", sagte Tondo, „wenn das eine Abwehr sein soll, warum kommt sie dann so spät? Zehn Sekunden — da kann einer, der eindringen will, doch allerhand machen."

„Zehn Sekunden, ja", antwortete Ming. „Natürlich, du hast recht! Es muß eine Kennung geben, die den Abwehrmechanismus ausschaltet. Erst wenn sie nicht gegeben wird, strahlt der Laser."

„Aber was für eine?" Tondo lachte selbst, nachdem er das gesagt hatte — darauf konnte wohl im Moment niemand eine Antwort geben.

„Ich schlage vor, wir landen an anderer Stelle neben der Kuppel und sehen sie uns von nahem an, mehr können wir heute nicht tun", meinte Ming.

Die Luft war kühl und würzig, und es war angenehm, wieder einmal auf natürlichem Boden zu stehen, selbst wenn die größere Schwerkraft dieses Planeten das Vergnügen etwas beeinträchtigte.

Sie hatten keine speziellen Meßgeräte mit, aber für das, was sie jetzt tun wollten, genügte die normale Ausrüstung. Es zeigte sich, daß die Kuppel mit einer Schmutzschicht überzogen war. Ming kratzte etwas davon ab und steckte es ein, er wollte es später im Raumschiff analysieren. Darunter wurde eine dunkle, harte Substanz sichtbar, die metallisch klang, wenn man darauf schlug.

Tondo nahm eine Bodenprobe, und dann gingen sie um die Kuppel herum in Richtung der Stelle, wo der Eingang sich aufgetan hatte. Kurz zuvor kehrten sie um und umschritten die Kuppel in der Gegenrichtung. Die Beobachtung bestätigte sich: Nirgendwo gab es eine erkennbare Struktur in der Wand.

„Schluß für heute", sagte Ming. „Wir lassen eine Kamera hier, und dann ab!"

Tondo versuchte nicht erst, Ming umzustimmen. Ein überlegtes Vorgehen war immer nützlicher als ein unüberlegtes. Wenn man zum Beispiel testen wollte, worauf dieser Eingang überhaupt reagierte, brauchte man die verschiedensten Dinge: Metallkörper, Nichtmetallkörper, Geber für alle Arten von Strahlung und wer weiß was noch alles.

Er fand aber auch nicht die Ruhe, diese Überlegung zu Ende zu führen, denn jetzt, als sie wieder im Schweber saßen und zurückflogen, überstürzten sich seine Gedanken und Vermutungen. „Ob der Roboter aus dieser Kuppel kommt?" Natürlich erwartete er keine Antwort von Ming, aber er fragte gleich weiter: „Wenn die Abwehr wie der Öffnungsmechanismus automatisch ist, gegen wen richtet sie sich dann? Gegen wilde Tiere? Man müßte eins fangen und da vorbeilaufen lassen. Und bedeutet das nicht, daß die Kuppel von ihren Bewohnern verlassen ist? Vielleicht war ein Raumschiff hier und..." Tondo verstummte plötzlich, denn was er da gerade im Begriff war auszusprechen, konnte seiner Forderung, daß man hierbleiben müsse, abträglich sein.

„... und ist längst wieder gestartet und hat den Roboter nur vergessen?" vollendete Ming lächelnd den Satz.

„Na ja — zum Beispiel", gab Tondo zögernd zu.

„Vielleicht", meinte Ming, „vertragen aber die Erbauer der Kuppel die hiesige Sonne noch weniger als wir und halten sich deshalb lieber tief unter der Oberfläche auf? Und schicken nur ab und zu ein paar Roboter nach oben, um nachzusehen, ob es etwas Neues gibt? Vielleicht sind sie auch schon lange gestorben, und das ist eine Art Grab? Nimm mir's nicht übel — bis jetzt ist noch alles möglich."

„Nur eins nicht", sagte Tondo.

„Das wäre?"

„Daß wir übermorgen starten."

„Wir werden sehen", sagte Ming ausweichend. Er verstand Tondo sehr gut, aber er überblickte besser die Zusammenhänge. Man konnte mit dem Start nicht warten; der Transitraum setzte die Termine, nicht der Mensch. Im Katastrophenfall würde man wohl auch einen anderen Rückweg finden, sinnierte Ming, sicherlich einen risikoreicheren, schwierigeren, aber doch einen Rückweg, soweit war glücklicherweise die Raumfahrt. Aber wer wollte es verantworten, wegen einer noch so bedeutenden Entdeckung mit dem Katastrophenfall zu spielen? Nein, Tondos Optimismus stand auf einer sehr schwankenden Grundlage. Nicht viel Aussicht, daß der Junge recht behielt.

Und er, Ming, was wollte er selbst? Er wußte, an Wissen, Kenntnissen, Erfahrungen übertraf er alle im Raumschiff, auch Hellen, die das akzeptierte. Seine Weisheit wurde gerühmt in der ganzen Raumflotte. Aber leider wußte er auch genauer als alle anderen, daß das Übermaß an Kenntnissen zusammen mit dem Zwang zum Abwägen manchmal auch zu Entschlußlosigkeit führte und daß er darum zu Recht niemals als Kommandant eingesetzt worden war. Er war damit zufrieden, und nur manchmal, in seltenen Fällen, hatte er das vage Gefühl, ihm fehle etwas, und der Sieg der Vernunft über Leidenschaft und Wagnis, den er immer durchzusetzen half, sei doch nicht des Weltalls letzter Ratschluß... Er schüttelte leicht den Kopf. Noch war Zeit. Man würde sehen.

Die Sonne war untergegangen. Als sie im Raumschiff eintrafen, schliefen die anderen schon. Denn am nächsten Tag würde man sehr früh aufstehen müssen, um den Rückstart vorzubereiten, der für den übernächsten Tag geplant war. Den Starttermin entnahmen Ming und Tondo dem automatischen Rapport, den ihnen Ypsilon übermittelte. Und sie erfuhren noch mehr: Jeder der vier anderen hatte seine Meinung zum Start zu Protokoll gegeben, und alle bejahten ihn – Hellen und Juri unumwunden, Utta mit hörbarem Bedauern und nur Raja mit der Einschränkung, daß man hierbleiben und weiterforschen müsse, wenn auch nur die geringste Möglichkeit dazu vorhanden sei.

Ming gab zu Protokoll, was sie erlebt hatten, und nach einer kleinen Pause setzte er hinzu: „Mit dem Start einverstanden."

Tondo sah ihm enttäuscht nach, wie er, anscheinend sehr müde, mit schleppenden Schritten davonging, ohne sich noch einmal umzusehen. Tondo verstand die Gefährten nicht. Plötzlich kamen ihm alle wie Fremde vor. Und waren sie das nicht auch? Vier Monate war man beieinander, die Vorbereitungszeit einbegriffen, man war gut miteinander ausgekommen, keine Reibereien, keine Schwierigkeiten in der Arbeit, aber auch keine Höhepunkte. Nun plötzlich schienen die anderen recht wesentlich abzuweichen von dem Idealbild, das er sich von Raumfahrern gemacht hatte. Oder war er es, der vom Normalen abwich? Aber war es denn nicht normal, daß der Mensch mit Leidenschaft zu forschen, zu erkennen trachtete? Und hatte die Menschheit nicht von Anbeginn des wissenschaftlichen Denkens auf diesen Augenblick gewartet? War dieser Augenblick nicht auch für alle künftigen Jahrmillionen unwiederbringlich — die erste Begegnung mit Brüdern im All?

Das alles gab Tondo nicht zu Protokoll.

Er sagte nur: „Ypsilon zu Rapport: Ich bin mit dem Start nicht einverstanden!"

Als Tondo frühstückte, setzte sich Hellen zu ihm. Offenbar hatte sie Ypsilon beauftragt zu melden, wann Tondo aufgestanden war.

„Nach euren gestrigen Ergebnissen", sagte sie, „habe ich angewiesen, daß wir morgen termingemäß starten."

Tondo war mehr verwirrt als traurig. Mit dem Start hatte er sich schon fast abgefunden, es überraschte ihn eher, daß die endgültige Entscheidung erst am Morgen gefallen sein sollte. Aber daß gerade die fremdartige Kuppel, die er für einen überzeugenden Grund zum Hierbleiben gehalten hatte, den Ausschlag für die Startentscheidung gegeben hatte, verstand er nicht.

„Ich verstehe dich ja", fuhr Hellen fort, „wir alle trennen uns nur schweren Herzens von unserer Entdeckung. Aber wir müssen vernünftig sein. Die Menschheit besteht nicht nur aus uns sechs. Unser Normalraumtreibstoff reicht nicht bis zum nächsten Startfenster. Unsere Lebenserhaltungssysteme sind nicht für so lange Zeit ausgelegt. Wir haben keine Spezialausrüstung und keine Spezialausbildung für Kontakte. Dürfen wir riskieren, daß die Kenntnis von diesem Planeten mit uns untergeht?"

Tondo wußte nichts zu entgegnen. Dieser Gedanke war ihm noch nicht gekommen, und er fühlte, gegen dieses Argument gab es keinen Einwand. Aber etwas in ihm stemmte sich gegen diese Einsicht. Die Älteren haben immer die besseren Argumente, eben weil sie älter sind, mehr Wissen haben, mehr Erfahrung. Aber haben sie deshalb immer recht?

„Wenn nun die nächste Expedition von der Erde kommt, und die Fremden sind schon weg?"

„Eure Kuppel sah wohl mehr wie eine langfristige Unterkunft aus", entgegnete Hellen geduldig. „Wenn übrigens jemand darin war, dann hat er wohl kein unmittelbares Interesse an Kontakten gezeigt."

Gegen seinen Willen mußte Tondo zugeben, daß auch dieses Argument nicht von der Hand zu weisen war. „Stimmt", sagte er, „und auch der Roboter ist von uns weggelaufen."

„Eben", bestätigte Hellen. Sie lächelte jetzt freundlich und mütterlich. „Wenn es dich tröstet – das nächste Startfenster ist in zwei Jahren offen, das darauffolgende ein Jahr später. Auf jeden Fall wird man eine speziell ausgerüstete Expedition herschicken. Ich werde wohl nicht mehr dabeisein, aber du als Historiker bestimmt."

Sie glaubte Tondo überzeugt zu haben und ging an die Arbeit. Aber Tondo fragte sich schon wieder, ob er nicht zu schnell nachgegeben hatte. Zwar hätte auch sein Widerspruch nichts an der getroffenen Entscheidung geändert, jedoch würde er sich jetzt wohler fühlen, wenn er auf seiner Meinung bestanden hätte. Argumente, diese einzigen Waffen der Wissenschaft, hatte er freilich keine.

Hellen hatte ihn entwaffnet, nicht überzeugt.

Wenig später tastete Tondo aus einem kleinen Hubschrauber heraus die Außenhaut des Raumschiffs an der Oberseite mit gedämpften Strahlenbündeln ab. Ihre völlig unversehrte Struktur war eine wichtige Bedingung für den späteren Übergang in den Transitraum. Das war eine langwierige, langweilige, aber äußerste Präzision erfordernde Arbeit.

Raja saß in der Zentrale und überprüfte akustisch die Navigations- und Steuersysteme des Raumschiffs. Die verschiedenen Schaltkreise gaben, wenn sie störungsfrei arbeiteten, aufeinander abgestimmte Töne von sich, so daß stets ein fließendes Tongefüge mit harmonischem Klang zu hören war.

Da plötzlich sprang ein Ton heraus, spitz, grell. Raja dachte zuerst an eine Störung, aber die Kontrollschirme zeigten nichts Derartiges. Dann begriff sie: Einer der Funksensoren sprach an! – Sekunden später hatte sie die Frequenz eingestellt und die Besatzung alarmiert.

Aus dem Lautsprecher erklang eine Roboterstimme.

Utta, die in der Nähe war, kam sofort in die Zentrale und begann den Sender anzupeilen. Alle anderen verharrten an ihren

Arbeitsplätzen, gespannt darauf, was sich ergeben würde, und anfangs wohl auch ein wenig ratlos.

Tondo setzte seinen Hubschrauber auf das Raumschiff, um alle Sinne frei zu haben für die Vorgänge in der Zentrale, die er auf dem Bildschirm gespannt verfolgte.

Da verstummte die Roboterstimme.

Utta lehnte sich zurück. „Der Sender hat eine Impulskennung", verkündete sie, „wie sie bei uns üblich ist."

„Sieh doch mal nach", sagte Raja, „vielleicht ist es das Funkgerät, das der Roboter mitgenommen hat!"

„Und wo steht der Sender?" fragte Tondo ungeduldig.

„Nichts überhasten", meldete sich Hellen, „wartet, vielleicht kommt er wieder!"

„Den Standort hab ich noch nicht genau", sagte Utta, „für die Feinpeilung hat die Zeit nicht gereicht..."

Und wieder ertönte die Roboterstimme.

„Raja, bitte", sagte Tondo nach einer Weile, „schick doch mal die Aufnahme durch den Stimmanalysator, ich glaube, das sind zwei Stimmen!"

Raja schüttelte leicht den Kopf, sie hatte nicht den Eindruck, aber immerhin hatte sich Tondo bisher am längsten und intensivsten mit den akustischen Äußerungen des Roboters beschäftigt. Sie erfüllte ihm also den Wunsch.

„Tatsächlich, zwei Stimmen!" berichtete sie verwundert.

Eigentlich war das eine Sensation, geeignet, alle bisherigen Überlegungen und Entschlüsse über den Haufen zu werfen: Es gab offensichtlich mehrere Roboter, die in Kontakt zueinander standen. Aber im Augenblick hatte keiner Zeit und Ruhe, soweit zu denken, denn jetzt setzten die Stimmen aus, kamen wieder, setzten noch einmal aus, kamen noch einmal wieder, und dann wurde der Sender schwächer und verschwand.

„Mehrere Roboter", murmelte Tondo nachdenklich, „mehrere... Er ist geflohen, dahin, wo er andere traf, denen hat er seine Beute gezeigt, sie haben daran herumgespielt..."

„Unsinn", rief Raja, „so verhalten sich Affen, aber nicht Roboter!"

„Es ist aber eine Erklärung", beharrte Tondo.

„Ich habe den Standort ziemlich genau", verkündete Utta sachlich. „Nach Deklination und Inklination liegt er an den Nordhängen des Südgebirges. Und wenn es unser Gerät ist, ergibt sich aus der mittleren Sendeintensität ein Abstand von rund fünfzig Kilometern, und das – Moment! –, ja, das könnte stimmen."

„Ich fliege mit dem Hubschrauber hin", erklärte Tondo entschlossen. „Utta, gib mir bitte einen automatischen Peilstrahl!" Und schon hob der Hubschrauber leise summend vom Raumschiff ab.

Hellen zögerte einen Augenblick, aber dann brachte sie es nicht übers Herz, Tondo zurückzurufen. „Nicht landen, Tondo", ordnete sie an. „Aus der Luft beobachten und dann gleich zurückkommen!"

Der Peilstrahl führte Tondo direkt an den Nordhang eines langgestreckten, großen Berges, der seine Umgebung weit überragte. Tondo taufte ihn Kamelrücken, weil der Berg zwei Höcker hatte. Er mochte etwa zweitausend Meter hoch sein. Ringsum erhoben sich niedrigere Kuppen, alle bewaldet, nur dieser Nordhang und das Tal, das sich zu seinen Füßen fast genau von Osten nach Westen erstreckte, waren spärlicher bewachsen. Der Wald auf den Kuppen war aber recht niedrig, war eher ein Gebüsch, ein aufrecht gehender Mensch könnte die Wipfel überblicken. Tondo stellte das fest, als er mit dem Hubschrauber dicht über die Baumkronen dahinstrich.

Dort, wo der Hang des Kamelrückens in das Tal überging, schien es viele Höhlen zu geben, Tierwohnungen vielleicht, obwohl keine Tiere zu sehen waren und erst recht nicht Roboter oder technische Anlagen, sonst hätte er das sofort triumphierend dem Raumschiff gemeldet.

„Na, siehst du etwas?" fragte Utta schließlich.

„Nichts", antwortete Tondo enttäuscht.

„Der Peilstrahl stimmt aber, von dorther, wo du jetzt bist, kam die Sendung!"

„Ich glaub dir ja", sagte Tondo müde. Wahrscheinlich sind die Roboter weitergezogen, dachte er. Was sollen sie auch hier, in dieser Bergwildnis! Er suchte noch einmal das Tal ab, dann kündigte er an: „Ich fliege jetzt zurück."

Wieder am Raumschiff, beendete Tondo die Kontrolle der Außenhaut und wandte sich dann seiner nächsten Aufgabe zu.

Den ganzen Tag lang arbeiteten alle an den Startvorbereitungen. Abends gingen sie todmüde schlafen. Der folgende Vormittag, der letzte auf diesem Planeten, sollte der persönlichen Vorbereitung auf den Start dienen, eine Zeit, die in allen solchen Fällen geplant wurde, aber fast immer nur Langeweile bedeutete.

Tondo wachte mit Unruhe auf. Beim Frühstück kamen ihm die verschiedensten Ideen, und je tiefer er sich in seine Spekulationen verstrickte, um so deutlicher hatte er das Gefühl, daß er irgend etwas übersehen haben müsse, eine Tatsache, einen Zusammenhang...

Er suchte Rajas Gesellschaft, im Augenblick fühlte er sich zu ihr hingezogen, wohl wegen ihrer kritischen Haltung zum Startbeschluß.

Raja hatte nichts dagegen, daß Tondo sich ihr anschloß, sie hatte sowieso nichts vor. Also saßen sie in der Schleuse, blickten auf den morgendlichen Planeten und schwatzten.

„Mir gehen zwei Sätze nicht aus dem Kopf, die du gesagt hast", meinte Tondo.

„Und was für welche?"

„Also erstens, daß solche Roboter in vollautomatischen Anlagen eingesetzt wurden, auf der Erde, versteht sich."

„Ja, und?"

„Wenn nun diese Kuppel im Süden dort eine automatische Station von irgendeiner unbekannten, fremden Gesellschaft ist?"

„Warte mal – dann müßten doch die Roboter dort sein und nicht hier im Wald."

„Eben. Da hakt der zweite Satz ein – du hast die Roboter mit Affen verglichen. Wenn sie aber nun kaputt sind, defunktioniert, sozusagen verwildert."

Raja mochte solche Vermutungen nicht, die jeder Grundlage entbehrten. Aber sie spürte, daß Tondo das Bedürfnis hatte, darüber zu sprechen, und ließ ihn deshalb ihre Bedenken nicht merken.

„Wie kommst du darauf?" fragte sie.

„Ich weiß nicht, ich suche irgend etwas, aber ich finde es nicht. Etwas, was ich gesehen oder gehört oder gedacht habe. Oder beinahe gedacht. Aber das ist es auch nicht." Plötzlich fiel ihm etwas anderes ein. „Man müßte wissen, ob die Kamera bei der Kuppel schon etwas aufgenommen hat!"

„Wir rufen die Bilder ab, wenn wir gestartet sind", sagte Raja. „Von hier aus geht's nicht, wir müssen optische Verbindung haben."

„Jaja, ich weiß", erwiderte Tondo. Dann sprang er auf. „Ich fliege hin. Warum so lange warten? Eine Stunde hin, eine zurück, ich brauch ja nicht mal zu landen – da bin ich immer noch zwei Stunden vor dem Start zurück. Eine Stunde ist Vorschrift. Bitte, geh in die Zentrale und laß den Hubschrauber hinunter!" Er glitt mit dem Gravilift hinab auf den Boden.

Raja erfüllte ihm den Wunsch. Warum nicht? dachte sie. Wenn er etwas zu tun hat, lenkt ihn das vielleicht von seinen Grübeleien ab! Sie lächelte. Nicht über Tondo, mehr über sich selbst, denn ihr wurde plötzlich klar, daß sie selbst über Tondos Vermutungen nachzugrübeln begann.

Tondo fühlte sich erleichtert, als er in Richtung Süden davonflog. Wenn schon Start, dachte er, dann wenigstens die Zeit bis zur letzten Stunde nutzen!

Sobald er über der Kuppel angelangt war, rief er das Raumschiff.

Raja meldete sich aus der Zentrale, sie hatte offenbar auf seinen Anruf gewartet, und er war ihr dankbar dafür.

„Ich hab mir überlegt", sagte er, „daß es besser ist, wenn ich hier nur Relais spiele. Ich kann mit dem Hubschrauber auf zweitausendfünfhundert gehen, dann hast du mich optisch, du übernimmst die Bilder und fütterst sie gleich ein. Der Computer macht das schneller. Ich könnte die Bilder hier sowieso nicht alle durchsehen."

Raja war einverstanden. Sie justierten die Verbindung – das Überspiel war dann Sekundensache.

Auch jetzt war um die Kuppel herum keine Bewegung zu sehen, und Tondo war beinahe überzeugt, daß die Aufnahmen der Kamera ebenfalls nichts ergeben würden. Eigentlich war es doch undenkbar, daß zwischen der Kuppel und den Robotern kein Zusammenhang bestehen sollte. Wenn jedoch einer bestand, die Roboter aber keine Verbindung zur Kuppel aufnahmen, dann war seine Vermutung, sie seien defekt, doch sehr naheliegend.

Seine Gedanken kreisten ununterbrochen um dieses Problem, als er den Rückflug antrat.

Nach zehn Minuten, er war gerade über dem Kamm des Südgebirges, meldete sich Raja. „Die Aufnahmen enthalten nichts Neues", sagte sie. „Keine beweglichen Objekte in der Umgebung der Kuppel. Vielleicht hast du recht, und die Roboter sind wirklich verwildert."

Tondo mußte lächeln – nicht weil sich seine Annahme bestätigte, sondern weil Raja seine Ausdrucksweise übernommen hatte, während er in der ihrigen gedacht hatte: verwildert, defekt, verwildert ...

Und da war der Funke des Begreifens. Plötzlich wurde ihm bewußt, was ihm die ganze Zeit über im Kopf herumgegangen war und sich nicht mit Worten formulieren, nicht gedanklich fassen lassen wollte. Es war eine einfache Wortverbindung, eine Brücke zwischen zwei Begriffen: verwildert – wild – wilde Tiere – Höhlen!

Das war es. Jetzt wunderte sich Tondo, daß ihm gar nicht die Frage gekommen war, wo die Roboter denn sein könnten, wenn sie bei der Kuppel nicht zu finden waren. Die Höhlen im Tal am Kamelrücken!

Und das war gar nicht weit von hier, keine zehn Minuten Umweg waren das ...

Da war der Kamelrücken. Er sah von Süden her etwas anders aus, aber je näher Tondo kam, um so mehr nahm der Berg die bekannte Silhouette an. Jetzt lag der Rücken unter dem Helikopter, und da war das Tal, und da – weiße Punkte, die sich bewegten. Tiere? Roboter? Weiß? Der Roboter hatte graubraun ausgesehen. Weiße Tiere waren ihnen aber bisher auch nicht begegnet, von Insekten abgesehen. Von oben ließ sich das nicht entscheiden.

Die weißen Punkte bewegten sich, von Osten kommend, einen Pfad entlang in das Tal hinein. Tondo setzte den Hubschrauber hinter ihnen auf den Pfad, durch eine Biegung verdeckt. Die Baumwipfel waren gerade weit genug voneinander entfernt, daß er landen konnte.

Er benachrichtigte Raja von seiner Entdeckung und davon, daß er sich ein paar Schritte vom Hubschrauber entfernen würde.

Dann schlich er den Pfad entlang und lugte um die Biegung, hinter der sich der Pfad zum Tal ausweitete.

Ja doch, das waren Roboter! Aber sie sahen anders aus als derjenige, der sie beim Raumschiff besucht hatte. Anders — nein, nicht anders, nur: Sie trugen weiße Umhänge oder Kittel, und sie bewegten sich auch mehr wie Maschinen; ausgerichtet in einer Linie, gingen sie gleichmäßig vorwärts, von Tondos Standort weg, in westliche Richtung.

Jetzt hatten sie das jenseitige Ende des Tals erreicht, gleich würden sie wieder im Wald verschwinden, Tondo zählte sie schnell, zwanzig, nein, einundzwanzig waren es. Tondo sah jetzt, daß einer von ihnen eine Sonderstellung einnahm, er rief und gestikulierte, und jetzt — nein, sie verschwanden nicht, sie drehten alle im selben Augenblick um.

Die Kittel waren vorn offen. Auf der linken Seite — Tondo dachte: auf der linken Seite der Brust — trugen sie alle einen blauen Farbfleck. Sie hatten auch irgendwelche Gerätschaften in den Händen, aber Tondo kam nicht dazu, auf Einzelheiten zu achten, denn nun blieb die Hälfte der Roboter stehen, die andere Hälfte verteilte sich und drang in die Höhlen ein. Die Höhlen!

Es sah aber nicht so aus, als seien die Höhlen ihre Behausungen. Ein paar Roboter gingen in eine Höhle, kamen wieder heraus, gingen in die nächste. Suchten sie etwas? Natürlich, sie suchten das Tal ab!

Tondo durchfuhr ein Gedanke. Er hatte vorsorglich den Helmfunk mit dem Gerät des Hubschraubers gekoppelt. Jetzt zahlte sich das aus, er konnte Raja rufen.

„Jetzt paß mal auf", sagte er erregt. „Hier sind Roboter, alle einheitlich mit weißen Kitteln, die suchen das Tal ab. Offenbar doch nach den anderen Robotern, von denen wir einen kennengelernt haben, die sind aber jetzt nicht hier. Das kann doch nur bedeuten, daß die anderen defekt sind, daß sie eine Gefahr bilden, eine Gefahr vielleicht für die gesellschaftlichen Wesen, die wir noch nicht gefunden haben... Du müßtest das sehen!"

„Du mußt zurückkommen", sagte Raja sanft. „Es hilft ja alles nichts..."

Einen Augenblick lang ärgerte sich Tondo darüber, daß Raja seinen Gedanken so auslegte, als hätte er sich etwas zurechtgemacht, was für ein Hierbleiben spräche. Aber dann sagte er sich, daß er gerade bei Raja am wenigsten Grund habe zu solch einer Reaktion. „Ein paar Minuten noch, vielleicht ergibt sich noch etwas!" bat er.

Die Weißkittel waren näher gekommen, und jetzt sah Tondo sie deutlicher. Der blaue Fleck auf ihren Kitteln war eine Sonne, ein blauer Kreis mit Strahlen, symbolische Darstellung wohl für die Sonne dieses Planeten..., symbolisch? Symbole? Paßte das zu Robotern? Tondo mußte sich eingestehen, daß er das nicht wußte. Er hätte Raja fragen können, aber er wollte nicht noch einmal an die Zeit gemahnt werden.

Zwei von den Weißkitteln waren ihm jetzt ganz nahe. Vielleicht das letztemal, daß ein Mensch den Robotern so nahe war!

Gedanken schossen in Tondos Kopf hin und her, aufleuchtend, nicht zu Ende zu bringen, einer, kaum gedacht, schon wieder abgelöst durch den nächsten. Wenn es gesellschaftliche Wesen gab, dann würden die Roboter ihnen berichten — wenn sie vielleicht die Möglichkeit verloren hatten, sich über Funk zu verständigen, wäre es für diese Wesen um so wichtiger zu wissen, daß Menschen hier waren — man müßte, ja, man müßte sofort Kontakt aufnehmen.

Tondo trat vor und rief. Rief die Worte der Robotersprache, die ihm noch gegenwärtig waren, jenes „Eins und eins gleich zwei!"

Die beiden Weißkittel sahen zu ihm hin. Einer griff sich an die Seite, zog einen Beutel hervor und warf ihn nach Tondo.

Ein entsetzlicher Gestank schlug Tondo entgegen. Er nahm noch wahr, daß der Gestank von dem geplatzten Beutel ausging, dann verschwamm alles vor seinen Augen. Er ging in die Knie, es würgte ihn in der Kehle. Er riß sich hoch, taumelte ein paar Schritte zurück. Wie von fern hörte er Rajas Stimme rufen, dann nahm er alle Kraft zusammen und konzentrierte sich auf eine einzige Handlung:

Gerade noch rechtzeitig gelang es ihm, den Helm abzunehmen, dann mußte er sich heftig und lange übergeben.

Danach war ihm etwas besser. Ein Blick in das Tal belehrte ihn, daß die Weißkittel nach wie vor geschäftig hin und her liefen und sich überhaupt nicht um ihn kümmerten. Mühsam, immer

wieder von Brechanfällen aufgehalten, wankte er zum Hubschrauber zurück.

Endlich stand er davor, aber er hatte keine Kraft mehr, hineinzuklettern. Aus der offenen Kanzel und aus dem Helm, den er noch in der Hand trug, hörte er Rajas Stimme, die ihn immer wieder aufforderte, sich zu melden. Dann verlor er das Bewußtsein.

Raja hatte alle in die Zentrale gerufen. Die Lage war kritisch. Der Hubschrauber war das einzige, sogleich einsatzbereite Fahrzeug gewesen, daran hatten weder Tondo noch Raja gedacht. Und jetzt waren es nur noch zwei Stunden bis zum Start.

Für die Fahrt ins Gebirge kam außer dem Hubschrauber nur der große Schweber in Frage, aber um den startbereit zu machen, würde man bis zum Abend zu tun haben.

Während die anderen beratschlagten, rief Raja weiter in gleichmäßigen Abständen nach Tondo und behielt auch die anderen Geräte im Auge.

Plötzlich schrie sie auf.

„Tondo?" fragte Hellen. „Meldet er sich?"

„Nein, dort!" sagte Raja, schnell wieder gefaßt, und zeigte auf den Bildschirm des Umgebungsvideos.

Vom Waldrand her näherten sich bewegliche Objekte, ein ganzer Haufen, eindeutig Roboter wie der von gestern. Es waren fünfzehn. Und wie die aussahen! Einem fehlte ein Arm, manche hatten anstatt des zweiten Armes nur einen Stumpf mit einer Stange daran, einige humpelten, als seien ihre Beine verschieden lang, liefen aber deshalb nicht langsamer, die meisten trugen Flicken in den verschiedensten Farben auf ihren Bezügen. Und alle hatten irgendwelche Gerätschaften in der Hand, Werkzeuge oder Waffen.

Diese Horde lief auf das Raumschiff zu, und jetzt konnte man auch hören, daß sie dabei Schreie ausstießen.

„Was die wohl wollen?" fragte Ming.

„Raja, du bleibst an Tondo dran", ordnete Hellen an. „Ypsilon – Schleuse schließen."

Hellen, Ming und Juri standen um den Stereotisch, Juri bediente die Einstellung. Man sah, wie die Roboter unter das Raumschiff liefen, einer deutete hoch, ein paar andere steckten blitzschnell irgendwelche Stöcke zusammen...

„Die Hubschrauberluke!" rief Ming.

Hellen winkte ab. „Mal sehen, was sie machen, wenn sie drin sind."

Drei Roboter standen jetzt in der Hubschrauberschleuse. Sie blickten nach oben, wo allerhand Haken, Stangen und andere Aufhängungen aus der Decke ragten und fingen an, mit ihren Geräten heftig dagegen zu schlagen.

„Zerstörungswut?" fragte Hellen zweifelnd.

„Kaum", antwortete Ming. „Hat Tondo nicht was von Höhlen gesagt? So verhält man sich in einer unbekannten Höhle. Das Hangende sichern."

„Achtung!" rief Juri. „Der da vorn macht sich am Stromanschluß zu schaffen."

Aber es war schon zu spät – der Roboter krümmte sich und fiel um.

„Ypsilon – Hand vom Stereotisch übertragen!" rief Hellen, griff in das Bild und drängte die übrigen Roboter zur offenen Luke. Sie versuchten anfangs, gegen den unsichtbaren Widerstand anzukommen und zu ihrem zerstörten Gefährten vorzudringen, aber dann flüchteten sie, fielen mehr aus der Luke, als daß sie kletterten, und liefen davon, alle anderen mit sich reißend, die unten gewartet hatten. –

„Tondo ist wieder da!" meldete Raja erleichtert.

Als Tondo wieder zu sich kam, blickte er erschrocken auf die Uhr. Noch nicht zu spät! dachte er beruhigt. Aus dem Hubschrauber hörte er Rajas Stimme. Wo war sein Helm? Da, neben ihm. Die Übelkeit war verflogen, er setzte ihn wieder auf, schloß ihn an und meldete sich. Raja übergab an Hellen.

„Einwirkung einer Chemikalie, mit der die Weißkittel herumgeworfen haben", berichtete Tondo. „Erst war mir schrecklich übel, ich mußte mich mehrmals übergeben. Dann habe ich das Bewußtsein verloren, ganz dicht vor dem Hubschrauber. Jetzt geht's wieder. Ich bin in einer Viertelstunde da."

„Halt, sitzen bleiben!" befahl Hellen. „Sende dein Zustandsdiagramm!"

Er drückte die verdeckte Taste am Halsansatz des Helms, und einige Sekunden später sagte Hellen: „Brauchbar. Versuche jetzt in den Hubschrauber zu klettern, aber starte noch nicht. Zustandsdiagramm laufen lassen. Weitere Anweisungen abwarten."

Als Tondo sich erhob, spürte er, daß er doch noch sehr unsicher auf den Beinen stand. Mit größter Anstrengung erklomm er die fünf Sprossen bis in die Kabine des Helikopters, mehrmals mußte er verpusten, und er hatte nicht einmal den Trost, daß das niemand sah – Hellen würde bestimmt aus dem Diagramm erkennen, wie elend er sich fühlte.

„Nimm eine Sauerstoffdusche", sagte Hellen.

Tondo atmete das belebende Gas ein und spürte sofort, wie die lähmende Erschöpfung nachließ.

„Besser?" fragte Hellen.

„Besser."

„Warte ein Weilchen. Wenn es so bleibt, kannst du starten."

Tondo ließ den Motor an. Das vertraute leise Summen gab ihm das Gefühl, alles sei in Ordnung. Er startete durch. Aber im selben Augenblick, als der Hubschrauber abhob, verschwamm wieder alles vor seinen Augen. Er wollte den Lenkknüppel nach unten drücken, beherrschte aber seine Bewegungen nicht mehr und tat offenbar das Gegenteil. Der Hubschrauber erhob sich schräg vom Boden, die Luftschraube prallte gegen die Wipfel der Bäume, Tondo hörte etwas krachen und brechen, ein heftiger Ruck – und Stille. In seinen Ohren rauschte das Blut.

„Fehlstart", meldete er, „Luftschraube anscheinend gebrochen." Er hatte den Eindruck, daß er laut schrie – in Wirklichkeit flüsterte er nur.

Hellen, im Raumschiff, machte sich Vorwürfe. Sie hatte sich vom Zeitdruck treiben lassen, und sie hatte zugelassen, daß sich auch Tondo vom Zeitdruck beeinflussen ließ. Mindestens eine Viertelstunde hätte sie ihm noch zur Erholung geben müssen. Dazu war es jetzt zu spät. Er hätte überhaupt nicht landen dürfen, so kurz vor dem Start, dachte sie – gar nicht erst losfliegen hätte er dürfen! Dann aber rief sie sich zur Ordnung. Jetzt mußte ein Weg gefunden werden, ein Weg... Noch anderthalb Stunden Zeit bis zum Start!

Der Schweber war nicht startbereit. Der Universalwagen, fast überall brauchbar, war in dem Gelände nicht zu verwenden. Die Flügel – nein, auch ihre Montage würde mindestens zwei Stunden dauern.

„Ich sehe eine Möglichkeit", sagte Ming. „Sie ist aber riskant." Er projizierte eine Karte des Zielgebietes auf einen freien Schirm. „Wenn wir alle Generatoren einsetzen, können wir ein Gravikissen sicher bis hierher führen." Er deutete auf den letzten Berg vor dem Kamelrücken. „Allerdings würde das Kissen mindestens zweihundert Meter über der Kuppe stehen. Zwei Mann müßten mit den Ballons der Standardausrüstung abspringen. Zwei Mann deshalb, weil einer allein den Hubschrauber nicht zu reparieren vermag, und wir wissen ja nicht, ob wir mit Tondo rechnen können. Wir müßten noch Einzelheiten besprechen, Windrichtung, Kissenform, Bremsverzögerung und so weiter."

Zwei Raumfahrer – nur Utta und Juri kamen dafür in Frage. Ming würde das Kissen steuern; außerdem wurden den Älteren nach Möglichkeit keine Arbeiten übertragen, die große körperliche Anstrengung und Gewandtheit verlangten. Raja aber mußte als Spezialistin für Mechanik den zerstörten Roboter untersuchen, sofort, denn jetzt mußte man möglichst viel wissen über diese Aggregate. Zwar verhielten sich diese Weißkittel dort im Augenblick dem Menschen gegenüber gleichgültig, aber der Standort des Hubschraubers war nur durch eine Biegung des Pfades von ihnen getrennt, und wer konnte voraussehen, was noch geschehen würde?

Eine Viertelstunde später stürmte das kissenförmige Feld nach Süden und trug wie ein unsichtbarer fliegender Teppich Utta und Juri durch die Luft. Ihr Körpergewicht drückte sie tief in den nachgiebigen oberen Teil des Feldes hinein, sie lagen lang ausgestreckt und spürten kaum etwas von dem scharfen Luftzug. Unter ihnen glitt der Wald hinweg, sie überflogen das unerträglich gleißende Band des großen Flusses, sie sahen die ersten Berge, und da kippte die Landschaft unter ihnen vornüber: Ming, der den Flug steuerte, hatte das Kissen schräg gestellt, um die Wirkung der Bremskraft abzufangen. Sie wurden stark gegen ihre unsichtbare Unterlage gepreßt – ein beängstigendes Gefühl für Utta, die das zum erstenmal erlebte.

Dann ließ der Bremsdruck nach, das Kissen legte sich wieder waagerecht, sie standen still. Unter ihnen lag eine Bergkuppe, vor ihnen, nur ein wenig niedriger als ihre Flughöhe, war der Kamelrücken.

„Da!" sagte Juri, und Utta sah sofort, was er meinte. Sie blickten in das Tal hinein, das sie aus Tondos Beschreibung kannten. Die weißen Flecke – das mußten sie sein, diese seltsamen Roboter.

„Und links drüben, das ist sicher der Anfang von dem Pfad, hinter der Biegung dort..."

„Hört zu", schaltete sich Ming ein. „Verschafft euch eine genaue Übersicht über das Gelände. Nach meinen Messungen am Feld herrscht ein ziemlich starker Wind aus Nordost, ihr werdet also nach rechts abgetrieben. Ich kippe das Feld etwas gegen den Wind, damit ihr die Ballons aufblasen könnt, ohne daß es euch gleich herunterreißt. Soll ich euch noch ein Stück nach links schwenken?"

„Lieber nicht", antwortete Juri, „links ist ein Steilhang, wir könnten dagegen getrieben werden. Nach rechts hin ist der Boden nur wellig."

„Also dann", rief Ming, „guten Flug!"

„Wiederhole noch mal die Reihenfolge der Handgriffe", sagte Juri zu Utta.

Gehorsam zählte Utta auf: „Rechte Hand im Feld einkrallen. Auf Kommando ersten Auslöser drücken, dann mit der linken Hand ebenfalls einkrallen. Auf Kommando loslassen, dann linke Hand am zweiten Auslöser, rechte Hand an der Ventilleine. Wenn kein anderes Kommando von dir kommt, zwanzig Meter über dem Boden zweiten Auslöser drücken. Nach Bodenberührung Ventilleine abreißen."

„In Ordnung – los!"

Die Ballons auf ihren Rücken schwollen schnell an, und bald wurden sie so vom Wind gezerrt, daß Utta und Juri Mühe hatten, sich mit beiden Händen in der Tiefe des Kissens festzuhalten. Utta kam es vor, als dauere es endlos. Die Arme wurden ihr lahm, und immer noch wuchs der Durchmesser der Ballons, die sich jetzt schon gegenseitig verdrängten, pendelten und nach allen Seiten zogen.

Endlich, als der Durchmesser auf fast sechs Meter angewachsen war, sagte Juri: „Ich springe zuerst, du zählst bis fünf und läßt dann los! Achtung — jetzt!"

Utta fühlte eine große Erleichterung. Zuerst pendelte sie noch etwas, aber das gab sich schnell, und dann drehte sie sich nur noch ganz langsam um die eigene Achse, so daß das ganze Panorama der Bergwelt an ihren Augen vorbeizog. Da kam auch Juri in ihr Blickfeld, er schwebte etwa zehn Meter von ihr entfernt.

„Sinken wir überhaupt?" fragte Utta.

„Ja, und zwar zu schnell", antwortete Juri, „aber nicht mehr lange, die Sonne heizt die Ballons stark auf."

Utta sprang zum erstenmal in einer fremden Atmosphäre. Sie wußte, daß das ein riskanter Sprung war, sie war auch nicht übermäßig mutig und empfand mitunter Angst; aber hier machte sie die überraschende Entdeckung, daß sie sich an Juris Seite sicher fühlte.

Erstaunlich! Wohl hatte sie schon längst bemerkt, daß der verschlossene Mann, der gewöhnlich sein Seelenleben kaum offenbarte, in ihrer Gegenwart etwas weniger wortkarg war. Aber sie hatte das genausowenig ernst genommen wie die Plänkeleien mit Tondo. Anscheinend zu Unrecht; denn das Gefühl der Geborgenheit, das Juri plötzlich für sie ausströmte, war nicht einfach das Ergebnis seiner großen Kenntnisse, seiner Kraft und Beherrschtheit, dieses Gefühl kam aus ihr selbst, und sie wußte nur zu genau, was es bedeutete und wovon es der Anfang war... Lächelnd schwebte sie zwischen Himmel und Planetenoberfläche.

Juri riß sie aus ihrer Beschaulichkeit. „Jetzt aufpassen!" rief er über Helmfunk. „Siehst du da vorn das Flüßchen? Wir treiben darauf zu."

„Ja, ich sehe es."

„Dahinter ist eine Kuppe, und dann kommt ein Steilhang. Der gefällt mir nicht. Wir müßten auf der kleinen Kuppe landen, sie ist aber ziemlich niedrig. Nimm deine Sicherungsleine und knote eine große Schlinge hinein, ungefähr ein Meter Durchmesser. Vor der Kuppe läßt du sie ablaufen."

„Als Anker also?"

„Genau!"

Der Trick funktionierte. Aber erst, nachdem Uttas Leine sich im Geäst des Waldes verfangen hatte, warf Juri die seine. Jetzt merkten sie, daß sie nur noch wenig sanken. Es war mehr der Wind, der sie nach unten drückte.

Nun war das Landen einfach – der Wald war hier gerade mannshoch. Sie leerten die Ballonhüllen, legten sie kunstgerecht zusammen und steckten sie in die Futterale. Dann machten sie sich auf den Marsch.

Der Weg durch den Wald war zwar anstrengend, denn sie wogen gut zehn Kilopond mehr als auf der Erde, und die Bäume, die bald höher wurden, standen ziemlich eng. Aber wenigstens war es angenehm kühl, und die unerträglich grellen Strahlen der Sonne durchdrangen nur selten das Blätterdach, das sich um so dichter über ihnen schloß, je tiefer sie kamen. So konnten sie wenigstens das Helmvisier öffnen.

Trotzdem schnauften sie heftig, als sie das Flüßchen erreichten, das sie von den Ballons aus gesehen hatten. Es sah aus der Nähe gar nicht so harmlos aus wie von oben.

„Wahrscheinlich können wir durchwaten", sagte Juri, „aber bei diesen Gebirgsflüssen weiß man ja nie." Er hakte das Ende seiner Sicherungsleine bei Utta ein und forderte: „Schließ den Helm und folge mir!"

Utta registrierte es als weiteres bedenkliches Anzeichen, daß Juris Befehlston sie auf seltsame Weise berührte – sonst mochte sie solch einen Ton gar nicht, aber diesmal empfand sie neben dem Drang, widersprechen zu müssen, auch eine angenehme Erregung, vergleichbar vielleicht mit dem Gefühl, das eine sportliche Herausforderung hervorruft. Jetzt jedoch hatte sie keine Zeit mehr, sich selbst zu analysieren. Sie mußte alle Aufmerksamkeit auf ihre Schritte richten.

Der Fluß war nicht breiter als fünf, sechs Meter, aber am Rande steinig und in der Mitte allem Anschein nach außerordentlich reißend. Am anderen Ufer stieg glatter Felsen steil empor, und Juri folgte zunächst im flachen Wasser der Strömungsrichtung, wohl um eine geeignete Stelle für den Übergang zu suchen.

Utta hatte Mühe, die Füße richtig zu setzen und nicht zu stolpern, und sie bewunderte ehrlich die Leichtigkeit, mit der Juri sich bewegte. Er hatte nur Augen für die Umgebung, seine Füße schienen den Weg allein zu finden, und zum erstenmal ahnte Utta, was diesen Mann in den Ruf eines hervorragenden kosmischen

Kundschafters gebracht hatte: seine Fähigkeit, sich in jeder planetarischen Natur fast instinktiv zurechtzufinden. Sie bedauerte, daß sie bei den bisherigen Ausflügen auf diesem Planeten immer nur mit Tondo zusammen gewesen war, und einen Augenblick lang wünschte sie fast, es möge jetzt nicht eine Stunde vor dem Start sein, sondern die Zeit ließe sich zurückdrehen...

„Au!" Sie hatte nicht aufgepaßt und war ausgerutscht. Sie kämpfte noch um ihr Gleichgewicht. Juri drehte sich mit einem Ruck um, und was nun kam, geschah so schnell, daß es ihr erst hinterher bewußt wurde.

Am diesseitigen Ufer war der Wald etwas zurückgetreten, man sah einen flachen Strand, von der Sonne beschienen, allerhand Baumstämme lagen herum. Bei Uttas Aufschrei und ihrer heftigen Bewegung begannen sich die Baumstämme zu regen, zwei oder drei, die am nächsten lagen, schnellten auf das Wasser zu, schmale Krokodile oder breite Riesenschlangen oder so etwas – Utta sah einen aufgerissenen Rachen. „Spring!" schrie Juri, Utta sprang ins tiefe Wasser, wurde fortgerissen, sah noch, daß Juri den Strahler in der Hand hatte, kämpfte mit dem Wasser, versuchte Halt zu finden, um Juri nicht umzureißen, prallte gegen einen Felsen, klammerte sich mit aller Kraft fest...

Juri stand aufrecht im flachen Wasser und richtete den Strahler ruhig auf das Tier, das ihm am nächsten gekommen war, dann auf ein anderes – danach schien alles vorbei zu sein. Die meisten Tiere waren am Ufer liegengeblieben.

Dicht neben Utta trieb die Strömung jetzt ein regloses Tier vorbei. Es sah wieder harmlos wie ein Baumstamm aus. Utta schauderte. Unwillkürlich machte sie eine Ausweichbewegung – und gleich spürte sie, daß die Strömung sie stärker erfaßte. Ihre Füße wurden fortgerissen, nur mit äußerster Anstrengung gelang es ihr, sich festzuhalten. Aber da war schon Juri. Mit einem geschickten Ruck zog er sie ins Seichte, bückte sich, umfaßte sie und hob sie auf. Und trotz ihrer Schwäche spürte sie genau, daß er sie einen Augenblick länger im Arm hielt, als nötig gewesen wäre.

„Alles in Ordnung?" fragte er. Seine Stimme war unbewegt wie immer.

„Ja, danke!" sagte Utta.

Juri ließ sie los, zögernd, wie sie meinte, aber vielleicht war er auch nur in Sorge, sie könnte zusammenbrechen.

„Diese erdähnlichen Planeten", sagte er, „sind die schlimmsten. Sie wiegen einen in Sicherheit."

Utta hatte sich wieder gefangen. „Hast du die Biester...?"

„Nur betäubt", sagte Juri. „Hoffe ich wenigstens."

Tondo hatte nach seinem Absturz eine Weile in seinem Sitz gehangen, nicht bewußtlos, aber doch so benommen, daß er keine Lust verspürte, sich zu bewegen. Er hatte keine Schmerzen, im Gegenteil, ihm war zum Lachen zumute. In seltsamer Verdrehung der Wirklichkeit erschien ihm seine Situation unbeschreiblich komisch, ein Raumschiffpilot, der mit einem simplen kleinen Hubschrauber havariert...

Es dauerte eine ganze Weile, bis Hellens besorgte Rufe in sein Bewußtsein drangen, und noch länger, bis er klare Antworten geben konnte und in der Lage war, unter Hellens Anleitung seinen Zustand systematisch zu überprüfen. Verletzt war er nicht, die Übelkeit war jetzt verflogen und kehrte auch nicht mehr wieder, aber eine eigenartige Benommenheit war geblieben, er sprach langsam und artikulierte schlecht, und manchmal verwechselte er Wörter oder stotterte sogar. Auch seine Bewegungen hatte er nicht ganz unter Kontrolle, als er nach einer Taste griff, landete seine Hand zehn Zentimeter daneben, er fand das lustig und lachte.

Hellen begriff, daß er sich in einem Rauschzustand befand. Sie kannte das nur aus der medizinischen Literatur. In ganz seltenen Fällen war so etwas bei Laborarbeiten in der Pharmazie aufgetreten. Wahrscheinlich handelte es sich hier um eine Folgeerscheinung der Vergiftung und der nachfolgenden Sauerstoffdusche. Sie gab das ermittelte Krankheitsbild in den Computer, und der empfahl: ausschlafen.

Das war sicher richtig – Hellen entsann sich, darüber gelesen zu haben –, nur war es leider unter den gegebenen Umständen nicht anwendbar, denn in etwa einer halben Stunde würden Utta und Juri beim Hubschrauber sein. Eine gezielte medikamentöse Behandlung war aber auch nicht möglich, da Hellen die Zusammensetzung des Giftes nicht kannte.

Hellen beschloß, sich mit Tondo zu unterhalten, ihn geistig in Anspruch zu nehmen und dabei seinen Zustand weiter zu kontrollieren. Es wurde die seltsamste Unterhaltung, die sie in ihrem bisherigen Leben geführt hatte. Sie verlief gewissermaßen wellenförmig: Zeitweise antwortete Tondo auf Hellens Fragen ganz klar, wenn auch mit sprachlichen Schwierigkeiten, und auf die Weise erfuhr sie, daß ein Flügel der Luftschraube gebrochen war. Und dann gab es wieder Perioden, in denen Tondo nur Unsinn sprach, Witze erzählte, bekannte Melodien schauerlich falsch sang. Doch mit der Zeit wurden die klaren Perioden länger und die verwirrten kürzer. Hellen registrierte es mit Befriedigung.

Endlich ertönten in Tondos Kopfhörern und aus Hellens Lautsprecher die Stimmen von Utta und Juri, die offenbar mit ihrem Helmfunk in den Empfangsbereich des Hubschraubers gekommen waren. Sie befanden sich, wie sich herausstellte, am Waldrand auf der anderen Seite des Tals, schräg gegenüber der Einmündung des Pfads, und beratschlagten, ob sie das Tal umgehen sollten, der Weißkittel wegen, was sehr viel Zeit gekostet hätte, oder ob sie es riskieren sollten, mitten durch die Reihen dieser Roboter vorzudringen.

Utta hatte einen Einfall: Da die Roboter sich Tieren gegenüber anscheinend gleichgültig verhielten, solange sie ihnen nicht zu nahe kamen — warum sollten sie beide nicht Tiere spielen? Juri fand diesen Einfall ausgezeichnet, und bald darauf krochen die beiden auf allen vieren quer durch das Tal.

Tondo konnte sie nicht sehen, aber er stellte sie sich vor, wie sie zwischen den Weißkitteln herumkrabbelten, und seine berauschte Phantasie machte das Bild noch viel komischer, als es in Wirklichkeit war. Er verspürte wieder eine übermütige Lustigkeit, die sich Luft machen wollte, und begleitete die mühsamen Bewegungen der Gefährten mit spöttischen Bemerkungen, bis Utta es nicht mehr aushielt. Sie wußte ja nichts von dem besonderen Zustand, in dem Tondo sich befand, und verbat sich über Helmfunk keuchend und verärgert seine Bemerkungen.

„Halt endlich den Mund!" rief sie. „Du machst Bruch, reißt blöde Witze, und wir strampeln uns deinetwegen hier ab. Und das eine Stunde vor dem Start!"

Tondo war mit einem Schlag ernüchtert — wie war das nur

möglich, er hatte überhaupt nicht mehr an den Start gedacht! Wie hatte er nur die ganze Zeit untätig hier herumsitzen können?

Er schnallte sich los und kletterte aus dem Hubschrauber. Hellen fragte an, was er mache – sie erschrak, als er es sagte, erhob aber keinen Einspruch.

Unten auf dem Boden dehnte und reckte Tondo sich. Die Glieder schmerzten ein wenig, aber er hatte sie wieder vollständig in der Gewalt.

Der Hubschrauber stand in niedrigem Buschwerk, das den Pfad säumte, unmittelbar vor den ersten größeren Bäumen. An einem dieser Bäume war ein Flügel der Luftschraube zerschellt, Tondo sah deutlich die Narbe im Stamm. Er untersuchte den Hubschrauber, so gut er es in der Eile konnte, und fand, daß sonst nichts gebrochen war. Mit einiger Mühe, aber doch sicher, kletterte er hinauf und begann den Flügel zu demontieren.

Er war jetzt guter Dinge – beinahe wäre der Start verhindert worden, wenn auch nicht direkt durch seine Schuld, so doch als Folge seiner Exkursion. Zwar wäre er für eine Verschiebung des Starttermins gewesen, aber nicht um den Preis einer Handlung, die dem Willen der anderen zuwiderlief. Das Denken durfte unterschiedlich, das Handeln mußte einmütig sein. Gegen diesen uralten Grundsatz menschlicher Tätigkeit zu verstoßen setzte ein Fehlen aller moralischen Maßstäbe voraus.

Tondo war also fröhlich, daß nun alles wieder in Ordnung kam, und summte leise vor sich hin. Aber er erschrak doch, als Juri plötzlich sagte: „Na, dir scheint es ja wieder besser zu gehen!"

Sie arbeiteten etwas über eine halbe Stunde, dann war die Luftschraube repariert. Zu dritt war es etwas eng im Hubschrauber. Juri saß am Steuerpult, Tondo hatte ihn selbst darum gebeten, denn er wollte nichts riskieren!

Juri drückte den Anlasser. – Nichts. – Er versuchte es nochmals. – Wieder nichts.

„Was ist, warum startet ihr nicht?" fragte Hellen vom Raumschiff aus beunruhigt.

„Defekt im Triebwerk", meldete Juri.

„Wieviel Zeitreserve haben wir?" fragte Hellen knapp.

„Ich schätze, knapp zwei Stunden. Gib mir bitte Raja, wir überprüfen gemeinsam das Startprogramm. – Utta kann unterdessen die Photonik, Tondo die Mechanik des schadhaften Triebwerks durchsehen."

Hellen übergab an Raja.

Dann ging sie eine Weile in der Zentrale ziellos auf und ab und setzte sich schließlich zu Ming, der sie aufmerksam beobachtet hatte.

„Müde?" fragte er.

„Ich hätte diese Reise nicht mehr machen dürfen."

„Willst du einen Rat?"

„Ich habe das Gefühl, es schlägt über mir zusammen. Ich leite nicht mehr, ich werde getrieben. Ich weiß nicht, ob ich in der richtigen Verfassung bin, einen Ratschlag entgegenzunehmen, da ich ihn nicht sachlich bewerten kann." Nach einer Weile des Nachdenkens setzte sie jedoch hinzu: „Sag deinen Rat immerhin."

„Für den Start", meinte Ming bedächtig, „wird jetzt alles getan, was getan werden kann. Beschäftigen wir beide uns doch mit der Alternative. Einer neuen Situation begegnet man am besten mit klaren Anweisungen."

Es dauerte nicht lange, da hatten Raja und Juri ausgerechnet, daß man das Startprogramm um anderthalb Stunden zusammenstreichen konnte, genau um dreiundneunzig Minuten und siebzehn Sekunden. Natürlich konnte man das Startfenster in den Transitraum auch in kürzerer Zeit erreichen, theoretisch wäre also sogar ein Tag zu gewinnen gewesen — aber dazu hätte man ein neues Programm ausarbeiten müssen, und das dauerte wesentlich länger.

Juri gab das Ergebnis bekannt.

„Ich kann keinen Fehler finden!" meldete Utta.

„Und du, Tondo?"

„Wirf mir mal das Besteck mit den Radioindikatoren runter", bat Tondo statt einer Antwort. Er schüttete das Kästchen einfach aus, so daß Indikatoren verschiedener Empfindlichkeit auf dem Boden lagen. Zwei leuchteten auf — die schwächsten. „Der Reaktor ist hin", sagte er dann.

„Der Reaktor?" fragte Juri mit unüberhörbarem Zweifel. „Die Dinger sind doch sonst nicht totzukriegen!"

„Der Wärmeaustauscher ist ausgelaufen. Tja — wenn wir jetzt

im Raumschiff wären, dann würde das eine Sache von einer Viertelstunde sein. Aber hier..."

Juri war aus der Kanzel herausgeklettert und betrachtete die Indikatoren. „Eindeutig", stellte er fest. „Nichts zu machen."

„Wegen so eines simplen, faustgroßen Dings", klagte Utta.

„Du hast es wohl eilig, zur Erde zurückzukommen?" fragte Tondo spöttisch.

An Stelle von Utta antwortete Juri mit einer Gegenfrage: „Du wohl nicht?" Die Mißbilligung war unüberhörbar.

Tondo sah ihm gerade in die Augen und antwortete dann, sehr fest: „Nein — ich habe es nicht eilig."

Utta sah von einem zum anderen. Sie wußte nicht, wem sie recht geben sollte. Eigentlich war sie auch nicht böse, daß der Start vereitelt worden war; aber Tondo — als der Verursacher — war ihr für seine Lage zu selbstbewußt. Oder sah sie ihn nur mit kritischeren Augen als bisher? Ganz gleich, sie fühlte, wenn sie jetzt nicht eingriffe, würden die zwei anfangen, sich zu streiten...

Aber da schaltete Hellen sich ein. „Die Umstände, die uns gegen unseren Willen zwingen hierzubleiben, werden wir später klären", sagte sie. „Jetzt ist folgendes zu tun. Raja montiert ein paar Flügel und bringt euch dann einen neuen Reaktor. Das wird so in drei, vier Stunden sein. Ihr drei beobachtet inzwischen die Roboter. Und denkt auch an die Möglichkeit, daß die Bande, die unser Raumschiff überfallen hat, dort auftauchen könnte!"

3

„Du machst dir Sorgen?" fragte Ming. Er drängte sich gewöhnlich nicht ungebeten in die Gedanken anderer, aber er hatte gesehen, wie Hellen schon eine gute Stunde reglos dasaß, die Hände im Schoß gefaltet, und er meinte, daß es ihr nun helfen müsse, sich mitzuteilen.

Hellen bewegte den Kopf um eine Winzigkeit nach unten, kaum ein Nicken, aber für Ming genügend Bestätigung.

„Und es sind natürlich nicht praktische Fragen der nächsten Wochen, die dich bewegen", sagte er, als spräche er nur für sich selbst und ginge ausschließlich eigenen Überlegungen nach, „denn dann würdest du die Geräte befragen und Berechnungen anstellen, und außerdem ist das ja alles besprochen. Es sind demnach grundsätzliche Probleme, und du findest trotz intensiven Nachdenkens keine Lösung."

„Ich sorge mich nicht, weil ich keine Lösung finde", sagte Hellen überraschend klar und voller Spannkraft – sie hatte sich endlich entschlossen, mit Ming darüber zu sprechen. „Ich sorge mich, weil ich nicht abschätzen kann, inwieweit die Lösung der Rätsel dieses Planeten, wenn wir sie schon gefunden hätten, unser Handeln beeinflussen müßte."

„Mit anderen Worten – weil wir aus prinzipieller Verkennung der Situation schwerwiegende Fehler machen könnten."

„Schwerwiegend für uns – oder für die anderen. Deshalb wäre ich auch zufriedener gewesen, wenn wir rechtzeitig gestartet wären. Jetzt werden unsere jungen Leute alles bis aufs I-Tüpfelchen erforschen wollen."

Statt einer Antwort stand Ming auf, füllte zwei Becher mit einem erfrischenden Getränk, stellte einen davon vor Hellen nieder und setzte sich wieder.

„Die Problematik der Begegnung mit einer Gesellschaft, die auf gleichem oder tieferem Niveau steht als wir, ist wenigstens theoretisch einigermaßen durchdacht", fuhr Hellen fort, „und das ist auch möglich, weil gesellschaftliche Gesetze genauso universell gelten wie die Naturgesetze. Aber was ist, wenn diese Gesellschaft uns hunderttausend Jahre voraus ist? Auf einer höheren Stufe, die wir noch nicht kennen und in der vielleicht Gesetze wirken, von denen wir nicht die mindeste Vorstellung haben?"

„Aber die allgemeinsten Gesetze müßten auch da gelten", entgegnete Ming. „Das zum ersten. Zweitens: Gerade dann müßten sie es leichter haben, uns zu verstehen, als wir sie. Und drittens: Wir haben nichts gefunden, was eine solche Vermutung rechtfertigen würde."

„Erstens, zweitens, drittens...", wiederholte Hellen abweisend, „wenn man mit erstens, zweitens, drittens hier etwas ausrichten könnte, wäre ich schon weiter."

„Diese Gedanken", meinte Ming, „sind dir doch nicht in der abstrakten Form gekommen, in der du sie jetzt äußerst?"

„Kennst du das Tamaroa-Paradies?" fragte Hellen dagegen.

„Das ist doch diese Urlaubsinsel auf der Erde, wo die Leute mit Pfeil und Bogen durch den Urwald laufen und Tiere essen?"

Hellen lachte. „So kann man's auch nennen. Aber weißt du auch, wie das entstanden ist?"

„Wenn das der Ausgangspunkt für deine Überlegungen war, dann sag mir's bitte."

Hellen lehnte sich zurück, überlegte eine Weile und begann zu erzählen. „Ich bin in der Südsee aufgewachsen, auf einer anderen Insel zwar, aber im selben Archipel. Ungefähr, als ich geboren wurde, entstand eine philosophische Schule mit dem Namen ‚Wohnraum Natur'. Nachdem dieses Gedankengebäude errichtet und berechnet war, wurde seinen Anhängern ein Experimentierfeld zugewiesen. Eben die Insel Tamaroa. Damals war ich knapp zwanzig und gehörte zu den Anhängern dieser Schule.

Ausgangspunkt unserer Vorstellungen war folgendes: Die Spirale ist das mathematische Abbild des Entwicklungsverlaufs bei jedem komplizierten Prozeß, genauer: die Helix, also die im Raum gewundene Spirale. Oder, wenn du willst, die Wendel.

Die erste vollständige Windung durchlief die Menschheit vom Urkommunismus zum Kommunismus, vom Beherrschtsein durch die Naturbedingungen bis zur Beherrschung der Gesetze der Natur und der Gesellschaft. Aber wie sieht diese Beherrschung aus? Auch nachdem die letzten Schäden beseitigt waren, die die Klassengesellschaft angerichtet hatte, betrachtet man Natur und Gesellschaft streng voneinander getrennt, und das heute noch. Wir entnehmen rein mengenmäßig fünfundneunzig Prozent der Stoffe, die wir brauchen, aus unserem eigenen Abfall und nur noch fünf Prozent aus der Natur, und dieser Anteil sinkt weiter. Das ist jedem selbstverständlich, denn schon die Kinder lernen, daß es gar nicht anders geht. Wir verwenden gut die Hälfte unserer materiellen Mittel und Möglichkeiten darauf, die Natur zu erhalten. Ja, aber zu erhalten als Lieferant für Atemluft und allenfalls als Stätte der Erholung. Im übrigen verläuft unser menschliches Leben isoliert von der Natur, ganz gleich, ob wir in Städten oder Parksiedlungen wohnen. Und was wir von der Natur in unser Leben hineinnehmen – Gartenpflanzen und Haustiere, Wanderwege und Bäder –, das alles ist streng ausgewählt nach tausend medizinischen, biologischen, sportlichen, ästhetischen und anderen Gesichtspunkten.

Nun, unsere theoretische Vorstellung war, daß die nächste große Spiralwindung, die schon begonnen hat, darauf gerichtet ist, diese Trennung wieder aufzuheben, die Natur so umzugestalten, daß man direkt in ihr wohnen kann. Und also auch den Menschen so umzugestalten, daß er das vermag."

„Zurück zur Natur", warf Ming ein.

„Nein – vorwärts zur Natur!" entgegnete Hellen. „Wir sind damals mit geradezu utopischer Konsequenz zu Werke gegangen. Der Industriekomplex, der unseren Anteil an der Weltproduktion lieferte, dazu ein Versorgungs- und ein Forschungskomplex wurden unter die Erde verlegt. Die Investitionskosten dafür waren hoch, aber nicht höher als bei jedem beliebigen anderen soziologischen Experiment, sie wurden aus den dafür bereitgestellten Mitteln gedeckt. Wir waren knapp zehntausend Menschen. Wohnten in Laubhütten, und auch das war nur für den Anfang gedacht, für die erste Generation. Wir haben freilich mehr gearbeitet als die anderen Erdbewohner, denn für uns wurde alles zur Arbeit, auch die alltäglichsten Verrichtungen. Aber wir wurden selbstverständlich keine Urmenschen, keine Jäger mit Pfeil und Bogen – wir wurden alle Biologen, Mediziner... Ein Forschungskombinat mit zehntausend Leuten."

„Und woran ist das Ganze gescheitert?" fragte Ming.

„Böse Zungen behaupten, daran, daß unsere Insel Mode wurde. Immer mehr Besucher trafen ein. Das waren dann die Jäger mit

Pfeil und Bogen. Sie hielten uns von der Forschung ab. Wer konnte es ihnen verbieten? Am Schluß kamen auf jeden Einwohner zwei Gäste. Aber der wirkliche Grund bestand darin, daß das noch kein Weg für fünfzehn Milliarden Menschen war. Ja, seiner Zielstellung nach war das Experiment gescheitert. Zugleich jedoch hatte es großen Nutzen gebracht: neue Urlaubsformen, heute überall verbreitet. Und Forschungsergebnisse auf biologischem und medizinischem Gebiet, die jetzt zum Grundwissen gehören. Neue Züchtungen – na und so weiter."

Eine Weile herrschte Schweigen.

„Und was hat das mit uns hier zu tun?" wollte Ming wissen.

„Wenn man sich damals der Insel aus der Luft näherte – was meinst du, wie das aussah?" fragte Hellen ruhig.

„Das ist es also", sagte Ming. „Keine Städte, keine Anlagen, keine Verbindungswege."

„So wie hier", bestätigte Hellen.

„Und du warst mit der Sache sehr verbunden?"

Es dauerte eine Weile, bis Hellen antwortete. „Mein Vater war einer der führenden Leute bei diesem Experiment", sagte sie.

Ming erkannte am Ton ihrer Stimme, daß es besser war, in dieser Richtung nicht weiterzufragen.

„Wenn man euren Gedanken weiterverfolgt", sagte er vorsichtig, „und einmal annimmt, die Gesellschaft hier basiere auf solchen Prinzipien, welche Rolle könnten dann die Roboter spielen?"

„Grobe, regulierende Arbeiten in der Natur verrichten. Ihr Verhalten ergäbe einen Sinn, wenn sie so programmiert wären, daß sie zum Beispiel landschaftliche Veränderungen erkunden – wie unser Raumschiff –, aber Tieren aus dem Wege gehen."

„Gut, und warum sind wir noch keinem Angehörigen dieser Gesellschaft begegnet? Warum nehmen sie keinen Kontakt zu uns auf?"

„Vielleicht sind sie daran nicht interessiert."

„Das verstehe ich nicht", sagte Ming, „das mußt du mir erklären."

„Ich verstehe es auch nicht", gab Hellen zu, „das ist es ja, was mir Kopfzerbrechen macht. Als du mich vorhin gefragt hast, habe ich an die übernächste Windung der Spirale gedacht. Nehmen wir an, diese — diese Verschmelzung mit der Natur des Planeten ist geschafft, wie immer das auch am Ende aussehen mag. Was kommt dann? Sicher haben sie in der zurückliegenden Periode auch den sie umgebenden Kosmos erforscht, vielleicht sogar bis zu unserer Erde, und sind in hunderttausend Jahren zu der Erkenntnis gekommen, die nächste Aufgabe bestehe darin, den Kosmos nicht mehr zu durchwandern wie wir — oder wie vor zehntausend Jahren unsere Vorfahren die Natur —, sondern ihn unmittelbar zu bewohnen, zu ihrem eigentlichen Lebensraum zu machen. Deshalb haben sie die uns bekannte Art der kosmischen Forschung eingestellt. Infolgedessen nehmen sie uns gar nicht wahr."

„Gerade im eigenen Lebensraum", sagte Ming lächelnd, „weiß man aber am besten Bescheid. Da fällt einem die kleinste Veränderung auf."

„Du hast recht", gab Hellen zu. „Aber ich sage ja nicht, daß meine Phantasien den Sachverhalt treffen oder auch nur streifen. Wir brauchen jedoch eine Linie in unserem Vorgehen, die auch solche Möglichkeiten berücksichtigt. Und du siehst wohl ein, daß man so etwas nicht mit den jungen Leuten diskutieren kann. Ja, rein theoretisch wohl, aber nicht, wenn vielleicht praktisches Verhalten davon beeinflußt wird."

Ming lachte. „Raja würde nur den Kopf schütteln. Utta wäre begeistert. Tondo — na, der würde rückständige Gedanken aus der Klassengesellschaft darin wiederfinden. Und Juri..."

„... würde gähnen", schloß Hellen. „Ich freue mich, daß du mich in diesem Punkt verstehst. Ich traue mir wohl zu, sie alle zu überzeugen, aber eben das dürfte ich auf keinen Fall, weil ich sie möglicherweise in eine falsche Richtung schicken würde. Und das wäre noch viel schlimmer. Ich bin ganz schön in der Zwickmühle."

„Und trotzdem ist der Ausweg einfach", sagte Ming. „Ich wundere mich, daß du ihn nicht siehst."

„Zeig ihn mir", bat Hellen.

„Die allgemeine Regel, die für mit uns vergleichbare Gesellschaften gilt, ist offenbar auch für solche utopischen Gesellschaften richtig, wie du eben eine ausgemalt hast, und sie besagt: so wenig wie möglich Wirkungen ausüben, so wenig wie möglich verändern, in ablaufende Prozesse nicht eingreifen. Das Prinzip der kleinsten Einwirkung."

Hellen lächelte müde. „Ja, sicher, aber das ist eine allgemeine, richtungslose Verbotstafel. Und nun setze solch ein Prinzip mal durch bei unseren forschungsdurstigen Leuten."

„Wir haben aber keine anderen", sagte Ming trocken.

Raja kam wie ein großer Vogel über das Tal geschwebt. Bis zu ihrer Ankunft hatte sich nicht allzuviel getan bei den weißbekittelten Robotern. Sie bewegten sich im Tal hin und her, und ihre Bewegungen waren immer unverständlicher, scheinbar immer sinnloser geworden. Sie bildeten mal ein Rechteck, mal eine gerade Linie, mal einen Bogen, bewegten sich in diesen Formationen hierhin und dorthin, lösten sie auf und bildeten neue – die einzige Erkenntnis, die aus all diesem Unsinn zu ziehen war, bestand darin, daß einer von ihnen wohl eine Art Leitgerät war: Er gab akustische Steuerbefehle, die von den anderen ausgeführt wurden.

Während Raja den Ersatzreaktor einbaute – den Ausbau hatte Tondo erledigt –, berichtete sie, daß sie die Roboter, die das Raumschiff überfallen hatten, unterwegs im Wald gesehen hatte. Sie kamen hierher zum Tal.

„Das heißt also, daß die hier auf die Räuberbande warten", sagte Tondo.

„Auf was?" fragte Utta verwundert. Aber Tondo antwortete nicht, er war in Nachdenken versunken.

„Laß ihn", sagte Raja, „ihm scheint irgend etwas im Kopf herumzugehen." Sie schüttelte den Kopf. „Räuberbande."

„Wird wieder irgend so ein historischer Vergleich sein", brummte Juri, „ein Experte hat ja immer solche kuriosen Ausdrücke." Er wandte sich an Raja. „Hast du den zerstörten Roboter auseinandergenommen?"

„Hab ich", sagte Raja kurz. Es gefiel ihr nicht, daß Juri so geringschätzig über Tondo gesprochen hatte.

„Ich frage nicht ohne Grund", sagte Juri gleichmütig. „Immerhin können jeden Moment ein paar von diesen Burschen hier um die Ecke kommen, und dann wäre es gut, zu wissen, wie sie beschaffen sind."

Utta betrachtete nachdenklich Tondo, blickte dann unsicher zu Juri. Aber ehe sie etwas sagen konnte, wurde sie von dem gefesselt, was Raja zu berichten hatte.

„Es hat auf der Erde ganz ähnliche Systeme gegeben, und zwar beim Übergang von der Automation zu den selbststeuernden Industriekomplexen, wie wir sie heute kennen. Die Roboter haben damals unmittelbar menschliche Arbeiten übernommen, hauptsächlich Wartung, Reparatur und Umstellung, darum waren sie ja auch äußerlich menschenähnlich. Bloß daß die hier nicht von der Erde sind, sie bestehen aus hiesigem Material. — Reich mir doch mal den Dreizehnerlaser rüber! Danke. — Ming zieht daraus den Schluß, daß die, welche diese Roboter gebaut haben, auch menschenähnlich sein müßten." Sie schüttelte mißbilligend den Kopf.

„Was haben die Roboter für einen Antriebsmechanismus?" wollte Juri wissen.

„Analogmuskeln", antwortete Raja, „kennen wir auch aus unserer Entwicklung. Bündel von elektroplastischen Kunstfasern. Wenn man Strom anlegt, ziehen sie sich zusammen. Stromquelle ist die Folie am Kopf, dazu ein Ausgleichsakku im Innern. Auch ein Batterieanschluß ist da, aber keine Batterie."

„Welche Kräfte können sie entwickeln mit diesen Muskeln?" fragte wieder Juri.

„Liegen unter unserer Größenordnung. Halb so groß vielleicht. Der Roboter wiegt aber nur knapp dreißig Kilopond. Unter hiesiger Gravitation. Und die Muskeln ermüden nicht, solange der Strom fließt. — Gib mir doch mal die Spraydose mit dem Pufferschaum."

Während der Einschäumung des Reaktors, die fast künstlerisches Augenmaß erforderte, störte niemand Raja mit Fragen. Aber kaum hatte sie die leere Spraydose heruntergeworfen, wollte Juri weitere Auskünfte haben — diesmal über die Steuerung der Roboter.

„Die Bewegungen sind blockgesteuert", berichtete Raja. „Fünf Steuerblöcke — einer für die Beine, einer für jeden Arm, einer für den Kopf und ein Koordinierungsblock in der Zentralsteuerung. Die Sensoren am Kopf werden direkt von dort gesteuert."

„Vom Gehirn?" fragte Utta, um sich zu vergewissern.

Raja blickte sie strafend an.

„Na gut, ich weiß ja, daß das Wort nicht stimmt, aber Steuerung, Steuerung, Steuerung, da kommt man doch durcheinander, wenn man kein Fachmann ist."

Raja gab seufzend nach. „Also gut, vom Gehirn. Es sitzt im Rumpf, nimmt den größten Teil des Rauminhalts ein."

„Und wie funktioniert es?" fragte Juri.

„Nur Vermutungen", verkündete Raja, und ihr Ton machte deutlich, daß sie nicht die Absicht hatte, diese Vermutungen auszusprechen. „Fertig", sagte sie und sprang herab.

Ein Probestart – der Hubschrauber erhob sich leicht vom Boden und landete wieder.

„Na bitte", sagte Raja. „Und was nun?"

Tondo, der die ganze Zeit wie geistesabwesend dagesessen hatte, wurde plötzlich lebhaft. „Wir müssen beobachten, was geschieht, wenn die beiden Robotergruppen zusammenstoßen!" forderte er. „Wir fliegen einen Bogen, daß sie uns nicht sehen, und landen drüben auf der Kuppe."

„Wir fliegen nach Hause, zum Raumschiff", sagte Juri.

Tondo sah Juri erstaunt an und blickte in ein finsteres Gesicht. Plötzlich erwachte er aus seinen Überlegungen und Träumen. Natürlich, er hatte verschuldet, daß das Raumschiff nicht starten konnte, die anderen hatten das Recht, Rechenschaft von ihm zu fordern. Einen Augenblick lang war er unsicher – aber nur einen Augenblick. „Ich glaube, es geht hier nicht darum, wer recht hat", sagte er lächelnd, „sondern darum, was richtig ist. Die Sachlage ist doch so: Der Hubschrauber trägt drei Personen. Für einen von uns sind Flügel da. Ich selbst wäre notfalls auch bereit, zu Fuß zurückzulaufen."

„Na, na!" sagte Raja, die keine Übertreibungen liebte.

Aber Tondo hatte das gar nicht rhetorisch gemeint. Er sprach weiter: „Es sind also viele Varianten möglich. Nur eins scheint mir unmöglich: auf eine Beobachtung der Roboter überhaupt zu verzichten. So oder so müssen wir mehr über sie wissen."

„Wir fliegen alle zurück!" beharrte Juri. „Es ist schon genug Unheil entstanden durch unvorbereitete Aktionen."

„Entscheidest du allein?" fragte Tondo sanft.

Utta hatte bisher geschwankt, wessen Meinung sie sich anschließen sollte. Ihr neues Vertrauen zu Juri zog sie auf seine Seite, ihre Neugier auf die Seite Tondos. Aber daß Juri nun über sie alle bestimmen wollte, gab bei ihr den Ausschlag — es weckte ihren Widerspruchsgeist.

„Ich bleibe hier", sagte sie.

„Seid nicht kindisch", mahnte Raja, die noch im Hubschrauber saß. „Was soll ich also der Zentrale vorschlagen?"

„Dann bleibe ich auch hier." Juri wußte gar nicht so recht, warum er plötzlich einlenkte. Nachdem er das gesagt hatte, tat es ihm fast leid, und dann wurde ihm bewußt, daß Utta den Ausschlag gegeben hatte — er wollte sie nicht allein lassen, nicht mit diesem abenteuernden Tondo. Wer konnte wissen, in was für Gefahren sich die beiden stürzten!

Da jedoch meldete sich Hellen. Alle außer Raja hatten wohl vergessen, daß man ja im Raumschiff ihren Streit mitzuhören vermochte.

„Ich gratuliere euch zur erfolgreichen Reparatur des Hubschraubers", sagte die Kommandantin. „Es gibt jetzt zwei Notwendigkeiten. Erstens muß Tondo in medizinische Behandlung, zweitens müssen die Roboter beobachtet werden. Daraus resultiert folgende Weisung: Raja bringt Tondo ins Raumschiff, Utta und Juri beobachten die Roboter, Raja holt sie später ab. Wenn ihr vorher noch euren Standort verlegen wollt, tut es schnell. Aber dann wird die Weisung ausgeführt."

Utta und Juri hatten am Waldrand Posten bezogen, am Südhang der kleinen Kuppe, über der sie vor ein paar Stunden mit dem Kissen geschwebt waren. Sie hatten auch eine Kamera aus der Standardausrüstung des Hubschraubers dabehalten und aufgebaut.

Utta freute sich, daß die Aufgabe an sie beide gefallen war. Aber fast ebenso wie das Verhalten der Roboter interessierte sie das ihres Partners — wie er sich benehmen würde, wie er ganz selbstverständlich im richtigen Augenblick das Richtige tun würde.

Die Sonne stand schon tief im Westen, als Juri sich erhob. „Ich denke, sie werden jetzt bald erscheinen", sagte er, „wenn sie überhaupt herkommen."

„Wieso nicht?" fragte Utta. „Raja hat sie doch gesehen auf dem Weg hierher."

„Ja, aber ob sie's schaffen! Im Wald kriegen sie kaum Sonne. Sicherlich müssen sie Pausen machen, auf Lichtungen oder wo sonst sie Energie auftanken können. Aber immerhin – wenn, dann werden sie wohl da unten rechts herauskommen. Ich seh mir das mal aus der Nähe an – bleib du hier. Und schalte den Helmfunk nicht aus." Juri verschwand im Wald.

Utta wandte sich wieder dem Tal zu. Sie richtete die Kamera und die akustische Linse so ein, daß der entsprechende Teil des Tals kontrolliert wurde, und schaltete gleichzeitig den Lautverstärker ein. Warum Juri wohl gegangen war? Aus Interesse an den Robotern? Oder – Utta lächelte leicht – ob er sie beschützen wollte, abschirmen, sich zwischen sie und das Unbekannte, vielleicht Gefahrvolle stellen? Aber nein, das wohl nicht. Bei einem Mann wie Juri gaben sicher sachliche Überlegungen den Ausschlag: Von zwei Standorten aus sieht man mehr als von einem...

„Sie kommen", sagte Juri im Helmfunk.

Utta schaltete die Kamera ein.

Und da liefen – oder besser: taumelten – drei, vier graubraune Roboter aus dem Wald heraus. Ein abgerissener Laut tönte aus dem Lautverstärker – die Weißkittel ordneten sich zu einer Reihe, machten Front gegen die Graubraunen. Noch ein ähnlicher Laut, und alle streckten eine Hand vor, die ein Gerät hielt, das wie ein kurzes Rohr aussah.

Juri hatte sich ohne übergroße Vorsicht durch das biegsame Gehölz vorwärts gearbeitet und war erst stehengeblieben, als er die Roboter, die graubraunen, im Wald näher kommen hörte. Auch ihm war ihr taumelnder Gang aufgefallen, offenbar waren ihre Energiereserven erschöpft. Die ersten betraten die freie, aber im Schatten liegende Fläche vor dem Wald, die Weißkittel reagierten, dann ein scharfer Ruf aus dem Wald – die Graubraunen zogen sich wieder zurück.

„Was machen sie jetzt?" wollte Utta wissen.

„Sie hacken Bäumchen ab oder große Äste", antwortete Juri ein bißchen ratlos.

„Hast du gesehen, wie erschöpft sie sind?" fragte Utta. „Wenn das alles wirklich so, so feindselig gemeint ist, wie es aussieht, dann sind die Graubraunen aber übel dran, die kommen doch gar nicht aus dem Schatten heraus!"

„Vorläufig ist das sowieso alles unverständlich", sagte Juri gelassen. Draußen sah er die Reihe der Weißkittel an den Flügeln einschwenken, so daß sie vor dem Wald einen Halbkreis bildeten. Utta hatte recht — wenn die Grauen an die Sonne wollten, mußten sie durch die Reihe der Weißkittel durchbrechen.

Jetzt traten vier von den Grauen wieder aus dem Wald heraus, die Äste und Bäumchen mit den breiten, dicken Blättern trugen sie vor sich her. Sie gingen langsam den Weißkitteln entgegen, von denen der Mittelteil der Reihe jetzt auf sie zustürmte.

„Sieht aus wie eine Sportveranstaltung", sagte Utta.

„Ruhig, ruhig", bat Juri. Von weitem hörte er aus der Reihe der Weißkittel einen Ausruf. Vier oder fünf von ihnen, die den Grauen am nächsten waren, hoben den Arm, Juri sah, daß aus den kurzen Rohren in ihren Händen Flüssigkeit spritzte. In diesem Augenblick rissen die Grauen ihre Bäumchen hoch, die Strahlen trafen das dichte Laub, sie ließen die Bäumchen fallen, drehten um, flüchteten zum Waldrand, die Weißkittel verfolgten sie, waren schneller, hatten sie beinahe eingeholt, hielten jetzt Haken in den Händen. Aber plötzlich verkehrte sich alles ins Gegenteil: Ein, zwei Meter vor dem Waldrand drehten die Grauen sich um, vier von den Weißkitteln stolperten, andere Graue sprangen aus dem Wald, zerrten die vier Weißen zwischen die Bäume, ein Kommando von fern, die anderen Weißkittel zogen sich zurück und schlossen ihre Reihe.

Nein, das war kein Spiel; denn nun begann etwas Fürchterliches. Juri gelang es nur, ruhig zu bleiben, weil er sich immer wieder sagte, daß es sich hier um Roboter handelte, um Maschinen, und er war doch zugleich froh, daß Utta das nicht sehen mußte: Die Grauen rissen den Weißen Arme und Beine aus, warfen sie beiseite, und dann zerrten sie noch etwas aus den Rümpfen und schoben es bei sich selbst hinein. Vier von den Grauen taten das, ihre Bewegungen wurden danach schneller und kräftiger. Juri fiel ein, was Raja erzählt hatte — sollten das Batterien sein?

Als Juri in den Helmfunk sprach, merkte man ihm seine Erregung nicht mehr an. „Die Grauen demontieren jetzt hier im

Wald die Extremitäten der vier Weißen, wohl um sie bewegungsunfähig zu machen. Sie entnehmen ihnen auch Batterien und führen sie bei sich selbst ein. Jetzt beschäftigen sie sich auch mit deren Gepäck, es scheint, da sind noch mehr Batterien drin, die werden verteilt... Nun formieren sie sich neu — hacken wieder Bäumchen ab..."

Erneut brachen die Grauen aus dem Wald hervor, diesmal alle, in dichtem Haufen, die Bäumchen in den Händen, so daß es aussah, als laufe ein Gebüsch über die freie Fläche.

Die Weißen, an Zahl etwa doppelt so stark, zogen sich zu einer dichten Linie zusammen. Sie ließen die Grauen herankommen, bespritzten sie wieder aus den kurzen Rohren. Der Haufen stockte, die Grauen rissen die Bäumchen hoch — aber dann änderte sich das Bild, die Grauen liefen nach den Seiten auseinander, warfen die Bäumchen in die Reihe der Weißen, die in Verwirrung gerieten, griffen sie von den Flügeln her an, und es entstand ein unentwirrbares Getümmel.

„Verstehst du das?" fragte Utta ratlos.

„Tondo müßte jetzt hier sein", meinte Juri. „Oder Raja."

„Freue mich, daß du an Tondo denkst", tönte plötzlich Rajas Stimme im Helmfunk. „Ich höre und sehe schon eine ganze Weile zu. Wollte euch nicht stören. Aber jetzt habe ich eine Bitte — Juri, ich entnehme eurem Gespräch, daß du da im Wald bist. Sind die Grauen alle raus auf den Kampfplatz, oder haben sie eine Wache dagelassen?"

„Alle im Tal", antwortete Juri.

„Sieh dir doch mal die Rümpfe von den Weißen an, die müssen doch dort noch herumliegen. Beschreib mir mal den Kopf!"

Juri verließ seinen Beobachtungsposten und ging zu einem von den Rümpfen. „Der Kopf ist halbkugelförmig. Vorn sind zwei tubusförmige, kurze Auswüchse, die sind, ja, die sind beweglich. Und mit einer glasartigen Schicht verschlossen."

„Das sind die optischen Rezeptoren. Weiter."

„Darunter ist so etwas wie eine kleine, aufgesetzte Halbkugel, in der Mitte gespalten..."

„Da kommt der Luftstrom heraus, der die Töne trägt."

„An den Seiten je eine starre, verschnörkelt gewölbte Fläche, also wohl die Ohren."

„Die akustischen Rezeptoren", korrigierte Raja. „Sie scheinen ja wirklich vom gleichen Typ zu sein wie unser Grauer. Und die Extremitäten? Sieh dir mal so eine Abrißstelle an!"

Juri suchte einen Arm und betrachtete die Stelle, an der er aus dem Rumpf gerissen worden war. „Erstaunlich", berichtete er. „Keine Spur von Zerstörung. Hier ist eine Art Kabel mit einer Kontaktfläche. Die Gelenkkugel ist auch unbeschädigt. Und am Rumpf, warte mal..."

„Am Rumpf befindet sich eine Führung, zylindrisch, etwa zwanzig Zentimeter lang", prophezeite Raja, „es sieht aus, als ob man die Extremitäten beliebig herausziehen und hineinstecken kann, nicht wahr?"

„Richtig", bestätigte Juri.

„Nur noch eins", sagte Raja, „auf den Kitteln soll eine blaue Sonne sein, hat mir Tondo erzählt. Wie sieht die denn aus? Ist sie bei allen gleich?"

„Blaue Sonne – ja. Warte mal, das ist gar nicht so einfach: Fünfzehn Strahlen, sechs lange und neun kurze, ja, bei allen gleich. – Wie geht's denn Tondo?"

„Er scheint wieder in Ordnung zu sein. Übrigens – die Weißen ziehen sich zurück, auf dem Pfad, wo vorhin der Hubschrauber gestanden hat, nach Osten. Die Grauen werden jetzt sicher die vier Weißkittel und ihre Teile holen, du weichst ihnen am besten aus. Wir treffen uns auf der kleinen Kuppe. – Utta?"

„Ja?"

„Kommst du bitte auch rauf, wir müssen etwas besprechen."

Zehn Minuten später lagen sie unter den Bäumen auf dem Gipfel der Kuppe, oder richtiger: zwischen den Bäumen, die hier gerade einen Meter hoch waren.

Raja war mit dem Hubschrauber etwa fünfzig Meter weiter nördlich gelandet, schon am jenseitigen Hang der Kuppe, wo sie von den Robotern nicht gesehen werden konnte. Jetzt brachte sie einen Behälter herbei, klappte ihn auf und reichte den beiden anderen warme Speisen. „Ich nehme an, das wird euch willkommen sein", sagte sie.

„War doch nicht nötig, wir sind doch gleich zu Hause!" Utta wunderte sich.

Raja lächelte. „Das ist eben die Frage. Wir möchten euch bitten, weiter zu beobachten. Ich habe leider keine Zeit, ich muß mich noch mit dem zerstörten Roboter beschäftigen. Ich würde euch den Hubschrauber hierlassen und mit den Flügeln zurückfliegen."

„Wenn ihr meint, gut", sagte Utta. „Bloß was soll denn jetzt noch geschehen, das Wichtigste ist doch schon passiert?"

„Es gibt drei konkrete Fragen – und eine Hypothese, die zu überprüfen ist, wenigstens soweit wie möglich."

„Fang mit den konkreten Fragen an!" sagte Juri.

„Erstens: Wozu benutzen die Roboter die Höhlen?"

„Das stammt doch von Tondo!" sagte Juri, „der sollte sich lieber erholen."

„Jetzt ist es unsere Frage. Zweitens: Man kann fast sicher sein, daß es sich bei den Grauen hier um dieselben Roboter handelt, die das Raumschiff – na, sagen wir mal – inspiziert haben. Aber beim Raumschiff waren es fünfzehn, einer blieb zerstört da, und hier kamen zehn an, wenn ich richtig gezählt habe. Ihr müßt feststellen: Kommen die anderen vier noch? Wenn nicht, dann muß es noch mehr solche Robotergruppen geben oder andere Objekte, die sie aufgesucht haben könnten. Wenn sie, sagen wir, in ein oder zwei Stunden eintreffen sollten, dann müssen die Ziele, die sie aufgesucht haben, im entsprechenden Umkreis zu finden sein. Ihr seht, wie wichtig das ist. Nach den Weißkitteln sehe ich jetzt noch einmal, ich fliege einen kleinen Bogen."

„Und die dritte Frage?" wollte Utta wissen.

„Wohin gehen die Roboter, wenn sie hier fertig sind? Es wird bald dunkel, nachts nehmen sie keine Energie auf, also werden sie vermutlich hierbleiben. Aber wir möchten es wissen, nicht vermuten."

„Und die Hypothese?" fragte Juri.

„Stammt auch von Tondo", sagte Raja. „Ihr wißt ja, ich hab was gegen Vermutungen, aber wenn man so vielen unerklärlichen Fakten gegenübersteht wie hier, kommt man ohne eine Arbeitshypothese nicht weiter. Also: Die Roboter gehören gesellschaftlichen Wesen, die nicht von hier stammen. Ein Teil der Roboter ist defunktioniert und bildet eine Gefahr für diese Wesen, der andere Teil arbeitet in ihrem Auftrag. Tondo meinte, die Grauen seien die Gefährlichen, aber es kann ebenso umgekehrt sein, er geht da vielleicht zu sehr vom Äußerlichen aus. Auf jeden Fall sind diese Wesen durch die Defunktionierung vieler Roboter in Gefahr, und wir müssen ihnen helfen. Dazu müssen wir aber Kontakt mit ihnen aufnehmen. Die Roboter können uns vielleicht zu ihnen führen. Unter diesem Gesichtswinkel sind auch die drei konkreten Fragen zu sehen. Und dann noch etwas, doch das müßt ihr selbst entscheiden, je nachdem, wie die Situation sich hier entwickelt. Wenn ihr die Möglichkeit haben solltet, unbeobachtet in den Höhlen nach Spuren und Zeichen der gesellschaftlichen Wesen zu suchen, dann wäre das sehr nützlich. Hellen macht euch nachdrücklich darauf aufmerksam: nur, wenn nicht die Gefahr eines Zusammenstoßes mit den Robotern besteht!"

Juri schüttelte den Kopf. „Das paßt alles schlecht zusammen", sagte er. „Aber meinetwegen."

„Wir sind uns also einig?"

Utta nickte. Sie hatte nichts dagegen, noch ein paar Stunden mit Juri zu verbringen. Vielleicht hätte sie auch zugesagt, wenn Juri abgelehnt hätte — aber so war es ihr auf alle Fälle lieber.

„Also dann fliege ich los", sagte Raja, ging zum Hubschrauber und legte die Flügel an.

„Vielen Dank, Utta und Juri", sagte plötzlich Tondos Stimme. „Ich bleibe am Netz, wenn ihr etwas Interessantes feststellt und die Möglichkeit zu sprechen habt, dann teilt es mit."

„Hauptsache, du bist wieder gesund", sagte Utta.

„Völlig", verkündete Tondo fröhlich. „Ihr lacht euch krumm, wenn ich euch sage, was das für ein Zeug war. Ming hat es analysiert, ich hatte noch Spuren davon an der Kleidung. Es war ein Gärungsprodukt, ein Gemisch von Essigsäure, verschiedenen Alkoholen und ein paar anderen geruchsintensiven Stoffen, hauptsächlich aber Äthanol."

„Wo ist denn da die Stelle zum Lachen?" fragte Utta.

„Ach so, ja", Tondo war etwas verlegen. „Ihr seid ja keine Historiker. Das ist so: Die altgeschichtlichen Menschen haben mehr oder weniger regelmäßig Alkohol zu sich genommen, um ihr Wohlbefinden zu stimulieren. Wenn man Geschichte studiert, versucht man möglichst viel von den alten Sitten und Bräuchen praktisch zu probieren, und einmal haben wir auch im dritten Studienjahr dieses Zeug probiert — scheußlich. Aber mir kam der

Zustand, in dem ich mich befand, gleich irgendwie bekannt vor, ich bin nur nicht allein daraufgekommen."

Utta fand die Sache auch nach dieser Erklärung nicht komisch. Sie nickte Juri zu.

„Wir gehen jetzt zum Waldrand und beobachten weiter", sagte Juri.

Das Tal wurde von den letzten Sonnenstrahlen beleuchtet. Noch herrschte dort reges Treiben. Vier von den grauen Robotern, die im Tal geblieben waren, schleppten gerade einen beschädigten Weißkittel den Berghang hinauf und verschwanden mit ihm auf etwa halber Höhe in einem Loch, vermutlich einer Höhle; aber Utta konnte sich nicht entsinnen, den Eingang vorhin bemerkt zu haben. Vier andere Roboter suchten das Gelände systematisch ab, offenbar nach Gegenständen, die die Weißkittel weggeworfen hatten — man durfte jetzt wohl mit einiger Berechtigung sagen: Waffen.

Ein Roboter hantierte an einem anderen herum. Ja, es waren immer noch zehn.

„Guck mal an, der steckt ihm ein Bein rein!" sagte Utta.

Tatsächlich — einer hatte offenbar bei dem Kampf doch gelitten. Jetzt erhob er sich, aber das neue Bein gehorchte ihm nicht: Er fiel gleich wieder um. Unverdrossen rappelte er sich wieder auf, kippte wieder um, vier-, fünfmal wiederholte sich das Spiel, dann konnte er schon ein paar Schritte humpeln, bevor er wieder am Boden landete.

Da schrie Utta leise auf. Ihr Blick war weitergewandert durch das Tal, dorthin, wo eben die letzten Strahlen der Abendsonne jene Bäumchen trafen, mit denen die Grauen sich geschützt und die sie dann weggeworfen hatten: Sie sahen jetzt strohgelb aus! War das nur das Abendlicht, das täuschte, oder...?

„Das wird von der Flüssigkeit sein, mit der die Weißen gespritzt haben", meinte Juri. „Nun wird mir auch klar... Die Grauen haben das Vorgehen der Weißen erwartet. Gekannt. Mit den Bäumchen haben sie sich vor der chemisch aggressiven Flüssigkeit geschützt. Und dann haben sie die mit Säure oder Lauge getränkten Äste auf die Weißen geworfen."

„Und was bedeutet das?"

Juri zuckte mit den Schultern. „Weiß ich nicht."

„Die Flicken!" sagte Utta. „Die Flicken, die die Grauen überall tragen, bedecken Löcher, die das Zeug gefressen hat!"

„Kann sein", meinte Juri gleichmütig.

„Aber das ist doch wichtig", meinte Utta, „das heißt doch, daß sie öfter miteinander kämpfen!"

Juri antwortete nicht. Utta war ein wenig enttäuscht. Sie selbst fühlte sich aufgekratzt. Erst jetzt, wo die Ereignisse sich nicht mehr überstürzten, jetzt, wo die Entscheidung gefallen war und sie hierbleiben und weiterforschen würden – erst jetzt war ihr im vollen Umfang bewußt geworden, was sie da entdeckt hatten. Tondo hatte recht – auf irgendeine Weise mußten diese Roboter mit einer fremden Gesellschaft zusammenhängen. Es gab also Brüder im All. Die Streitfrage von Jahrtausenden war entschieden. Und sie, sie hatten die Brüder entdeckt! Ihre Landung auf diesem Planeten teilte die Geschichte der Menschheit in zwei Hälften, in vorher und nachher. Sie waren – ja, was waren sie eigentlich?

„Weißt du, daß wir jetzt schon historische Persönlichkeiten sind?" fragte Utta.

Juri lachte kurz, etwa so, wie man aus Freundlichkeit über einen nicht besonders zündenden Witz lacht. „Sie verschließen die Höhle oben am Hang", sagte er dann sachlich. „Darum haben wir sie vorher nicht gesehen. Und nun paß auf, gleich werden sich die drei Fragen beantworten; es wird dunkel."

Die Schatten waren immer länger geworden, sie hatten das Tal schon fast vollständig erfaßt. Jetzt ertönte unten ein Ausruf, er wurde mehrfach wiederholt, es klang wie „skati". Die Roboter gingen in die Höhlen unten auf der Talsohle, immer zwei in eine Höhle...

„Hallo, Raumschiff", sagte Juri. „Frage eins: Die Höhlen werden von den graubraunen Robotern als Nachtquartier benutzt. Damit ist auch Frage drei beantwortet. Frage zwei: Es sind immer noch nur zehn."

„Verstanden!" antwortete Tondo.

„Und nun?" fragte Utta.

„Nun schlafen wir ein bißchen, bis der Mond aufgeht", sagte Juri. Seine Stimme war jetzt ganz anders, locker, aufgeräumt, freundlich. Eine Arbeit war getan, ein Auftrag war erfüllt. „Na komm", fügte er hinzu. „Auch historische Persönlichkeiten müssen schlafen."

Keine Minute verging, und Utta hörte an Juris regelmäßigen Atemzügen, daß er schlief. Und sie stellte verwundert fest, daß sie sich völlig sicher fühlte. Sie war gewiß kein Angsthase, aber hier, in unmittelbarer Nähe dieser seltsamen Roboter, die sich gegenseitig bekämpften, hätte sie doch normalerweise wenigstens unruhig sein müssen. Sie war es nicht. Und da ihr so etwas heute schon mehrmals begegnet war, fragte sie sich, ob denn dieser Juri wirklich schon soviel Einfluß auf sie hatte? Mit diesem kleinen Staunen über sich selbst schlief sie ein.

Sie erwachten fast gleichzeitig. Daran war nichts Besonderes. Sie hatten sich ja auf den Aufgang des Mondes eingestellt. Und trotzdem mußten sie darüber lachen.

Sogleich meldete sich auch das Raumschiff. Raja war in der Zentrale. „Was habt ihr jetzt vor?" fragte sie.

„Erst einmal bis zum Waldrand gehen", sagte Juri, „und sehen, ob sich im Tal irgend etwas tut."

Vom Waldrand konnten sie den gegenüberliegenden Hang, den Nordhang des Kamelrückens, gut erkennen, er wurde schon bis zur Talsohle vom Mond beleuchtet.

„Kein Roboter zu sehen", meldete Juri. „Gegenüber, in halber Höhe am Hang, gibt es eine Höhle, in die ist kein Roboter zum Übernachten gegangen, aber ihre Beute haben sie da untergebracht. Die möchte ich mir mal ansehen."

„Gut", sagte Raja. „Aber eine Bitte habe ich noch. Wenn ihr diese Höhle untersucht habt und wenn euch sonst kein Roboter begegnet ist, könnt ihr dann mal ganz vorsichtig einen Blick in eine der Höhlen da unten werfen, wo sie übernachten?" Rajas Stimme hatte einen merkwürdig gespannten Klang. „Es ist sehr wichtig", fügte sie hinzu.

Utta wollte fragen, warum, aber da Juri nichts sagte, unterließ sie es.

Juri mußte sich den Weg, den die Roboter gegen Abend am Hang genommen hatten, fest eingeprägt haben. Denn obwohl es keinen sichtbaren Pfad dahin gab, stockte er nicht ein einziges Mal. Sehr bald standen sie auf einem kleinen Felsvorsprung.

„Hier wird es sein", sagte Juri und schaltete die Helmleuchte ein.

Die Zweige eines Rankengewächses, die von oben herabhingen, verdeckten ein Loch, das unten mit einigen größeren Steinen verstellt war. Es machte nicht viel Mühe, den Eingang freizulegen. Bis zu einer Biegung, etwa fünf Meter entfernt, war der Stollen leer. „Na, dann los!" Juri bückte sich und ging hinein. Utta folgte ihm. Hinter der Krümmung wurde der Gang so niedrig, daß sie kriechen mußten, aber dann öffnete sich vor ihnen eine geräumige Höhle.

Juri ließ den Strahl seiner Lampe kreisen, dann richtete er sich auf.

Utta kroch aus dem Gang und wollte gleich loslaufen, quer durch die Höhle.

„Warte!" sagte Juri und leuchtete die Decke der Höhle ab.

„Was suchst du denn da oben?" fragte Utta.

„Erinnerst du dich, was die Roboter in der Hubschrauberschleuse gemacht haben? Sieh dir mal die Decke an — alles sauber beräumt. Ist wohl nichts mit Tondos Hypothese von der Defunktionierung."

Utta überlegte: Die Roboter hatten die Decke gesäubert, daß kein Gestein herabfiel. Das bedeutete, sie hatten Erfahrung im Höhlenleben..., also mußten sie schon lange... oder... „Oder sie sind darin unterwiesen worden", sagte Utta.

Juri war überrascht. An diese Möglichkeit hatte er nicht gedacht. Aber er hatte ja auch gar keine Schlußfolgerungen ziehen wollen, ihm war es um ihre Sicherheit gegangen, und das mit Tondos Hypothese war ihm eigentlich nur herausgerutscht, weil er sich immer noch ein bißchen über die Startverschiebung und damit über Tondo ärgerte. Dabei hatte er gar keinen echten Grund dafür, nichts zog ihn so eilig zur Erde zurück, es war nur seine Schwerfälligkeit, sein Beharrungsvermögen, mit dem er an einer einmal getroffenen Planung festhielt, wenn die anderen innerlich längst umgeschwenkt waren. In welchem Gegensatz dazu stand die Leichtigkeit, mit der diese junge Frau neben ihm seine Gedanken aufnahm und weiterführte! Für diese Leichtigkeit bewunderte er sie jetzt, neidlos, weil er alle bewunderte, die etwas hatten, was ihm fehlte. Und er glaubte nun auch zu verstehen, daß ihr Widerspruchsgeist, der ihn manchmal störte, nur ein Ausdruck eben dieser Beweglichkeit des Denkens war.

Inzwischen hatten sie mit dem Rundgang begonnen. Da lagen, säuberlich geordnet, linke Arme, rechte Arme, linke Beine, rechte Beine, Hände und Füße von Robotern, verschiedene Gerätschaften und Waffen, Stoffballen und anderes und schließlich auch die Rümpfe der überwältigten Weißkittel. Während Juri sorgfältig Aufnahmen von Gegenständen jeder Art machte, wühlte Utta in einem Haufen Gerümpel, der in einer Ecke der Höhle lag.

„Schau mal, was ist denn das?" rief sie plötzlich und hielt einen Stoffetzen hoch. „Sieh doch mal her, ist das nicht Schrift?" Tatsächlich, der Fetzen war mit geraden Reihen von Zeichen bedeckt, die wohl kaum etwas anderes als eine unbekannte Schrift darstellten. „Hier ist noch mehr davon, das nehmen wir Tondo mit; es wird ein Festessen für ihn!"

Einen Augenblick lang zögerte Juri. Eigentlich war er dafür, gar nichts mitzunehmen, damit die Roboter nicht merkten, daß jemand hier gewesen war. Aber diese Ecke sah, verglichen mit der sonst herrschenden Ordnung, wie ein Abfallhaufen aus. Wenn dort etwas fehlte, würde es wohl nicht so schnell bemerkt werden... Ja, ein Abfallhaufen, Gerümpel, zerbrochene Teile, man konnte die Bruchstellen deutlich sehen... Und außerdem mußte er nun wohl wirklich bald umschalten, was Tondo betraf...
„Gut", sagte er deshalb, „dann hätten wir ja alles, was wir wollten – einschließlich der Spuren dieser unbekannten gesellschaftlichen Wesen." Er wies auf die Schriften.

Vor der Höhle angekommen, meldeten sie sich beim Raumschiff, verschlossen den Eingang und kletterten den Hang hinab.

„Hört zu", sagte Raja, „wenn ihr in die Höhle geht, in der Roboter sind, dann benutzt Rotlicht, das können sie nicht sehen. Ihre optischen Rezeptoren haben ungefähr die gleiche Bandbreite wie unser Auge, aber etwas nach Violett verschoben, wie das auch dem hiesigen Sonnenlicht entspricht. Und noch etwas – ich wollte damit warten, bis ihr es bestätigt, aber jetzt sag ich's doch lieber vorher; man kann nie wissen, wozu es gut ist. Also ich vermute, daß die Roboter – schlafen."

„Schlafen?" fragte Juri ungläubig. „Seit wann schlafen Roboter?"

„Erstens, weil sie jetzt keine Energie bekommen, aber noch aus

einem anderen Grund. Wir haben inzwischen die Glasfasern des Gehirns untersucht, sie sind qualitativ so schlecht, daß es nur ungefähr hundert Stunden hintereinander arbeiten könnte. Wenn allerdings längere Pausen eingelegt werden, sieht die Sache anders aus, ich kann euch das technisch jetzt nicht erklären, es ist vergleichbar mit der Reizüberflutung beim biologischen Gehirn. Es würde mir genügen, wenn ihr bestätigen könnt, daß die Roboter bewegungslos im Dunkeln liegen."

Vorsichtig näherten sie sich einer der Höhlen auf der Talsohle. Es waren eigentlich nur Einbuchtungen mit sehr weiter Öffnung. Gleich vorn lag ein Roboter, den Kopf nach draußen gerichtet. Weiter hinten hatte sich der zweite ausgestreckt.

„Raja, hörst du?" fragte Utta. „Es ist so, wie du vermutet hast."

Aber da, offenbar unter der Einwirkung dieser Töne, versuchte der erste Roboter, sich zu erheben. Utta wollte zurückspringen, aber Juri hielt sie am Handgelenk fest. „Nicht rühren!" flüsterte er.

Noch einmal machte der Roboter Anstalten aufzustehen. „Skati skati!" schnarrte Juri. Gehorsam legte sich der Roboter wieder hin.

Es traf sich, daß Tondo am Abend des folgenden Tages das Essen gemeinsam mit Raja einnahm.

Tondo konnte Raja gut leiden. Sie war immer sachlich und freundlich, nicht strapaziös wie Utta zuweilen, nicht mürrisch, wie das bei Juri manchmal vorkam, und nicht durch ein ganzes Lebensalter von ihm getrennt wie Hellen und Ming.

„Ich bin froh, daß dieser Tag endlich hinter uns liegt", sagte er seufzend.

Raja verstand ihn sofort. „Was hast du denn befürchtet?" fragte sie. „Du hast doch den Start nicht schuldhaft vereitelt. Also stellt man sich auf die neue Lage ein, und fertig. Oder hast du etwa Begeisterung erwartet?"

„Vielleicht", sagte Tondo zögernd. „Das heißt – natürlich nicht. Ich verstehe überhaupt unsere Leute nicht mehr. Auch dich nicht. Wir entdecken eine fremde Gesellschaft, und fast alle tun so, als ob..., als ob das eine, na, eine unbequeme Störung sei. Ich glaube fast, den meisten wäre es lieber gewesen, wir hätten den Roboter nicht gefunden."

„Bist du jetzt noch dieser Ansicht?" fragte Raja lächelnd.

„Na ja", gab Tondo zu, „nach dem heutigen Tag nicht mehr so ganz, es bemühen sich ja alle..."

„Siehst du", meinte Raja. „Die anfängliche Zurückhaltung hat eine Menge Gründe. Erstens wimmelt es in der Geschichte der Raumfahrt nur so von Leuten, die geglaubt haben, eine fremde Gesellschaft zu entdecken – und hinterher war nichts. Man ist also vorsichtig geworden, bevor man solch eine Behauptung aufstellt. Zweitens steckt jedem Raumfahrer die Flugdisziplin in den Knochen; spätestens nach der dritten Reise wird sie fast zu einem Instinkt. Drittens – als die Raumfahrt begann, vor zehntausend Jahren, das müßtest du als Historiker doch besser wissen als wir, da haben die Leute geglaubt, die Begegnung mit einer fremden Gesellschaft würde sich so abspielen, daß sich da irgendwo zwei Raumschiffe treffen, man jubelt, man schaltet den Übersetzer ein, spielt sich Filme vor und meldet das Ereignis stolz nach Hause. Heute weiß doch wohl jeder: Wenn es einmal zu einer solchen Begegnung mit einer fremden Gesellschaft kommt, dann wird das eine Aufgabe von Generationen sein. Aber ich wollte eigentlich etwas anderes mit dir bereden."

„Ja?"

„Wir haben jetzt schon so viele Fakten, und weiterforschen werden wir auch, wir brauchen also eine Arbeitshypothese."

„Das sagst du?"

„Das sage ich." Raja lächelte wieder. „Ich bin gegen voreilige Vermutungen, die die Arbeit stören, nicht gegen eine begründete Hypothese, wenn die Arbeit sie erfordert. Und ich glaube jetzt, die Fakten bestätigen fast alle die Vermutung, die du geäußert hast. Wir sollten sie gemeinsam zur Hypothese ausbauen und dann damit arbeiten. Ich wollte dir meine Hilfe anbieten."

„Danke schön, aber..."

„Nein, warte erst mal. Wie sieht das denn aus: Grundannahme – fremde Raumfahrer hatten hier eine schwere Havarie. Sie vervielfältigen ihre Roboter und verwenden dazu hiesige Rohstoffe – siehe Mings Isotopenanalyse. Ziel: Behebung der Havarie. Oder einfach das Überleben. Da sie auf eine Roboterproduktion nicht eingerichtet sind, geben sie sich in mancher Hinsicht mit Hilfslösungen zufrieden – daher Verschlechterung der Qualität, Beschränkung auf die notwendigsten Rezeptoren und Wissenselemente bei den Robotern. Und auch deren Anpassung an die hiesigen Verhältnisse – Bandbreite der Rezeptoren, Höhlenverhalten, Einstellung auf Tag-und-Nacht-Rhythmus."

„Aber warum kein Funk?" fragte Tondo.

Raja zuckte mit den Schultern. „Konkrete Folgen sind nur aus konkreten Ursachen erklärbar, und die kennen wir noch nicht. Aber gehen wir weiter: der Zeitraum. Ming hat die Farbe analysiert, mit der die Schrift auf die Stoffetzen aufgetragen ist. Sie ist nicht älter als zehn Jahre."

Tondo schüttelte langsam den Kopf, sagte aber nichts.

„Von hier aus ergeben sich zwei Richtungen, in denen wir suchen müssen. Erstens: Wegen der schlechteren Qualität defunktioniert ein Teil der Roboter. Man versucht sie zu vernichten. Einige entweichen, verstecken sich, versorgen sich unter Gewaltanwendung mit Ersatzteilen. Das war doch deine Vermutung. Was jetzt noch dazugekommen ist, bestätigt das eigentlich. Es haben sich Kampfmethoden herausgebildet, die nicht auf die Vernichtung des Gegners gerichtet sind, sondern auf seine Erbeutung und Benutzung als Ersatzteilquelle. Die Schrift wäre bei solch einem Entwicklungsstand natürlich für sie bedeutungslos. Unter diesen Umständen würden sie eine Gefahr für die fremden Raumfahrer darstellen, und unsere Aufgabe bestände darin, diesen Raumfahrern zu helfen."

Gegen diese Aufgabe hatte Tondo nichts. Seine Einwände, die er in Gedanken schon formulierte, gingen in eine andere Richtung. Aber zunächst einmal fragte er: „Du hast von zwei Möglichkeiten gesprochen?"

„Ja", antwortete Raja. „Die zweite Möglichkeit besteht darin, daß die Raumfahrer ihr Ziel erreicht haben und inzwischen bereits abgeflogen sind."

„Und die Kuppel im Süden?"

„Könnte in die eine wie in die andere Variante passen."

Tondo sagte noch immer nichts.

„Du hattest vorher ein Aber?" erkundigte sich Raja.

„Ja", erwiderte Tondo zögernd, „nämlich – ich habe meine Hypothese beinahe schon wieder fallengelassen..."

„Warum?" fragte Raja.

„Die Schriften", sagte Tondo. „Die Schriften scheinen mir den Schlüssel zu allem zu liefern."

„Hast du sie entziffert?" fragte Raja gespannt.

„Nein, noch nicht. Zuwenig Material. Aber paß auf: Die Schrift hat drei Gruppen von Zeichen, die sich deutlich unterscheiden. Die erste Gruppe hat sieben verschiedene Zeichen, steht also wahrscheinlich für die sieben Buchstaben der Robotersprache. Die zweite Gruppe umfaßt Zeichen, die in größeren Abständen auftreten, also vielleicht Satzzeichen. Und dann gibt es noch eine dritte Kategorie, deren Zeichen sind jeweils Buchstabengruppen zugeordnet, also Silben oder Wörter, aber nicht allen Buchstabengruppen, sondern im Durchschnitt jeder vierten bis fünften. Das entspricht genau der Verteilung der Gesten im Redefluß der Roboter. Für mich ist die Schrift die Fixierung der Robotersprache."

„Ist das nicht etwas kühn?" fragte Raja.

„Das dachte ich auch", meinte Tondo. „Aber dann ist es mir gelungen, unter dieser Voraussetzung die Buchstaben und einen Teil der Gestikzeichen zu identifizieren, mit Hilfe von Wörtern, die die Roboter in unseren Aufzeichnungen gebraucht haben. Ich kann dir schon drei, vier Sätze vorlesen, ich weiß bloß noch nicht, was sie bedeuten."

Er zog eine der Schriften aus der Tasche und deklamierte schnarrend unter heftiger Gestikulation der rechten Hand. Das erinnerte so sehr an die Roboter und wirkte doch zugleich so parodistisch imitiert, daß Utta, die gerade dazukam, hell auflachte. „Ganz echt!" bestätigte sie.

Raja runzelte die Stirn. „Und was folgt daraus?" fragte sie.

„Unmittelbar daraus kann man noch gar nichts folgern", gestand Tondo. „Es brachte mich nur auf einen Gedanken. Wenn Naturwesen eine Gesellschaft entwickeln, dann wird ihre Sprache doch wohl kaum lautlich so eng begrenzt sein, denn die Sprechorgane entwickeln sich ja mit."

„Naturwesen?" fragte Raja unruhig. „Was willst du damit sagen?"

„Ich will sagen", sprach Tondo entschlossen, „alles, was uns seltsam erscheint, erklärt sich ganz zwanglos, wenn wir annehmen, daß die Roboter eine Gesellschaft bilden!"

„Unmöglich!" rief Raja.

Utta sah von einem zum anderen. Tondos Vermutung hatte sie beeindruckt, noch mehr jedoch beeindruckte sie Rajas Entschiedenheit. Utta hatte noch nie erlebt, daß die Pilotin zu irgend etwas so absolut ja oder nein gesagt hätte.

„Aber irgendwie hatte ich auch schon den Eindruck", widersprach Utta fast schüchtern.

Raja schüttelte den Kopf. „Und Wörter hast du noch nicht herausgefunden?" fragte sie Tondo.

„Doch, einzelne. Aus dem Zählversuch die Namen der Ziffern, dann bedeutet wohl ‚skati' soviel wie schlafen oder eine grammatische Form davon, und ich glaube, mit Pak haben sie sich selbst bezeichnet und mit Kott uns, oder richtiger wohl: alle höheren Tiere mit entsprechenden Freiheitsgraden in den Bewegungen, deren Kontakt sie meiden."

„Das spricht weder dafür noch dagegen", murmelte Raja. „Nein, es ist wirklich unmöglich."

„Ich weiß", sagte Tondo. „Und das beste Gegenargument kann ich dir selbst liefern. Erstens, eine langfristig stabile Gesellschaft ist nur möglich mit einer sehr großen Zahl von Individuen, und zweitens, sie muß sich reproduzieren, also die Individuen müssen nicht nur ihre Existenzbedingungen verändern, sondern auch sich selbst ständig wiederherstellen und ihre Anzahl vergrößern, und dazu braucht man bei Robotern eine entwickelte Industrie. Aber trotzdem..."

„Sie haben auch nicht die Informationskapazität, die für eine Selbstreproduktion nötig ist", ergänzte Raja leise. „Bleibst du dennoch bei deinem Trotzdem?"

Tondo nickte.

„Trotzdem zeugt mit Weil die kräftigsten Söhne", meinte Ming, der unbemerkt dazugekommen war. „Ich habe etwas für euch. Entsinnst du dich, Tondo, daß du mit dem Fata-Morgana-Gerät bei einem Wüstenberg irgendwelche Tiere beobachtet hast?"

„Ja", sagte Tondo aufmerksam.

„Ich hab dort noch mal nachgesehen. Die Luftschichten standen gerade günstig. Es sind Roboter gewesen. Du und Utta, ihr nehmt morgen den Universalwagen und fahrt hin."

Juri hatte geholfen, den Wagen startklar zu machen. Unbemerkt von den anderen nahm er Utta beiseite und sagte: „Du kennst ja diese Burschen schon, die Roboter, achte ein bißchen darauf, daß Tondo nicht leichtsinnig wird!"
Utta sah ihn erstaunt an, aber Juri blickte über sie hinweg, als sähe er in der Ferne etwas ungeheuer Interessantes, und fügte hinzu: „Und du selbst – paß auf dich auf!"
„Du traust wohl keinem von uns was zu!" rief Utta, sah ihn aber so strahlend an, daß sie damit die Zurückweisung wieder aufhob.
Sie fuhren nach dem Mittagessen los. Das Ziel lag etwa hundertzwanzig Kilometer nordnordöstlich. Den hier sehr schmalen Steppenstreifen hatten sie bald hinter sich gelassen, die Wüste war wenigstens auf den ersten fünfzig Kilometern flach wie ein Tisch, geradezu ideal für eine Luftkissenfahrt. Dank Klimaanlage und Filterglas spürten sie in der Kanzel nichts von der draußen herrschenden Hitze und dem gleißenden Licht.
Sie glaubten schon, sie würden ihr Ziel in einer knappen Stunde erreichen, aber das erwies sich als Irrtum. Die ersten kleinen Klippen tauchten auf, sie mußten die schnelle Fahrt stoppen, die luftbereiften Räder ausfahren und im Schneckentempo einen Weg durch das immer dichter werdende Gewirr von Steinbrocken suchen. Dann wieder trafen sie auf Flugsand, der hier glücklicherweise selten war. Sie spritzten Verfestigungsschaum darüber und konnten erst nach einer Viertelstunde weiterfahren. Aber ein Umweg hätte vermutlich noch mehr Zeit beansprucht.
Auf diese Weise vergingen fast drei Stunden, bis sie am Fuß des Bergmassivs angelangt waren, an dessen Osthang sich der Platz befand, wo man Roboter beobachtet hatte. Utta und Tondo waren von Süden gekommen, und es sah so aus, als würde es nicht allzu schwierig sein, von hier aus direkt den Berg hinaufzuklettern. Tondo zog also die Räder ein und fuhr die Kletterstelzen aus.
Jeder an Bord hatte sein Spezialgebiet bei der Beherrschung von Werkzeugen oder Transportmitteln, und Tondo war in der

Steuerung dieses Universalwagens unbestrittener Meister. So gelang es ihm, mit dem Fahrzeug etwa achthundert Meter hinaufzuklettern, also fast zwei Drittel der Gesamthöhe zu bezwingen und dabei noch den Kurs nach Nordosten einzuhalten.

Als endlich auch seine Steuerkünste versagten, war der Beobachtungspunkt nicht mehr weit. Noch eine Viertelstunde Kraxelei, und sie blickten über den Rand einer fast senkrecht abfallenden Felswand, an deren Fuß sich die Roboter tummelten.

Sie stellten bald fest, daß dort unten ein Tagebau betrieben wurde, sehr primitiv, aber unverkennbar ein Tagebau. Etwa dreißig Roboter lösten mit Brechstange und Hammer Gestein, und zwanzig weitere trugen es zu einem Stapelplatz. Abgebaut wurde der südliche Flügel des Talkessels, der nach Osten zu offen war, so daß auch zu dieser Nachmittagszeit volles Licht auf dem Arbeitsgelände lag. Am nordwestlichen Hang, jetzt schon im Schatten, schien sich eine ganze Galerie von halboffenen Höhlen zu befinden. Die Roboter waren keine Weißkittel, vom Äußeren her konnte man sie eher zu den Graubraunen rechnen, aber mit der „Räuberbande" schienen sie nichts zu tun zu haben. Das war zunächst alles, was zu sehen war — kein Gebäude, kein Zeichen für irgendwelche technischen Anlagen, erst recht nichts, das auf fremde Raumfahrer hingedeutet hätte.

„Da ist einer, der faulenzt", sagte Utta plötzlich und zeigte auf einen Roboter, der sich ungefähr in der Mitte zwischen den Gesteinshaufen und dem Abbaugebiet befand.

Sie blickten durch ihre Ferngläser und machten sich gegenseitig auf die Einzelheiten aufmerksam. Der Aufseher, wie sie ihn sofort tauften, schien die Tätigkeit der anderen zu koordinieren, sonst unterschied er sich in nichts von ihnen.

Jetzt rief der Aufseher offenbar einen der Transportroboter zu sich, denn der schwenkte aus der Reihe der anderen aus, setzte seinen Korb vor ihm ab und stand dann still. Der Koordinator lief vor ihm auf und ab, drei Schritte hin, drei Schritte her, und gestikulierte heftig mit den Händen.

„Scheint ja ein nervöser Kollege zu sein, dieser Aufseher!" sagte Utta.

Tondo hatte eben das Glas abgesetzt, um den ganzen Talkessel noch einmal zu überblicken. „Sieh mal da drüben", forderte er

Utta auf und setzte das Glas wieder an die Augen, „da im Schatten, bei den Höhlen, da bewegt sich was!"

Die Gläser schirmten das grelle Licht ab, und jetzt sahen sie es deutlicher: Dort saßen zwei Roboter und... spielten mit Steinen... Aber das schien wohl nur so, denn wenn man länger hinblickte, erkannte man, daß System dahintersteckte, wie sie die Steine hin und her legten. Was jedoch noch wichtiger war: Diese beiden Roboter waren verschieden! Der eine hatte keine Folie am Kopf! Der mit Folie sortierte die Steine auseinander, mischte sie dann wieder, und dann sortierte der ohne Folie, langsamer und ungeschickt, von dem anderen hin und wieder korrigiert. „Verstehst du das?" fragte Utta.

„Unterricht, nehme ich an", meinte Tondo. „Ich baue die Kamera auf, richte du das Telemikro. Und stell den Ton laut, damit wir was hören!"

Tondos Vermutung schien sich zu bestätigen, der Roboter ohne Folie wiederholte immer nur einzelne Wörter, keine ganzen Sätze. Und als beide Roboter sich erhoben, bewegte sich der ohne Folie ungelenk und plump, der andere half ihm, bis dann beide in einer Höhle verschwanden.

„Du hast recht", sagte Utta, „der ohne Folie wird unterrichtet. Bestimmt hast du doch für den auch eine Bezeichnung aus der Historie?"

„Ja", sagte Tondo, „Lehrjunge. Aber das waren Menschen. Wenn sie auch selten so fürsorglich behandelt wurden..."

Doch Utta interessierte sich gar nicht für Tondos historische Abhandlungen. Jetzt hatte sie schon wieder etwas Neues entdeckt. „Guck mal, da kommt etwas aus der Wüste – eine Karawane."

Von Südosten her näherte sich eine lange Kette von Robotern dem Bergmassiv. Mit dem bloßen Auge waren sie nur als Punkte zu erkennen, aber das Fernglas zeigte, daß es Roboter waren, die im Gänsemarsch gingen und Lasten trugen, ja und auch, daß an Kopf und Schwanz der Schlange je ein halbes Dutzend Weißkittel marschierten.

„Das dauert mindestens noch zwei Stunden, bis sie hier sind", sagte Tondo, „fürchtest du dich allein?"

„Wo willst du denn hin?" fragte Utta erstaunt.

„Es genügt doch, wenn einer beobachtet, augenblicklich tut sich ja nicht viel. Ich nehm mir die Kassette aus der Kamera, setz mich in den Wagen und versuche noch ein bißchen mehr über die Sprache herauszufinden. Außerdem müssen wir uns wieder melden, sonst schicken sie noch einen Rettungstrupp aus. Was hältst du davon, wenn wir über Nacht hierbleiben – die Roboter schlafen, und wir sehen uns alles genau an?"

„Klar – ich hab ja schon Übung darin!" meinte Utta vergnügt.

Tondo vertiefte sich so in die Sprachstudien, daß er fast vergessen hätte, sich zur vorgesehenen Zeit zu melden.

Hellen fragte: „Hier sind noch einige neue Ergebnisse von Raja auf dem Ypsilon-Rapport. Soll ich sie dir durchgeben?"

„Ja, bitte", sagte Tondo, „das könnte aufschlußreich sein."

Kurze Zeit später hörte er Rajas Stimme aus dem Lautsprecher. „Die Zentralsteuerung des Roboters ist lernfähig und verfügt im ausgebildeten Zustand über ein inneres Umweltmodell, das begrenzt erweiterungsfähig ist. Die Zentralsteuerung, oder das Gehirn, wenn euch der Ausdruck lieber ist, hat eine Dreistufenaktionsschaltung, die nach den biologischen Grundemotionen Vergnügen, Angst und Zorn modelliert ist, eine sogenannte VAZ-Schaltung.

V ist die unterste Stufe der Aktivität: normale Zielstrebigkeit unter Verwendung erlernter Verhaltensweisen. Der Roboter benimmt sich so, als ob ihm seine Tätigkeit Vergnügen macht.

A ist die mittlere Stufe, sie schaltet sich ein, wenn V zur Bewältigung der Aufgabe nicht ausreicht. Die äußere Aktivität wird gehemmt, aber die gesamte Zentralsteuerung wird einbezogen, um eine Lösung zu finden. Also ein Verhalten, das gewisse Ähnlichkeit mit der Angst hat.

Z ist die höchste Stufe. Die Aktivität wird so gesteigert, daß der Plan des Verhaltens nicht im ganzen gefaßt und am inneren Umweltmodell abgespielt wird. Vielmehr wird für den jeweils bevorstehenden Teilabschnitt ein zweckmäßiges Verhalten ausgewählt. Das Ergebnis bestimmt dann die weitere Verfahrensweise. Also eine entfernte Analogie mit dem Zorn. In dieser Schaltstufe stecken auch die Möglichkeiten des Roboters, neue Verhaltensweisen zu entdecken.

Das sind nur die Hauptfunktionen der Schaltstufen, die noch

viele Nebenfunktionen haben. Und man darf nicht vergessen, daß Vergnügen, Angst und Zorn hier nur Analogien sind und keine wirklichen Emotionen." Es klickte — Rajas Vortrag war beendet.

Tondo hatte sich so konzentriert, daß er fast erschrak, als er Hellen sich wieder melden hörte. „Wann kommt ihr zurück?" fragte sie.

„Morgen vormittag, wir wollen die Höhlen noch untersuchen."

Nach kurzem Zögern erklärte sich Hellen einverstanden, legte aber Zeiten fest, zu denen dem Raumschiff Meldung gemacht werden sollte.

Als er zu Utta zurückging, grübelte Tondo über das Gehörte nach. Als Historiker war ihm die Ehrfurcht vor großen Leistungen der Vergangenheit ein vertrautes Gefühl. Solche Roboter gab es heute nicht mehr, aber die Zweckmäßigkeit dieser drei Stufen für einen Roboter, der in einem festumrissenen Raum und Aufgabenkreis — etwa in einem Industriekomplex — arbeitete, leuchtete ihm ohne weiteres ein. Ja, man konnte sogar sagen, daß die Roboter damals kompliziertere Konstruktionen waren, denn diese dritte Stufe — die Synthese neuer Verhaltensweisen —, das war doch im Grunde genommen ein Element des Schöpferischen. Und wenn solch ein Typ nun nicht in eine begrenzte Umwelt gestellt war, sondern in eine offene... Es müßte sich doch berechnen lassen, ob sich über diesen rein technischen Schaltstufen das Gebäude einer gesellschaftlichen Widerspiegelung errichten ließ, wenigstens ob die quantitative Möglichkeit dazu bestand... Fälle des Ausbrechens von Robotern hatte es ja gegeben, aber um sie genau zu untersuchen, dazu würde er wohl warten müssen, bis sie wieder auf der Erde waren. In der Soziometrie war dieses Thema noch nicht behandelt worden, soviel wußte er... Aber ein Thema wäre das, Donnerwetter, wie geschaffen für den nächsten wissenschaftlichen Grad!

„Komm doch schon, komm, schnell!" rief Utta im Helmfunk.

Tondo warf sich neben sie und setzte das Fernglas an. Der Talkessel lag schon im Schatten. Und jetzt sah er auch, was Utta so erregte: Alle Roboter hatten sich hingesetzt und bewegten die Arme kreisend — so wie der Roboter beim Raumschiff, als Raja ihm zu nahe kam.

„Sie verrichten ihr Abendgebet", sagte Tondo spöttisch.

„Was ist das?" fragte Utta erstaunt.

„Nichts, nichts", antwortete Tondo. Ihm war plötzlich bewußt geworden, daß der Spott ganz unangebracht war.

„Irgend so etwas Historisches, ja?"

„Ja, entschuldige", sagte Tondo. „Schau mal, jetzt laufen sie auseinander!"

Die Roboter zerstreuten sich und verschwanden nach und nach in den Höhlen am Hang. Aber gleichzeitig erschien am Ausgang des Talkessels die Spitze der Karawane.

„Richte die Kamera auf die Karawane", bat Tondo. „Ich versuche, ob ich mit dem Infrarotfilter in so eine Höhle hineingucken kann." Er suchte sich eine Höhle aus, die in einem günstigen Winkel einzusehen war. Tatsächlich vermochte er zu erkennen, was da vor sich ging, wenn auch etwas undeutlich. Da war ein Roboter, der lag still – einer ohne Folie. Ein zweiter stand, und ein dritter bewegte sich um ihn herum und hantierte...

„Utta, du hast doch am Kamelrücken gesehen, wie sich die Roboter nach dem Kampf gegenseitig repariert haben. Nimm doch mal mein Glas und sieh in die dritte Höhle von rechts – sind das die gleichen Bewegungen?"

„Und du guck mal, was die Karawane da auspackt, du wirst staunen!"

Rümpfe und Extremitäten von Robotern! Zwölf Rümpfe, aber viel mehr Arme und Beine und auch noch andere Packen, die nicht unmittelbar zu erkennen waren.

„Ja, ich glaube, das sieht genau so aus wie bei den Räubern vom Kamelrücken", bestätigte Utta. „Und jetzt legen sie sich hin."

Aber Tondo fesselte schon wieder ein anderer Vorgang. Am Ausgang des Tales, auf dem letzten Flecken, der noch von der Sonne beschienen war, hielten sich einer von den eben angekommenen Weißkitteln und ein Bergwerksroboter auf, wahrscheinlich der Aufseher, wie sie ihn genannt hatten. Und jetzt stand der Aufseher still, und der Weißkittel wanderte auf und ab. Dann übergab er dem Aufseher ein Schriftstück, jedenfalls sah es genauso aus wie einer der Foliebogen, die Tondo schon untersucht hatte. Und wieder wanderte der Weißkittel gestikulierend, also sprechend, vor dem Aufseher hin und her, drei Schritte hin, drei Schritte her...

Wie von selbst ordneten sich alle die Erlebnisse der letzten Tage zu einem klaren und überzeugenden Bild. Was er Raja gegenüber als zaghaften Gedanken geäußert hatte, als halbe Vermutung, schien ihm plötzlich sicher.

Was hatte Raja herausgefunden? Vergnügen an Bewegung, das war die Grundschaltung. Hier bewegte sich immer der Übergeordnete, der Untergeordnete mußte stillstehen. Bewegung als ein Privileg. Und dieses Armkreisen – eine ziellose Bewegung – war ein Ritus!

Privileg und Ritus, so etwas gab es nicht in der Maschinenwelt. Das gab es nur in einer Gesellschaft.

4

Durch die offene Kuppel des Wagens sah Tondo die fremden Sternbilder, die noch keinen Namen hatten. Wie lange würde es wohl dauern, bis sie einen bekommen? Bis also Menschen sich hier angesiedelt hatten, Aufgaben lösend von galaktischer Tragweite, Romantiker trotzdem oder gerade deshalb, denen es Freude machen würde, phantasievolle Namen zu erfinden? Und was würden das für Namen sein?

Aber selbst diese nächtliche Träumerei führte ihn wieder zu seiner Entdeckung zurück. Namen – wer sagte denn, daß die Sterne und Sternbilder wirklich noch keine Namen hatten? Wenn die Roboter tatsächlich eine Gesellschaft bildeten, wenn die Sprache, die zu entschlüsseln er sich bemühte, wirklich ihre Sprache war – dann enthielt sie bestimmt auch Namen für alle Dinge der natürlichen Umgebung, also auch für die des Himmels...

Was sich da für ihn auftat! Wie winzig und harmlos erschien ihm jetzt das wissenschaftliche Thema, über das er noch vor wenigen Stunden so beglückt gewesen war! Denn hier gab es etwas, wovon kaum je ein Historiker zu träumen gewagt hatte: Eine außermenschliche Geschichte war zu erforschen – eine Arbeit für Generationen von Historikern; aber er war der erste!

Was jedoch für ihn gewiß war, mußte für die anderen erst noch bewiesen werden. Es hatte im Augenblick keinen Sinn, hinsichtlich der Entstehung dieser Gesellschaft von Robotern Spekulationen anzustellen. Was jetzt gebraucht wurde, waren Tatsachen darüber, wie sie funktionierte, viele kleine, einfache Fakten, die sich summieren ließen, quantitative Angaben, mit denen man wenigstens soziometrische Überschlagsberechnungen anstellen konnte. Ja, und die Sprache mußte enträtselt und dann erlernt werden, damit man sich verständigen konnte. Viel Arbeit, geduldige Arbeit, und nicht nur für ihn – die ganze Besatzung mußte das zu ihrer Hauptaufgabe machen. Aber dazu hatte er die Gefährten von der Richtigkeit seiner Hypothese zu überzeugen, und dazu wiederum brauchte er eben Tatsachen. Die bevorstehende Nacht sollte sie ihm liefern. Mußte ihm wenigstens so viel Erkenntnisse bringen, daß er sich bei den anderen durchsetzen konnte.

Utta schlief schon. Tondo bezähmte seine Ungeduld, klappte seinen Sitz zurück und legte sich ebenfalls hin. Diesmal aber verließ er sich nicht wie sonst auf seine innere Uhr, sondern gab einen Weckauftrag.

Als sie geweckt wurden, stand der kleine Mond bereits am Himmel, es war angenehm kühl, und sie fanden ihren Weg hinab bis zum Eingang des Talkessels ohne große Schwierigkeiten. Der Talkessel selbst jedoch lag im Dunkeln. Sie mußten die Infrarotwandler einschalten und verbrachten eine gute halbe Stunde damit, ihren Orientierungssinn auf das gründlich veränderte Bild der Umgebung zu trainieren.

Dann trennten sie sich. Tondo begann die Wohnhöhlen zu untersuchen. Sie glichen einander mit fast schematischer Treue: In jeder lagen drei bis vier Roboter, davon meist zwei, manchmal auch drei mit Kopffolie, die anderen ohne. Ein Folienträger lag jeweils am Ausgang, den Kopf nach draußen gestreckt, es ließ sich vermuten, daß er die Morgensonne empfangen und melden sollte. Stets war eine Ecke Werkzeugen und verschiedenen Ersatzteilen vorbehalten. Und immer gab es eine Nische, vor der ein zweiter Folienträger saß, und zwar so, daß er sie fast vollständig verdeckte. Gelegentlich konnte Tondo darin im Schein der Infrarotlampe kleinere Gegenstände sehen, aber es gelang ihm nicht, einen davon in die Hände zu bekommen. Er versagte es sich, einen Roboter beiseite zu rücken, denn nach Juris und Uttas Erfahrung am Kamelrücken ließ sich ja vermuten, daß die Roboter auch nachts eine kleine Energiereserve zur Verfügung hatten.

Tondo beschloß, nur noch Stichproben vorzunehmen. Erst ganz am Ende der Reihe entdeckte er einen Eingang, der schmaler und zum Teil sogar verschlossen war, und zwar schien ein Stein von innen davorgeschoben zu sein. Nur ein Spalt war offen, durch den ein Roboterkopf mit Folie lugte.

Tondos Interesse war sofort hellwach. Diese Höhle mußte er besichtigen! Bei näherem Hinsehen und Abtasten erkannte er, daß der Verschlußstein gar kein Stein war, sondern eine bewegliche Plastplatte. Vorsichtig versuchte er, sie nach innen zu drücken. Das ging zunächst ganz leicht, dann aber stieß er auf Widerstand.

Er langte um die Plasttür herum — ja, sie war ganz dünn und schwang offenbar nach innen auf. Und dann traf er auf das Hindernis: Es war die Hand des Roboters, die die Tür in ihrer Stellung hielt.

Einen Augenblick lang zögerte Tondo. Sollte er... Aber was konnte schon passieren? Behutsam schob er den Arm des Roboters ein kleines Stück zurück. Nichts geschah... Noch ein kleines Stück — wieder nichts. Kühner geworden, vergrößerte er beim nächsten Versuch den Türspalt so weit, daß er hätte hindurchschlüpfen können, aber dann zog er schnell seinen Arm zurück, denn der Roboter bewegte sich leicht. Unwillkürlich verhielt sich Tondo, als hätte er einen Schlafenden vor sich. Er wartete einige Minuten, dann faßte er erneut um die Tür herum: Der Roboter hatte seine Hand wieder dicht dahinter gelegt. Jetzt zögerte Tondo nicht mehr. Zu stark lockte ihn das, was er hinter der Tür zu finden hoffte. Zentimeter für Zentimeter schob er die Hand des Roboters zurück — und endlich schwang die Tür auf. Tondo leuchtete mit Infrarotlicht hinein. Offenbar war der Roboter am Eingang allein, wer weiß, vielleicht war das dieser Aufseher.

Tondo drückte sich an dem Roboter vorbei in die Höhle. Ja, diese hier wich ab vom Schema. Da war zum Beispiel eine waagerechte, glattpolierte Steinfläche aus der Felswand ausgearbeitet, und was darauf lag, das waren unverkennbar Schreibgeräte, Folie und Stifte. Und links, von einem Stein beschwert, befand sich ein ganzer Stapel solcher Folieblätter. Tondo nahm den Stein herunter, griff nach dem Stapel und steckte ihn in eine Außentasche des Schutzanzuges. Später, im Fahrzeug, wollte er die Schriften kopieren und die Originale vor Sonnenaufgang wieder zurückbringen. Denn hier hatte er den Beweis, daß es sich um eine Schrift der Roboter handelte und daß die Roboter damit arbeiteten! Auch wenn die Mitglieder der Räuberbande anscheinend nichts damit anzufangen wußten. Das bedeutete höchstens, daß sie... Plötzlich fiel ihm ein, daß es in der Geschichte der Menschheit ebenfalls Abschnitte gegeben hatte, in denen nur eine kleine Minderheit lesen und schreiben konnte...

Aber für solche Überlegungen war jetzt keine Zeit. Tondo blickte sich um. Er suchte die Nische, die in den anderen Höhlen überall vorhanden und leider unzugänglich war. Hier war statt dessen ein Loch, das offenbar in eine zweite Höhle führte. Er kroch hindurch.

Ein Blick zurück — ja, der Eingang lag, von hier aus gesehen, links, also konnte er sich wohl den Luxus einer normalen Beleuchtung leisten. Er klappte den Infrarotfilter hoch und blendete die Helmlampe voll auf.

Die Höhle war ein Ersatzteillager wie jene dort im Kamelrücken, nur viel reichhaltiger, obwohl bedeutend kleiner. Es gab Werkzeuge und Roboterextremitäten, das da waren wohl Akkumulatoren, und hier, was war das? Kleine Stapel von verschieden großen, blauen Scheiben... Tondo nahm eine herunter und betrachtete sie. Sie war kreisrund, Durchmesser schätzungsweise drei Zentimeter, auf der einen Seite war die Sonne eingeprägt, dazu kleine Schriftzeichen am Rand, auf der anderen Seite ebenfalls Schriftzeichen, nur größer. Das größte davon, ja, das war ein Zahlenzeichen, sollte das...? Die Tür. Die sorgsam gehüteten Nischen in den anderen Höhlen. Nein, es konnte gar nichts anderes sein, das war die aufregendste Entdeckung bisher, das waren Münzen!

Münzen, oder richtiger: djengi, money, in der Weltsprache existierte kein Wort dafür, und die Historiker benutzten wahlweise eine Vokabel aus den verbreitetsten Altsprachen, wenn sie diesen Begriff ausdrücken wollten. Er lachte auf, als er an die Möglichkeit dachte, Utta zu verblüffen. Sie würde bestimmt fragen, warum die Münzen kein Loch hatten, wie man sie denn so um den Hals oder als Armband tragen solle.

Als er an Utta dachte, sah er auf die Uhr. Es war höchste Zeit zurückzukehren. Er nahm eine Münze von jedem Stapel, steckte sie ein und schlich aus der Höhle. Die Tür ließ er offen, er würde ja noch einmal zurückkehren. —

Utta sah sich die Karawane näher an. Die Träger und die Weißkittel lagerten am Eingang des Talkessels im Freien, und sie hatte wenig Mühe, die Traglasten zu untersuchen. Es handelte sich fast ausnahmslos um Werkzeuge, Ersatzteile für Roboter und ganze Rümpfe. Nur in zwei, drei Fällen konnte sie nicht feststellen, was sich in den Packen befand.

Sie beschäftigte sich gerade mit einem dieser Gepäckstücke und war sich noch nicht ganz schlüssig, ob sie es riskieren sollte, einen der kleinen Beutel zu öffnen, die sich darin befanden, als sie hinter sich ein Geräusch hörte. Sie blickte sich um und sah einen weißbekittelten Roboter heranschwanken. Diesmal erschrak sie nicht wie noch vor kurzem in den Bergen, denn inzwischen hatte sie gründlich über das Verhalten der Roboter nachgedacht. Sie ließ sich einfach auf die Hände nieder, lief auf allen vieren herum und beobachtete dabei den Weißkittel. Der war stehengeblieben. Da packte Utta der Übermut. Sie krabbelte auf den Roboter zu und bellte wie ein Hund. Sie hätte gar nicht sagen können, wie sie daraufgekommen war, aber die Wirkung gab ihr recht: Der Roboter machte eine abwehrende Bewegung, ließ ein Krächzen hören, drehte sich um, wankte ein paar Schritte und legte sich wieder hin.

Utta hätte laut loslachen mögen. Aber sie spielte vorsichtshalber ihre Hunderolle weiter, kroch langsam davon und erhob sich erst, als sie weit genug entfernt war. Gutgelaunt begab sie sich zum vereinbarten Treffpunkt. Als sie an einem der aufgeschichteten Erzhaufen vorbeikam, suchte sie sich einen möglichst kleinen Brocken aus und steckte ihn ein.

„Ich habe Kott gespielt", berichtete sie, als Tondo kam, „oder richtiger Hund." Und kichernd erzählte sie, wie der Roboter bei ihrem Gebell Reißaus genommen hatte.

„Kott und Hund", sagte Tondo nachdenklich, „Hund und Kott, Hund und Kott..."

„Ja, und? Ich denke, Kott sagen sie zu allen Tieren?"

„Ja, aber Kott ist ein Wort aus einer Altsprache und bedeutet Katze. Ist das nicht seltsam?"

Utta lachte nun doch. „Ich finde heute sowieso alles sehr komisch", sagte sie. „Ich weiß auch nicht, woher das kommt. Vielleicht, weil ich verliebt bin? Ist das schlimm?"

„Nun ja", meinte Tondo, „vor allem für den, den es betrifft."

Utta lachte wieder, diesmal leise und versonnen. „Nein", sagte sie, „ich will dich nicht ärgern; diesmal meine ich es ernst. Und ich glaube, es ist auch ernst. Ich merke das daran, daß mir irgendwie Flügel wachsen..., hoppla!" Sie war gestolpert.

„Ganz draußen sind sie aber noch nicht, die Flügel", spottete Tondo, „paß lieber auf den Weg auf!"

Aber Utta wollte reden. „Du fragst gar nicht, in wen...?"

„Mich darf ich wohl ausschließen", meinte Tondo, „und dann bleibt ja nicht mehr viel Auswahl. Entschuldige, es ist schön, wenn es dir ernst ist, und ich will auch gern mit dir darüber sprechen, oder sagen wir mal, zuhören, wie du darüber sprichst – aber dann gemütlich im Wagen, einverstanden?"
„Laß nur, es reicht mir, wenn du nicht verstimmt bist."
„Bin ich nicht."
„Warum nicht?" Das war wieder die alte Utta.
„Weil ich derzeit einer anderen Dame den Vorzug gebe – der Dame Historia."
„Das ist schön", sagte Utta, „das ist wunderschön. Ich fühle mich eins mit dem ganzen Weltall. Ich könnte sogar unsere Roboter küssen!"

Wenn Tondo befürchtet hatte, Utta würde vor sich hin träumen und wenig Interesse für seine Entdeckungen zeigen, hatte er sich geirrt. Sie wußte sogar, wozu Münzen früher, in der alten Gesellschaft, gebraucht worden waren – auch in dieser Beziehung hatte er sie offenbar unterschätzt. Und sie war es, die entdeckte, daß die Schriftzeichen, die auf der Sonnenseite der Münzen in den Rand geprägt waren, auf den Foliebogen wiederkehrten, sogar in der Größe besonders hervorgehoben. Sie bildeten das Wort „Iskatoksi".

Tondo, der sich zuerst mit den Schriften befaßt hatte, war dieses größer geschriebene Wort auch schon aufgefallen. Es stand jeweils im ersten Absatz, aber nicht am Anfang. Tondo hatte zunächst geglaubt, es bedeute irgend so etwas wie Anweisung oder Auftrag, aber das war mit dem Auftreten dieses Wortes auf der Münze wohl nicht vereinbar. Sollte es das Roboterwort für Sonne sein? Aber was hatte es dann auf den Schriftstücken zu suchen?

„Hast du mal Münzen als Schmuck getragen?" fragte Tondo.
„Ja, als Backfisch, am Fußknöchel, ich hatte so lange, dünne Beine, weißt du."
„Kannst du dich entsinnen, was auf den Münzen gestanden hat?"
„Warte mal – das Land, ja? Oder der König oder Fürst oder wie die Brüder hießen."

Der Staat, korrigierte Tondo im stillen. Dann fiel ihm ein – Staat, Fürst, König, in der unentwickelten Gesellschaft war das zeitweise alles eins, ein Herrscher sollte sogar mal gesagt haben: Der Staat bin ich.

„Das ist die Lösung", sagte Tondo. „Iskatoksi — das ist der König der Roboter!"

Er hätte auch Fürst oder Herrscher sagen können, das war wohl gleich, aber da Utta das Wort König als erstes benutzt hatte, blieb er auch dabei, gewissermaßen ihre Entdeckung respektierend.

„Ist das nicht ein bißchen kühn?" fragte Utta.

„Es ist nicht bewiesen, aber ich bin sicher, daß es so ist", antwortete Tondo. „Doch nun zum nächsten Fakt! Ich habe dreiundfünfzig Wohnhöhlen gezählt, die letzten beiden waren leer. Ungefähr fünfzig Roboter haben wir arbeiten sehen, also aus jeder Höhle einen. Es sind aber drei bis vier in jeder Höhle, also im ganzen rund hundertsiebzig. Und jetzt kommt ein bißchen Ökonomie. Die brechen also hier irgendein Erz. Das muß aber verarbeitet werden, in mehreren Stufen, und es müssen noch andere Rohstoffe erarbeitet werden, wenn das Ganze einen Sinn haben soll, denn mit einem Rohstoff allein kann man nichts anfangen. Dieses Bergwerk ist nur einer der Anfänge einer langen Kette, an deren Ende neu produzierte Roboter stehen. Und wenn ich dir eine Mindestzahl nennen soll, wie viele Roboter es in dieser lieblichen Gegend gibt, dann würde ich sagen, unter zehntausend geht es gar nicht."

„Das kann doch nicht dein Ernst sein?"

„Und ob ich das ernst meine! Und vergiß nicht, ich sage: Das ist die untere Grenze!"

„Aber — davon hätten wir doch schon früher etwas bemerken müssen!"

„Wieso? Haben wir denn die Wüste näher betrachtet? Sie hat uns überhaupt nicht interessiert, weil sie lebensfeindlich ist. Für die Roboter ist sie aber das ideale Gebiet: Kein Wasser, Sandstürme scheint es hier auch kaum zu geben, aber Sonnenenergie in jeder Menge und von morgens bis abends. Ich sage dir, wenn wir uns die Wüste mal näher ansehen, werden wir auf Schritt und Tritt über Roboter stolpern. Ich garantiere dir, kein Wüstenberg in dieser ganzen Region ohne Roboter! Ja, ja. — Ich habe mich richtig ereifert, was?"

„Wir sind beide enthusiasmiert", sagte Utta lächelnd, „wenn auch aus unterschiedlichen Gründen."

„Jedenfalls", entgegnete Tondo, „ist das ein schöner Zustand, oder?"

In voller Übereinstimmung beschlossen sie, schlafen zu gehen, wenn Tondo von seinem zweiten Gang in den Talkessel zurückkommen würde — er mußte ja die Münzen wieder an Ort und Stelle bringen.

Vor Sonnenaufgang standen sie auf und bezogen ihre Beobachtungsposten vom Vortag, über dem Steilhang. Tondo hatte angedeutet, daß er jetzt den Beweis für eine Vermutung zu finden hoffe, die er noch nicht auszusprechen wage. Er bat Utta, irgendeine Höhle auszusuchen und vom ersten Augenblick des Sonneneinfalls den vorn liegenden Roboter genau zu beobachten. Er selbst wollte das bei einer anderen Höhle tun.

Utta war voller Erwartung, aber es ereignete sich nichts Wichtiges. Als die Sonnenstrahlen den Roboter trafen, entfaltete sich seine Folie — ein Vorgang, den sie schon kannten. Der Roboter erhob sich und ging in die Höhle, zum Glück nur so weit, daß sie ihn im Auge behalten konnte. Dann kam ein anderer Roboter zum Eingang gekrochen, wartete, bis sich seine Folie entfaltete, bekam von dem ersten Werkzeug herausgereicht und lief in den Talkessel. Einige Zeit später erschien der zurückbleibende Roboter mit einem anderen ohne Folie.

„Das genügt", sagte Tondo.

„Und? Was ist?"

„Welcher Roboter ist bei der Höhle geblieben?" fragte Tondo.

„Der, der in der Nacht am Eingang lag."

„Bei mir auch", sagte Tondo. „Merkst du nichts?"

„Arbeitsteilung?" fragte Utta zaghaft.

„Der Zurückbleibende weckt morgens, erzieht die noch nicht ausgebildeten Roboter, es sind immer ein oder zwei. Außerdem vermute ich, daß er Ersatzteile besorgt, abends den produzierenden Roboter entstaubt, dessen Außenhaut flickt, falls sie zerrissen ist, und nur deshalb kein Abendessen kocht, weil die Roboter keins brauchen..., na?"

„Eine altzeitliche Familie", fragte Utta ungläubig, „willst du darauf hinaus?"

„Da du es aussprichst", meinte Tondo hierauf großzügig, „kann ich nun etwas vorsichtiger formulieren: eine familienähnliche Struktur."

Juri hatte sich gleich früh an das Fata-Morgana-Gerät gesetzt. Er wollte versuchen, das Bergwerk, das Utta und Tondo beobachteten, auf den Schirm zu bekommen. Vielleicht, so meinte er, könne der Blick aus der Vogelperspektive die Feststellungen der beiden ergänzen. Und außerdem – doch das gab er kaum vor sich selbst zu – wollte er Utta sehen.

Aber es war noch zu früh, die Luftschichten waren noch zu instabil, und so hatte er plötzlich ein ganz anderes Bild vor sich: eine schier unübersehbare Zahl von Robotern, die durch die Wüste marschierten.

Das Bild verschwamm sogleich wieder, es gelang Juri jedoch, die Koordinaten zu fixieren, und da stellte es sich heraus: Dieser Haufen kam aus nordwestlicher Richtung, schien sich direkt auf das Raumschiff zuzubewegen und war kaum noch zwanzig Kilometer entfernt. Er hatte vermutlich schon die Grenze zwischen Wüste und Steppe erreicht.

Juri alarmierte die anderen und schlug vor, den Robotern entgegenzufahren, aber Hellen widersprach. „Da wir immer weniger wissen, was hier eigentlich los ist", sagte sie, „müssen wir fürs erste mit äußerster Vorsicht und Zurückhaltung vorgehen. Wenn wir wirklich ihr Ziel sind, warum sollten wir dann verraten, daß wir sie schon bemerkt haben? Und wenn wir nicht ihr Ziel sind – um so besser."

„Aber wir können doch nicht warten, bis sie hier auftauchen", protestierte Juri.

„Man müßte sich ihnen so nähern", warf Ming ein, „daß sie uns für einen Teil ihrer natürlichen Umgebung halten."

„Als Vögel!" ergänzte Raja Mings Gedanken. „Nehmen wir doch die Flügel."

„Gut", sagte Juri, „ich fliege."

Aber wieder war Hellen nicht einverstanden. „Wir wollen doch bei dem guten Brauch bleiben, daß diejenigen ein Vorhaben ausführen, die den besten Plan dafür hatten. Ich denke, Ming und Raja sollten fliegen."

Eine halbe Stunde später erhoben sich aus einer oberen Luke des Raumschiffs zwei große Vogelgestalten, flatterten empor, zogen einen Kreis um das Raumschiff und flogen dann in Richtung Nordost davon.

„Gib nicht soviel von deiner Kraft dazu", rief Raja, als sie ein Stück geflogen waren, „die Dinger sind heimtückisch. Wenn du dich erst mal verausgabt hast, plumpst du runter, ohne Kraft kannst du nicht mal segeln!"

„Ich weiß", sagte Ming, „zwei-, dreimal bin ich auch auf der Idiotenwiese abgeschmiert. Hoppla, hier kommt Thermik, schrauben wir uns höher."

Sie hatten auf die Schutzanzüge verzichten müssen – um der Sicherheit willen, so seltsam das klingt. Die Schwerkraft war ja auf diesem Planeten etwas größer, und das Fehlen des Schutzanzuges brachte Erleichterung, so daß sie wie unter Erdbedingungen flogen. Andernfalls wäre erst noch ein spezielles Training notwendig gewesen. Das Fehlen der Skaphander hatte zwar zur Folge, daß sie sich nur durch Rufen verständigen konnten, aber das schadete nichts. Die klare Luft trug den Ton so weit, daß sie die Stimme selbst bei zwanzig, dreißig Meter Abstand nicht allzusehr anzustrengen brauchten.

Sie flogen vielleicht zwanzig Minuten, bis sie die ersten Roboter sahen. Dann bogen sie ab, um nicht die Aufmerksamkeit auf sich zu lenken, und zogen einen Kreis, bis sie von Norden her auf den Zug zukamen.

Was sie dann aber sahen, verschlug ihnen die Sprache. Die Roboter gingen in merkwürdig exakten rechteckigen Formationen zu je fünf mal zwanzig. Fünf solcher Kolonnen marschierten nebeneinander und zehn hintereinander, so daß sie wieder ein Rechteck bildeten – fünftausend Roboter!

Ming hatte jetzt die Führung übernommen. Sie flogen in etwa fünfzig Meter Höhe über den Zug hinweg nach Süden, bis sie weit genug entfernt waren. Dann landete er.

„Verrückt", sagte Raja, als sie neben ihm aufgesetzt hatte, „das ist das Verrückteste, was ich je gesehen habe."

„Die müssen wir uns noch mal näher betrachten", meinte Ming, „wir verpusten uns etwas, und dann – sie werden bald an dieser großen Baumgruppe vorbeikommen, die wir vorhin gesehen haben. Da setzen wir uns wie Vögel in die Äste und lassen sie vorbeiziehen."

Der Weg dahin war nicht weit, aber natürlich konnten sie nicht wie wirkliche Vögel auf den Wipfeln landen, dazu waren sie zu schwer. Erst nach einer anstrengenden Kraxelei saßen sie einigermaßen sicher auf den Ästen. Und da tauchten auch schon die ersten Roboterkolonnen auf.

„Ich glaube", sagte Raja nach längerem Schweigen, „alle unsere Vermutungen waren bisher viel zu naiv. Um das zu erklären, braucht man eine absurde Idee."

„Mir kommt das Bild gar nicht so widersinnig vor", meinte Ming nachdenklich. „An irgend etwas erinnert es mich, ich muß Vergleichbares schon einmal gesehen haben. – Vielleicht Zahlenkolonnen auf einer Tabelle..."

„Das würde zum technischen Charakter der Roboter passen", warf Raja interessiert ein.

„Aber das ist es nicht. Jetzt hab ich's: ein Schlachtengemälde aus der alten Geschichte. Krieg. Das sind Krieger. Die gingen immer so in ausgerichteten Reihen. Oder fast immer, genau weiß ich das auch nicht. Tondo kann uns das sicher sagen."

Die ersten Kolonnen zogen jetzt an ihnen vorbei. Alle trugen sie weiße Kittel. Jeweils die letzten zwanzig einer Hundertschaft schleppten ein großes Rohr, Packen und andere Gerätschaften.

Die zweite Welle kam heran.

„Riechst du auch was?" fragte Ming.

„Ja – die Roboter stinken entsetzlich", sagte Raja. „Das ist ja kaum auszuhalten. Und Tondo hat eine volle Ladung davon abgekriegt."

„Aushalten müssen wir's schon, wir können ja jetzt nicht hinunterklettern", sagte Ming ergeben. „Am besten, denk mal darüber nach, wieso und warum, dann spürst du es nicht so."

„Tu ich schon. Die Roboter, die bei uns im Raumschiff waren, haben nicht solchen Duft verbreitet. Die im Bergwerk auch nicht, sonst hätte Tondo schon davon berichtet."

Doch da zog schon etwas anderes ihre Aufmerksamkeit auf sich, eine Unregelmäßigkeit in der geometrischen Anordnung der Roboter. Der zweiten Welle folgte eine vergleichsweise untergeordnete Gruppe von etwa fünfzehn bis zwanzig Robotern. Aber wenn man näher hinsah, war diese Gruppe doch nicht so untergeordnet. Drei gingen voran, der mittlere trug auf einer Stange eine große blaue Kugel mit Strahlen, die sollte sicherlich die Sonne symbolisieren. Danach kam ein einzelner, und der hatte merkwürdigerweise auf dem Kopf keine Folie wie die anderen, sondern eine verkleinerte Ausgabe der blauen Kugel. Die übrigen schlossen sich dann in einer Art Schwarm an.

„Das wird der Chef dieses ganzen Aufzugs sein", sagte Raja.

„Ich vermute das ebenfalls", stimmte Ming zu, „und jetzt weiß ich auch, was mir vorhin unstimmig erschien – auf dem irdischen Bild, das ich da im Gedächtnis habe, war der mehr hervorgehoben. Ritt auf einem Pferd. Aber Pferde haben sie hier nicht."

„Die haben ja überhaupt was gegen Tiere."

Der Gestank wurde immer schlimmer – dabei waren sie gut fünfzig Meter von den äußeren Kolonnen entfernt. Erst als die letzten vorbeigezogen waren, konnten die beiden vom Baum klettern und sich wieder in die Lüfte erheben.

„Wie schnell gehen die deiner Schätzung nach?" fragte Ming.

„Vier bis fünf Kilometer in der Stunde werden sie wohl schaffen."

„Und sie bewegen sich immer noch schnurstracks auf unser Raumschiff zu, also werden sie dort in vier bis fünf Stunden auftauchen."

Utta und Tondo hatten doch noch ihren Beobachtungsplatz über der Steilwand mit einem anderen vertauscht, der in der Nähe des Eingangs zum Talkessel lag. Von hier aus konnten sie zwar nicht das gesamte Tal überblicken, hatten aber das Geschehen dichter vor Augen.

Und was sie sahen, zog sie in seinen Bann, wenn sie auch durchaus nicht immer wußten, was es bedeuten sollte. Zunächst wurde die Karawane entladen. Die Roboterrümpfe wurden an einzelne Roboter übergeben, dazu Extremitäten und anderes.

„Die Familien bekommen neue Kinder", witzelte Utta, „wir wohnen einer Robotergeburt bei."

Tondo enthielt sich eines Kommentars. Er verfolgte, wohin die Rümpfe, sieben waren es, gebracht wurden: in einzelne Höhlen.

Sah man also von der Formulierung ab, mochte Utta gar nicht so unrecht haben.

Ein großer Teil dessen, was die Karawane gebracht hatte, wurde jedoch in die Höhle des Aufsehers geschafft. Doch etwas Bestimmtes, das Tondo erwartet hatte, ereignete sich nicht: Die kleinen blauen Scheiben, die vermeintlichen Münzen, spielten bei diesen Vorgängen keine Rolle, wenigstens nicht sichtbar.

Dann wurde die Karawane mit Erz beladen. Die Roboter füllten einfach sackähnliche Beutel, die sie unter den Armen trugen, mit Erzbrocken. Trotzdem blieb noch eine Menge übrig.

Doch was danach geschah, verstanden Utta und Tondo überhaupt nicht. Der Anführer der Karawane lief vor dem stillstehenden Aufseher erregt auf und ab. Das heißt, sie nahmen an, daß es sich um den Aufseher handelte, und es kam ihnen so vor, als seien die Bewegungen und Gesten des Karawanenführers heftiger als tags zuvor. Besonders Utta hatte nun schon so viele Roboter in Aktion gesehen, daß sie sich dieses Eindrucks ziemlich sicher war.

Und dann wurde der Aufseher an den Felsen gefesselt, mit gespreizten Beinen und ausgebreiteten Armen. Als die Weißkittel, die diese Handlung ausführten, beiseite traten, konnte Tondo durch das Glas sehen, daß dort Krampen in den Felsen eingelassen waren.

Die Karawane begann sich zum Abmarsch zu ordnen.

Tondo und Utta sahen sich ratlos an. „Abwarten", schlug Tondo vor. „Da muß doch jetzt was passieren, wenn die weg sind." — Aber nichts geschah.

„Du sagst, die Roboter sind eine Gesellschaft", meinte Utta nach einer Weile. „Gut. Dann ist das hier wohl eine Art Strafe."

Tondo antwortete nicht. Der Schluß war ihm zu kühn.

„Ist doch logisch", fuhr Utta fort, „wenn Bewegung ein Vorzug ist, zum Beispiel ein Privileg, das Übergeordnete gegenüber Untergeordneten genießen, dann ist die Hemmung der Bewegung ein Nachteil, und je krasser, desto mehr. Übrigens empfinden ja auch wir Bewegungshemmung als unangenehm."

„Mag sein, mag sein", meinte Tondo zerstreut. Er wußte, es gab viele Möglichkeiten, diesen Vorgang zu deuten. Auf der Entwicklungsstufe der menschlichen Gesellschaft, die etwa der Pro-

duktionsweise der Roboter entsprach, hatte es die seltsamsten Formen der Beschränkung und sogar von Selbstbeschränkung gegeben, die Utta natürlich nicht kannte: Eremiten, religiöse Verzückungen aller Art, andererseits auch Pranger, Folterung. Er wollte aber Uttas Gedankengang nicht stören. Doch mit seiner unentschiedenen Bemerkung erreichte er nur, daß Utta schwieg.

Sie sahen beide dasselbe, aber ihre Gedanken gingen ganz unterschiedliche Wege.

Tondo war als Historiker vorzugsweise Betrachter, Beobachter, und beurteilte einen Vorgang nur ungern, bevor er abgeschlossen war.

Utta dagegen erfüllte alles, was sie sah, mit Vorstellungen und Empfindungen, spielte jeden Gedanken zu Ende. Wenn sie da so stände... Nach einiger Zeit würden die Glieder anfangen zu schmerzen, dann ist es nicht mehr nur unangenehm, dann tut es weh... Natürlich, Roboter empfinden keinen Schmerz, sie haben gar keine Sensoren dafür, aber war nicht Bewegung ihr Vergnügen, ihre Lust? Ihre einzige wahrscheinlich? Ihnen die Bewegung rauben, das hieß also totales, vollkommenes, absolutes Mißvergnügen. Damit verglichen war ein Schmerz, den ein Mensch empfand, eine vereinzelte, lokale Angelegenheit... Aber dann war das hier ja eine ungeheuerliche Brutalität!

Uttas Gefühl, eins zu sein mit der ganzen Welt, riß jäh ab. Um so größer war der Zorn, der sie jetzt erfüllte — so groß, daß er sie zu einer sehr unüberlegten Handlung hinriß: Sie sprang auf und lief geradewegs auf den gefesselten Roboter zu.

„Utta, halt!" schrie Tondo. „Bist du verrückt geworden. Kehr sofort um!"

„Ich schneide ihn los!" rief Utta und rannte weiter.

Tondo wollte hinterherlaufen, lief auch ein paar Schritte, erkannte dann aber, daß er Utta nicht mehr an ihrem Vorhaben würde hindern können. Er blieb stehen und sah sich um. Dann ging er ein Stück weiter, damit er den Eingang des Talkessels überblicken konnte.

„Utta, hörst du mich?" sprach er ins Helmmikro, „wenn du ihn losgeschnitten hast, komm sofort zurück. Halte dich nicht auf. Hast du gehört?"

Er hatte so ruhig gesprochen, wie es ihm nur möglich war.

„In Ordnung", antwortete Utta keuchend.

Tondo sah, wie Utta, noch im Laufen, den Strahler aus der Tasche zog und entsicherte. Da hörte er auch, daß der gefesselte Roboter schrille Schreie ausstieß, sehr kräftige mußten das sein, wenn er sie sogar hier vernahm.

Utta blieb vor dem Roboter stehen und richtete den Strahler auf die Fesseln. Sie fielen ab.

„Zurück!" rief Tondo, der an die Reaktion jenes Roboters auf Rajas Annäherung dachte. Aber im selben Augenblick sprang Utta schon von selbst zwei, drei Schritte zurück. Der Roboter rührte sich nicht.

„Beeil dich", sagte Tondo ungeduldig. Er blickte sich wieder um. Da kamen einige Weißkittel gelaufen, offenbar die Nachhut der Karawane, die umgekehrt war.

Utta hatte sie auch gesehen, denn sie setzte sich jetzt in Bewegung. Tondo überschlug die Entfernungen. Wenn die Roboter es darauf anlegten, Utta den Weg abzuschneiden, würde sie es nicht schaffen und womöglich eine neue Unvorsichtigkeit begehen – noch hatte sie den Strahler in der Hand!

Tondo tat langsam einige Schritte vorwärts, den Robotern entgegen, und rief dann Utta zu: „Lauf, was du kannst, und kümmere dich um nichts. Hast du mich verstanden?"

„Ja", hörte er Utta sagen. Sie sah jetzt wohl ein, daß sie einen Fehler gemacht hatte.

Drei, vier Weißkittel liefen zu dem von seinen Fesseln Befreiten, der immer noch bewegungslos dastand. Die anderen kehrten um und verschwanden hinter einigen niedrigen Felsen. Utta und Tondo beachteten sie anscheinend nicht.

Später folgte er Utta, sich immer wieder umblickend. Es gefiel ihm nicht, was sie getan hatte. Aber nach dem, was er selbst vorgestern angestellt hatte, fühlte er sich nicht gerade dazu berechtigt, andere lauthals zu tadeln. Außerdem – was war schon geschehen? Die Roboter würden sie sicherlich wieder für Kott halten, für Tiere...

Aber als er neben Utta im Wagen Platz genommen hatte und startete, sah er im Spiegelsystem hinter sich ein Stück von einem weißen Kittel im Felsengewirr.

„Pech", sagte er.

„Was ist Pech?" fragte Utta.

Tondo fuhr die Kletterstelzen des Fahrzeugs aus und wollte eben Utta erklären, was er meinte, als sie ihn unterbrach: „Guck mal — da unten!"

Fünfhundert Meter tiefer zog sich eine Kette von Weißkitteln über einen Hang, den sie passieren mußten, wenn sie den Berg verlassen wollten.

Es wäre eine Kleinigkeit gewesen, diese Kette zu durchbrechen — aber eben das verbot sich von selbst. Jeder Zusammenstoß würde einen späteren Kontakt erschweren, vielleicht sogar unmöglich machen; wer konnte wissen, wie diese Gesellschaft von Robotern aufgebaut war und funktionierte!

Also ausweichen. Es mußte doch möglich sein, einen anderen Weg zu finden — nach Norden vielleicht?

Nach ein paar hundert Metern recht schwieriger Kletterei kamen sie tatsächlich auf eine leicht geneigte, aber gut passierbare Fläche, auf der der Wagen schnell vorankam.

Utta, die es übernommen hatte, die Weißkittel zu beobachten, meldete, daß sie langsam nachrückten. „Sie halten aber immer Abstand", sagte sie, „wahrscheinlich ist ihnen die Sache nicht geheuer." Dieser Umstand schien sie zu beruhigen.

„Freu dich nicht zu früh", erwiderte Tondo. „Die kennen doch die Gegend hier besser als wir."

Und richtig — plötzlich standen sie vor einem Spalt, der sich nach beiden Seiten endlos hinzuziehen schien. Links — nein, das brachte nichts, zu leicht erreichbar für die Weißkittel. Also nach rechts, selbst wenn die Richtung noch mehr vom Kurs der Rückfahrt abwich, aber dort schien der Spalt schmaler zu werden.

Es ging noch höher hinauf, aber noch hatten sie Geländevorteil, der Abstand zu den Weißkitteln vergrößerte sich. Dann kamen ein paar kritische Punkte. Tondo mußte die Greifklauen der Vorderstelzen ausfahren, Utta sich flach auf den Boden des Fahrzeugs legen. Aber es gelang doch jedesmal, den Wagen emporzuziehen.

Schließlich standen sie auf einem Nebengipfel, der ihnen einen Überblick über diesen Teil des Massivs gestattete. Und von hier aus gab es nur einen Weg: den, auf dem sie gekommen waren.

„Warum rücken wir überhaupt aus?" fragte Utta. „Die können uns doch gar nichts tun?"

„Begreifst du denn gar nichts?" fragte Tondo zurück. Dann jedoch tat ihm seine Schroffheit leid, und während er weiter sorgfältig das Gelände prüfte, sagte er: „Sie uns nichts, aber wir ihnen, darum geht es."

Und schon setzte er den Wagen wieder in Marsch, auf eine Stelle des Spalts zu, die er eben entdeckt hatte. Hier war die gegenüberliegende Kante etwa einen Meter tiefer, und die Breite betrug knapp drei Meter.

„Und nun?" fragte Utta gespannt.

„Aussteigen. Ausziehen."

„Alles?" fragte Utta scheinheilig, denn natürlich hatte sie sofort begriffen, worauf Tondo hinauswollte.

Der mußte lachen. „Soviel wie möglich", sagte er schließlich.

Als beide die Schutzanzüge ausgezogen hatten, legten sie Sicherheitsgurte an und verbanden sich durch eine Leine.

„Spring!" sagte Tondo.

Knapp drei Meter waren an sich für einen ausgebildeten Raumfahrer keine Entfernung, aber unter den Bedingungen der größeren Schwerkraft war es nicht einfach, die Kräfte richtig einzuschätzen.

Utta kam gut hinüber. Jetzt hakte Tondo die Leine am Wagen fest, holte ein paar Rollen und sandte Utta die Schutzanzüge hinüber. „Gleich wieder anziehen!" mahnte er.

Dann kletterte er noch einmal in den Wagen. Utta sah die Räder ausfahren, dann erschien Tondo wieder, einen Sack in der Hand, den er ebenfalls an der Leine hinüberschickte. „Paß auf, jetzt komme ich!" sagte er und überwand den Spalt auch ohne Schwierigkeit.

„Und was ist das hier?" fragte Utta, auf den Sack zeigend.

„Vorräte", sagte Tondo, „für alle Fälle. Das wichtigste aber..." Er langte in den Sack und holte einen kleinen Kasten heraus.

„Bist du verrückt?" fragte Utta verblüfft. Sie hatte die Fernsteuerung erkannt.

„Nimm mal den Strahler und mach ein paar Löcher in die Felskante", sagte Tondo.

Utta ging kopfschüttelnd zum Rand des Spalts und tat, worum er sie gebeten hatte.

Tondo zog seinen Schutzanzug wieder an und nahm dann die

Fernsteuerung in die Hand. Ein paarmal ließ er den Wagen drüben hin und her stelzen.

Und da erschienen die ersten Weißkittel. „Fertig?" fragte Tondo. Utta bejahte und zog sich vom Rand zurück. Jetzt ließ Tondo den Wagen Sprünge machen, aber immer noch parallel zum jenseitigen Rand des Spalts.

Utta hielt den Atem an. Zwar hatte sie in der Ausbildung auch mit dem Wagen trainiert, aber so etwas hätte sie sich nie zugetraut. Sie verstand nur nicht, warum Tondo noch zögerte — die Weißkittel rückten immer näher.

Jetzt ging Tondo hart an den Rand des Spalts, legte sich dorthin, die Fernsteuerung vor sich, beide Hände auf den Steuersensoren und den Blick fest auf den Wagen gerichtet.

Der Wagen drehte sich hart um, stand nun frontal zum Spalt. Der erste Weißkittel war noch zehn Schritte davon entfernt. Scheinbar unbeholfen setzte sich der Wagen in Bewegung. Es sah aus, als ob er sich duckte, aber jetzt durchschaute Utta Tondos Vorhaben. Die ausgefahrenen Räder berührten den Boden, er rollte, wurde immer schneller, gewann viel mehr Tempo, als es mit den Stelzen möglich gewesen wäre, die Vorderstelzen waren schräg nach vorn oben gereckt, die Hinterstelzen nach vorn, dicht über dem Boden... Da, am Spalt, setzten die Hinterstelzen auf, hebelten den Wagen hoch, er schoß über den Einschnitt, die Vorderstelzen griffen zu, irgend etwas krachte — aber der Wagen befand sich nun diesseits.

Mittags tauchte die erste Welle der Roboter beim Raumschiff auf. Ohne Stockung zogen sie auf das Raumschiff zu, so als täten sie das jeden Tag oder hätten es zehnmal geübt. Dabei sahen sie doch diese gigantische Linse auf ihren drei dünnen Teleskopbeinen zum erstenmal. Aber Überraschung zeigen war wohl den Robotern fremd, das war den Menschen schon öfter aufgefallen.

Kurz vor dem Raumschiff teilte sich die Kolonne, und bald darauf war das Raumschiff von allen Seiten eingeschlossen. Aber die Roboter blieben nun nicht stehen, sondern marschierten weiter, immer im großen Kreis um das Raumschiff herum.

„Es ist an der Zeit", sagte Ming.

Juri schaltete die Gravigeneratoren ein. Einen Augenblick lang flimmerte es auf den Schirmen, dann wurde das Bild wieder klar. Ein abschirmendes Schwerefeld hatte sich um das Raumschiff gelegt.

Juri und Raja saßen an den Pulten, Juri an den Effektoren und Raja an den Sensoren. Ming stand in der Mitte am Stereotisch, auf dem das Geschehen plastisch, wenn auch stark verkleinert, wiedergegeben wurde.

Hellen hatte ihm die Leitung übertragen und beschränkte sich auf das Beobachten und Durchdenken der Vorgänge.

„Raja, Abschnitt Nord!" rief Ming jetzt.

Raja schaltete. Auf dem Bildschirm sah sie, daß eine weiter außen marschierende Kolonne der Roboter irgendwelche Gerätschaften hob, und plötzlich ertönte ein mörderischer, aber offenbar rhythmisch gegliederter Krach.

Die vier sahen sich verblüfft an. „Musik!" sagte Juri schließlich.

Ming verlor auch in diesem Augenblick das Geschehen nicht aus dem Auge. „Achtung, Abschnitt West!" rief er.

Ein Roboter trat vor die marschierende Kolonne, ein Blatt in der linken Hand, und las, mit der Rechten gestikulierend, etwas vor, laut und an das Raumschiff gewandt. Dann zog er sich zurück.

Alle warteten gespannt, was nun geschehen würde. Denn irgend etwas mußte geschehen, irgendeinen Sinn mußte diese Mitteilung, die sie noch nicht verstehen konnten, schließlich haben.

Eine gute Viertelstunde verstrich, während der die Roboter unermüdlich im Kreis herummarschierten. Danach ertönte eine Art Hupe. Aus jeder Hunderterkolonne scherten die letzten zwanzig aus und richteten das Rohr, das sie bisher getragen hatten, auf das Raumschiff.

Ein merkwürdig gemischtes Gefühl überkam die vier Sternenfahrer. Selbstverständlich war das Raumschiff für die Roboter unbezwingbar, und in dieser Hinsicht waren ihre Aktionen eigentlich lächerlich. Aber keinem der vier war zum Lachen zumute. Die Drohung, wenn auch wirkungslos, war eben doch eine Drohung. Und dann war da dieser absurde Widerspruch: Die Roboter, hochkomplizierte Produkte einer langen technisch-wissenschaftlichen Entwicklung, waren mit primitiven Geräten und Waffen ausgerüstet.

Wieder ein Hupton, und aus allen Rohren zischte ein kurzer Flüssigkeitsstrahl auf das Raumschiff zu. Er prallte auf die Gravitationshülle und triefte daran herab, wodurch das Bild für kurze Zeit verschwamm.

Offenbar gaben sich die Roboter mit einer Salve nicht zufrieden, denn man konnte am ungestörten Holobild verfolgen, wie die Rohre nachgeladen und wieder abgefeuert wurden. Es dauerte fast zehn Minuten, ehe die Bespritzung abgebrochen wurde und die Bilder auf den Schirmen sich wieder klärten.

„Das gleiche Prinzip wie bei den kleinen Röhren, die die Weißkittel im Gebirge benutzt haben", sagte Juri.

„Diese Kampftechnik", meinte Raja nachdenklich, „ist offenbar darauf ausgerichtet, keine allzu großen mechanischen Zerstörungen hervorzurufen. Ja, natürlich, die Zentralsteuerung! Die Gehirne! Das könnte es sein!"

„Darf man wissen, was?" fragte Juri.

„Warte mal, wie war denn das", grübelte Raja. „Übernimmst du mal die Bildschirme, Ming, ich möchte schnell mal etwas nachsehen!"

Sie ging an das Speicherterminal und rief eine Reihe von Informationen ab. Dann sagte sie: „Ja, so wird es sein. Die in ihren, nun ja, Gehirnen eingeprägten Informationen können mit starken elektrischen Feldern gelöscht werden, und die haben sie. Das heißt also, sie können die Gehirnmasse praktisch unbegrenzt verwenden. Wenn ein Roboter ausrangiert wird, können sie die Zentralsteuerung herausnehmen, reinigen und in einen neuen Rumpf wieder einbauen. Deshalb die schonenden Waffen."

Ming lächelte. „Darf ich daraus entnehmen", fragte er, „daß du jetzt auch an eine selbständige Entwicklung der Roboter glaubst?"

Raja zuckte mit den Schultern, sagte aber nichts, sondern nahm wieder ihren Platz vor den Sensoren ein.

Die Bildschirme waren jetzt klar; die Roboter hatten ihre Rohre wieder aufgenommen und marschierten mit den anderen erneut im Kreis herum.

„Sie scheinen es aufzugeben", meinte Juri. „Ob sie abrücken?

Ehrlich gesagt, ich hätte nichts dagegen, diese Nachbarschaft gefällt mir nicht."

„Raja, bleib bitte mal konsequent an diesem Anführer dran, er ist jetzt im Abschnitt Südost"; bat Ming, ohne auf Juris Bemerkung einzugehen.

Der Anführer mit der blauen Sonne auf dem Kopf war bisher ebenfalls im Kreis herumgegangen. Jetzt schritt er durch die Kolonnen hindurch auf das Raumschiff zu, die Träger des großen Symbols und seine sonstige Begleitung folgten ihm. Zugleich war wieder Musik zu hören.

Jetzt wurde Ming lebendig. „Generatoren aus!" befahl er. „Tonsensoren auf die Musik."

Mit Erklingen der Musik war bei allen Robotern die Bewegung erstarrt, nur der Anführer mit seinem Gefolge kam weiter auf das Raumschiff zu. Unter dem Raumschiffkörper wurde das große Sonnensymbol in den Boden gesteckt, dann bildete das Gefolge einen Kreis, und der Anführer schritt diesen Kreis ab. Danach schwieg die Musik, und die Roboter draußen setzten sich alle wieder in Bewegung.

„Die scheinen sich hier für die Dauer einzurichten", meinte Juri. „Wir sollten sie einfach wegschieben!"

„Im Gegenteil", sagte Ming.

„War auch nicht ernst gemeint", gab Juri zu.

„Ich behalte jetzt den Anführer im Tonvisier", sagte Raja.

„Tondo bekommt allerhand zu tun, wenn er wieder an Bord ist."

„Ich glaube", sagte Ming, „es genügt fürs erste, wenn jetzt immer einer die Roboter unter Kontrolle behält. Raja, du solltest mal deine Vermutung von vorhin rechnerisch überprüfen, ich meine die Löschung von Informationen im Gehirn der Roboter. Juri, du kannst mir einen Gefallen tun. Stell doch mal eine Liste zusammen von den Kunstwerken, die wir im Speicher haben, Literatur, Malerei, Musik, über bestimmte Perioden der Altgeschichte – Sklaverei und Feudalismus. Einverstanden?"

Erst nach Einbruch der Dunkelheit konnte Tondo den Wagen über eine schnell errichtete Gravibrücke in das Raumschiff steuern. Vormittags, beim Sprung über den Spalt, war eine

Hinterstelze gebrochen, aber Tondo hatte auf drei Stelzen und zwei Rädern das Kunststück vollbracht und den Wagen sicher an den Fuß des Massivs manövriert. Zum Glück waren sie von den Weißkitteln, für die der Spalt wohl ein unüberwindliches Hindernis bildete, nicht weiter verfolgt worden, denn natürlich hatte diese Fahrt sehr lange gedauert – so lange, daß das Raumschiff bereits von den Robotern eingeschlossen war, bevor sie in seine Nähe kamen. Also war ihnen nichts übriggeblieben, als auf die Nacht zu warten.

Als dann die Sonne unterging, hatten sich die Roboter auch wirklich im Kreis um das Raumschiff herum zum Schlafen niedergelegt, und alles Weitere war dann Sache einer Viertelstunde gewesen.

Nun saßen die Raumfahrer beim Abendbrot und debattierten über die Ereignisse des Tages.

Tondo hütete sich, seine originellen Thesen jetzt schon allgemein zu verkünden. Denn wenn er sie auch Raja gegenüber schon mal gesprächsweise als Vermutung geäußert hatte – um sie sozusagen offiziell anzumelden, brauchte er noch mehr Argumente und Fakten. Aber er versuchte doch, die Gedanken der anderen in diese Richtung zu drängen. „Diese Roboter kamen aus der Wüste, nicht wahr?" fragte er.

Man bejahte.

„Ist überhaupt der geeignetste Aufenthalt für sie", meinte Tondo, so als fiele ihm das gerade ein, „kein Wasser, keine Tiere, aber Sonnenenergie von morgens bis abends. Die Wüste haben wir am wenigsten beachtet, deshalb haben wir auch nichts von ihnen bemerkt. Fünftausend Roboter! Und wo die gesteckt haben, da stecken noch mehr."

„Du möchtest sie wohl suchen?" fragte Hellen lächelnd.

Tondo schüttelte den Kopf. „Ich nicht", sagte er. „Ich möchte die einzigartige Gelegenheit, daß wir sie unmittelbar unter uns haben, nutzen, um ihre Sprache zu studieren. Aber gesucht werden müßte schon."

„Tondo gibt sich listig", kommentierte Raja, „ich wette, er hat bereits genaue Vorstellungen, wo und wonach wir suchen sollen!"

„Ich fühle mich ertappt", gestand Tondo.

„Na, dann schieß schon los", sagte Raja, „mal sehen, ob wir übereinstimmen. Wir haben nämlich inzwischen auch nachgedacht."

„Also", sagte Tondo und wählte sich ein Getränk, „diese Masse von Robotern kommt bestimmt nicht aus einem Raumschiff. Wozu sollte ein Raumschiff so viele Roboter mitführen? Selbst wenn wir mal hier unsere Basis errichten sollten für den Aufbau der extragalaktischen Funkstation, werden wir nur die nötigsten Arbeitsmaschinen mitbringen und alles übrige hier produzieren. Gehen wir also einmal davon aus, daß die Roboter hier hergestellt werden, ich meine nicht nur auf diesem Planeten, sondern hier in der Nähe. Die Roboter bestehen hauptsächlich aus komplizierten Plast- und Glasverbindungen. Also chemische Produktion. Das Bergwerk war der Anfang davon, aber für die chemische Produktion braucht man vor allen Dingen Wasser. Das gibt es am Gebirgsrand, da jedoch haben wir nichts gefunden. Und dann existiert noch Wasser in den Salzsümpfen im Osten. Also müssen wir dort suchen, wo die Wüstenberge nahe an die Salzsümpfe heranrücken. Und was denkt ihr?"

„Das gleiche", sagte Raja. „Und dort werden wir wohl auch die Produzenten finden."

„Ja, das glaube ich auch", sagte Tondo. Doch zugleich war ihm klar, daß ihre so vollkommene Übereinstimmung nur scheinbar war. In Wirklichkeit maßen sie dem Wort Produzenten ganz verschiedene, geradezu gegensätzliche Bedeutungen zu.

Trotzdem freute sich Tondo über Rajas Unterstützung, hatten ihre gegensätzlichen Hypothesen doch wenigstens eines gemeinsam: daß sie aktivere Forschung verlangten.

Zu Tondos Überraschung verlangte jedoch auch und gerade Hellen dasselbe, wenn auch, wie sich zeigte, aus einem dritten Grund. „Wir sollten mit aller Energie", sagte sie, „Kenntnisse darüber sammeln, was hier vorgeht. Und nicht nur das. Wenn wir unsere Lebenserhaltungssysteme auf die zusätzliche Reisezeit umstellen und weiteren Treibstoff gewinnen wollen, können wir das nicht gegen diese Roboter und ihre Erzeuger tun – deshalb müssen wir mit ihnen zu einer Verständigung kommen.

Tondo hat recht, die Sprache ist das wichtigste, die hier lagernden Roboter sind also seine Aufgabe. Utta sollte morgen mit dem Fata-Morgana-Gerät alle Wüstenberge absuchen. Ming verlegt seine planetologischen Untersuchungen in die Wüste, vorerst wird das gespeicherte Material einschließlich dessen, was Utta morgen sammelt, genügen. Raja und Juri nehmen den Schweber und starten vor Sonnenaufgang, Zielgebiet ist der Übergang zwischen Wüste und Salzsümpfen – tagsüber aus großer Höhe beobachten, nachts geeignete Objekte untersuchen. Aber immer", sie hob die Stimme, „immer nach dem Prinzip der kleinsten Einwirkung. Kontakte vermeiden wir vorläufig, ein Eingreifen wie heute das von Utta erst recht. Wenn auch ihre Motive gewiß anerkennenswert waren." Sie nickte ihr zu. Dann ergänzte sie noch: „In den nächsten Tagen werden wir uns dann noch einmal mit der Kuppel beschäftigen. Noch Fragen? Zusätze?"

„Ich dachte, dies ist eine Abendmahlzeit", sagte Ming, „aber wenn wir einmal dabei sind – in der Bordkristallothek ist ein Buch aus der Altgeschichte, ich möchte es allen zum Studium empfehlen. Es heißt: ‚Die Räuber vom Liang Schan Moor'."

Utta fühlte sich von Hellens Bemerkung mehr getroffen, als sie vermutet hätte, obwohl das doch nicht einmal eine Kritik, sondern höchstens eine sehr glimpfliche Erwähnung war. Sie schielte zu Juri hinüber, und aus dieser unwillkürlichen Reaktion wurde ihr plötzlich klar, daß ihr nicht die Erwähnung peinlich war, sondern Juris Gegenwart.

Juris Gesicht zeigte zu Uttas Verwunderung ein seltsames Lächeln. Es galt ihr, denn er sah sie an, aber es war nicht aufmunternd, wie sie gehofft hatte, auch nicht ironisch, eher unsicher, verlegen.

Juri war Utta gegenüber nachsichtig gestimmt, das hatte er bei Hellens Worten gemerkt. Dieser Umstand ließ ihn stutzen; es war nicht seine Art, berechtigte Vorhaltungen durch tröstlich-kameradschaftliche Gestik oder Mimik abzuschwächen, und trotzdem fühlte er sich in diesem Falle dazu gedrängt. Das Lächeln, das aus diesem Widerstreit der Gefühle entstand, war eine Halbheit, und weil er Halbheiten nicht mochte, wurde sein Gesicht finster. Er wendete den Kopf ab, damit Utta es nicht sah, und das störte ihn wieder, weil es ihm unehrlich erschien. Er war überhaupt ganz durcheinander. Sicher war nur: Er war froh, daß

Utta wohlbehalten wieder hier war, und er wäre sehr gern jetzt mit ihr allein gewesen.

Als die anderen aufstanden und hinausgingen, blieb er deshalb sitzen. Leider blieb auch Ming und knüpfte ein umständliches Gespräch mit Utta an, dem Juri aber dann doch stumm und mit wachsender Aufmerksamkeit folgte, denn es kam ihm so vor, als sei es auch für ihn bestimmt.

„Ja, die Gefühle", sagte Ming, „sie sind plötzlich da und zwingen uns zum Handeln, und der Verstand ist dann nur noch der nützliche kleine Vogel, der dem Nilpferd mit Gefühl die Würmer aus der Haut pickt."

„Du willst wissen", fragte Utta direkt, „warum ich plötzlich loslief und den Roboter befreien wollte?"

„Ich will erst einmal, daß es dir selbst bewußt wird." Ming lächelte. „Wären wir in großer Gefahr, würde das keine Rolle spielen. Aber wir sind ja den Robotern so haushoch überlegen, daß wir uns impulsive Handlungen ruhig leisten können." Utta wollte widersprechen, aber Ming legte ihr beschwichtigend die Hand auf den Arm. „Ich bin mir sicher, daß du nicht so denkst. Aber verdeutliche dir bitte: Wir wissen im Grunde genommen noch gar nicht, was uns da gegenübersteht. Also wissen wir auch nicht, was unsere Handlungen für Folgen haben können. Also müssen wir uns über unsere Gefühle im klaren sein, damit sie uns nicht zu überraschenden Handlungen treiben."

„Ich bin mir nicht klar darüber?" fragte Utta.

„Du bist verändert", sagte Ming, „in den letzten Tagen."

Utta überdachte noch einmal ihr Verhalten. Sie erinnerte sich, wie ihre ganze Fröhlichkeit zusammenbrach in dem Augenblick, als sie begriffen zu haben glaubte, was mit dem Roboter geschehen war, und wie sie über diesen Stimmungsumschwung vielleicht noch zorniger war als über das Geschehnis selbst... „Genügt es, wenn ich mich morgen oder übermorgen dazu äußere?" fragte sie.

„Selbstverständlich", sagte Ming, stand auf und verabschiedete sich.

Utta und Juri saßen sich stumm gegenüber. Ming hatte sie in eine Lage gebracht, in der sie eigentlich gar nicht anders konnten, als sich auszusprechen. Aber gerade das störte beide.

Juri jedoch konnte Hemmungen dieser Art leichter überwinden als Utta. „Wollen wir unseren Urlaub auf der Erde gemeinsam verbringen?" fragte er direkt.

„Das ist aber noch lange hin", sagte Utta mit einem halbgespielten Seufzer, „über anderthalb Jahre..."

Juri blickte zur Seite. „Nur auf der Erde kann man sich finden", sagte er. „Wenn man auf die Erde zurückkommt, sieht auf einmal alles ganz anders aus."

„Hab ich auch schon gehört", meinte Utta leichthin. „Ist das nicht ein Vorurteil?"

„Für mich leider eine Erfahrung", sagte Juri finster, „und keine erfreuliche. Genauso hat es damals angefangen, nein, hör zu, ich weiß, zwischen uns beiden ist etwas entstanden, und du mußt wissen..."

Er erzählte von seiner bösen Erfahrung, die er angedeutet hatte, und Utta merkte, daß er sich immer mehr in sein — wie sie meinte — dummes Vorurteil hineinsteigerte. Einen Augenblick lang erwog sie, ob sie ihn nicht einfach überrumpeln sollte, sie traute sich das durchaus zu, aber da fühlte sie sich plötzlich müde, ein wenig enttäuscht, nicht unzufrieden, aber eben müde.

Vor Sonnenaufgang waren Raja und Juri mit dem Schweber gestartet. Den Tag über hatten sie den etwa hundert Kilometer langen Streifen abgesucht, in dem das Gebiet der Wüstenberge mit den Salzsümpfen zusammenstieß, und auch tatsächlich Schlafhöhlen der Roboter gefunden. Aus großer Höhe beobachteten und kartographierten sie, schliefen auch abwechselnd — sie brauchten dazu nicht wie die Jüngeren Hellens ständige Kontrolle. Sie waren erfahrener und hatten oft erlebt, daß ein genau angepaßter Wach-Schlaf-Rhythmus die Grundvoraussetzung war, wenn man die Belastungen des Organismus auf einem fremden Planeten unbeschadet überstehen wollte.

Juri war ganz froh, daß Utta nicht zur Mannschaft des Schwebers gehörte — er gewann zwei Tage Zeit, mit sich ins reine zu kommen, hoffte, daß die Arbeit ihn ablenken würde und dabei vielleicht im stillen ein Entschluß reifte. Denn daß Utta nicht so lange warten wollte, bis sie wieder auf der Erde waren, das war ihm klargeworden.

Das straffe Arbeitsprogramm ließ ihnen kaum Zeit zu anderen Gedanken. Plötzlich war es schon Nacht, sie landeten und ließen den Schweber zurück auf hundert Meter Höhe gehen. Dank ihren exakten Unterlagen stießen sie bald auf die Schlafhöhlen. Sie waren genau so belegt wie die beim Bergwerk und folgten auch sonst dem schon bekannten Schema. Allerdings enthielten sie hier mehr Geräte – Töpfe, Schalen, Pfannen, natürlich nicht zum Kochen von Nahrung, sondern mit verschiedensten Materialien gefüllt oder auch leer. Dazu gab es verschiedene Arten von Lupen, die wohl als Brenngläser genutzt wurden, aber auch Geräte und Vorrichtungen, von deren Zweck sich die beiden nächtlichen Besucher keine Vorstellung machen konnten.

Es war offensichtlich, daß die Produktion, die chemischer Natur zu sein schien, in oder vor den einzelnen Höhlen durchgeführt wurde, auf handwerkliche Art. Unklar blieb freilich, welche chemischen Prozesse hier abliefen, aber eindeutig klar wurde ihr Zweck, als sie nämlich eine etwas größere Höhle fanden, in der offenbar die Produkte abgeliefert und geprüft wurden: Hier hingen Dutzende von zopfartigen Gebilden.

Raja fiel auf, daß diese Zöpfe oben und unten in metallischen Spitzen ausliefen. Ein Kästchen mit zwei Kontakten stand auch herum, eine Batterie offenbar, und als sie die Pole an die Spitzen eines Zopfes legte, zuckte dieser heftig zusammen – hier wurden also die Muskeln der Roboter hergestellt.

Sie hatten ihr Programm fast erfüllt und wollten nur noch zwei Stellen untersuchen, die ihnen bei der Luftbeobachtung aufgefallen waren. Die eine war ein Platz, an dem anscheinend Roboter im Freien übernachteten; jedenfalls hatten sie sehen können, daß sich abends dort Roboter niederlegten. Die andere war eine ziemlich tiefe Schlucht, auf deren Boden sich irgend etwas befinden mußte, was auf den Luftbildern nicht deutlich erkennbar war. Es hatte sich jedoch in Farbe und Struktur von der Umgebung abgehoben – möglich, daß es sich um Vegetation handelte, denn es konnte nicht ausgeschlossen werden, daß es dort unten feucht war. Die Salzsümpfe waren immerhin in der Nähe und wurden sicher von verborgenen Wasserläufen gespeist.

Raja und Juri beschlossen, sich zu trennen. Die beiden zu untersuchenden Stellen waren nicht allzuweit voneinander entfernt, nur eine kleinere Bergkuppe lag zwischen ihnen, und über den Schweber konnten sie auf jeden Fall in Sprechfunkverbindung bleiben. Sie schalteten also die Außenlautsprecher ab, ließen aber die Außenmikrofone eingeschaltet, um die Geräusche ihrer Umgebung wahrnehmen zu können, falls es da welche geben sollte.

Der Weg zur Schlucht hatte auf den Luftbildern bedeutend einfacher ausgesehen, als Raja ihn jetzt vorfand. Mehrfach sperrten mannshohe Felsbrocken den Weg, aber die Nähe des Schwebers und seiner Gravigeneratoren machte die Benutzung der Handkopie möglich. Die kleineren Brocken schob Raja beiseite und ließ sie den Hang hinunterrollen – sie wußte, daß da keine Roboterhöhlen waren –, bei den größeren zog sie sich einfach hoch.

Aber dann plötzlich ging auf der anderen Seite eines großen Brockens der Weg nicht weiter, sie blickte unmittelbar in die Schlucht und hatte doch schon angesetzt, von dem Brocken hinabzuspringen. Sie konnte sich nicht mehr halten, verlor das Gleichgewicht, schrie auf, stürzte, konnte gerade noch die natürliche Reaktion unterdrücken, die Hand mit der Innenfläche abwehrend nach unten zu halten, drehte die Außenhand dem Schluchtgrund zu – und landete weich auf der Innenfläche des Feldes, das ihre Hand kopierte.

„Was ist los?" rief Juri besorgt über den Helmfunk.

„Nichts passiert.", sagte Raja. „Ich bin bloß in die Schlucht gestürzt."

„In die Schlucht? Und dir ist nichts geschehen?"

„Ich bin auf der Handkopie gelandet, alles in Ordnung. Ich sehe mich jetzt hier mal um."

Juri war beruhigt. Raja war viel zu sachlich, um aus falscher Scham etwas zu verheimlichen, und sei es nur ein blauer Fleck. Er suchte weiter nach dem Schlafplatz der Roboter und machte dabei die gleiche Erfahrung wie Raja, nämlich wie sehr Luftbilder in felsigem Gelände trügen.

Schließlich fand er den Platz. Aber es lagen nur drei Roboter da, fünf hatten sich am Abend hier schlafen gelegt. Juri ging um sie herum und betrachtete sie von allen Seiten – nichts unterschied sie von den anderen, die er schon gesehen hatte. Warum lagen die hier im Freien und die anderen in Höhlen? Oder andersrum: Warum lebten die Roboter, wenigstens die meisten, überhaupt in Höhlen?

Er rief Raja. „Ich habe den Schlafplatz gefunden", meldete er. „Dabei kommt mir eine dumme Frage — warum schlafen die eigentlich in Höhlen? Siehst du dafür einen technischen Grund?"

„Weiß nicht", sagte Raja. „Was meinst du, was ich hier gefunden habe! Die ganze Schlucht ist voll von Abfällen, angefangen bei Faserbäuschen, die noch nicht verflochten sind, bis zu ausgeschlachteten Roboterrümpfen. Dieses Plastzeug verrottet ja nicht..."

„Warte mal, still!" sagte Juri. Er hörte Schritte — eigentlich regelmäßige, tapsende Geräusche, aber aus irgendeinem Grund wußte er sofort, daß das Roboterschritte waren. Er sah sich um — ein Versteck gab es hier nicht. Die Schritte kamen näher, es schienen mehrere Roboter zu sein. Kurz entschlossen legte er sich neben die schlafenden Roboter und schaltete den Schutzanzug auf Panzereffekt, so daß er nur in den Gelenken beweglich, im übrigen aber starr war.

„Was ist?" fragte Raja beunruhigt.

„Da kommen Roboter", antwortete Juri.

„Ich denke, die laufen nachts nicht rum?"

„Dachte ich auch. Sei mal ruhig, bleib aber dran, ich berichte dir!"

Da bogen sie um eine Felsenecke: vier Roboter, einer hinter dem anderen gehend, nicht taumelnd wie diejenigen, die nachts mal zufällig munter geworden waren, sondern sicher und zielbewußt wie am Tage. Sie hatten keine Kopffolie, aber sie waren gewiß keine Anlernlinge. Als sie näher kamen, bemerkte Juri, daß sie viel dunkler gefärbt waren als die drei, die neben ihm lagen.

Anscheinend erregte Juri ihre Aufmerksamkeit, denn sie sammelten sich um ihn und diskutierten in ihrer merkwürdigen gestisch-akustischen Sprache. Einer bückte sich und betastete Juri, der vorsorglich Unterarme und Hände über den Gürtel gelegt hatte, so daß alle Schaltelemente verdeckt waren.

Juri brauchte nur einen Augenblick, um seinen Entschluß zu fassen. Nach Kraft und technischer Ausrüstung war keiner der Roboter in der Lage, ihm Schaden zuzufügen, also war es wohl das beste und unauffälligste, erst einmal passiv zu bleiben und abzuwarten, was die Roboter vorhatten. Er unterrichtete Raja, und die stimmte zu.

Jetzt schienen sich die Roboter geeinigt zu haben. Sie hoben Juri auf und trugen ihn fort, den Weg zurück, den sie gekommen waren.

Hinter der Felsenecke verbreiterte sich der Weg und führte direkt auf ein Loch in der Felswand zu. Wollten sie etwa da hinein? Immer deutlicher erkannte Juri, daß dieses Erlebnis alle bisherigen Vorstellungen von den Robotern über den Haufen warf: Die Roboter bewegen sich nur am Tage, weil sie die Sonnenenergie brauchen. Die Roboter haben nur optische und akustische Rezeptoren. — Aber woran orientierten sich diese hier? Und wenn hier draußen noch der Mond schien — was war da drinnen, im Berg? Es gab also Tagroboter und Nachtroboter. Aber diese Truppe da beim Raumschiff, die operierte auch nur am Tage.

Alle diese Rätsel bestärkten Juri in seiner Absicht, so lange alles mit sich geschehen zu lassen, wie das irgend möglich war. Im Berg drinnen mußte die Lösung dieser Rätsel liegen oder wenigstens die eines davon.

Er konnte Raja gerade noch sagen, daß gleich die Verbindung abreißen werde und daß sie sich nicht beunruhigen solle. Dann betraten die Roboter mit ihrer Last den Stollen.

Vier Stunden später benachrichtigte Raja die Gefährten im Raumschiff, daß Juri verschwunden sei.

5

Juri war in eine Situation geraten, die zugleich bedrohlich und ein bißchen lächerlich war.

Zuerst hatten ihn die Nachtroboter in einen breiten Stollen getragen, und hier löste sich eins dieser Rätsel sofort, nämlich die Frage, wie diese Roboter sich orientierten: In größeren Abständen waren Lämpchen aufgehängt, die anscheinend mit Öl betrieben wurden. Zum erstenmal sah Juri bei den Robotern künstliches Licht, und er fragte sich, welche Überraschungen er jetzt wohl noch erleben würde.

Der Stollen wurde immer enger, dann ging es durch verschiedene, sich gabelnde Gänge, die nur noch etwas über einen Meter hoch waren. Anfangs versuchte Juri sich den Weg einzuprägen, aber er gab es bald auf. Schließlich wurde er in einer etwas größeren Höhlung sanft und behutsam auf den Boden gelegt, neben zwei Roboter, die hier schon abgelegt worden waren. Die Träger entfernten sich auf dem Weg, den sie gekommen waren.

Sollte er ihnen sogleich folgen? Nein, das hatte wohl noch Zeit. Hier zwei, vor dem Stollen drei Roboter. Es war offensichtlich: Die fünf, die sich am Abend draußen niedergelegt hatten, wurden alle hierhergebracht.

Juri schaltete seinen Schutzanzug auf normale Beweglichkeit und blickte sich um. In die schwach beleuchtete, mäßig große Höhle mündeten drei Gänge, zwei waren erhellt und einer dunkel. Er erhob sich und kletterte gebückt über die beiden reglosen Roboter hinweg. Mit der Helmlampe leuchtete er in den dunklen Gang hinein − aha, hier ging es abwärts, im Winkel von dreißig Grad etwa, der Boden war auffallend glatt.

Bevor er sich aufrichtete, wenigstens, soweit die Höhlendecke das zuließ, schaltete er die Helmlampe ab. Aber dann erinnerte er sich an das, was Raja über die optischen Möglichkeiten der Roboter gesagt hatte, und schaltete die Lampe auf Rotlicht; das konnten sie nicht wahrnehmen. Sorgfältig untersuchte er den Boden, die Seitenwände und die Decke der Höhle. Offenbar handelte es sich um eine natürliche Bildung, nur am Boden und an einigen anderen Stellen war mit Werkzeugen nachgeholfen worden. An der Decke ließ sich deutlich erkennen, wo herabhängendes Gestein abgeschlagen worden war.

Als er Schritte hörte, legte Juri sich schnell wieder hin. Die Nachtroboter brachten den nächsten von draußen, luden ihn ab und verschwanden wieder. Eine Viertelstunde war vergangen.

Juri überlegte. Zweimal würden sie noch wiederkommen, das war wenigstens anzunehmen, denn zwei Roboter lagen noch draußen. Wie sollte er sich die Zeit einteilen? Am sichersten wäre es, den Nachtrobotern beim nächstenmal zu folgen; aber das war unbefriedigend. Hier, wo er sich befand, war auf keinen Fall Endstation, das hätte überhaupt keinen Sinn ergeben. Was geschah mit den Robotern? Was er bisher gesehen hatte, besagte überhaupt nichts.

Die Aufgabe war ja, das Verhalten der Roboter so gründlich wie möglich zu erkunden, und so bald würde wohl kaum einer wieder in dieses Höhlensystem kommen, in das er durch Zufall oder durch Verwechslung mit einem Roboter geraten war. Vielleicht saßen die fremden Raumfahrer, diese unbekannten gesellschaftlichen Wesen, ganz in der Nähe...

Juri war sich noch nicht schlüssig, wie er verfahren sollte, als die Nachtroboter den nächsten brachten. Er ließ sie gehen, ohne ihnen zu folgen.

Jedesmal, wenn die Transporter zurückgekommen waren, hatte Juri vorsichtshalber auch das Rotlicht ausgeschaltet, denn es konnte durchaus sein, daß ihre optischen Rezeptoren anders eingestellt waren als die der Tagroboter. Diesmal fiel ihm auf, daß die Lämpchen, von denen zwei hier hingen, leicht flackerten – es gab also einen Luftzug, der ihm ein Wegweiser nach draußen sein konnte. Das erleichterte ihm seinen Entschluß, noch abzuwarten. Er war deshalb nicht beunruhigt, als die Nachtroboter, nachdem sie den letzten hergebracht und abgelegt hatten, durch den anderen Gang verschwanden, der wohl weiter ins Innere des Berges führte.

Juri wartete. Irgend etwas mußte ja geschehen. Er öffnete das Helmfenster, um Luft aus dem Atemgerät zu sparen, aber ihm schlug ein so muffig-widerlicher Gestank entgegen, daß er es schnell wieder schloß. Es war wohl hauptsächlich dieser Abwehrgeruch der Roboter, aber mit noch anderen scharfen und modrigen

Beimengungen. Nun, der Luftvorrat war ausreichend bemessen, es war wohl mehr die in Fleisch und Blut übergegangene Raumfahrerökonomie, welche ihn dazu veranlaßt hatte, die Außenatmosphäre zu nutzen.

So wartete er über eine Stunde. Erst als er sich gerade entschlossen hatte, den Ausgang zu suchen, hörte er plötzlich erneut Schritte. Schnell legte er sich wieder hin und schaltete den Panzereffekt ein.

Die Roboter, die jetzt kamen, sahen aus wie die von vorhin. Juri konnte nicht unterscheiden, ob es dieselben waren oder nicht. Sie nahmen den ersten der reglosen Roboter, rissen ihm Arme, Beine und Kopf vom Rumpf und warfen die einzelnen Bestandteile in den Gang, der schräg nach unten führte. Juri hörte, wie die Teile rutschten und irgendwo anschlugen. Und mit einemmal war ihm klar, worum es sich hier handelte. Die im Freien schlafenden Roboter, ihr nächtlicher Abtransport, ihre Demontage, die vorläufig in diesem Loch dort endete, auf der anderen Seite des Berges die Schlucht mit den Abfällen — hier endete offenbar das Dasein eines Roboters, und seine brauchbaren Teile, vor allem die datenverarbeitenden, wurden sicherlich im nächsten Arbeitsgang herausgenommen, bevor der unbrauchbare Rest in der Schlucht landete. Tod, Begräbnis und Auferstehung der Roboter!

Und gleich würde er an der Reihe sein! Plötzlich kamen ihm Bedenken. Zwar konnten ihm die Roboter nichts anhaben, aber würden sie immer noch nicht bemerken, daß sie in ihm etwas anderes vor sich hatten als einen Roboter? Was jedoch sollte er jetzt tun? Liefe er davon, würden sie ihn sicherlich verfolgen, und es würde gerade das entstehen, was er um jeden Preis vermeiden wollte: Aufsehen und Trubel, also eine heftige Einwirkung auf die Vorgänge unter den Robotern. Darauf durfte er es nicht ankommen lassen.

Die Roboter versuchten auch ihm Kopf und Extremitäten zu entfernen, und als ihnen das nicht gelang, schoben sie ihn als Ganzes auf die Schurre.

Juri fühlte, wie er abwärts glitt. Dann schlug er mit dem Helm an und blieb liegen. Jetzt würden bald die anderen Roboter hinterherrutschen. Er streckte den Arm aus, um die Teile abzufangen und sich Bewegungsfreiheit zu erhalten, er lag etwas schräg in der Gleitbahn, den Kopf halb nach unten, die Beine und jetzt auch den rechten Arm nach oben gerichtet. Aber während er sich bemühte, den linken Arm weiter nach oben zu strecken, polterte es, und diesmal kam ein Roboterrumpf. Er hob den rechten Arm etwas an, aber der Panzereffekt verlangsamte die Bewegung, der Rumpf war plötzlich da und legte sich auf den Arm. Die Schurre war so niedrig, daß er den Arm nicht mehr bewegen konnte. Juri war eingeklemmt; vielleicht hätte er sich mit den Beinen freistrampeln können, aber er wollte die Nachtroboter nicht durch übermäßiges Poltern darauf aufmerksam machen, daß hier unten etwas nicht stimmte.

Er zählte die Teile mit, die noch die Schurre herunterrutschten, und als er meinte, es sei Schluß, wartete er noch eine Weile. Nichts rührte sich mehr, unterdessen jedoch konnte er sich ebenfalls nicht mehr rühren. Wenn er den Panzereffekt hätte aufheben können, wäre es eine Kleinigkeit gewesen, sich freizuwühlen, aber weder mit der rechten noch mit der linken Hand langte er an den Schalter.

Auch hätte er, da der Schweber mit seinen Generatoren in der Nähe war, das Kopierfeld der Hand einschalten können, aber das wagte er nicht. Der Gang war so eng, daß das Feld, in welcher Form er es auch immer erzeugte, irgendwo anstoßen und einen ungeheuren Druck auf den Stein ausüben mußte. Und es handelte sich um weiches Sedimentgestein, das hatte er vorhin schon festgestellt. Wenn da etwas ins Rutschen kam...

Dann fiel ihm die Atemluft wieder ein. Wie lange würde sie reichen? Es war jetzt Mitternacht. Bis acht Uhr auf jeden Fall. Er hoffte nur, daß mit Anbruch des Tages der Ausbau der wertvollen Roboterteile beginnen würde, denn dazu brauchten sie sicherlich richtiges Licht, nicht das trübe Flackern dieser Ölfunzeln. Dann würden sie den Stau auf der Rutsche bemerken!

Er versuchte eine Zeitlang, durch ruckartige Bewegungen auf kleinstem Raum Verschiebungen zu erreichen, die vielleicht einen Arm befreit hätten, aber das strengte ihn zu sehr an, und er verbrauchte auf diese Weise nur übermäßig viel Luft.

Noch erschien ihm diese Situation mehr lächerlich als bedrohlich. Ein Mensch des zehnten Jahrtausends, im Besitz aller technischen Mittel, um Berge versetzen zu können, auf diese

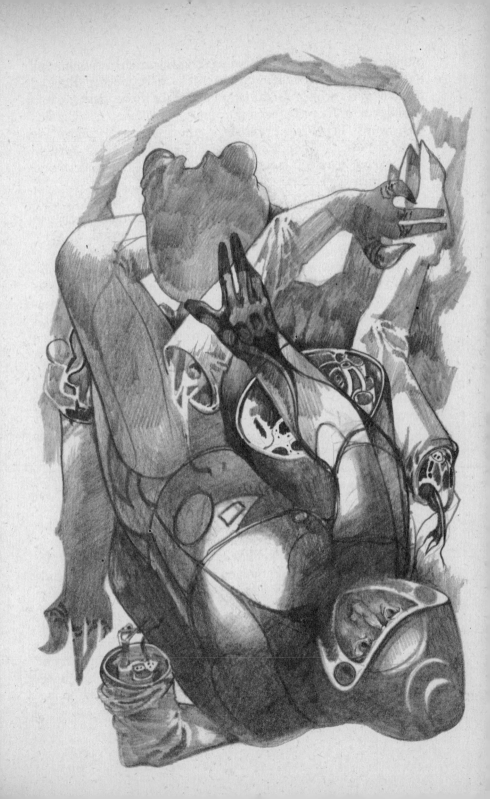

dumme Art gefesselt und bewegungsunfähig. Utta fiel ihm ein und ihr Handstreich, mit dem sie den angebundenen Roboter hatte befreien wollen. Utta! Jetzt in dieser hilflosen Lage gestand er sich ein, daß er sich nach ihr sehnte, die ganze Zeit schon... Utta würde sich Sorgen machen, wenn er sich nun stundenlang nicht meldete... Aber die anderen würden sie beruhigen, schließlich war er kein Anfänger mehr und hatte schon ganz andere Situationen gemeistert.

Utta hatte Dienst in der Zentrale, als Raja morgens gegen drei Uhr ihre Meldung über Juris Verschwinden durchgab.
Im ersten Augenblick wußte sie nicht, was sie tun sollte. Vergeblich sagte sie sich, daß überhaupt kein Grund zur Beunruhigung vorliege, daß Raja im Schweber sicherlich viel besser beurteilen könne, wie vorzugehen sei — sie wurde nur immer aufgeregter, hatte das unbedingte Gefühl, sie müsse sofort etwas unternehmen, und weckte Tondo, der sie erst in einer halben Stunde abzulösen hatte.
Tondo war für einige Sekunden genauso hilflos wie Utta, ließ es sich aber nicht anmerken. Dann fielen ihm seine Untersuchungen des Vortages wieder ein, und ihm wurde klar, daß Juri nicht ernstlich in Gefahr sein konnte. Er empfand sogar ein bißchen Genugtuung, daß Utta jetzt ihn um Hilfe bat für Juri, dessen Erfahrung und Sicherheit ihr doch so imponiert hatten. Gleich darauf fühlte er sogar ein klein wenig Eifersucht. Seinetwegen wäre sie wohl nicht so aufgeregt... Aber er schob das alles als unwürdige Regungen beiseite und begann ernsthaft zu überlegen und Juris Verschwinden in Zusammenhang mit seinen Forschungsergebnissen zu bringen.
Am Vortag war es Tondo gelungen, durch Vergleich der Schriften mit den Aufzeichnungen und den ständigen Aufnahmen aus dem Heerlager der Weißkittel die Robotersprache weiter zu enträtseln. Die Grammatik war ihm jetzt bekannt, dazu schon eine große Zahl von Wörtern. Aber was noch wichtiger war: Die Sprache bestätigte seine Vermutung, daß die Roboter mindestens eine gesellschaftsähnliche Formation bildeten. Nahm er Rajas und Juris Beobachtung der Muskelproduktion hinzu, die an einem Detail die Fähigkeit der Roboter zur Selbstreproduktion be-

stätigte, konnte er eigentlich eine fertig ausgearbeitete Hypothese vorlegen.

Iskatoksi, dieses besondere Wort auf den Schriften und Münzen, war wirklich der Titel des Herrschers, der jetzt hier unter dem Raumschiff seine Residenz aufgeschlagen hatte, des Königs also – Tondo wollte bei diesem Wort bleiben. Der Titel setzte sich zusammen aus Iska, was soviel wie Erde, Erdboden hieß, und Toksi, was Himmel bedeutete. Eine pompöse Bezeichnung, aber noch harmlos, verglichen mit den Titeln, die irdische Potentaten der Altgeschichte sich zugelegt hatten. Denn daß es sich um einen Herrscher handelte und um eine gesellschaftliche Entwicklungsstufe, die frühen Etappen der indischen Klassengesellschaft ähnelte, das ging aus dem Niveau der Produktion und auch aus vielen anderen Einzelheiten hervor. Die Roboter bezeichneten sich selbst als Pak, in der Mehrzahl als Paksi. Es gab aber ebenfalls das Wort „Paks", Teil der Begrüßungsformel für den König, und Tondo hatte herausgefunden, daß es eine ähnliche Bedeutung hatte wie das gleichklingende Wort der alten irdischen Sprache Latein, nämlich Frieden, mit einer Bedeutungserweiterung in Richtung auf Wohlbefinden, Erfolg, Ordnung oder ähnliches. Sie bezeichneten sich also als die Friedlichen!

„Was soll ich denn nun machen?" Utta unterbrach Tondos Gedankengang. „Am liebsten würde ich Raja bitten, mich schnell hier abzuholen."

„Das ist doch Unsinn", sagte Tondo zerstreut und überlegte weiter. Kott bedeutete tatsächlich Tier, wurde aber zugleich als Schimpfwort gebraucht, vor allem von den einfachen Weißkitteln, denen ohne Rang. Diese Differenzierung der Sprache in Klassenjargons bestätigte wiederum seine Hypothese, ebenso wie die Rangabzeichen und ein freilich bescheidener Luxus bei den Oberen, die Edelsteine trugen... Und die Zeremonien und Riten... Was folgte daraus? Die Roboter waren technisch gar nicht in der Lage, Juri in Gefahr zu bringen. Wohl aber konnten sie ihn auf die eine oder andere Weise festhalten... Vor allem, falls die Kunde von den Ereignissen im Wüstenbergwerk schon bis zu ihnen gedrungen sein sollte... Und daraus folgte wieder...

Doch Tondo konnte seinen Gedankengang nicht zu Ende führen. Utta war aufgebracht über seine scheinbare Gleichgültigkeit und machte ihm Vorwürfe. Als er sie bei den Schultern nahm, trommelte sie ihm wie ein kleines Mädchen mit den Fäusten wütend auf die Brust.

Sanft erklärte Tondo ihr, warum seiner Meinung nach Juri keine Gefahr drohe, und eigentlich müsse doch nicht er es sein, der Juris Fähigkeiten vertraue, sondern sie.

Utta beruhigte sich, weinte ein bißchen, sagte schließlich: „Entschuldige, ich bin ganz durcheinander."

„Das sehe ich", erwiderte Tondo lächelnd, wurde dann aber ernst, denn jetzt fiel ihm die Schlußfolgerung ein, die Utta eben durch ihren Ausbruch verhindert hatte. „Wir sollten trotzdem Hellen wecken", sagte er.

Hellen kam sehr schnell und ließ sich zunächst über Funk von Raja berichten. Sie sah dabei die Aufnahmen durch, die der Schweber am Vortage gemacht hatte, und sagte dann zu ihr: „Bleib oben an Bord. Wenn es hell wird, kannst du ja auf die Kuppe des Berges klettern! Sieh zu, daß du nach allen Seiten Funkkontakt hast, und versteck den Schweber in dieser Abfallschlucht, groß genug scheint sie ja zu sein, und dort kommt wohl den ganzen Tag kein Roboter hin."

„Es wäre möglich, daß sie ihn irgendwie festhalten", meinte Tondo, als Hellen die Verbindung zu Raja unterbrochen hatte. „Deshalb müssen wir sofort mit den Robotern Kontakt aufnehmen, hier, mit dem König."

Hellen schwieg. Nach einer Weile sagte sie sorgenvoll: „Wir sind so schon viel zu tief verwickelt in die Geschäfte dieser Paksi."

„Sollen wir Juri mit Gewalt aus dem Berg herausholen?" fragte Tondo.

Hellen sah Tondo vorwurfsvoll an, und der senkte den Kopf. Natürlich, diese Fragestellung war ein bißchen provokativ. Aber nun drängte auch Utta, und Hellen fragte schließlich: „Wie hast du dir das vorgestellt?"

„Wir schalten einen Omikron auf Fernsteuerung und setzen ihn ab. Wenn sie früh aufwachen, finden sie ihn vor."

„Einen Omikron?" fragte Hellen überrascht.

„Den erkennen sie als ihresgleichen an", erklärte Tondo. „Uns halten sie für Kott oder Kottsi, um die Mehrzahl zu gebrauchen, und vor denen haben sie eine Scheu. Das heißt, irgendwann werden sie schon dahinterkommen, daß wir keine Kottsi sind, aber jetzt..."

Hellen nickte.

Zur Zeit des Sonnenaufgangs hatten sich alle an Bord gebliebenen Besatzungsmitglieder in der Zentrale versammelt. Für die erste Kontaktaufnahme waren verschiedene Teilprogramme vorbereitet worden, kürzere und längere, die auf dem Begriffsvermögen der Roboter aufbauten, beginnend mit Musik und Begrüßungsformel für den König, den Iskatoksi, bis hin zu einer vereinfachten Darstellung der Herkunft des Raumschiffs.

Der Iskatoksi lag direkt unter dem Raumschiff, umgeben vom Kreis seiner Begleitung. In diesem Kreis, ein paar Schritte vom Iskatoksi entfernt, stand jetzt der Omikron.

Die ersten Strahlen der blauen Sonne trafen das Lager der Paksi. Fast gleichzeitig regten sich alle Roboter und erhoben sich.

Tondo schaltete das Programm ein. Der Omikron ließ die Musik ertönen und schnarrte: „Paks, Iskatoksi!"

Da fielen die Begleiter des Königs über den Omikron her, rissen an seinen Manipulatoren, zogen ihn weg, begannen mit Stangen und Werkzeugen auf ihn einzuschlagen.

„Irgendwas haben wir falsch gemacht", murmelte Tondo und griff zur Gravitastatur, um den Omikron zu retten.

Hellen jedoch schaltete am Kommandopult alle Effektoren aus. „Es war zu früh!" sagte sie.

Juri wußte nicht mehr, wie viele Stunden er schon eingeklemmt war. Anfangs hatte er noch über seine Lage nachgedacht. Als sein rechtes Bein einschlief — es lag am höchsten und der Kopf hingegen ziemlich niedrig —, bewegte er es, soweit der Schutzanzug das zuließ. Bald darauf bemerkte er einen Druck in den Schläfen, ihm wurde klar, daß seine unnatürliche Lage nicht so harmlos war wie unter irdischen Verhältnissen. Die größere Schwerkraft wirkte sich auch auf das Blut aus, das Herz hatte stärker zu arbeiten, die Blutgefäße im Kopf wurden belastet. Er wandte alle erlernten Methoden der Körperbeeinflussung an, um den Kreislauf so zu dirigieren, daß alle Körperteile möglichst gleichmäßig durchblutet wurden. Das rettete ihn sicherlich vor gefährlichen Störungen, aber es kostete ihn viel Willen und Kraft, und er konnte trotzdem Anfälle von Übelkeit und Kopfschmerzen nicht verhindern.

Manchmal verspürte er Symptome, wie sie in der Schwerelosigkeit auftreten, er verlor das Gefühl für oben und unten, aber immer wieder gelang es ihm, seinen Zustand zu normalisieren. Er war auch nicht sehr besorgt deshalb, dazu kannte er seinen Körper zu gut, er wußte, obwohl seine Erschöpfung zunahm, hatte er noch genug Reserven.

Jede Zeitvorstellung jedoch hatte er längst verloren, als plötzlich ein Geräusch ertönte. Es war sicherlich nur leise, aber ihm kam es wie Donnergrollen vor, und er konnte es nicht identifizieren. Dann wurde es dämmrig, und sein Körper begann zu rutschen.

Juri rutschte und rollte schräg abwärts, und dann plumpste er auf. Ein scharfer Schmerz durchzuckte seinen linken Arm, zog von da aus schnell über den Rücken nach unten in die Beine und breitete sich unterhalb der Gürtellinie aus. Das war nicht vom Aufschlag, das war eine Reaktion des Kreislaufs, soviel war ihm klar.

Allmählich ließ der Schmerz nach, Juri fühlte eine bleierne Schwere im ganzen Körper, aber der Kopf war entlastet. Juri sah sich um. Offenbar war die Rutsche blockiert gewesen, jetzt war sie freigegeben worden, und er war mit den Robotern in eine etwas größere Höhle gerutscht.

Hier herrschte Dämmerlicht, das scharf unterbrochen wurde von Lichtbündeln, die senkrecht von oben kamen und jeweils auf einen, nun ja, auf eine Art Arbeitsplatz gerichtet waren. Fünf solche Lichtbündel zählte Juri. Unter ihnen saß je ein Roboter, dunkel wie die in der Nacht — dunkelblau, das sah er jetzt —, aber mit aufgespannter Kopffolie. Das Licht war der Farbe nach von der blauen Sonne, also mußte es schon Tag sein. Aber es fiel senkrecht ein, und Mittag konnte es doch wohl noch nicht sein, nein, sicher nicht, denn dann würde er schon keine Atemluft mehr haben.

Inzwischen hatte Juri die Kontrolle über seine Gliedmaßen zurückgewonnen. Er schaltete den Panzereffekt ab und drehte den Körper so, daß er die Höhle ganz überblicken konnte. Die Roboter standen jetzt von ihren Plätzen auf und kamen heran.

Sie nahmen einen Rumpf und einzelne Gliedmaßen und schleppten sie unter die Lichtbündel.

Außer diesen fünf waren keine Roboter in der Höhle. Sie war auch nicht sehr groß, aber immerhin groß genug, daß er notfalls seine Handkopie einschalten konnte. Doch wieso notfalls? Er konnte es schon jetzt tun, und Raja würde am Ausschlag der Feldmesser im Schweber erkennen, daß er aktionsfähig war. Er ballte die Faust, schüttelte dann die Hand im Gelenk und wiederholte den Vorgang noch zweimal.

Raja hatte sich auf dem Gipfel des Berges postiert, um mit Juri Verbindung aufzunehmen, sobald er sich über Helmfunk meldete. So mußte ihr erst von der Überwachung im Raumschiff mitgeteilt werden, daß ein mehrmaliger kurzer Aktivitätsanstieg der Generatoren des Schwebers stattgefunden hatte. Raja wußte sofort, was das bedeutete: Juri hatte die Handkopie eingeschaltet, um Nachricht zu geben, denn wenn er damit hätte operieren wollen, hätte er sie nicht sofort wieder abgeschaltet.

Sie ging einige Schritte den Hang in Richtung Schlucht hinunter, so daß sie gegen Sicht gedeckt war, und holte dann den Schweber herauf. Kaum hatte sie Platz genommen, als die Instrumente wiederum ansprachen. Es gelang ihr, die Quelle ungefähr zu lokalisieren. Juri befand sich anscheinend unweit der Schlucht, ganz in der Nähe des Lochs, das Raja schon in der Nacht entdeckt hatte und durch das die Roboterabfälle aus dem Berg geworfen wurden.

Raja ließ den Schweber wieder auf den Boden der Schlucht sinken, trat hinaus und arbeitete sich durch die Abfälle bis unter das Loch im Hang. Sie hörte ein Geräusch, schaltete die Handkopie ein und hielt sie so, daß sie sanft auffangen konnte, was aus dem Loch fiel. Dies war zwar nicht Juri, sondern nur ein Roboterrumpf, aber wenigstens war damit klar, daß der Schacht nicht blind endete, sondern daß es sich tatsächlich um einen Ausgang aus dem Berg handelte. Und wenn Juri in der Nähe war, würde er wohl dieses Loch benutzen.

Juri hatte unterdessen seine Vermutung bestätigt gefunden. Hier wurden die datenverarbeitenden Teile ausgebaut: die Zentralsteuerung, das Gehirn also, und die Steuerblöcke in den Gliedmaßen. Und wohl auch die Sensoren im Kopf. Die Reste wurden, wie er feststellen konnte, in ein Loch geworfen, wo sie polternd verschwanden. Es lag auf der Hand, daß diese Öffnung in die Schlucht führte, die Raja untersucht hatte. Damit war für ihn der Weg nach draußen gegeben.

Die Roboter waren so in ihre Arbeit vertieft, daß er sich hätte ohne weiteres wegschleichen können. Als er versuchte, sich aufzurichten, versagten ihm die Glieder den Dienst, ihm wurde schwindlig, und er hatte Mühe, sich leise wieder hinzulegen.

Er mußte Kräfte sammeln. Unterdessen beobachtete er weiter die Arbeit der Roboter, und da sah er, daß sie nicht nur mit mechanischem Werkzeug hantierten, sondern auch mit Sammellinsen. Also wurde wohl auch das Licht, das von oben einfiel, durch ein Linsen- oder Spiegelsystem von draußen durch irgendwelche Schächte hereingeleitet!

Juri versuchte zu überschlagen, ob die Hitze im Brennpunkt bei der Aktivität dieser Sonne ausreichen würde, den Schutzanzug zu beschädigen, aber er kam zu keinem Ergebnis, da er die Genauigkeit der Linsen nicht kannte. Trotzdem, die Gefahr bestand durchaus, und es war besser, sich ihr nicht auszusetzen.

Die Roboter holten wieder eine Ladung Teile zum Demontieren. Jetzt war links von ihm alles frei, als nächstes wäre er an der Reihe. Er nahm alle Kräfte zusammen, und es gelang ihm, sich einmal um seine Achse zu rollen. Dann lag er still, sah sich um und horchte.

Die Höhle war voller kleiner Geräusche, die bei der Arbeit der Roboter entstanden, seine Bewegung war nicht aufgefallen. Die zweite Umdrehung gelang schon besser, und dann kroch er vorsichtig rückwärts auf das Loch zu, mit mehreren Unterbrechungen, weil ihn die Kräfte verließen. Als er die Beine in die Öffnung streckte, fühlte er, daß es sich auch hier um eine Rutsche handelte, er legte sich auf die Seite, schob sich noch ein bißchen tiefer hinein, und als er zu rutschen begann, schaltete er den Panzereffekt ein. Dann wurde es blendend hell, er fiel sanft auf, sah Raja und den Schweber und verlor das Bewußtsein.

Raja, selbst übermüdet, führte den Schweber in große Höhe, denn nach dem Fehlschlag mit dem Omikron war es am vernünftigsten, den Weißkitteln bei Tageslicht nicht zu nahe zu kommen.

Sie behandelte Juri nach den Hinweisen, die Hellen ihr vom Raumschiff aus gab.

Die Therapie bestand vor allem in einer kräftigen Massage, der Verabreichung einiger Stärkungsmittel und in nachfolgendem Schlaf unter verminderter Schwerkraft. Das gab auch Raja Gelegenheit zur Ruhe.

Am Nachmittag inspizierte der Schweber aus großer Höhe andere Teile der Wüste, und tatsächlich entdeckten sie in fast jedem Bergmassiv Roboter und Zeichen von deren Tätigkeit, die sie allerdings kaum gefunden hätten, wenn ihnen nicht bekannt gewesen wäre, daß die Paksi hauptsächlich in Höhlen wohnten und arbeiteten. All das ergab einen regen Dialog zwischen Raumschiff und Schweber, an dem sich nun auch Juri wieder beteiligte.

Tondo diskutierte wenig, aber er rieb sich im stillen die Hände. Wohnen, arbeiten, Gehirn, König... Der Gebrauch solcher Wörter im Zusammenhang mit den Robotern zeugte davon, daß sich auch bei seinen Gefährten, vielleicht noch unbewußt, der Gedanke herauszubilden begann, man könne ohne die Annahme einer Robotergesellschaft hier überhaupt nichts mehr erklären und verstehen.

Sobald die Sonne untergegangen war, nahm das Raumschiff den Schweber auf. Juri fühlte sich völlig wiederhergestellt, aber Hellen unterzog ihn einer gründlichen Untersuchung.

Als die Untersuchung beendet war, sagte Utta: „Ich bring Juri zu Bett."

„Gut", sagte Hellen, ohne sich umzusehen; sie räumte gerade die Geräte weg.

Juri wollte protestieren, aber dann ließ er es doch geschehen, daß Utta ihn begleitete.

„Leg dich gleich hin", sagte sie, „ich bleib noch ein bißchen hier sitzen."

Juri widersprach nicht – ihm war fast, als würde er sie dazu aufgefordert haben, wenn sie es nicht von sich aus getan hätte.

„War's schlimm?" fragte sie.

„Es ging", brummte Juri.

„Schlaf jetzt", sagte Utta, und nach einer Weile: „Für mich war's schlimm."

Sie hörte an seinen Atemzügen, daß er eingeschlafen war. Ein wenig war sie enttäuscht. Ein wenig zögerte sie noch. Ein wenig kämpfte sie mit sich. Dann zog sie sich aus und schlüpfte zu Juri ins Bett.

Noch vor Sonnenaufgang startete der Schweber erneut, diesmal besetzt mit Raja und Utta. Ziel war die Kuppel im Süden.

Raja hatte wohl bemerkt, daß Tondos Ansicht, die eigentlich nur sie bisher ganz bewußt aufgenommen hatte, immer mehr an Boden gewann. Die Tatsachen, so wie sie nach und nach gesammelt wurden, sprachen alle mehr oder weniger für Tondo. Aber Raja führte das darauf zurück, daß all diese Fakten aus demselben Bereich stammten, aus dem der Roboter nämlich. Und wenn man die letzten Tage nahm, war der Kreis sogar noch enger gezogen – die Tatsachen betrafen nur die Weißkittel und ihren, nun ja, Herrschaftsbereich. Raja mußte sich eingestehen, daß sie selbst nicht um den Gebrauch solcher gesellschaftlichen Begriffe herumkam. Bei der Kuppel aber, so hoffte sie, würde es andere Fakten geben, solche, die nicht in Tondos Hypothese von der Robotergesellschaft aufgingen.

Sie landeten neben der Kuppel, außerhalb des Sektors, in dem die Öffnungsautomatik der Kuppel reagierte.

Zuerst prüften sie die Kamera, die Ming und Tondo vor Tagen installiert hatten. Sie zeigte, daß dreimal Tiere über den Sektor gelaufen waren, ohne daß die Kuppel sich geöffnet hatte. Ein Versuch, den Raja vorgehabt hatte, war damit überflüssig geworden: Sie hatte ein Tier fangen und in diesem Bereich laufenlassen wollen.

„Wir wissen also bisher", faßte Utta zusammen, „auf Menschen und auf den Schweber spricht die Kuppel an, auf Tiere nicht."

„Vielleicht reagiert sie jetzt überhaupt nicht", sagte Raja und betrat den Sektor, zog sich aber gleich wieder zurück, weil der Eingang sich zu öffnen begann.

„Hat Ming herausbekommen, warum hier nichts wächst?" fragte Utta.

„Nein", sagte Raja. Inzwischen hatte sich der Eingang wieder geschlossen. „Hol doch bitte schon mal den Omikron raus, ich probier's inzwischen mit Schwerkraftreflexen."

Sie ballte die Faust, um das Kopierfeld der rechten Hand einzuschalten. Mit Ausstrecken des Zeigefingers modulierte sie das Feld lang und schmal und tippte ein paarmal auf den Boden innerhalb des Sektors. Schritte eines Menschen simulierend. Nichts geschah.

Utta kam mit dem Omikron und lenkte ihn in den Sektor. Wieder nichts.

„Er gleicht in Größe und Gewicht etwa den Tieren hier", sagte Raja.

„Du meinst...?" fragte Utta.

„Noch meine ich gar nichts", erwiderte Raja. „Komm, hilf mir mal!"

Sie schickten den Omikron zum Schweber zurück und setzten den zerstörten Roboter darauf, den Raja in den letzten Tagen so weit repariert hatte, daß er wenigstens äußerlich vollständig war, wenn er auch nicht funktionierte.

Der Omikron fuhr mit seiner Last in den Sektor. Keine Reaktion.

„Halt an", sagte Raja zu Utta, die den Omikron über eine Fernbedienung lenkte.

„Es scheint, die Kuppel reagiert nur auf gesellschaftliche Wesen. Ich meine, auf ihre Erbauer und uns", sagte Utta.

„Mal sehen", meinte Raja und zog ein anderes Fernbedienungselement aus der Tasche.

„Was hast du da?" fragte Utta neugierig.

„Ich habe dem Roboter ein Wiedergabegerät eingebaut und eine Konserve mit den inneren elektrischen Potentialen, die du damals von dem ersten Roboter aufgenommen hast. Jetzt – paß auf – halt dich bereit – jetzt lasse ich die Konserve spielen."

Da – die Kuppel begann sich zu öffnen!

„Rasch", rief Raja, aber Utta hatte aufgepaßt und führte den Omikron mit seiner Last bereits aus der gefährlichen Zone heraus.

„Da haben wir's", sagte Raja seufzend, „sie reagiert auf Menschen, auf den Schweber und auf die Paksi."

„Ich vermute...", begann Utta, verstummte aber wieder.

„Was vermutest du?"

„Vielleicht haben die Roboterhirne ähnliche Potentialschwankungen wie das menschliche Gehirn? Vielleicht haben überhaupt alle Organe, die einigermaßen komplizierte Denkoperationen ausführen, irgendwelche gemeinsamen Rhythmen?"

„Mal sehen", sagte Raja, „der Omikron scheidet aus, er hat eine photonische Steuerung, ohne elektrische Potentiale. Dann ist aber unklar, wieso die Kuppel auf den Schweber reagiert? Die Gehirntätigkeit von Ming und Tondo konnte die Kuppel unmöglich durch die Wandung des Schwebers hindurch messen, dazu sind die Potentiale viel zu schwach. Aber wir können es ja mal versuchen."

Sie ließen den Omikron eine Reihe von Gebern innerhalb des Sektors aufbauen. Dann schickte Raja zunächst die Impulse der Roboterpotentiale über einen Geber. Nichts.

Utta hatte inzwischen aus der Bordapotheke ein EEG-Aufnahmegerät geholt und sich die Elektroden an den Kopf gelegt. Raja sandte die aufgenommenen Impulse über einen Geber. Auch nichts.

„Wenn jetzt wieder nichts passiert, bin ich am Ende", meinte Raja. Sie ließ den unbemannten Schweber ein paar Meter hoch steigen und führte ihn in den Sektor. Aber wiederum geschah nichts.

„Also nur, wenn Menschen im Schweber sind?" fragte Utta fassungslos. „Ob da welche uns zugucken und sich über uns totlachen?"

„Ich habe auch schon darüber nachgedacht", antwortete Raja ernsthaft, „aber das ergäbe noch weniger Sinn. Wenn sie Kontakt wollen, brauchten sie nur zu öffnen, wenn sie keinen wollen, die Kuppel nur geschlossen zu halten, und überhaupt – nein, das ist ein Automatismus. Aber worauf reagiert er, auf welche Signale? Jetzt will ich's wissen."

Sie stellten einen Versuchsaufbau zusammen, der jegliche, den Menschen bekannte Signale abschirmen mußte. Eine Gravibrücke wurde in zwei Meter Höhe über den Sektor gelegt, davor eine Graviwand, optisch undurchlässig, wieder davor elektrische, magnetische, optische Störfelder, auf allen möglichen Frequenzen. Eine Stunde lang hatten sie zu tun, ehe alles stand, aber dann konnte von der Gravibrücke aus nach menschlichem Ermessen kein irgendwie geartetes Signal mehr zur Kuppel gelangen.

Der Versuch war nicht ungefährlich. Raja würde, wenn sie die Brücke betreten hatte, die Kuppel nicht mehr sehen, aber der Laserstrahl würde natürlich alles durchdringen. Sie vermochte sich wegen der Störquelle auch nicht mit Utta über Funk zu verständigen. Die einzige Kontaktmöglichkeit war ein Handzeichen von Utta, falls die Kuppel sich öffnen sollte.

Doch Raja war fest entschlossen, dieses Risiko einzugehen. Sie ertastete mit dem Fuß den Beginn der Gravibrücke, blieb jedoch noch eine Weile stehen. Die Kuppel sah sie nicht mehr, also war auch sie außerhalb jedes Empfangsbereichs dieses Gebäudes.

Utta hatte den Arm nach oben gestreckt, sie stand seitlich, so daß sie sowohl die Kuppel als auch Raja im Blickfeld hatte. Arm nach oben, das hieß: keine Reaktion.

Jetzt ging Raja los. Nach jedem Schritt blickte sie sich um, ob Utta etwas anzeigte. Jetzt mußte sie schon dicht an der Grenze des Sektors sein. Uttas Bild, durch die Felder verzerrt, wurde undeutlich. Noch ein Schritt — nichts. Noch ein Schritt ... Utta riß den Arm nach unten. Schnell verließ Raja die Brücke.

„Na dann", sagte Raja seufzend, als sie alles abgebaut hatten. „Wie das funktioniert, bekommen wir so nicht heraus. Also folgt Punkt zwei der Tagesordnung."

Die nächste Arbeit erforderte Präzision und war langweilig, weil ihre Ergebnisse erst im Raumschiff ausgewertet werden konnten. Utta filmte den Öffnungs- und Schließvorgang, jeweils ausgelöst durch Raja, in verschiedenen Frequenzbereichen und nutzte auch die Zehnsekundenspanne, bis der Laser einsetzte, dazu, die Kamera ins Innere der Kuppel zu richten.

Später stiegen sie mit dem Schweber auf fünfzig Meter Höhe und vermaßen Punkt für Punkt die Kuppel und deren unmittelbare Umgebung bis in hundert Meter Tiefe mit dem Graviecholot.

An Bord des Schwebers war es angenehmer, und so kamen sie ins Plaudern — es genügte ja, ab und zu einen kontrollierenden Blick auf die Geräte zu richten.

„Du bist bei Juri geblieben, heute nacht?" fragte Raja.

Utta setzte sich gerade. „Trete ich damit jemanden auf die Füße?"

Raja lächelte. „Im Gegenteil, ich freue mich. Ist es dir ernst?"

„Ja", sagte Utta, „mir ja."

„Aber er hat seine Vorurteile, wie?"

„Vorurteile müssen sich doch überwinden lassen!" Utta seufzte.

„Ja, es ist ganz leicht, ein Vorurteil zu überwinden", sagte Raja, „solange man nämlich nichts Schwerwiegendes erlebt hat, das dieses Vorurteil bestätigt. Weißt du, warum ich zum Beispiel so empfindlich gegen voreilige Hypothesen bin? Ich weiß, ihr lacht manchmal darüber, aber ich hab mal eine aufgestellt und so hartnäckig verteidigt, daß an den folgenden Experimenten zwei Kollegen – na ja, sie sind nicht gestorben, aber... Jedenfalls, wenn du es schaffst, Juri umzukrempeln, daß er wieder wird wie früher..."

„So lange kennst du ihn schon?"

Raja nickte. „Zwanzig Jahre. Wir sind sogar um drei Ecken verwandt."

„Wie war er denn früher?" fragte Utta erwartungsvoll.

„Du wirst es ja erleben, hoffentlich", wehrte Raja ab. „Nimm's mir nicht übel, ich kann dir ein mechanisches System beschreiben – aber einen Menschen.."

„Erst machst du mir den Mund wäßrig, und dann ziehst du mir den Happen weg!" maulte Utta. „Aber ich schaff es schon. Willst du mir nicht doch ein bißchen erzählen?"

„Ist dir eigentlich aufgefallen", lenkte Raja vom Thema ab, „daß in diesem ganzen Öffnungsmechanismus ein grundlegender Widerspruch steckt, nein, eigentlich eine Absurdität?"

„Mir erscheint da alles absurd", gestand Utta.

„Den Laser kennen wir seit zehntausend Jahren. Der Öffnungsmechanismus ist uns technisch aber mindestens zehntausend Jahre voraus. Überlegen wir mal weiter. Wozu dient der Laser?"

„Ganz klar", sagte Utta, „um das Haus vor ungebetenen Gästen zu schützen. Wo ist da das Problem?"

„Und warum schützt man es nicht einfach dadurch, daß man die Tür geschlossen läßt?"

Utta wußte keine Antwort.

„Der Eingang hat eine hohe Selektivität", meinte Raja, „er öffnet sich nur für uns und für die Paksi, jedenfalls soweit wir das beurteilen können. Wenn man also jemanden nicht haben wollte, hätte man doch die Selektivität anders einstellen können? Dabei haben wir mit den Paksi gar nichts gemeinsam. Oder ..." Raja verstummte.

„Oder?" fragte Utta.

Oder Tondo hat recht, dachte Raja. Wenn das der Fall ist, dann haben wir mit ihnen etwas gemeinsam, nämlich, daß wir gesellschaftliche Wesen sind, wie auch immer die Kuppel das feststellen mag...

Aber sie kam nicht mehr dazu, Utta ihre Gedanken darzulegen, denn in diesem Augenblick meldete sich das Raumschiff.

„Seid ihr dort bald fertig?" fragte Ming.

„In einer Viertelstunde", antwortete Raja.

„Dann bezieht eine Position in einem Kilometer Höhe über dem Gebirge und meldet euch von dort wieder, ihr bekommt dann einen wichtigen Auftrag."

„Erzähl doch mal, wir können hier gut zuhören, die Geräte laufen allein!" sagte Utta.

Die Ereignisse, die jetzt die Aufmerksamkeit am Raumschiff erforderten, hatten bereits am Vortag begonnen, als die meisten Weißkittel in die verschiedensten Richtungen abmarschiert waren. Der Iskatoksi und seine Begleiter waren jedoch mit etwa fünfhundert Weißkitteln beim Raumschiff geblieben.

Gegen Abend waren einzelne Weißkittel zurückgekommen, hatten offenbar Meldung erstattet, Befehle empfangen und waren am Morgen wieder losgegangen. Tondo hatte alles, was gesprochen worden war, aufgenommen und aufgezeichnet, aber nur sehr wenig davon entschlüsseln können, wahrscheinlich, weil die Meldungen zu sehr mit topographischen Bezeichnungen und formelhaften Begriffen durchsetzt waren.

Am Vormittag nun war ein weiterer Bote erschienen, mit einem Schriftstück diesmal. Tondo gelang eine optische Aufnahme davon, und als er daranging, das Schreiben zu entschlüsseln, erkannte er sehr schnell, daß es sich um einen Bericht über die Vorgänge im Wüstenbergwerk handelte, die Utta und er ausgelöst hatten. Da er die Einzelheiten wußte, gelang ihm diesmal eine vollständige Übersetzung, und die war sehr aufschlußreich. Es war die Rede darin von einem großen, unbekannten Wesen, das in seinem Innern ein Nest für zwei Kottsi trug, das aber selbst ein den Paksi ähnliches Wesen sein mußte, denn es verhielt sich planvoll und zweckmäßig. Dieser Hinweis war sehr wichtig, denn er bekräftigte Tondos Vorschlag, über einen Omikron Kontakt aufzunehmen, auch wenn der erste Versuch mißglückt war.

Außerdem ließ dieser Bericht zwei wichtige Schlußfolgerungen zu: Die Paksi kannten offenbar kein schnelleres Informationssystem als das durch Boten, denn bei der Wichtigkeit dieser Nachricht wäre es sonst wohl benutzt worden. Und zweitens bestätigte sich, daß dieser Iskatoksi hier unter dem Raumschiff wirklich der oberste Roboter wenigstens des ganzen Wüstengebietes war.

Die Übersetzung dieser ausführlichen Botschaft erleichterte Tondo nun auch die Übersetzung der aufgenommenen Meldungen und Befehle, in denen jetzt nur noch die Bezeichnungen der geographischen Orte zu klären waren. Dazu war der Schweber gerufen worden, er sollte über dem Südgebirge stehen und die Bewegungen der Weißkittel beobachten, denn wenn sie auch in verschiedene Richtungen gegangen waren, so war doch erkennbar gewesen, daß alle irgendwie zum Südgebirge führten – nach Norden, Nordwesten oder Nordosten war keiner marschiert.

Dann beobachtete Tondo den Iskatoksi und dessen Gefolge. Ming hatte ihn nämlich darauf aufmerksam gemacht, daß diese höhergestellten Paksi sich die Zeit vertrieben mit Tätigkeiten, bei denen es sich offensichtlich um Spiele handelte – um Kampfspiele mit und ohne Waffen. Die anderen Weißkittel nahmen nicht daran teil. Aber es war seltsam, entweder verfügten die Paksi über einen schier unerschöpflichen Vorrat an solchen Spielen, oder sie erfanden jedesmal andere Regeln. Dieser Umstand machte Tondo stutzig. Ging man davon aus, daß Bewegung das Vergnügen der Paksi war, so war komplizierte, vielfältige, phantasievolle Bewegung sicherlich eine gehobene Form des Vergnügens, die vielleicht nur den Oberen gestattet war – als Ersatz für die fehlende körperliche, produktive Arbeit, nein, nicht als Ersatz, sondern als Vorrecht, als Privileg! Sollte sich etwa in dieser Form die gesellschaftliche Gesetzmäßigkeit bei den Paksi durchsetzen, derzufolge die Herrschenden in der Klassengesellschaft das Privileg haben, nicht produktiv zu arbeiten?

Jede neue Beobachtung, jede Überlegung festigte in Tondo die

Überzeugung, daß man hier eine Gesellschaft vor sich habe, eine Robotergesellschaft im Stadium der Ausbeuterordnung, und er ging nun daran, alle vorliegenden Tatsachen einmal in soziometrischen Schätzungen und Überschlagsberechnungen zusammenzufassen. Bekanntlich besteht das wichtigste Merkmal jeder Gesellschaft, auf welcher Stufe auch immer, darin, daß ihre Mitglieder produzieren, arbeiten, eine zweckgerichtete Tätigkeit ausüben, um sich und ihre Lebensbedingungen zu reproduzieren.

Das Ergebnis seiner Berechnungen verblüffte Tondo selbst, und er teilte es sofort Raja im Schweber mit: Es mußte zwischen fünfzig- und hunderttausend Paksi geben! Das resultierte aus dem Umfang der beobachteten Produktion, aber auch aus den Zählungen an einigen ausgewählten Punkten. Nach Rajas vorliegenden Untersuchungen des Gehirns der Paksi – man hatte sich an den Gebrauch des Wortes Gehirn gewöhnt – hatte der einzelne Pak eine Lebensdauer von fünfzig bis hundert Jahren – auch „Leben" und „Lebensdauer" wurden nach anfänglichem Zögern gebraucht. Es ließ sich leicht errechnen, daß zur einfachen Reproduktion der Paksi die Herstellung von eins Komma vier bis fünf Komma fünf Paksi je Tag ausreichte. Das schien von der Menge her mit den beobachteten handwerklichen Methoden durchaus möglich. Absolut unklar und größter Fragepunkt des ganzen Schemas blieb jedoch, und das wandte Raja sofort ein, wie die Gehirne hergestellt wurden. Nach Rajas Überzeugung war dafür ein hochproduktiver wissenschaftlicher Gerätebau die Mindestvoraussetzung, aber das vertrug sich wiederum nicht mit dem sonstigen Stand der Produktivkräfte. Nach dem, was man bisher gesehen hatte, durfte man als höchste technische Entwicklungsstufe allenfalls manufakturähnliche Einrichtungen erwarten.

Freilich war sich Raja darüber klar, daß ihre Argumente auf schwachen Füßen standen. Gehirne mußten ja nicht im gleichen Ausmaß reproduziert werden wie Roboter. Vielleicht genügte auf hundert neue Paksi ein neues Gehirn, vielleicht lag das Verhältnis noch günstiger, das ließ sich nicht genau feststellen. Vor allem aber beeindruckte sie die errechnete Zahl von Paksi mehr, als sie zugab. So viele Roboter, und ihr einzig erkennbarer Zweck ihre eigene Reproduktion – mußte das nicht wenigstens gesellschaftsähnliche Beziehungen schaffen? Und wo war dann überhaupt die Grenze zwischen einer Ansammlung technischer Objekte und einer Gesellschaft? Wenn man genau hinsieht, sinnierte sie, ist die Grenze fließend. Und sie war sich bewußt, daß sie damit schon im Begriff war, auf Tondos Positionen überzugehen.

Der Abend brachte, wie erwartet, Klarheit über die geographischen Angaben bei den Paksi, und er brachte noch mehr: Aus der Verteilung der Weißkittel und den entsprechenden Befehlen ergab sich, warum sie überhaupt hierhergekommen waren. Die „Artillerie", also die großen Spritzrohre, hatte Aufstellung genommen an der Biegung des großen Flusses, der von Süden kam, das Nordostende des Gebirges umströmte und dann diesseits am Gebirge nach Südwesten abfloß, den Wald hervorbringend, der südlich vom Raumschiff begann und nach Westen zu immer breiter wurde. Die Hauptmasse der Weißkittel hatte etwa fünfzig Kilometer westlich am Waldrand ihr Lager aufgeschlagen. Sie sollte morgen nach Süden in den Wald eindringen, bis zum Kamm des Gebirges, und dann ostwärts vorgehen. Einige kleinere Gruppen bis zu zweihundert Weißkitteln waren von hier bis zu diesem Lager längs des Waldrandes verteilt.

Bei dieser Aufstellung und der bereits beobachteten Feindschaft zwischen den Weißkitteln und den Graubraunen war die Absicht klar: Die Graubraunen sollten vernichtet werden, vertrieben vielleicht oder eingefangen, jedenfalls bekämpft. Es gab ein Wort in den Befehlen, an dem Tondo lange herumgerätselt hatte, Kottpaksi, also etwa Tiermenschen, damit konnten nur die Graubraunen gemeint sein.

„Wir sollten lieber bei dem Begriff ‚Räuber' bleiben", schlug Ming vor. „Tiermenschen klingt sehr abwertend, und vielleicht ist es das in der Robotersprache gar nicht. Immerhin leben die Grauen im Wald, wie die Kottsi, und nicht in der Wüste, wo ein anständiger Pak offenbar hingehört."

„Und wie reproduzieren sich die Räuber?" fragte Raja plötzlich.

„Hast du denn nicht das Buch gelesen, daß ich euch empfohlen habe?" fragte Ming zurück. „Sie reproduzieren sich, wie eben Räuber sich reproduzieren — durch Raub."

Bei Tondo rief diese beiläufige Äußerung eine Flut von Gedanken hervor. Plötzlich wurde ihm klar, daß Ming längst zu dem gleichen Ergebnis gekommen war wie er, nämlich daß es sich hier um gesellschaftliche Strukturen handelte. Das überraschte und beflügelte ihn, und sofort erkannte er, mit scheinbar spielerischer Leichtigkeit, weitere Zusammenhänge: Wenn die Räuber auf die Produktion im Bereich der Weißkittel angewiesen waren, dann konnten sie ihren Standort eben nur hier haben, in der Nordostecke des Waldes und Gebirges – hier konnten sie sich verstecken, und von hier aus konnten sie Raubzüge unternehmen. Der Südhang des Gebirges zum Beispiel oder die weiter westlich gelegenen Teile waren schon viel zu weit entfernt von den Quellen ihrer Reproduktion.

Aber es gab auch Widersprüche, die ihm plötzlich klar wurden. Die Weißkittel ließen bei ihrer jetzigen Aufstellung den Räubern den Weg nach Süden frei, sie konnten über den Kamm des Gebirges wenigstens zeitweise auf die Südhänge ausweichen. Wozu aber dann die Artillerie östlich und nordöstlich des Flusses — die hatte doch nur Sinn, wenn vorausgesetzt wurde, daß die Weißkittel die Räuber aus dem Wald heraus- und vor die großen Rohre treiben würden?

„Die Kuppel", sagte Ming, „der Laserstrahl."

Es war beinahe unheimlich, wie Ming die Gedanken anderer verfolgen konnte. Manchmal hatte Tondo das Gefühl, alles, was er sich mühsam zusammenreimte, sei in Mings Kopf längst vorgedacht und werde von Ming nur nicht geäußert, um andere nicht um den Genuß des erfolgreichen Denkens zu bringen. Nun, das waren eben die Vorzüge des Alters der Weisheit, das Ming ja schon fast erreicht hatte. Was die Sache betraf, konnte er durchaus recht haben – vielleicht wagte kein Pak sich auf die andere Seite des Gebirges? Wenn sie in diesem Entwicklungsstadium eine Gesellschaft bildeten, dann mußten auch Mythen, Aberglauben, religiöse Gebote und Verbote eine beachtliche Rolle bei ihnen spielen. Nun, das würde der Verlauf des nächsten Tages ja zeigen!

Noch vor Sonnenaufgang waren Raja und Tondo mit dem Schweber gestartet, beobachteten die Ereignisse in Wald und Gebirge und überspielten das Bild an das Raumschiff. Die Weißkittel waren nach Süden vorgedrungen, scheinbar unbehelligt, und marschierten nun auf allen Pfaden in Gruppen von je fünfzig ostwärts. Eine Abteilung Weißkittel drang von Südwesten her, einem gewundenen Pfad folgend, zum Tal am Kamelrücken vor, das die Beobachter ja gut kannten. Wenn der Wald rechts und links vom Pfad einmal etwas lichter wurde, konnten Tondo und Raja ab und zu die Gestalten von Räubern sehen, die den Zug begleiteten.

Im Tal selbst tummelten sich die Räuber. Es sah aus, als schleppten sie wahllos Steine und Felsbrocken hin und her. Aber Tondo kam bald darauf, was das für einen Sinn hatte: Die Räuber wußten ja durch ihre Späher vom Anmarsch der Weißkittel und tarnten den so schon kaum erkennbaren Weg und den Eingang zur Höhle, in der sich ihr Ersatzteillager befand. Sicherlich war das nicht das einzige Lager, wahrscheinlich hatten die Räuber, im Gebirge verstreut, viele davon angelegt – es mußte ja auch viel mehr Räuber geben, als die Menschen bisher zu Gesicht bekommen hatten. Aber der Verlust dieser Vorräte hätte die Räuber natürlich in arge Bedrängnis gebracht, denn gewiß fiel ihnen nicht jeden Tag eine Karawane mit den benötigten Teilen in die Hände.

Andererseits wußten die Weißkittel sicher, daß sich hier ein solches Lager befand, spätestens seit ihre Patrouille neulich in die Flucht geschlagen worden war, mußte ihnen das bekannt sein. Und vielleicht zielte die ganze Taktik des Iskatoksi nicht nur darauf ab, die Räuber auszutreiben, sondern auch darauf, diese Lager aufzuspüren und damit den Räubern die Existenzgrundlage zu entziehen?

Als die Weißkittel in das Tal einmarschierten, war es leer. Und richtig: Sie begannen sofort, es zu durchsuchen.

Die Beobachter hatten sich genau den Punkt gemerkt, an dem der Eingang zu der Höhle mit dem Vorratslager lag. Immer mehr näherten sich die Weißkittel dieser Stelle.

„Jetzt müssen sie aber etwas unternehmen!" murmelte Tondo.

Und da brachen auch schon zehn, fünfzehn Räuber aus dem Wald und stürzten sich auf die verstreuten Weißkittel, hieben vier, fünf nieder, indem sie ihnen mit Stangen und axtartigen Waffen die Beine wegschlugen und die Arme zerbrachen.

Aber schon formierten sich die an Zahl weit überlegenen

Weißkittel und rückten vor. Nun ergriffen die Räuber die Flucht — oder taten so, als ob sie flüchteten, denn merkwürdigerweise rannten sie nicht sofort in den Wald, wie das ihrer sonstigen Kampfweise entsprochen hätte, sondern den Pfad entlang, der nach Nordosten führte.

Natürlich verfolgten die Beobachter das Geschehen auf dem Pfad weiter. Sie sahen, was die Weißkittel nicht sehen konnten: daß nämlich der verfolgte Räubertrupp immer kleiner wurde, weil nach und nach immer mehr Räuber im Wald verschwanden.

Als sie aber das Objektiv zum Tal zurückschwenkten, entdeckten sie, daß zwanzig, dreißig andere Räuber dabei waren, die Höhle auszuräumen und die Vorräte abzutransportieren. Schwer beladen marschierten sie auf dem Pfad ab, auf dem vorhin die Weißkittel gekommen waren, nach Südwesten, wo keine Weißkittel mehr waren. Offenbar war ihnen dieses Tal nun doch nicht mehr sicher genug.

Inzwischen waren die Weißkittel auf dem jenseitigen Pfad umgekehrt. Die Beobachter hatten den Augenblick verpaßt, aber es war anzunehmen, daß der Befehlshaber der Weißkittel das Ablenkungsmanöver endlich durchschaut hatte, als der letzte der scheinbar flüchtenden Räuber vor ihnen im Wald verschwunden war.

Jetzt aber wurde den Weißkitteln der Weg nicht so leicht. Obwohl sie eine bemerkenswerte Marschordnung entwickelt hatten — sie gingen hintereinander und richteten ihre Waffen abwechselnd nach links und rechts —, fanden die Räuber immer wieder Möglichkeiten anzugreifen. Wahrscheinlich wollten sie die Weißkittel so lange aufhalten, bis ihre Vorräte in Sicherheit waren. Mit großem Geschick nutzten sie alle Gegebenheiten des Geländes aus, das sie freilich viel besser kannten als die Weißkittel.

Auch die Räuber hielten sich an die offenbar allen Paksi gemeinsame Regel, den Rumpf des Gegners — als Träger des Gehirns — nicht zu zerstören. Sie hätten zum Beispiel mit Leichtigkeit von überhängenden Felsen herab Steine auf die Weißkittel stürzen können, aber sie taten das nicht oder vielmehr nicht so, daß ein Weißkittel dabei verletzt wurde. Sie blockierten nur mehrfach auf diese Weise den Pfad, griffen die Spitze oder die

Nachhut der Weißkittel direkt an und zogen sich dann wieder in den Wald zurück.

Tondo wunderte sich ein wenig, daß die Weißkittel so brav und einfältig den Pfad entlangtrotteten. Mehrfach überquerten sie Waldlichtungen, die ihnen durchaus die Möglichkeit geboten hätten, sich zu entfalten und den Räubern einen Kampf zu liefern.

Warum sie davon keinen Gebrauch machten, darüber gab eine kleine Episode, die die Menschen beobachten konnten, wenigstens teilweise Auskunft. Wieder einmal mußten die Weißkittel über eine Sperre klettern, die die Räuber auf dem Pfad aus Gestrüpp und Steinen schnell errichtet hatten. Der Anführer war bei der Sperre stehengeblieben, wohl um Weisungen zu erteilen, die ersten beiden marschierten bereits weiter, während dem dritten ein Mißgeschick passierte: Er rutschte aus und mußte sich dabei wohl irgendwie beschädigt haben — jedenfalls gab es einen Aufenthalt.

Die ersten beiden Weißkittel aber marschierten weiter, als sei nichts geschen. Als der Pfad einen Knick machte, blickten sie noch einmal zurück, und statt nun zu warten, schienen sie das Tempo noch zu beschleunigen. Bei der nächsten Wegbiegung blieben sie stehen, und nun geschah es: Sie rissen sich die Kittel herunter, warfen sie auf den Pfad und verschwanden im Wald, der hier so dicht war, daß man sie nicht weiter beobachten konnte.

„Sie sind zu den Räubern übergegangen", sagte Tondo triumphierend mit glänzenden Augen.

„Du anscheinend auch", fragte Raja. Sie hatte das nebenbei gefragt, denn es wollte ihr nicht gelingen, das Verhalten dieser beiden Roboter zu analysieren. Gerade die Weißkittel waren doch echten, alten, programmgesteuerten Robotern am ähnlichsten — die Einheitlichkeit ihres Verhaltens, ihre exakten Bewegungen... Und plötzlich agierten zwei gegen ihr Programm, offensichtlich ohne daß das Programm geändert worden war. Geändert von außen. Und von innen, aus sich selbst? Was konnte stärker sein als das Programm? Selbsterhaltung kam wohl auch nicht in Frage, nicht in dieser Situation. Blieben nur — Ideen? Aber Ideen waren kein Produkt der Technik, sondern, so schwer es ihr auch fiel, das zuzugeben, ein Produkt der — Gesellschaft!

Rajas Frage war mehr als freundschaftlich-ironischer Kommentar zu Tondos Begeisterung gedacht, aber Tondo nahm sie ganz ernst. „Ja", sagte er, „es ist doch eindeutig, auf wessen Seite hier der Fortschritt der Geschichte ist. Hast du Mings Buch gelesen? Viele werden noch überlaufen, und wenn die Zeit reif ist, unterstützen sie die Revolution. Wir müssen den Räubern helfen. Da, sieh mal, sie sind mit dem Abtransport noch nicht fertig, und gleich erreichen die Weißkittel wieder das Tal. Ich werde denen eine Graviwand in den Weg stellen!"

Da aber meldete sich Hellen vom Raumschiff. „Es wird nicht eingegriffen", sagte sie.

Tondo widersetzte sich dieser direkten Weisung nicht. Andererseits aber war er an dem Punkt angelangt, wo er als Historiker klarer als die anderen zu sehen meinte und wo er die bisherige Passivität nicht mehr mit seinem Gewissen vereinbaren zu können glaubte. Er nahm also allen Mut zusammen. Es ist gewiß nicht einfach, sich Menschen entgegenzustellen, die man achtet und deren größere Erfahrung man respektiert. Es ist sogar ein bißchen schmerzlich, es hat etwas an sich von einer Aufkündigung eines engen Lehrer-Schüler-Verhältnisses, aber Tondo fühlte sich dazu gezwungen. „Gut", sagte er. „Aber ich verlange eine allgemeine Versammlung!"

Allgemeine Versammlungen sind selten, es gibt sogar Menschen, die ihr ganzes Leben lang nicht in die Lage kommen, an einer teilzunehmen, und die sie nur in künstlerisch verarbeiteter Form kennen. Das ist auch ganz natürlich, denn die Menschen sind gewohnt, in vernünftiger Übereinstimmung zu denken und zu handeln, und Situationen, in denen sich absolut gegensätzliche Meinungen darüber abwickeln, was vernünftig ist, gehören zu den großen Ausnahmen. Es handelt sich dabei in der Regel um so hochgradig komplizierte Situationen, daß keiner der Beteiligten mehr weiß, wie zu verfahren ist. Dann eben ist die Erregung, das erbitterte, oft sogar unvernünftige Verfechten von Standpunkten, die scharfe Polemik einer solchen allgemeinen Versammlung notwendig. Denn diese psychisch oft schmerzhaften Aufwallungen von Gegnerschaft sind die Geburtshelfer neuer Gedanken. Es gibt auch Theoretiker, die diese Form für einen

Rückfall in frühere historische Epochen halten; aber die meisten, die eine solche Versammlung schon einmal erlebt haben, rühmen ihre geistige Ergiebigkeit und auch den Eindruck, daß sich bei der anschließenden Rückkehr in den Normalzustand die gewohnten freundschaftlich-kameradschaftlichen Beziehungen sogar gefestigt haben.

Natürlich würde die Versammlung von sechs Kosmonauten nur eine Miniaturausgabe der auf der Erde üblichen Versammlungen sein, aber das änderte nichts an Tondos Lampenfieber, denn andererseits stand er als der Jüngste und Unerfahrenste hier in der Rolle des Herausforderers. Er hatte den ganzen folgenden Tag freibekommen, um sich vorzubereiten, und während die anderen die Ereignisse draußen verfolgten, während die Weißkittelabteilungen Wald und Gebirge weiter ostwärts durchkämmten, meist ähnlich erfolglos wie am Kamelrücken, während Ming und Juri sich in weitere Berechnungen über die Beschaffung von Normalraumtreibstoff vertieften, streifte Tondo ruhelos durch die Räume, setzte sich mal hierhin, mal dorthin, entwarf Formulierungen und verwarf sie wieder, hörte zwischendurch die Ypsilon-Rapporte der letzten Tage ab.

Dabei stieß er zufällig auf eine Aufnahme vom vergangenen Abend, die gar nicht in die Rapporte gehörte – ein privates Gespräch zwischen Utta und Juri. So etwas kam gelegentlich vor, jemand benutzte zufällig und unbewußt im Gespräch das Kodewort für den Aufnahmestart, und wenn dann ein anderer auf diese Aufzeichnung stieß, hatte er die Pflicht, sie zu löschen.

Eine kurze Strecke mußte Tondo aber doch hineinhorchen, um sich zu vergewissern, ob es sich wirklich um ein rein persönliches Gespräch handelte, und ein bißchen neugierig war er auch.

„Wir sollten die allgemeine Versammlung benutzen, um uns öffentlich zu erklären", sagte Utta, „natürlich nicht zu Beginn, wenn die Wogen hochsteigen, sondern am Schluß, wenn sie sich wieder geglättet haben, was meinst du?"

„Bitte", sagte Juri, „auf der Erde, erst wenn wir wieder auf der Erde sind!"

Tondo befahl Ypsilon drei Minuten weiter, um zu sehen, wo die Aufnahme zu Ende war.

„Du hast auf einer Raumreise geheiratet, gut", sagte Utta, mit einem mühsam unterdrückten Zittern in der Stimme. „Es hat nicht geklappt, die Frau hat nicht zu dir gepaßt, wie sich später auf der Erde herausstellte. Gut – oder vielmehr schlecht. Aber muß es mit uns deshalb genauso sein? Ich will nicht nur so halb und halb mit dir zusammen leben. Dazu passe ich nicht!"

„Warum zwingst du mich dazu", fragte Juri erregt, „warum zwingst du mich dazu zu sagen, was ich vergessen wollte – es war meine Schuld, hörst du, meine Schuld; nicht sie, sondern ich war unausstehlich, später, auf der Erde, ich, ich, ich – und deshalb kann das gleiche wieder passieren..."

Sind die denn noch nicht fertig? dachte Tondo und ließ den Rapport weiterlaufen. Dann erwischte er das Ende und löschte die ganze Aufzeichnung. Er verstand Uttas Haltung, wenn er auch ihre Wahl nicht begriff. Ein bißchen vermißte er doch das früher so lustige Spiel zwischen Utta und sich, und er empfand ein wenig Schadenfreude darüber, daß die beiden nun Probleme hatten – ein wenig nur, gerade so viel, daß er sich nicht deswegen tadeln mußte. Schließlich hatte er ebenfalls Probleme, wenn auch anderer Art, und die konnte er nicht bis zur Rückkehr auf die Erde verschieben...

Den Vorsitz der allgemeinen Versammlung führte, dem Brauch folgend, der älteste Angehörige des Kollektivs, der nicht der Leiter war, in diesem Falle also Ming. Er gab ohne Einleitung Tondo das Wort. Dessen erste Sätze waren noch unsicher, von Erregung gehemmt, aber schnell sprach er sich frei.

„Wogegen ich opponiere", sagte er, „wogegen ich mich auflehne, das ist dieses Stillhalten, diese Passivität, dieses Ja-nicht-Anrühren, diese ganze Linie der kleinsten Einwirkung. Gut, ich war im Begriff, unüberlegt zu handeln, und bin mit Recht zurückgehalten worden. Ich bin für gründliches Nachdenken, für sorgfältiges Nachdenken, für ein Maximum an Präzision im Nachdenken, bevor gehandelt wird. Aber wir tun das, was überhaupt kein Nachdenken erfordert, nämlich: nichts.

Wir haben hier eine Gesellschaft vor uns. Alle Theorien, daß Maschinen keine Gesellschaft bilden können, zerplatzen vor dieser Wirklichkeit wie Seifenblasen. Übrigens habe ich nachgesehen, es gibt dazu nur Meinungsäußerungen von Wissenschaftlern und gar keine ausgearbeitete Theorie, wozu auch, die Menschen schaffen sich Maschinen, damit sie ihnen dienen, nicht, damit sie die menschlichen Verhältnisse parodieren. Aber hier haben wir nun eine fremde Gesellschaft, und daß sie aus Maschinen besteht, ist absolut zweitrangig. Wir wissen nicht, wie sie entstanden ist, wir wissen nicht oder kaum, wie sie funktioniert, aber wir wissen sehr gut, wer hier historisch im Recht ist und wer nicht. Wenn nämlich irgend etwas sich gesellschaftlich zu entwickeln beginnt, dann muß es den allgemeinsten Gesetzen der gesellschaftlichen Entwicklung folgen, und wenn wir das mit unserer Altgeschichte vergleichen, dann findet sich überraschend viel Vergleichbares. Und deshalb sage ich, das Recht ist auf seiten der Räuber, und sie haben Anspruch auf unsere Hilfe!

Wem aber diese moralische Verpflichtung zu allgemein sein sollte, den möchte ich fragen: Wie sollen wir denn zu unserem Treibstoff kommen, wenn der König und sein Heer hier lagern? Wie sollen wir zu den notwendigen Mineralien kommen, ohne entweder gegen die Paksi zu handeln, denen dieses ganze Gebiet offenbar gehört, oder ohne den Iskatoksi zu Kontakt und Übereinkunft zu zwingen?"

Hellens Entgegnung war zurückhaltend und maßvoll, aber wohl gerade deshalb nicht sehr überzeugend. „Jungen Leuten", sagte sie, „fällt es oft schwer, zu glauben, daß alles seine Zeit und sein Maß hat. Jedes Wissen beginnt mit dem Sammeln von Tatsachen, danach kommt das Ordnen, dann bricht die Erkenntnis hervor und führt zum Begreifen, dem Doppelsinn des Wortes entsprechend und als Einheit von Verstehen und Handeln. Wann dieser Blitz der Erkenntnis zündet, ist auf unbekanntem wissenschaftlichem Terrain schwer vorherzusagen, aber Ungeduld beschleunigt den Vorgang nicht. Wir sind erst beim Sammeln, bestenfalls beim Ordnen. Selbst darüber, was Tondo hier als unumstößliche Tatsache hinstellt, nämlich, daß es sich um eine Gesellschaft handelt, herrschen durchaus nicht einheitliche Auffassungen."

Die Wogen der Diskussion, die nun begann, schlugen hoch, Tatsachen wurden herangezogen und interpretiert, mal so und mal so, nur Raja, an die Hellen mit ihren Worten eigentlich eine Aufforderung zur Stellungnahme gerichtet hatte – Raja schwieg.

Tondo registrierte am Rande, daß Utta und Juri gegensätzliche Standpunkte vertraten. Ja, sie brachten sogar Heftigkeit in die Debatte. Hellen konnte den Leiter nicht verleugnen und bemühte sich unnötigerweise, diese Heftigkeit abzubauen, indem sie hervorhob, daß sie ja alle prinzipiell in ihrer Arbeit den gleichen Sinn sähen.

Hier griff Ming zum erstenmal ein, um zu verhindern, daß die Diskussion sich in philosophische Höhen verlor. „In dieser schönen Allgemeinheit vom Sinn unserer Arbeit zu sprechen nützt nicht viel", sagte er, „vom Abstrakten wird die Seele nicht satt."

„Jawohl", sagte Tondo erregt, „da kämpfen welche um Sein oder Nichtsein oder meinetwegen nach unserer Begriffswelt auf Leben und Tod, dem Iskatoksi laufen die Leute weg, in eine ungewisse, aber freiere Zukunft, und wir gucken von oben wie, wie ein Spaziergänger auf einen Ameisenhaufen! Wo ist denn ein einziges, annehmbares Argument dafür, daß es sich nicht um eine Gesellschaft handelt? Ihr alle bezieht wie ich unsere historisch-gesellschaftlichen Begriffe auf die Roboter, und die Begriffe passen ausgezeichnet. Selbst Juri, der sich für Passivität ausspricht, schweigt sich über die Kernfrage aus. Wer verteidigt denn nun eigentlich noch die Auffassung, es handle sich nur um defunktionierte Maschinen?"

Es entstand eine Stille, einer sah zum anderen, dann sagte Raja nur einen Satz, aber er entschied und beendete zugleich die Versammlung: „Ich meine, in diesem Punkt hat Tondo recht."

Am nächsten Morgen gab Ming eine Zusammenfassung, der alle zustimmten. Sie wurde, nachdem Hellen als Leiter sie offiziell gebilligt hatte, in den Ypsilon-Rapport aufgenommen und hatte folgenden Wortlaut: „Die allgemeine Versammlung brachte Übereinstimmung, daß uns eine gesellschaftsanaloge Formation von Robotern gegenübersteht, die in manchen Zügen Ähnlichkeit mit der Feudalordnung der menschlichen Altgeschichte aufweist.

Die Einhaltung des Prinzips der kleinsten Einwirkung ist bis zum Zeitpunkt der Versammlung im wesentlichen richtig gewesen, wird jedoch nach diesem Zeitpunkt falsch und der Entwicklung der Ereignisse nicht mehr angemessen sein.

Durch ihr bloßes Dasein und erst recht im Fall einer Kontaktaufnahme werden das Raumschiff und die Besatzung in die gesellschaftlichen Auseinandersetzungen auf der Iska einbezogen. Alle Aktivitäten sind darauf zu richten, daß die Beziehungen zwischen den Paksi und dem Raumschiff unterhalb der Schwelle gewaltsamer Auseinandersetzungen bleiben. Sofern sich in diesem Rahmen Möglichkeiten dafür ergeben, sind die historisch fortschrittlichen Kräfte der Paksi zu unterstützen. Von den zahlreichen Anregungen und Gedanken, die die Debatte hervorbrachte, werden die folgenden besonderer Aufmerksamkeit empfohlen:

Erstens: Ideelle Fernwirkung ist zu beachten. Wir müssen vermeiden, daß aus unserer Anwesenheit und unseren Handlungen Mythen entstehen, weil Mythen in letzter Konsequenz immer den Herrschenden dienen.

Zweitens: Alle erlernen die Robotersprache. Für die Paksi, die offenbar nur eine einheitliche Sprache kennen, wird vermutlich die Existenz einer anderen Sprache etwas prinzipiell Unvorstellbares sein.

Drittens: Gegenüber den Paksi sollen die Omikrons weiterhin als Herren des Raumschiffs ausgegeben werden, da sie ihnen strukturell näherstehen. Die Menschen können als ihre Helfer dargestellt werden.

Die Arbeit der allgemeinen Versammlung war erfolgreich."

Unter den Klängen diesmal irdischer Musik öffnete sich die Schleuse des Raumschiffs. Über eine Gravischräge wurde ein roter Teppich gelegt, der bis zu den Füßen des Iskatoksi reichte, drei Omikrons rollten hinunter. Raja und Juri schritten hinterher, mühsam, aber würdevoll, alle waren mit verschiedenfarbigen Kristallen und changierenden Flächen geschmückt, für die Raumfahrer ein urkomisches Bild, aber auf Wirkung berechnet. Sie hatten Bilder aus den verschiedensten Kunstwerken der Altgeschichte betrachtet, um herauszufinden, was damals die Leute beeindruckt hatte, und dann dieses Talmi zusammengestellt.

Die erste Wirkung zeigte sich sofort: Die Begleitung des Iskatoksi erstarrte – es war das erste Mal, daß bei den Paksi so etwas wie Staunen oder wie eine Schrecksekunde beobachtet wurde. Dann aber wollten sie sich – wie schon einmal – auf die

Omikrons stürzen. Doch Raja und Juri schalteten ihre Handkopien ein und schoben sie sanft beiseite.

Der Iskatoksi selbst konnte sich nicht bewegen. Auf ihm lastete, hervorgerufen durch ein eng gebündeltes Feld, das Doppelte seines Normalgewichts; aber nur auf ihm, die anderen sollten nichts davon merken.

Als die begleitenden Roboter sahen, daß ihr Iskatoksi sich nicht rührte und auch keine Befehle gab, unterließen sie alle Versuche, sich einzumischen. Die Weißkittel im Außenkreis marschierten weiter, wie sie es den ganzen Tag über taten.

Die Abordnung des Raumschiffs näherte sich dem Iskatoksi und legte zu seinen Füßen zwei Dinge nieder: ein Schreiben und einen großen Saphir. Dann kehrte sie in das Raumschiff zurück.

Die Überlegungen und historischen Vergleiche erwiesen sich als richtig. Nachdem der Druck von dem Iskatoksi genommen war, griff er als erstes nicht zu dem Schreiben, sondern zu dem Edelstein, der ja das Symbol der Paksi, die blaue Sonne, verkörperte.

Mit diesem Saphir verband sich ein ganzes Bündel von Schlußfolgerungen, Absichten und Hoffnungen. Das Mineral, das in jenem Wüstenbergwerk abgebaut wurde und von dem Utta ein Stück mitgebracht hatte, war von Ming als Bauxit analysiert worden. Wozu die Paksi dieses Mineral brauchten, war noch unbekannt, aber das Raumschiff benötigte eine größere Menge davon zur Gewinnung von Aluminium und dieses wieder zur Herstellung von Normalraumtreibstoff. Bauxit jedoch war hauptsächlich Tonerde; aus Tonerde einen großen Saphir zu züchten war für Ming keine Schwierigkeit. Der Saphir konnte als Symbol der blauen Sonne dienen, der Iskatoksi würde noch mehr Saphire haben wollen, also mußte er Bauxit liefern.

Aber soweit war es noch nicht. Jetzt mußte man erst einmal die Wirkung dieses Auftritts und des Schreibens abwarten, das folgenden Wortlaut hatte:

„Wir grüßen den Iskatoksi. Wir kommen vom Rand des Himmels und werden dorthin zurückkehren, wenn die Sonne fünfhundertmal aufgegangen ist. Wir sind Freunde des Iskatoksi. Nur er kennt unsere Kraft. Frieden sei zwischen dem Iskatoksi und uns, den Gästen."

Die Beratungen, die der Iskatoksi mit seinen Begleitern führte, konnten fast ausnahmslos aufgenommen werden. Das Übersetzen war in diesem Fall immer noch schwierig, weniger wegen der Vokabeln als vor allem deshalb, weil Sachverhalte nicht direkt ausgesprochen, sondern mit unglaublicher Heuchelei umschrieben wurden, wenn sie negativ waren. So wurde zum Beispiel nicht gesagt, daß dieser Feldzug sinnlos gewesen sei und daß es gut wäre, wenn man ein positives Ergebnis mit nach Hause brächte, sondern: Es würde den Ruhm des Iskatoksi vergrößern, wenn er seinen Siegen über die Räuber noch die Unterwerfung der fremden Gäste hinzufügen könne – und in diesem Tone weiter.

Die Beratung dauerte den ganzen Tag über und enthielt trotz aller bisherigen Übersetzungserfolge noch manches den Menschen Unverständliche. Immerhin gewannen sie dabei einen Überblick über die Verteilung von Rang und Würden innerhalb der Begleitung des Iskatoksi. Es fanden sich da Würdenträger, die für die Vernichtung der Fremden eintraten, es waren vornehmlich Militärs, die man an bestimmten Äußerlichkeiten herauszukennen gelernt hatte. Dagegen gab es einen, Kisa mit Namen, der ein hohes Amt zu bekleiden schien und der sich für die Annahme des angebotenen Friedens einsetzte. Ein anderer, mit dunklem Stoff bezogener Pak sprach sehr selten, aber er hatte merkwürdigerweise das letzte Wort, bevor der Iskatoksi sich positiv entschied. Das war am späten Nachmittag und mündete in die Aufsetzung eines Schreibens an das Raumschiff.

Inzwischen kehrten immer mehr Truppenteile in das Lager zurück. Nur selten brachten sie etwas mit, was sie bei den Räubern erbeutet haben konnten, aber in den meisten Fällen fehlten ihnen einige Weißkittel.

Gegen Abend stand der Pak, der den Namen Kisa trug, an der Stelle, wo früh der rote Teppich geendet hatte, und winkte mit einem Schreiben. Die Schleuse wurde geöffnet, die Gravifläche errichtet, der Teppich ausgerollt, und Kisa betrat die Schleuse, wo ihn ein Omikron in Begleitung von Juri und Raja erwartete.

Dann wurde verhandelt. Dem Iskatoksi war es offenbar am wichtigsten, noch mehr solcher „Sonnensteine", also Saphire, zu bekommen, wofür dem Raumschiff eine Karawanenladung Bauxit zugesichert wurde. Die Anerkennung des Iskatoksi als

Oberherrn schien den Menschen ein rein formaler Akt, weshalb sie zustimmten — natürlich würde der Iskatoksi sich vor den Seinen damit spreizen, aber das würde er wohl so oder so tun, mit mehr oder weniger Heuchelei.

Auf einem Punkt aber, der den Menschen zunächst nicht gefiel, bestand der Iskatoksi, und zwar auf den Austausch von — nun, das war ein Wort der Paksisprache, das Tondo zunächst aus historischen Vergleichen und mangels besseren Wissens übersetzte mit: Gesandtschaften.

6

Drei Wochen lebten Raja und Juri jetzt am Königshof. Man konnte es eigentlich nicht Leben nennen. Für Juri war es endlose Langeweile und für Raja eine ebenso endlose Anspannung des Denkens und Fühlens, vor allem des Fühlens. Denn sie empfand gegenüber diesen unbewegten Gesichtern der Paksi etwas, für das sie zunächst gar keinen Namen hatte, bis sie einige Zeit später begriff, was es war: Ekel. Gerade sie, die sich ihr Leben lang mit Mechanismen aller Art beschäftigt hatte, die den Gegenständen ihres Berufs Einfühlungsvermögen, Entdeckerfreude und Nachsicht bei auftretenden Nücken und Tücken entgegenbrachte, gerade sie ekelte sich. Hatten für sie nicht stets Mechanismen so etwas wie eine Seele gehabt? Aber vielleicht lag es gerade daran, daß diese Roboter hier nun nicht nur „so etwas wie", sondern tatsächlich eine Seele haben sollten, daß sie in ihnen gleichberechtigte, vernünftige, gesellschaftliche Wesen sehen sollte.

Es nützte nichts, daß sie versuchte, sich über die Ursache dieser ihrer Regung klarzuwerden – ihre Aversion war damit nicht aus der Welt geschafft, im Gegenteil, ihr Abscheu wuchs von Tag zu Tag.

Während des dreitägigen, beschwerlichen Marsches durch die Wüste zum Hof des Iskatoksi war das noch nicht so hervorgetreten. Dazu war wohl die Anstrengung zu groß, die dieser Marsch Raja und Juri abverlangte – mußten sie doch ihre Rolle als Bedienstete oder Ratgeber des Omikron spielen, was den Verzicht auf jedes Transportmittel bedeutete. Pausen kannten die Paksi nicht, Bewegung war ja ihr Element, ihr Vergnügen, und trotz aller Willensstärke und des durchtrainierten Körpers waren Raja und Juri abends so hochgradig erschöpft, daß sie für nichts mehr Interesse aufbrachten.

Am dritten Tag war der mitgenommene Wasservorrat zur Neige gegangen. Nachmittags erreichten sie das im Zentrum der Wüste gelegene Bergmassiv und erhielten in dem Tal, das sie dann hochtrabend als Königshof bezeichneten, eine Höhle zugewiesen. Natürlich gab es hier kein Wasser, und sie lagen trockenen

Gaumens in der Höhle, sehnten den Abend herbei und wünschten sich nur das eine, daß möglichst niemand käme und etwas von ihnen wollte.

Nachts brachte dann der Schweber eine kleine Wasserzisterne und einige andere Einrichtungsgegenstände für die Höhle.

Selbstverständlich hatten sie schon vorher alle Schwierigkeiten erwogen, und das waren in diesem lebensfeindlichen Milieu nicht wenige. Sie hatten auch für gesellschaftliche Fragen eine lange Liste von Problemlösungen und Taktiken ausgearbeitet und standen überdies mit dem Raumschiff in ständiger Verbindung, aber auf das einzige Problem, dem sie in den folgenen Tagen gegenüberstanden, waren sie nicht vorbereitet: Es kümmerte sich überhaupt niemand um sie. Die höhergestellten Paksi ließen sich nicht sehen, und die Bediensteten gingen ihnen aus dem Wege oder liefen davon, wenn sie sich direkt an sie wandten. Es war, als ob sie unter Quarantäne standen.

Sie erkundeten zunächst das Tal und gingen immer hinter dem Omikron her, den sie über Funk hierhin und dahin dirigierten. Dabei entdeckten sie, daß beide Ausgänge des Tals durch Weißkittel gesperrt wurden — sie waren Gefangene. Nicht ernstlich freilich; keine Gewalt der Paksi hätte ihnen verwehren können, das Tal zu verlassen, wenn sie das gewollt hätten, aber ihre Funktion hier erwies sich doch mehr als die von Geiseln denn als die von Gesandten.

Mit Hilfe von Luftaufnahmen, die der Schweber gegen Abend machte, hatten sie sich bald einen genauen Überblick verschafft. In der Mitte des Tals gab es einen ebenfalls von Weißkitteln bewachten höhlenartigen Durchgang, der auf der anderen Seite in eine Reihe von Talkesseln mündete — offenbar war diese Anlage der eigentliche Hof des Iskatoksi. Das Tal hier draußen schien nur der Vorplatz zu sein und die Wohnstätte der Bediensteten und Soldaten.

So verbrachten Raja und Juri fast drei Wochen — sorgsam die Boten, Karawanen und andere Besucher zählend, die den Königshof betraten oder verließen, immer bemüht, mit Telegeräten Gespräche aller Art aufzuzeichnen und die Sprachkenntnisse zu vervollkommnen. Nur einigemal gelangen Raja kurze Gespräche mit Paksi, mit Bediensteten, also solchen, die vermeintlich auf gleicher Rangstufe standen. Und in diesen Gesprächen bemerkte Raja zum erstenmal ihre Abscheu.

Sie wußte sich jedoch zu beherrschen, und das Gefühl, wenngleich lästig und bedrückend, schärfte ihre Augen. Da die Gesichter der Paksi nichts ausdrückten, weil sie nichts ausdrücken konnten, beobachtete sie um so genauer deren Gesten, und bald schien ihr, als ob die Sprechgesten nicht nur Wortsinn, sondern auch Gefühle und Stimmungen ausdrückten.

Juri lagen solche Überlegungen fern. In ihm wuchs einfach von Tag zu Tag ein größerer Zorn heran, weil sie hier ihre Zeit so sinnlos vertaten. Eines Tages schließlich ging er geradewegs auf die Weißkittel – die Soldaten, wie sie jetzt sagten – los, die den Durchgang zum inneren Königshof bewachten, und erklärte, der Gesandte der fremden Gäste wünsche den Iskatoksi zu sprechen.

Die Soldaten schlenkerten die Arme auf seltsame Weise. Ein paar Wochen später hätte Juri gewußt, daß das Gelächter bedeutete. Aber auch so konnte er der Antwort eine deutliche Geringschätzung entnehmen: Jeder habe zu warten, bis der Iskatoksi ihn rufe.

Was Juri reizte, war nicht diese Geringschätzung. Es war, nachdem er es sich übersetzt hatte, das Wort „warten". Sehr selten in seinem Leben hatte Juri unter dem Eindruck von Stimmungen gehandelt. Er hätte es sicherlich aus tiefster Überzeugung abgestritten, wenn jemand ihm gesagt hätte, daß ein gut Teil seiner Ungeduld auf die Trennung von Utta zurückzuführen war. Eine Trennung, die nur noch spürbarer wurde durch die kurzen Augenblicke des Wiedersehens, wenn Utta manchmal nachts mit dem Schweber kam. Juri selbst erschienen seine Überlegungen, die er mit Blitzesschnelle anstellte, glasklar und schlüssig: Wie man beim erstenmal den Kontakt mit dem Iskatoksi erzwungen habe, so müsse man auch jetzt zeigen, daß man seinem Willen gegebenenfalls Nachdruck verleihen könnte.

Juri schaltete den Panzereffekt ein und ging vorwärts. Die Haken und Stangen der Soldaten prallten am Schutzanzug ab. Einen Haken, der seinen Fuß behindern sollte, riß er dem Betreffenden aus der Hand. Mit einer Armbewegung schob er mühelos zwei, drei Paksi beiseite, die ihm den Weg verlegen wollten. Dann drehte er sich um – es reichte. Es reichte aus als

Demonstration, denn mehr unternehmen konnte er im Augenblick gar nicht, das wurde ihm jetzt bewußt. Und seiner Stimmung folgend, ohne die Bedeutung der Geste zu erkennen, parodierte er die Soldaten und schlenkerte mit den Armen. Und da der Panzereffekt seine Bewegung hemmte, geriet die Geste sogar sehr ähnlich.

Keiner versuchte, ihn aufzuhalten, als er jetzt zurückging.

Das war am Vormittag. Am Nachmittag erschien ein hochgestellter Pak in der Höhle. Es war jener Kisa, der die Verhandlungen im Raumschiff geführt hatte. Er lud sie – das heißt den Omikron und seine Begleiter – mit vielen höflichen Umschreibungen ein, an einem Schauspiel teilzunehmen, daß der Iskatoksi zu Ehren seiner fremden Gäste veranstaltete. Dabei war allerdings die Übersetzung des entsprechenden Paksiwortes mit „Schauspiel" eine Notlösung, das Wort war den Menschen noch unbekannt, aber um irgend etwas in dieser Richtung würde es sich wohl handeln – fragen wollten Raja und Juri nicht, um sich keine Blöße zu geben.

Kisa führte sie in einen der inneren Talkessel, wo sich eine Menge Paksi versammelt hatten, Hochgestellte, wie man sehen konnte, wenn auch der Iskatoksi selbst nicht dabei war. In der Mitte befand sich ein Gerät, eine Art Sitz, rechts und links davon große Platten mit Stangen darauf, die weiter oben rechtwinklig nach innen führten und in zwei Kugeln endeten, die dicht beieinander standen; ferner waren Griffe zu sehen und anderes Drum und Dran, dessen Zweck wie der Sinn des Ganzen nicht zu erraten war.

Nun wurde der Anführer der Wache gebracht, mit der Juri gerangelt hatte.

Kisa hielt eine Ansprache, deren Inhalt darin bestand: der Iskatoksi bestrafe den Nichtswürdigen, der sich pflichtvergessen gegen seine lieben Gäste vergangen habe. Dann wurde dem Soldaten der weiße Kittel ausgezogen und die Kopffolie abgerissen. Einige Paksi begannen die Platten in Bewegung zu setzen. Immer schneller drehten sich die Platten, und plötzlich sprangen zwischen den Kugeln Funken über.

„Eine Elektrisiermaschine!" murmelte Juri verstört. „Was machen die mit ihm, bestrafen sie ihn mit elektrischem Strom?"

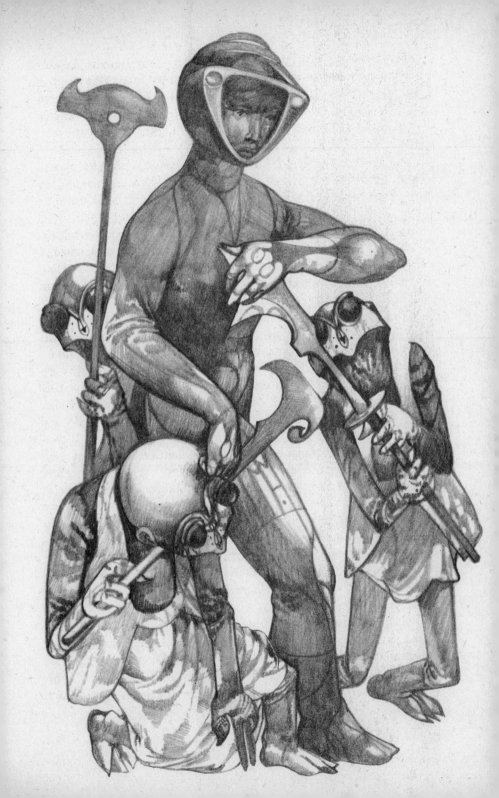

„Schlimmer", sagte Raja. Ihr war jetzt klar, daß das Wort „Schauspiel" eine falsche Übersetzung gewesen war. Das hier war eine Hinrichtung. Der Pak wurde gelöscht. Sein Gehirn wurde durch wirbelnde elektrische Felder aller Informationen beraubt.
„Sag du etwas", brachte Raja mühsam hervor.
„Wir danken dem Iskatoksi", ließ Juri den Omikron sagen.
„Auf Anordnung des Iskatoksi", sagte Kisa, „stehe ich dem Gesandten der fremden Gäste für die Zeit seiner Anwesenheit unbeschränkt zur Verfügung."

Auch Tondo hatte es nicht leicht, mit dem Gesandten der Paksi in einen ergiebigen Kontakt zu kommen. Allerdings vergingen ihm die Tage nicht mit Langeweile. Die Anlage zur Gewinnung von Normalraumtreibstoff mußte aufgebaut werden. Vor allem wurde dazu Wasser gebraucht, viel Wasser, das den Wasserstoff für einen Fusionsreaktor zu liefern hatte. Normalerweise hätte man darum die Anlage an den Fluß gebaut. Aber da war das Abkommen mit dem Iskatoksi, in dem dieser Platz als Standort des Raumschiffs festgelegt war; da waren die Räuber, die vielleicht gestört hätten, und da war schließlich dieser Ito, der Gesandte der Paksi, der wohl kaum mit in die unmittelbare Nähe der Räuber gezogen wäre — außerdem, wie hätte man ihm den Umzug begreiflich machen sollen?
Also wurden Zisternen in den Boden gedrückt, halbkugelförmige Vertiefungen, deren Randschichten so verdichtet wurden, daß sie kein Wasser durchließen. Nun holte der Schweber in nahezu ununterbrochenem Einsatz Wasser aus dem Fluß und füllte die Zisternen — fünf waren es, und jede faßte ungefähr hundert Kubikmeter. Dann erst begann der Aufbau der eigentlichen Anlage.
Ito verfolgte die Arbeiten mit Aufmerksamkeit. Morgens kroch er aus seinem Zelt, das man ihm unter dem Raumschiff errichtet hatte, ging überallhin mit, sah überall zu, und abends verschwand er wieder in seinem Zelt, ohne einen Ton zu sagen. Ming meinte sogar, er zeige ganz außerordentliches, brennendes Interesse, weil er sich häufig gar nicht bewege. Nur als der Schweber seine erste Ladung Wasser in eine Zisterne fluten ließ, eilte er in fast panischer Angst davon — aber bald schon blieb er stehen, drehte sich

um, sah aus der Entfernung zu und kam sogar wieder ein paar Schritte näher.

Bei dieser Gelegenheit gab er Tondo zum erstenmal eine vernünftige Auskunft. Befragt, welches Amt er am Hofe des Iskatoksi habe, antwortete er mit einem Begriff, den Tondo nach einigen zusätzlichen Fragen mit dem Wort „Gelehrter" übersetzte. Ein Wissenschaftler also, ein Kollege. Doch der sich anbahnende Kontakt wurde leider am selben Tag wieder unterbrochen. Utta und Tondo konnten der Versuchung nicht widerstehen, in der ersten gefüllten Zisterne ein Bad zu nehmen, und das erfüllte Ito mit so viel Entsetzen und Abscheu, daß er in den nächsten Tagen auf keine Frage mehr reagierte.

Aber Tondo gab nicht auf. Nachdem sich seine Meinung von der Robotergesellschaft so offensichtlich als eine nützliche Hypothese erwiesen hatte, wollte er wenigstens etwas Licht in die Entstehung dieser Gesellschaft bringen. Denn soviel war klar: Aus sich selbst heraus konnte sie nicht entstanden sein. Es gab keine direkte Entwicklungslinie von der unbelebten Materie zu einer Art Maschinengesellschaft. Die Roboter konnten nicht vor der Technik entstehen, sondern nur infolge von Technik, als ihr Produkt. Technik wiederum war nur möglich als Ergebnis gesellschaftlicher Entwicklungen. Mehr noch, was sie bisher wußten, erlaubte eine soziometrische Berechnung an einem Entwicklungsmodell. Tondo hatte drei Tage lang den großen Rechner mit Beschlag belegt, und das Ergebnis verblüffte: Die Entwicklung war nur möglich, wenn man mindestens fünfhundert Roboter als Startbedingung nahm – das war das absolute Minimum. Also schied auch die Version von den zufällig zurückgelassenen Robotern eines fremden Raumschiffs aus. Oder wurde doch sehr unwahrscheinlich.

Handelte es sich etwa um ein sehr langfristiges soziologisches Experiment, das irgendeine unbekannte, fremde Gesellschaft hier unternommen hatte? Dann war das aber ein sehr leichtfertiges Experiment, denn wenn überhaupt, hätte man dazu einen Planeten auswählen müssen, auf dem eine biologische Entwicklung in Richtung auf eine Gesellschaft nicht zu erwarten war. Hier aber gab es schon Primaten!

Trotzdem – zwei Dinge stützten diese Vermutung: die Kuppel

und die Tatsache, daß offenbar allen Paksi eine Hemmung gegenüber den Kottsi eigen war.

Wie dem auch sein mochte — zunächst konnten wohl nur die Paksi selbst Auskünfte liefern, die weiterführten. Verschleierte Auskünfte freilich, in das Gewand von Mythen und religiöser Verbrämung gekleidet, aber möglicherweise doch geeignet, Anhaltspunkte zu geben für weitergehende Fragestellungen.

Deshalb versuchte Tondo zunächst zu klären, warum die Paksi jedem Kott aus dem Wege gingen. Ming bestärkte ihn in seiner Hartnäckigkeit und verwies ihn an Ito; er meinte, jeder Wissenschaftler, gleich auf welcher Entwicklungsstufe, wolle früher oder später sein Wissen mitteilen, das sei sein Lebenszweck, und dann auch möglichst gegen anderes Wissen austauschen.

Und eines Tages erhielt er von Ito die Antwort: weil die Götter es gebieten.

Mit aller Energie versuchte Tondo, an diesem ersten dünnen Faden der Konversation weitere Auskünfte herauszuziehen, und schließlich fand Ito sich bereit, über die Religion der Paksi zu berichten. Dem ging eine Zeremonie voran: Ito hockte sich nieder und ließ die Arme kreisen. Tondo als Historiker erkannte sofort, daß Ito betete. Endlich wurde diese Geste, die sie schon öfter gesehen hatten, verständlich.

Die alten Götter, erzählte Ito, hätten die Paksi geschaffen, um mit ihnen zu spielen. Die Paksi konnten jederzeit zu den Göttern kommen; wenn sie ein bestimmtes Wort sagten, öffneten ihnen die Götter. Aber dann verloren die Paksi beim Spielen das Wort und fanden es nicht wieder. Da wurden die alten Götter zornig, zogen sich in ihre Höhle zurück und geboten den Paksi, sie dürften erst wieder zu ihnen kommen, wenn sie das verlorene Wort wiedergefunden hätten.

Damit aber die Paksi weiterleben konnten, schufen die alten Götter neue Götter, die sie über sie setzten. Seitdem müssen die Paksi ihren Leib selbst schaffen, und die neuen Götter geben die Seele dazu. Deshalb können die Paksi einzelne Teile des Leibes erneuern, aber die Seele nicht. Diese müssen sie den neuen Göttern zurückgeben, wenn die Zeit gekommen ist. Die Paksi vermögen also ohne die neuen Götter nicht zu leben.

Aber auch die neuen Götter brauchen die Paksi. Denn die Paksi kannten wenigstens früher das verlorene Wort, aber die neuen Götter kannten es niemals, sie wurden erst von den alten Göttern geschaffen, als das Wort schon verloren war. Nur die Paksi können also das verlorene Wort wiederfinden. Bis dahin verkehren die neuen Götter mit den Paksi nur durch Boten, die sie selbst schicken und die ihren Willen verkünden. Denn sie sind den Paksi böse, daß sie das Wort noch nicht wiederentdeckt haben.

Es sei aber verheißen, an dem Tage, an dem das Wort gefunden ist, würden die Paksi den neuen Göttern gleich und die neuen Götter den Paksi. Jedoch, fügte Ito plötzlich sehr skeptisch hinzu, was diese Verheißung bedeuten solle, wisse niemand recht zu sagen. Denn wenn alle Paksi den neuen Göttern gleich seien, dann seien sie auch unter sich gleich, wie die Mathematik lehre, und das sei unmöglich. Daraus wären leider schon oft Überlegungen entstanden, die die Betreffenden unglücklich gemacht hätten, und ein kluger Mann enthalte sich allen Nachdenkens über diese Prophezeiung. Ito winkte mit einer fast menschlichen Geste ab und schwieg, als habe er schon zuviel gesagt.

„Und das Gebot, einen Kott nicht zu berühren", fragte Tondo, „stammt das von den alten oder von den neuen Göttern?"

„Von den alten."

Die Höhle der alten Götter, überlegte Tondo, ob das wie in den irdischen Religionen der Himmel war? Oder die Unterwelt, in die die alten irdischen Götter später verbannt wurden?

„Wo liegt die Höhle der alten Götter?" fragte er.

Die Antwort war überraschend konkret. „Im Süden von hier, auf der anderen Seite des Gebirges", sagte Ito.

Kisa begleitete Raja und Juri jetzt von morgens bis abends. Fürst Kisa, wie sie ihn nannten, seinem Rang entsprechend und in Angleichung an altirdische Bezeichnungen. Er zeigte ihnen die weitläufigen Anlagen des inneren Königshofes – darunter auch Werkstätten für Luxusgegenstände. Es war vergleichsweise ein armseliger Luxus, er beschränkte sich auf edelsteinbesetzte Bänder, die um den Kopf gelegt wurden, eine Art Rangabzeichen auf den Kitteln und Verzierungen an den Waffen. Das mochte aber daher rühren, daß die Paksi ja außer der Stromzufuhr keine körperlichen Bedürfnisse kannten. Vergnügungsstätten gab es ebenfalls. Makabrerweise war die Maschinerie, auf der die Hinrichtung stattgefunden hatte, zugleich ein Vergnügungsapparat: Weniger Umdrehungen der beiden Scheiben bewirkten ein angenehm taumelndes Gefühl, eine Art Rausch, nach dem zu urteilen, was Kisa darüber sagte.

Der Fürst erklärte viel, wortreich, aber beileibe nicht alles. Auf mancherlei Fragen antwortete er ausweichend, und solche ausweichenden Antworten begannen in ihrem Wortlaut immer gleich. Auf die Frage, warum der Soldat hingerichtet worden sei, hieß es: Der Wille des Iskatoksi ist oberstes Gesetz. Auf die Frage, warum sie vorher den Hof nicht hatten betreten dürfen, jetzt aber doch, lautete die Antwort: Der Wille des Iskatoksi ist unerforschlich.

Raja deprimierte das alles. Der Fürst bemerkte das sicherlich nicht, zumal sein Partner ja der Omikron war, aber Juri fühlte es. „Warum nur schlägt dir das so aufs Gemüt?" fragte er schließlich.

Raja suchte nach einer Antwort. „Ich glaube", sagte sie, „wenn wir in einer menschlichen Klassengesellschaft gelandet wären, ich meine, einer menschenähnlicheren, wo die Barbarei noch offener zutage träte — ich glaube, da wäre ich nicht einmal so beeindruckt, aber..."

Juris Entgegnung zeigte, daß er sie nicht verstanden hatte. „Wir können es doch nicht ändern", erwiderte er. „Tondo wird schon recht haben. Sie werden sich entwickeln und eines Tages auch ihre Klassengesellschaft hinter sich lassen. Bis dahin — sie müssen eben da durch. Ist doch Unsinn, sich darüber aufzuregen!"

Raja lächelte. Sie hatte auch nicht damit gerechnet, daß Juri sie verstehen könnte; dazu war er wohl zu robust. Und ein Psychologe war er nie gewesen. Aber es wärmte sie doch, daß er wenigstens versucht hatte, sie zu trösten. Daß er ihre Stimmung überhaupt bemerkt hatte, wo er doch so sehr mit sich selbst beschäftigt war.

Raja kämpfte durchaus gegen ihre Stimmung an. Sie setzte das Mittel dagegen, das ihr am ehesten zu Gebote stand, und das war die sachliche Aufmerksamkeit. Oder eigentlich mehr eine wütende Aufmerksamkeit, mit der sie die Paksi studierte, um sich selbst zu beweisen, wogegen ihr Gefühl sich sträubte: daß nämlich die Paksi ebenfalls von Emotionen bewegt waren. Ihr Vermögen, räumliche Vorgänge zu verfolgen, geschult an den kompliziertesten Bewegungen Tausender von Mechanismen, half ihr dabei, nach und nach Unterschiede zu finden in der Sprechgestik der Paksi, Differenzierungen, die über die Wortbedeutung hinausgingen.

Als erstes war ihr aufgefallen, daß untergeordnete Paksi in der Regel die notwendige Geste großräumiger ausführten als beispielsweise Kisa oder ein anderer hoher Würdenträger. Höhere sprachliche Ausprägung? Teil des Klassenjargons? Dann gab es Bewegungen, die auch allein, ohne Worte, Bedeutung trugen, wie Bejahung, Verneinung, hinweisende Gesten. Besonders bei Kisa, der ja ihr häufigstes Studienobjekt war, fiel ihr auf, daß er gelegentlich eine Sprechgeste zusätzlich mit Fingerbewegungen begleitete, die die Rede gewissermaßen verzierten, Floskeln vielleicht, wie sie auch in der menschlichen Altgeschichte üblich waren?

Diesmal aber sprach Fürst Kisa ohne die gewohnten Fingerspiele. Er überbrachte eine Einladung, die den Gesandten der Fremden zu einer Audienz beim Götterboten beorderte.

Raja antwortete, das heißt, sie ließ den Omikron antworten, daß er sich freue, und ließ ihn dabei solche Fingerspiele vollführen, wie sie sie bei Kisa gesehen und inzwischen für den Omikron programmiert hatte. Es war eine augenblickliche Eingebung gewesen, aber sie erwies sich als fruchtbar.

„Das ist eine ernste Angelegenheit", sagte Kisa. „Der Götterbote ist Herr über Sein und Nichtsein, über Werden und Vergehen der Paksi."

Jetzt fragte Raja, was diese Fingerspiele zu bedeuten hätten.

Kisa schien zu verstehen, daß es sich hier um ein Mißverständnis handelte. Seiner bereitwilligen Erklärung war zu entnehmen, daß damit eine gewisse ironische Haltung ausgedrückt wurde, wie sie am Hofe gebräuchlich war, allerdings nur unter Gleichgestellten. Dem Götterboten gegenüber aber sei sie völlig unangebracht.

Der Omikron, Raja und Juri wanderten durch viele Talkessel, durch Gänge, die sie noch nie betreten hatten, und wurden schließlich in einen geschlossenen Raum eingelassen. Selbst Kisa mußte draußen bleiben.

An der Helligkeit des Raumes erkannte Juri sofort das gleiche Beleuchtungssystem, das er schon in dem Demontageberg gesehen hatte. Er machte Raja darauf aufmerksam.

Und dann trat der dunkelfarbige Pak herein, den sie schon unter dem Raumschiff in Begleitung des Iskatoksi gesehen hatten. Wenigstens nahm Raja an, daß es derselbe war. Er trug keinerlei der bei den Hochgestellten üblichen Zierate oder Rangabzeichen.

Der Götterbote setzte sich und lud die anderen zum Sitzen ein.

Raja schossen einige Gedanken durch den Kopf. Götter – Religion – Demut – nicht herumlaufen wie sonst die Hochgestellten – Sitzen als religiöse Äußerung? Aber sie hatte keine Zeit mehr, das zu Ende zu denken. In Absprache mit Juri hatte sie es übernommen, den Omikron und seine Antworten zu steuern, und jetzt begann das Gespräch.

Mit einer Begrüßung zunächst, im Namen der Götter natürlich, die über den Tagesgeschäften der Paksi ständen, sie nicht etwa geringschätzten, aber sich nicht ohne Not in sie einmischten. Ihr Gespräch solle deshalb nach seinem Wunsch Fragen betreffen, die auf einer höheren Ebene lägen als das tägliche Treiben und die Abmachungen, die die Fremden mit dem Iskatoksi getroffen hätten. Im übrigen stehe er aber auch für Fragen anderer Art zur Verfügung, zumal der junge Fürst – gemeint war offenbar Kisa – wohl noch nicht hoferfahren genug sei, eine Audienz beim Iskatoksi zu erwirken.

Raja vermerkte nebenbei, daß Kisa also noch jung war, und versuchte sich ein Bild von ihrem Gegenüber zu machen. Seine Gesten waren sparsam, fast hätte sie sie als gemessen und würdig bezeichnet, aber so sehr traute sie ihrem Urteil doch noch nicht. Was war hier zu antworten? Sie beschloß, dem Gegenüber die Initiative zu überlassen. „Der Gast wird die Fragen des Gastgebers gern und nach bestem Wissen beantworten", ließ sie den Omikron sagen. Ihr war, als bewege sich der Kopf des Götterboten ganz leicht, als sähe er nun nicht mehr den Omikron, sondern sie, Raja, direkt an.

„Dann möchten die Götter mit einer Bitte beginnen", sagte der Bote. „Einer der Gäste war einmal sehr nahe an einem Sitz der Götter. Die Bitte geht dahin, so etwas künftig zu vermeiden – es gefährdet die Seelen der Paksi."

Seelen der Paksi – also die Robotergehirne –, ja, es konnte sehr gut sein, daß die kleinste Unordnung Demontage und Montage gefährdete. Diese Bitte durfte wohl nicht mißachtet werden.

„Es geschah ohne Wissen und Absicht", ließ Raja antworten. „Die Bitte der Götter wird erfüllt werden."

Raja hatte jetzt die Götter absichtlich in die Rede eingeflochten, während sie es vorher vermieden hatte. Irgendwie hatte sie den Eindruck, als seien die Götter hier nicht einfach Abstraktionen. Wahrscheinlich kam das daher, weil ja auch mit den Seelen handfeste Gegenstände gemeint waren.

Aber schon hatte der Bote eine weitere Bitte; er schien überhaupt mehr Anliegen an die Menschen zu haben als diese an ihn. „Die Götter lassen die Gäste fragen, ob sie ihnen die Kraft des unsichtbaren Berges verleihen können."

Aha – das also war der eigentliche Gegenstand der Audienz. Die Priesterhierarchie, wahrscheinlich weitblickender als die weltlichen Obrigkeiten, wollte sich zusätzliche Macht verschaffen. Aber war das nicht vielleicht doch zu irdisch gedacht? Unter irdischen Verhältnissen hätte hierin eine Drohung gelegen. Nun, man würde sehen, wie der Bote auf eine Ablehnung reagierte. Immerhin hatte er wohl Anspruch darauf, daß Raja wenigstens den Versuch unternahm, die Unmöglichkeit verständlich zu erklären.

„Viele Paksi müssen viele Tage arbeiten, um einen Muskel herzustellen", sagte sie über den Omikron. „Dabei vermag dieser Muskel nur einen kleinen Stein zu bewegen. Dort, woher wir kommen, müssen viele tausend von uns viele Jahre arbeiten, um die Kraft des unsichtbaren Berges zu erzeugen. Sie ist groß, aber begrenzt. Sie hat uns hierhergebracht, und sie wird uns zurückbringen. Deshalb können wir sie den Göttern nicht geben, und wir können sie hier auch nicht herstellen."

Der Bote schwieg. „Ich dachte es", sagte er dann. Nicht mehr.

„Sind die Götter wie die Paksi?" ließ Raja plötzlich fragen.

Zu ihrer Verblüffung machte der Bote eine bejahende Handbewegung, sagte dann jedoch: „Ein Pak dürfte diese Frage nicht stellen. Den Fremden sei sie gestattet. Aber es ist keine Antwort auf diese Frage."

Einen Augenblick zögerte Raja. War die Geste eben ein Zufall, ein Irrtum, hatte sie sie mißdeutet? Oder...? Sie ließ den Omikron die Geste wiederholen.

Der Bote wiederholte die Geste ebenfalls und erklärte dann die Audienz für beendet.

Draußen wurden sie von Kisa erwartet. Als Raja ihn sah, fiel plötzlich die große Unlust wieder über sie, und sie bemerkte erstaunt, daß sie dem Götterboten gegenüber gar nicht diese Aversion gespürt hatte.

„Hast du eigentlich alles mitgekriegt?" fragte sie Juri.

„Ich denke ja."

„Auch diese Geste?"

„Es war eine Bejahung, nicht wahr?"

Raja fühlte sich durch Juri bestätigt. Aber helfen konnte sie ihm auch nicht, als er jetzt fragte: „Und was soll das alles? Wozu wollen die denn die Schwerkraft benutzen?"

Tondo war verwirrt. Nach jenem ersten Vortrag über die Religion hatte Ito zu sprechen begonnen – er wollte gar nicht mehr aufhören. Eine Unmenge von Mythen und Sagen stürzten über Tondo herein, so viele, daß er sich wohl jahrelang mit ihrer Verarbeitung würde beschäftigen können.

Er hatte die Gespräche auf andere Themen lenken, hatte sich nach dem Leben der Paksi erkundigen wollen, aber für die handwerklich tätigen Paksi empfand Ito offenbar nur Verachtung; die edlere Form der Bewegung, die auch am meisten Genuß bereite, sei die der Seele, des Geistes, und deshalb sei sein Stand, der des Gelehrten, der glücklichste. Von den höhergestellten Paksi sprach er in ironischem Ton, sie seien dumm, aber sie seien eben die Herren, die Götter hätten es so eingerichtet – und schon war er wieder bei Mythen und Sagen.

Tondo hatte nicht das Gefühl, daß ihm dieser Ito dadurch sympathischer würde, aber er versuchte gerecht zu sein und dessen Haltung im historischen Zusammenhang zu begreifen.

Als er spürte, daß er im Begriff war, die Übersicht zu verlieren, zog er Ming zu Rate. Dabei zeigte es sich, daß er einen wichtigen Bericht noch gar nicht zur Kenntnis genommen hatte, der schon seit zwei Tagen im Ypsilon-Rapport stand.

„Ich erzähle dir das in Kurzfassung", sagte Ming, „es handelt sich um die Auswertung der Aufnahmen von der Kuppel. Das Graviecholot zeigt nämlich, daß sie sich nach unten fortsetzt, im ganzen eiförmig ist. Innen gibt es einen senkrechten und viele radiale Gänge. Ansonsten ist der Ellipsoid in einzelne Zellen aufgeteilt — und nun kommt's: Diese Räume sind entweder völlig leer oder mit irgendeiner Masse vollgefüllt. Einzelne Anlagen oder Geräte scheint es in diesen Gängen und Räumen nicht zu geben, mit einer Ausnahme: der Laseranlage. Die Fotos, die bei geöffnetem Eingang gemacht wurden, bestätigen das. Sie wirkt wie nicht dazugehörig, wie zusätzlich oder nachträglich installiert. Hier ist eins von den Fotos, sieh mal — das da ist der Laser, klar erkennbar. Das hier dürfte die Energiequelle sein, ein kleiner Reaktor mit dem entsprechenden Drum und Dran. Und das da, das weiß man nicht. Es könnte ein Bündel von Sensoren sein, diese Scheibe steht senkrecht zu dem durch den Eingang einfallenden Licht, vielleicht soll sie ein Signal aufnehmen, das den Laser einschaltet. Aber sieht das Ganze nicht wie ein Haufen tragbarer Geräte aus, die irgend jemand abgestellt hat?"

„Das verlorene Wort!" sagte Tondo. Er hatte Mings letzten Satz gar nicht mehr gehört, so sehr hatte ihn der Einfall gepackt. Nun jedoch mußte er Ming erst mal erklären, was es mit diesem Wort auf sich hatte. Natürlich hatte Ming den ersten Bericht von Ito auch aus dem Ypsilon-Rapport erfahren, aber die Sagen kannte er noch nicht, und die handelten alle von Paksi, die auszogen, das verlorene Wort zu finden — so wie in den alten Sagen der Erde die Helden immer auszogen, um irgendwelche Drachen zu töten. Dieses verlorene Wort mußte tatsächlich eine zentrale Bedeutung haben, wenigstens in der Überlieferung der Paksi.

„Dein Einfall ist nicht von ungefähr", meinte Ming, „ich sehe eine Analogie, wenn auch nur sehr verschwommen: Da die Kuppel, hier die Paksi, beide voneinander getrennt durch den Laser. Und das Gegenstück. Da die alten Götter, hier die neuen Götter, beide voneinander getrennt durch das verlorene Wort.

Kannst du aus deinem Ito nicht mehr herausbekommen?"

„Wenn ich nur wüßte, wie!"

„Wahrscheinlich hat er Angst", meinte Ming nachdenklich. „Ganz einfach Angst, etwas zu sagen, was ihm schaden könnte, wenn der Iskatoksi davon erfährt. Ein sehr hoher Pak ist er bestimmt nicht, sonst hätten sie ihm eine Begleitung hiergelassen. Biet ihm doch mal was! Die Anlage zur Treibstoffgewinnung ist fast fertig, dabei brauchst du nicht mehr mitzumachen. Hol dir einen Hubschrauber und zeig Ito mal die Welt von oben!"

Morgens, mittags und abends nahmen Raja und Juri über einen starken Sender, der in den Omikron eingebaut war, Verbindung mit dem Raumschiff auf. Auf diesem Wege hatten sie auch die Weisung erhalten, darauf zu dringen, daß die vertraglich vereinbarte Karawane mit Bauxit möglichst bald zum Raumschiff in Marsch gesetzt werde.

Kisa wurde mitgeteilt, daß der Gesandte der Fremden um eine Audienz beim Iskatoksi ersuche.

Diesmal schien der Iskatoksi selbst daran interessiert zu sein, denn gleich am nächsten Morgen überbrachte der Fürst die Einladung. Er hielt dazu eine blumenreiche, wohlausgeschmückte Lobrede auf den Iskatoksi, nicht ohne sie gelegentlich mit einem Fingerschnippen zu ironisieren. Aber dann tat er etwas Merkwürdiges, er ging, ohne den Redefluß zu unterbrechen, von seinem Platz vor dem Omikron weg, trat zu Raja, sah sie an, zeigte mit der Hand auf den Omikron, auf Raja, auf den Omikron und sagte dazu den im übrigen gar nicht auffälligen, in den anderen Text nahtlos eingebetteten Satz: „Der große Iskatoksi erkennt immer die Wahrheit."

Juri und Raja waren sich hinterher darüber einig: Das war eine Warnung; Kisa, der Iskatoksi und wohl auch der Götterbote wußten offenbar, daß der Omikron nur eine vorgeschobene Figur war. Wie war das möglich? Eine höherentwickelte Gesellschaft wird eine auf niedrigerem Stand leicht durchschauen — aber umgekehrt? Nein, durchschauen war wohl doch nicht der richtige Begriff. Wahrscheinlich beobachteten sie nur scharf und zogen daraus im Rahmen ihres Denkens Schlüsse, ohne die Menschen und deren Motivation wirklich zu verstehen. Dann aber würden sie den Menschen Beweggründe unterschieben, die ihrer Gesellschaftsformation entsprachen — und wenn das so war, dann war wirklich Vorsicht geboten.

Die Audienz war für den Nachmittag festgelegt, und Fürst Kisa lud das Trio zu einem Spaziergang in die Umgebung ein. Jetzt durften sie, wie sich herausstellte, auch das Tal verlassen, sie waren neugierig auf das Ziel des Marsches, aber es schien gar kein besonders markantes Ziel zu geben, denn nachdem sie ein Stück vom Tal entfernt waren, hockte Kisa sich nieder und schrieb, während er ununterbrochen allerhand unwichtiges Zeug erzählte, mit der Hand das Paksiwort „Vorsicht" in den Sand, löschte es jedoch sofort wieder aus, nachdem er sich davon überzeugt hatte, daß Raja es gesehen hatte. Gleich darauf traten sie den Rückweg an.

Raja und Juri konnten sich ja zum Glück jederzeit unbeobachtet und unbelauschbar über Helmfunk in ihrer irdischen Sprache unterhalten — diese Tatsache schien an Bedeutung zu gewinnen, nachdem nun schon der zweite Pak ihnen geheimnisvolle Mitteilungen zu machen hatte, die er offenbar der allgemeinen Aufmerksamkeit entziehen wollte. In der Bewertung dieser Mitteilungen jedoch gingen ihre Meinungen auseinander. Während Juri sie für ehrlich hielt, fürchtete Raja eine Provokation — vielleicht war das aber auch eine Auswirkung ihrer tiefen Abneigung Kisa gegenüber.

Auf jeden Fall aber mußten sie vorsichtig sein. Sie führten ein längeres Funkgespräch mit Ming, der sie in gewisser Weise beruhigte: Natürlich sei das Leben an einem Feudalhof gefährlich, es gäbe immer Vertreter verschiedener Machtgruppierungen, die miteinander in Fehde lagen und versuchten, jeden Neuankömmling auf ihre Seite zu ziehen und für sich auszunutzen. Aber eine unmittelbare Gefahr bestünde wohl nicht, dazu seien alle Seiten viel zu sehr an den Menschen interessiert. Man müsse nur sehr sorgsam darauf achten, was da heranreife, und sich mit niemandem zu eng einlassen. Das war ihnen zwar nichts Neues, aber es bestätigte wenigstens ihre eigene Meinung.

Die Audienz beim Iskatoksi wurde in fast jeder Hinsicht das Gegenteil von dem Gespräch mit dem Götterboten. Es begann damit, daß in dem Talkessel, in dem der Iskatoksi residierte, eine recht zahlreiche Gesellschaft versammelt war und allerhand Zeremonien absolviert werden mußten, was lästig, aber nicht weiter schwierig war, da Fürst Kisa ihnen jeweils sagte, was zu tun sei. Da die Paksi trotz Kisas Hinweis an der Version festhielten, daß der Omikron der Gesandte der Fremden sei, sahen Raja und Juri keinen Grund und auch gar keine Möglichkeit, es anders zu halten.

Nach vielen unnützen und überflüssigen Gesprächen mit den verschiedensten Würdenträgern, die sie dann jeweils an den nächsthöheren weiterreichten, landeten Raja und Juri schließlich beim Iskatoksi.

Das alles spielte sich im Gehen ab, immer im Kreis herum schritt die Menge der hochgestellten Paksi. Dieser Talkessel war größer als die anderen, die sie bisher gesehen hatten, die Wände waren nicht sehr hoch, so daß die Sonne, die die Paksi ja brauchten, von morgens bis abends hereinscheinen konnte. Während die Mitte aus rohem, unebenem Felsen bestand, hatte der Kreis, in dem geschritten wurde, glattgeschliffenen Boden. Wenn das nur eine Folge des Schreitens war, dann mußte aber schon eine schier endlose Zahl von Paksigenerationen hier Fuß vor Fuß gesetzt haben!

„Wann wird der Gesandte der Fremden", fragte der Iskatoksi, „das Versprechen erfüllen und mir die Sonnensteine übergeben?"

Darum ging es also!

„Ebendeshalb", ließ Raja antworten, „habe ich um diese Audienz gebeten. Wie der Iskatoksi wohl weiß, fertigen wir diese Steine aus dem Mineral, von dem der Iskatoksi uns eine Karawanenladung versprochen hat. Sobald diese bei der Höhle der fremden Gäste eingetroffen ist, werden wir die Steine unverzüglich herstellen und dem Iskatoksi übergeben, und unser einziger Wunsch ist, daß das bald sein möge."

Die Konzentration, zu der Raja bei dieser Unterhaltung gezwungen war, verdrängte ein wenig den Ekel, den sie vor all diesen Paksi empfand.

Nun spielte ihnen der Iskatoksi eine Szene vor, die so unglaubhaft war, daß es schon wieder den Eindruck erweckte, als solle sie von ihnen durchschaut werden. „Ist denn die Karawane noch nicht eingetroffen?" fragte er und sah sich nach seiner Begleitung um.

Einer der Begleiter, ein Offizier, wie sie sehen konnten, erklärte, die Karawane sei in der Nähe der Höhle der fremden Gäste von den Räubern überfallen und erbeutet worden.

„Da hören Sie es", sagte der Iskatoksi, „ich habe mein Versprechen erfüllt, und Sie würden mich zwingen, sehr unhöflich zu sein, wenn ich Sie in drei Tagen noch einmal an das Ihrige erinnern müßte!"

Nach diesem Satz wandte er sich an einen anderen Pak, und das Trio wurde in der umgekehrten Reihenfolge wie vorhin von Würdenträger zu Würdenträger weitergereicht, von denen jeder einen anderen Satz über die verschiedenen Eigenschaften des Iskatoksi zum besten gab: über seine Großmut, seine Unfehlbarkeit, darüber, wie sehr es ihn kränke, unhöflich sein zu müssen, daß er die Erfüllung seiner Wünsche zu belohnen, aber auch das Gegenteil zu bestrafen wisse.

Zum Schluß verschmolz dann alles zu einer recht massiven Drohung.

Kisa führte sie aus dem Kreis heraus und geleitete sie zu ihrer Höhle zurück. Bis jetzt hatte sich Kisas Warnung nicht bestätigt, doch als sie die Höhle betraten, fanden sie ihren Wasserbehälter zerstört, der gesamte Wasservorrat war im Sand versickert. Das war ganz offensichtlich auf Raja und Juri gezielt, wenn auch wirkungslos; der Schweber brachte in der Nacht eine neue Zisterne, und auf den Abendtrunk mußten sie eben verzichten. Ansprüche konnten sie hier sowieso nicht stellen, Konzentrate und Wasser, das war ihre Nahrung. Nachts nur konnten sie aus den Schutzanzügen schlüpfen, die Fäkaliensäcke entleeren und sich waschen — kein sehr luxuriöses Leben für Menschen am Hofe dieses Königs, der sich selbst für den Größten unter der blauen Sonne hielt!

Und was war von diesem Ultimatum zu halten?

Raja und Juri kamen in den Schweber, als der das Wasser brachte, und konferierten mit den anderen im Raumschiff. Ernsthaft wurde erwogen, diesen diplomatischen Unsinn fallenzulassen, die Gesandtschaft zurückzuholen, Ito wegzuschicken und sich das Bauxit aus dem Wüstenbergwerk einfach zu holen.

Das wäre sicherlich der unkomplizierteste Weg gewesen. Aber auch der richtige?

Sie wußten jetzt, daß ihnen eine Gesellschaft gegenüberstand. In einer Gesellschaft gibt es Recht und Unrecht, auf dieser Stufe auch Privateigentum und Klassenkampf. Tondo hatte auch schon Geld entdeckt, und dieser sehr unkomplizierte Weg würde wohl den kleinen Leuten am meisten schaden, den Produzenten dort im Bergwerk. Die würden den Verlust zu tragen haben — oder sogar dafür bestraft werden. Nein, solange man die Ökonomie dieser Gesellschaft nicht durchschauen konnte, war ein solcher Weg nicht gangbar.

Es war vor allem Hellen, die sich gegen diese einfachste Methode aussprach, und Tondos Sorge, sie könnten sich von den Paksi und damit von seinem wissenschaftlichen Gegenstand abkapseln, war grundlos gewesen.

Ein anderer Weg, vielleicht sogar der, welcher der Wesensart der Menschen am nächsten lag, hätte darin bestanden, dem Iskatoksi die Steine einfach zu geben. Was ist selbstverständlicher, als jemandem das zu geben, was er braucht? Und soviel Aluminium, um eine Handvoll Saphire daraus zu züchten, war immer an Bord überflüssig.

Inzwischen jedoch hatten die Raumfahrer alles in der Kristallothek vorhandene Material über die irdische Frühgeschichte gelesen, gehört oder angesehen, und so war ihnen doch klar: Dieser Forderung einfach nachzugeben hieße, nur weitere, maßlosere Forderungen hervorzurufen. Und sie würden nichts dafür bekommen, sich also das Erz doch selbst nehmen müssen. Nein, der Iskatoksi mußte gezwungen werden, seine Verpflichtung zu erfüllen.

Das bedeutete, die Gesandtschaft würde dort bleiben, Raja und Juri mußten den angedrohten Kampf aufnehmen. Zu ihrer Unterstützung sollte am dritten Tag der Schweber in der Nähe sein, damit sie im schlimmsten Fall die Handkopie benutzen konnten.

Alles war besprochen, jede denkbare Entwicklung durchdacht, und doch blieb Hellen eine Sorge: Würden ihre sozusagen normal funktionierenden Gehirne es an Hinterlist und Tücke mit dem des Iskatoksi aufnehmen können? —

Wenn Mut im Begriffsvermögen der Paksi eine Rolle spielen sollte, dann war Ito gewiß ein mutiger Mann.

Tondo war Mings Anregung gefolgt, hatte sich einen Hubschrauber genommen und Ito eingeladen, zu ihm in die Kanzel zu steigen, was der auch ohne weiteres tat. Offenbar hatte er zu Tondo, der sich am meisten mit ihm beschäftigte, so etwas wie Vertrauen gefaßt.

Als der Hubschrauber sich mit leisem Summen abhob und der Boden mit den darauf befindlichen Anlagen zurückblieb und sogar das Raumschiff immer kleiner wurde, zeigte Ito nicht die geringsten Anzeichen von Überraschung oder gar Angst.

Eine Weile hatte Tondo überlegt, ob nicht solch ein Flug gegen die Grundregeln verstieß, zum Beispiel gegen die, keine Mythen zu erzeugen. Er war aber zu dem Schluß gekommen, daß er das Experiment wagen konnte — nicht die Erlebnisse eines einzelnen, sondern Massenerlebnisse trugen in der Altgeschichte die Tendenz zur Mythenbildung.

Tondo lenkte den Hubschrauber in Richtung Süden, wobei er ihn weiter steigen ließ. Bald sah man das Band des großen Flusses durch den Wald schimmern.

Im Augenblick war es für Tondo schwierig, wenn nicht unmöglich, sich mit Ito zu unterhalten. Er brauchte die Hände zur Steuerung. Ihm wurde plötzlich klar, daß der gestisch-akustische Charakter ihrer Sprache womöglich später die Entwicklung der Paksi hemmen könnte — es gab ja bei der Herausbildung der großen Industrie technologische Stufen und Prozesse, bei denen die sprachliche Verständigung nötig war. Warum überhaupt hatte diese Sprache nur so wenige Buchstaben und Laute? Sie hatten das Sprechorgan jenes zerstörten Roboters untersucht und festgestellt, daß ganz wenige und unkomplizierte Eingriffe genügten, um eine Reihe weiterer Laute artikulierbar zu machen. Aber als die Entwicklung der Paksi in Gang gesetzt wurde... Und so landete auch diese Frage wie die meisten im Dunkel der Herkunft der Paksi.

„Ihr seid wie die alten Götter!" sagte Ito.

Tondo schreckte zusammen. Er stellte den Autopiloten auf Südkurs, um die Hände freizubekommen, und fragte: „Sahen die alten Götter aus wie wir?"

„Niemand weiß, wie sie aussahen", erklärte Ito. „Aber sie konnten sich in die Luft erheben wie die Vögel. Und wie ihr."

„Gibt es gar keine Überlieferungen, keine Lieder, in denen etwas darüber gesagt wird, wie sie aussahen?"

„Nein", sagte Ito. Und nach einer Weile fügte er hinzu: „Nur verbotene."

„Von wem verboten? Von den neuen Göttern?"

„Nein, die Götter verbieten nichts. Vom Iskatoksi."

„Von dem, der hier war?"

„Nein, nicht von dem jetzigen — vom vorvorigen. Oder von noch früheren."

„Wie viele Jahre herrscht denn ein Iskatoksi?"

„Das ist verschieden. Dieser jetzige seit elf Jahren. Der vorige hat siebzig Jahre geherrscht. Jeder so lange, bis die Götter ihn abberufen."

„Und wann berufen die Götter einen Pak ab?"

Ito sah Tondo lange an. „Du hast solche Macht", sagte er und zeigte nach unten, „und weißt die einfachsten Dinge nicht. Jeder Pak wird abberufen, wenn seine Seele beginnt, den Körper zu verlassen. Denn das ist das Zeichen, daß sie zu den Göttern zurückwill."

Das war einfach zu verstehen — also wenn das Gehirn eines Pak zu versagen begann, das nach Rajas Schätzungen rund hundert Jahre lang funktionierte. Es mochte sein, daß dieser Zeitraum bei einem hochgestellten Pak, der ja mehr Informationen erhielt, kürzer war.

Aber jetzt kam eine Frage, auf die es Tondo sehr ankam, und er bemühte sich, sie so beiläufig wie möglich zu stellen. „Der jetzige Iskatoksi — der wievielte ist das denn?"

„Der dritte in der achten Dekade", antwortete Ito bereitwillig.

Also dreiundachtzig bisher — selbst wenn man sehr knapp schätzte, fünfzig Jahre je König, dann waren das über viertausend Jahre! Ob da die Überlieferung noch exakt war? Aber andererseits — zählen konnten die Paksi gut. Also: vier- bis achttausend Jahre.

Tondo wußte noch nicht, in welcher Weise diese Angabe ihm helfen konnte, aber daß sie es tun würde, war gewiß. Und er hatte noch ein anderes Problem, vermochte es jedoch noch nicht in eine

Frage zu fassen, die ihn weiterbrachte. Es handelte sich um folgendes:

Die Religion der Paksi kam ihm sehr unreligiös vor, an irdischen Maßstäben gemessen. Alte und neue Götter, gut, die gab es auf der Erde in vergleichbaren Epochen auch. Sie waren eine Widerspiegelung verschiedener Gesellschaftsformationen: ursprünglich Naturgötter als Ausdruck unverstandener Naturkräfte, später vergesellschaftete Götter als Ausdruck unverstandener gesellschaftlicher Kräfte. Dazwischen lagen Umwälzungen, Revolutionen. Aber gerade deshalb wichen die alten Götter den neuen nicht kampflos, und wenn die neuen Götter gesiegt hatten, wurden die alten negiert, verteufelt, in die Unterwelt verdammt, identifiziert mit dem Bösen. Die neuen Götter dagegen wurden als allmächtig hingestellt. Hier war nichts davon. Weder hatten die Götter mit Gut und Böse zu tun, noch waren die neuen Götter allmächtig — im Gegenteil, die alten, aus eigenem Willen abwesend, wurden immer noch für einflußreicher gehalten. War die Übersetzung „Götter" überhaupt richtig? Waren das vielleicht gar nicht Abstraktionen unbegriffener Natur- und Gesellschaftskräfte, sondern Abbilder für viel realere Erscheinungen? Dann würde aber alles, was sie betraf, bedeutend an Aussagekraft gewinnen!

Am liebsten hätte Tondo gefragt, was denn die verbotenen Überlieferungen aussagten, aber er fürchtete, daß Ito dann wieder schweigen würde. Nein, erst einmal mußte ihre Verbindung gefestigt werden.

Sie waren inzwischen über dem Kamelrücken. „Hier unten sind die Räuber", sagte Tondo.

„Der Iskatoksi wollte sie vertreiben, aber es ist ihm nicht gelungen", sagte Ito.

Tondo kannte Gestik und Sprache noch nicht so genau, um zu erkennen, wie Ito dieses Ergebnis beurteilte. „Was für Paksi sind das?" fragte er.

„Schlechte."

Keine sehr erschöpfende Auskunft — Tondo wollte mehr wissen.

„Wie und warum wird ein Pak zum Räuber?"

„Er läuft weg. Er will etwas anderes tun als das, wofür er da ist. Etwas, was mehr Freude macht, was die Seele mehr bewegt. Das ist schon immer so gewesen, deshalb hat der Iskatoksi ja die Weißkittel."

„Und das darf er nicht?"

„Natürlich nicht", sagte Ito. „Wenn nicht jeder das tut, wofür er da ist, können die Götter keine neuen Paksi schaffen, und alle Paksi gehen zugrunde."

„Und wer bestimmt, wofür ein Pak da ist? Der Iskatoksi?"

„Nein, wie könnte er das. Jede Familie muß zwei neue Paksi aufziehen und ausbilden, die sie von den Göttern erhält. Wenn sie noch einen dritten aufziehen will, bekommt sie ihn sogar, ohne dafür Münzen geben zu müssen, aber das machen nur wenige. Und worin sollen sie ihn denn ausbilden als in dem, was sie selber tun? Wenn ich so alt bin, daß ich einen neuen Pak ausbilde, dann kann ich ihn doch nicht lehren, wie man im Bergwerk arbeitet oder sonstwo, dann kann ich ihn doch nur lehren, was ich tue und weiß."

Eine Welt der absoluten Ordnung also – und daß die Ordnung nicht absolut funktionierte, war nur ein Zeichen mehr dafür, daß es sich um eine echte, eigenständige Gesellschaft handelte. Und Münzen, money, djengi, spielten eine Rolle! Sie lösten offenbar die gesellschaftliche Struktur auf und... Sollten etwa die neuen Götter nichts weiter sein als eine Monopolgesellschaft, die die Gehirne herstellte oder auffrischte und damit einen schwunghaften Handel trieb? Aber nein, das war wohl auch zu sehr vereinfacht.

„Hast du die Höhle der alten Götter schon einmal gesehen?" fragte Tondo.

„Nein", sagte Ito.

Sie waren über der Kuppel angelangt. „Dort unten liegt sie", sagte Tondo.

„Ja, so wird sie in den Liedern beschrieben", meinte Ito, nachdem Tondo tiefer gegangen war und er sie von allen Seiten betrachtet hatte. „Dürft ihr zu den alten Göttern gehen?" Es war die erste Frage, die Ito stellte.

„Nein", antwortete Tondo, „wir kennen ja das verlorene Wort nicht."

„Ihr seid also doch nicht ganz so mächtig wie die alten Götter", sagte Ito, und diesmal hatte Tondo das Gefühl, die Bewegungen des Pak drückten Unzufriedenheit, Enttäuschung, Kummer oder etwas Ähnliches aus. Jetzt aber glaubte er, daß die Gelegenheit gekommen sei, seine Frage von vorhin zu stellen.

„Was sagen denn die verbotenen Überlieferungen darüber, wie die alten Götter aussahen?"

Es dauerte eine ganze Weile, bis Ito sich entschloß, darüber zu sprechen. „Es heißt, die alten Götter seien die Götter der ganzen Welt gewesen, der Paksi, der Kottsi und der gesamten Iska, und deshalb seien sie halb Paksi und halb Kottsi gewesen und also auch zweimal so groß wie ein Pak."

„Und warum ist es verboten, daran zu denken?"

„Dieser Gedanke unterstützt die Räuber. Sie leben so eng mit den Kottsi, daß man sie Kottpak nennt, und daraus machen sie die Lüge, daß sie dadurch den alten Göttern näher seien als die anderen."

Ein Wirrwarr, der wohl nicht weiterführte. Es war klar, jede gesellschaftliche Bewegung braucht eine Ideologie, aber diese hier war wohl noch nicht in dem Stadium, in dem sie die Welt verändern konnte. Das heißt, eigentlich müßte man ja die Räuber selbst dazu hören...

„Was haben die Paksi denn heute noch von den alten Göttern?" fragte Tondo plötzlich.

„Vier Dinge haben die Paksi von den alten Göttern", sagte Ito mit seltsam verschnörkelten Fingerbewegungen, die Tondo immer bei ihm beobachtet hatte, wenn er irgendeinen feststehenden Text aufsagte, etwa den einer alten Sage. „Die vier Dinge sind: die Seele, der Körper, die Sprache, das Symbol der blauen Sonne und das Wort."

„Das sind doch fünf?" fragte Tondo verblüfft.

„Es heißt aber so im Text", antwortete Ito. „Außerdem, das Wort ist verloren, es ist nicht mehr da, also vier. Es wird aber mitgenannt, damit niemand vergißt, danach zu suchen."

Sonderbar. Fünf Dinge, die vier sind. Na ja, Mystifizierungen gehören wohl zu jeder Religion. Aber dann: Seele, Körper, Sprache, Symbol – Tondo schien, es gäbe da irgend etwas Gemeinsames, wenn vielleicht auch nicht mit allen vier Dingen. Er kam aber jetzt nicht dazu, diesen Gedanken auf den Grund zu gehen.

Denn nun hatte Ito offenbar endlich Vertrauen gefaßt, was sich darin äußerte, daß er fragte, fragte, fragte ...

Die List des Iskatoksi war gar keine List, war nichts Einfallsreiches, das wenigstens eine widerwillige Bewunderung verdient hätte — sie bestand einfach darin, daß er mit der größten Unverschämtheit seine eigenen Festlegungen so verstand oder mißverstand, wie es ihm gerade paßte.
Einen Tag vor Ablauf der Frist, die er gesetzt hatte, also schon nach zwei Tagen, ließ er den Gesandten rufen. Diesmal empfing er in einem anderen Talkessel, aber auch mit Gefolge und herumwandernd.
„Wo sind die Sonnensteine?" fragte er formlos.
„Wo ist die Karawane?" ließ Raja zurückfragen.
„Wie mir berichtet wurde", sagte der Iskatoksi weiter, „hat der Gesandte der Fremden immer noch nicht nach den Steinen geschickt. Wo will er sie morgen hernehmen?"
Raja war über die Nichtachtung ihrer Frage so erbost, daß sie, die sonst so Sachliche, sich zu triefendem Hohn entschloß. „Der Iskatoksi", ließ sie sagen, „ist von seinen umfangreichen Geschäften so in Anspruch genommen, daß er die einfachsten Dinge vergißt. Ich will darum gern noch einmal erläutern, daß die Sonnensteine aus dem Erz erst hergestellt werden müssen, welches der Iskatoksi uns zu liefern versprochen hat."
Plötzlich blieb der Iskatoksi stehen.
Juri, der nicht wie Raja mit der Führung des Gesprächs beschäftigt war, spürte sofort eine Gefahr. Eine halbe Sekunde später war auch schon ein Netz über ihn geworfen worden, das sich schnell und mit großer Kraft zusammenzog. Es gelang ihm gerade noch, den Panzereffekt einzuschalten, den linken Ellbogen gegen den Magen zu stemmen und den Unterarm nach vorn zu drücken. Dadurch behielt er für den rechten Arm Spielraum, konnte die verschiedenen Schalter und sogar noch den Strahler erreichen. Er sah nun, daß auch Raja in einem Netz gefangen war. Nur den Omikron hatten die Paksi verschont.
„Ich habe die rechte Hand frei, ich kann den Strahler erreichen", sagte Juri durch den Helmfunk, „soll ich ...?"
„Nein, warte noch", erwiderte Raja.

Es war die erste wirklich kritische Situation, seit sie auf die Paksi gestoßen waren. Das Raumschiff selbst konnten sie nicht rufen, selbst der stärkere Sender des Omikron würde es aus diesem Talkessel heraus nicht erreichen. Die Mittagsverbindung hatte vorhin normal stattgefunden, es würde erst gegen Abend auffallen, wenn sie nicht sendeten. Sie mußten also Zeit gewinnen. Es zeigte sich, daß man doch nicht allzusehr auf die eigene Kraft bauen, die Paksi nicht unterschätzen durfte.

Was war das nur für ein Netz, das sich mit solcher Kraft zusammenzog? Raja konnte kein Glied rühren; sie war im Gegensatz zu Juri von der Aktion überrascht worden. Offenbar war das Netz aus den Fasern hergestellt, die für die Muskeln der Paksi verwendet wurden. Wurde Strom angelegt, zogen sich die Fasern zusammen... Aber jetzt mußte sie sich auf die Führung des Omikron konzentrieren, die zum Glück über Kodeworte lief, so daß sie die Hände nicht dazu brauchte.

„Warte noch", sagte sie zu Juri, „wir wollen erst versuchen zu verhandeln." Dann ließ sie den Omikron fordern: „Gib sofort meine Begleiter frei!"

„Ich nehme an", erwiderte der Iskatoksi, „daß der Gesandte seine Begleiter beauftragt hat, die Sonnensteine zu holen. Also werden wir nicht den Gesandten, sondern seine ungehorsamen Begleiter bestrafen. Oder war es nur einer von beiden? Dann möge der Gesandte sagen, welcher!"

Raja überlegte. Wenn die Andeutung von Kisa stimmte und der Iskatoksi wirklich ihre Rollenverteilung kannte, dann war der Schlag gegen sie beide gezielt, und dann war auch die Eitelkeit verständlich, die aus den Worten des Iskatoksi sprach. Er spreizte sich ja förmlich mit seiner Spitzfindigkeit!

Er konnte aber nicht wissen, ob Juri oder sie den Omikron dirigierte – und jetzt rechnete er wohl damit, daß derjenige, der den Omikron führte, sich aus der Bedrohung herauslavieren würde. So wenigstens mußte er wohl die Sache von seiner Warte aus sehen. Aber da sollte er sich getäuscht haben – an seiner Eitelkeit sollte er noch zu kauen haben!

„Vorher wird der Iskatoksi sicherlich den Gesandten noch über ein paar unwichtige Einzelheiten aufklären, die der nicht versteht", ließ Raja den Omikron sagen. „Die Weisheit des Iskatoksi wird die Probleme schnell klären, über die der Gesandte sonst sehr lange nachdenken müßte."

Der Iskatoksi ging in die Falle und stimmte zu.

„Da der Weg, den die Karawane vom Bergwerk im Norden zur Höhle der fremden Gäste genommen haben müßte, gar nicht das Gebiet der Räuber berührt und da ferner der Iskatoksi die Räuber soeben erst vernichtend geschlagen hat, wie sollen die Räuber da die Karawane überfallen haben?"

Der Iskatoksi wußte keine Antwort.

Na also, dachte Raja, jetzt drehen wir den Spieß um!

„Natürlich hat der Iskatoksi längst begriffen, daß er von einem seiner Begleiter belogen wurde, und er hat diesen Lügner nur in Sicherheit wiegen wollen. Jetzt wäre es aber an der Zeit", ließ Raja den Omikron sagen, „den Betreffenden zu nennen, damit wir ihn bestrafen können. Der Iskatoksi kennt wie kein anderer Pak die Macht der fremden Gäste und weiß, daß das keine leeren Worte sind. Wer also ist hier der Lügner?"

Doch Raja war wohl zu weit gegangen, denn der Iskatoksi reagierte nicht wie erwartet.

„Genug!" sagte er. „Die Fremden haben in ihrer Höhle Macht, hier nicht!" Er hatte inzwischen den Kreis fast wieder durchwandert und war eben dort angekommen, wo Juri in seinem Netz gefangen lag. „Den hier hinrichten", befahl er und zeigte auf Juri. „Der andere soll zusehen und morgen zur Höhle der Fremden gehen, um die Sonnensteine zu holen." Er zeigte auf Raja. Den Omikron beachtete er nicht mehr.

Raja und Juri wurden aufgehoben und fortgetragen, in jenen Kessel, den sie zuerst gesehen hatten und in dem die Elektrisiermaschine stand — oder der elektrische Stuhl, wie Juri jetzt sagte. Der Iskatoksi folgte mit seinem ganzen Hofstaat.

Raja fixierte den Omikron auf Kisa — er würde nun bis auf Widerruf ständig diesem Pak folgen. Dann besprach sie sich mit Juri. Die elektrischen Wirbelfelder konnten ihm nichts anhaben. Selbst wenn sie vielleicht auf das ungeschützte Gehirn eine Wirkung ausüben sollten — der Helm isolierte ihn vollständig. Was sie besprachen, war, wie die Situation zu nutzen wäre und wie es weitergehen sollte.

Juri wurde auf den Sitz gebracht. Er sah durch das Helmfenster, wie die Paksi im Kreise umhergingen, wie die beiden Platten des Kondensators sich in Bewegung setzten, schneller, immer schneller.

Jetzt waren sie wohl schon schnell genug, daß die Paksi nicht mehr sehen konnten, was er tat. Mit der rechten Hand fingerte er den Strahler aus dem Futteral und entsicherte ihn. Er schielte hinunter, um zu sehen, ob die Richtung stimmte. Etwas aufwärts mußte er zielen, damit die Platten getroffen wurden, aber keiner der lustwandelnden Paksi. Er drückte ab.

Krachen und Bersten. Die rotierende Maschinerie flog auseinander, die Paksi duckten sich, um den Trümmern auszuweichen. Juri nutzte die Verwirrung, den Strahler wieder wegzustecken. Er hatte, wie verabredet, das Netz nicht verletzt, das ihn gefangenhielt; die Paksi sollten keine Möglichkeit haben, etwas über die Natur der Kräfte zu erfahren, die hier gewaltet hatten.

Die Gefahr war damit nicht behoben. Der Iskatoksi hatte soeben die zweite Niederlage einstecken müssen, und sie war noch spektakulärer, da sie nicht nur eine Niederlage im Dialog war. Er würde sich rächen wollen — aber Raja und Juri bauten darauf, daß er im Augenblick nicht weiterwissen würde und sich erst einmal gut überlegen mußte, was er tun solle.

So kam es auch. „Der Gesandte mag in seine Höhle zurückkehren, Fürst Kisa wird ihn geleiten", ordnete er an. „Dies hier war ein Spiel, eine Warnung, damit die Fremden ihre Verpflichtung einhalten. Die beiden Begleiter bleiben hier."

Raja und Juri wurden aufgenommen, über ein paar Höfe getragen und in ein Felsenloch geworfen.

Als die Sonne untergegangen war und die Sterne schon in das Loch hineinschienen, lockerten sich die Netze plötzlich. Raja hatte darauf bestanden, in den Netzen zu bleiben, sie wollte nicht, daß man an den Maschen die Wirkung des Laserstrahls erkennen konnte, und sie hatte sich ausgerechnet, daß die Netze nur so lange straff bleiben konnten, wie die Batterien das Gewebe mit Strom versorgten.

Jetzt konnten sie sich befreien, und gleich darauf hörten sie auch Uttas Stimme im Helmfunk — sie war mit dem Schweber gekommen, nachdem die übliche Abendverbindung ausgeblieben war. Über den Schweber wurden auch die anderen im Raumschiff zu Rate gezogen. Raja berichtete genau, sachlich, vergaß nichts, auch nicht den Punkt, an dem sie den Bogen überspannt hatte. Die Unterhaltung verlief anfangs stürmisch, am aufgeregtesten war Utta, der Gegenpol Juri — stumm, wie immer, wenn es um nicht unmittelbar praktische Fragen ging. Bald aber setzte sich die Vernunft durch, es hatte sich eigentlich nichts geändert, nach wie vor gab es nur zwei Möglichkeiten: entweder den Verkehr mit den Paksi abbrechen und sich mit Gewalt nehmen, was man brauchte, oder dieses merkwürdige Spiel mit seinen Unvorhersehbarkeiten und auch Gefahren so lange mitspielen, bis der Iskatoksi seine Verpflichtungen erfüllte. Und das würde er wohl nur tun, wenn er auch hier noch einmal das Druckmittel der Gravitation zu spüren bekam.

Plötzlich bat Raja um Ruhe. Das Loch, in dem sie steckten, war nicht sehr tief, gut zwei Meter nur, für die Paksi wahrscheinlich ein fluchtsicheres Gefängnis, für sie jedoch kein großes Hindernis, nachdem sie die Netze abgestreift hatten. Sie konnten einen Teil der Umgebung sehen, ihre Köpfe waren nur wenig unter dem Rand, und jetzt bemerkte Raja, daß sich ein Licht näherte. Sie kletterte über Juris Hände und Schultern hinaus und sah zwei Roboter. Einer trug eine Lampe — er hatte keine Kopffolie. — Nachtroboter also auch hier! In dem anderen glaubte sie den Götterboten wiederzuerkennen.

Der Nachtroboter hielt die Lampe zwischen sie, so daß jeder die Gesten des anderen erkennen konnte.

„Ich wollte Ihnen helfen", sagte der Götterbote, „aber ich sehe, daß das nicht nötig ist."

„Wenn Sie meinen, helfen zu müssen", fragte Raja, „warum dann erst jetzt? Nun freilich ist für Sie klar, daß der Iskatoksi über uns keine Gewalt hat oder nur so viel, wie wir zulassen, aber das konnten Sie ja nicht wissen."

„Die Götter greifen nicht ein in die Geschäfte der Paksi", sagte der Bote.

„Niemals?" fragte Raja.

„Fast nie", antwortete der Götterbote ausweichend. „Ich wollte Ihnen nur helfen und Sie dafür um einen Gefallen bitten. Jetzt kann ich Sie nur noch bitten. Der Iskatoksi muß lernen, daß seine Macht Grenzen hat. Er hat mir neulich von der Kraft des uns unsichtbaren Berges berichtet. Wenden Sie diese Kraft doch noch einmal auf ihn an."

„Warum sind die neuen Götter daran interessiert?"

„Ich bin nur ihr Bote."

„Können wir Fragen an die Götter direkt stellen?"

„Wenn auch die Götter Fragen an die Fremden stellen dürfen, glaube ich wohl", sagte der Bote. „Stellen Sie eine Liste von Fragen zusammen und geben Sie diese Fürst Kisa. Er wird Ihnen auch unsere Fragen überreichen, wenn Sie mit ihm allein sind."

„Wir danken für Ihren guten Willen", sagte Raja.

Der Bote und sein Begleiter entfernten sich.

Die letzte Abmachung, die Raja getroffen hatte, ging auf einen Vorschlag von Tondo zurück, der wie alle anderen die Vorgänge verfolgt hatte und jetzt endgültig davon überzeugt war, daß die Übersetzung des entsprechenden Paksiwortes mit „Götter" nicht richtig war. Das Geheimnisvolle dieser Instanzen, ihre Sonderstellung, ihre Verbindung mit Leben und Tod der Paksi und der irdisch-historische Vergleich hatten dazu geführt, diesen Komplex als Religion zu betrachten, aber nun zeigte sich, daß damit eigentlich nichts erklärt war und die Begriffe sich nicht deckten. Hoffentlich würde der Austausch von Fragen weiterführen!

Der Omikron, Raja und Juri erwarteten bei Sonnenaufgang den Iskatoksi in jenem Talkessel, wo er sie am Tag zuvor empfangen hatte. Sie hatten noch in der Nacht über den Schweber den Omikron hierher dirigiert. Ming hatte im Raumschiff einen besonders großen Saphir gezüchtet und ihn so mit Störstellen geimpft, daß er als Wandler für Graviwellen dienen konnte. Der Schweber hatte den Stein gegen Morgen geholt und übergeben, jetzt trug der Omikron ihn, an einer blaueloxierten Aluminiumkette, bereit, das Schmuckstück dem verehrlichen Iskatoksi um den Hals zu hängen.

Fürst Kisa, ihr Begleiter, spürte sie auf, bevor der Iskatoksi eintraf. Er holte einige Weißkittel zusammen, hielt sich jedoch in respektvoller Entfernung. Er wollte wohl erst die Entscheidung des Iskatoksi abwarten.

Der Iskatoksi kam mit seiner Begleitung, sah zugleich das Trio vom Raumschiff, und, einige Schritte weiter, Kisa mit seinen Weißkitteln.

Bevor er jedoch etwas sagen konnte, ließ Raja den Omikron zu ihm treten. „Damit der Iskatoksi sieht, daß die Fremden zu jedem vernünftigen Ausgleich bereit sind, senden sie ihm hier diesen besonders großen und schönen Sonnenstein, den sie aus Vorräten ihrer eigenen Höhle hergestellt haben." Mit einer schnellen, geschickten Bewegung streifte der Omikron dem Iskatoksi die Kette mit dem Stein über den Kopf.

„Die Fremden erwarten", ließ Raja fortfahren, „daß der Iskatoksi noch heute die Karawane in Marsch setzt, die gestern hier eingetroffen ist. Einer meiner Begleiter wird mit der Karawane gehen, damit sie unterwegs nicht von den Räubern angegriffen wird."

Der Omikron zeigte auf Juri — so war es auf Bitten Juris festgelegt worden, der sich diesen diplomatischen Feindseligkeiten hier nicht gewachsen fühlte. Die Information über die Karawane stammte übrigens von Kisa, der damit schon zum zweitenmal gegen die Interessen seines Herrn verstoßen hatte. War er ein Gegner des Iskatoksi, oder handelte es sich nur um eine Provokation? Rajas Abneigung war jedenfalls deswegen nicht schwächer geworden.

„Es wird auch Zeit, daß die Fremden guten Willen zeigen", antwortete der Iskatoksi. „Ich will deshalb darüber hinwegsehen, daß sie hier ungerufen erschienen sind. Bis heute abend haben sie Zeit, die restlichen Sonnensteine zu bringen."

Raja ließ den Omikron den Arm heben. Zugleich gab sie für den Schweber das Kommando: „Feld ab!".

Klappte alles? Ja, es klappte — der Iskatoksi sank plötzlich in die Knie und erhob sich nur mit Mühe wieder. Seine Begleiter hatten so viel Abstand von ihm, daß sie die Gravitation nicht spüren konnten.

„Der Iskatoksi", ließ Raja den Omikron sagen, „wird so lange die Kraft der Fremden spüren, bis die Karawane den Königshof verlassen hat. Und wenn er die Gesandtschaft angreift, wird er die Kraft bis an sein Ende spüren."

Nun hing alles davon ab, daß der Iskatoksi nicht etwa den

Saphir irgendwo ablegte – vielleicht in einer Schatzkammer, die er doch möglicherweise hatte.

Aber er kam nicht auf den Gedanken. Schon zwei Stunden später setzte sich die Karawane in Marsch.

7

Juri taumelte. Ging denn die verdammte blaue Sonne nie unter? Gegen diesen bedeutend schnelleren Karawanenmarsch war der schon sehr anstrengende Weg zum Hof des Iskatoksi ein Spaziergang gewesen

Gewiß war Juri auf Anstrengungen aller Art trainiert, der Schutzanzug kühlte, Stärkungsmittel standen ihm zur Genüge zur Verfügung. Aber mit diesen Mitteln ging er gewohnheitsgemäß vorsichtig um, und der Schutzanzug wie auch sein eigener Körper wogen mehr als auf der Erde. Vor allem: Die Absorber, die die Hautausscheidungen aufnahmen, ließen nach nunmehr zehnstündigem Marsch in ihrer Wirkung nach, er fühlte sich schon am ganzen Körper klebrig, die Füße begannen zu schmerzen, in den Händen kribbelte das Blut.

Manchmal erbitterte ihn der Gedanke, daß all das eigentlich nicht nötig wäre, daß er bequem und normal in einem Fahrzeug sitzen könnte, wenn sie nicht beschlossen hätten, den Paksi so wenig wie möglich von ihrer Technik zu zeigen. Dumm, albern und überflüssig empfand er das in solchen Augenblicken, aber er rief sich zur Ordnung, und dann ging es wieder etwas leichter. Schließlich war er erfahren genug, solchen Gemütsaufwallungen die produktive Seite abzugewinnen.

Trotzdem war er heilfroh, als endlich die Sonne hinter dem Horizont verschwand und die Karawane haltmachte. Er hätte sich am liebsten sofort hingeworfen, fürchtete aber, damit dem Anführer der Weißkittel, die die Karawane begleiteten, seine Erschöpfung zuzugeben. Ach, jetzt ein Bad, eine Massage!

Langsam ging er noch ein paarmal im Kreis um die lagernde Karawane herum, das war vielleicht auch besser so, um den angespannten Kreislauf auszupendeln. Auf der Erde müßte man sein! fiel ihm plötzlich ein. Was war die Erde doch für ein großartiger Planet! Und was war das Unvergleichliche an ihr? Er mußte grinsen: natürlich ihre herrlich normale Gravitation!

Da hörte er im Helmfunk Uttas Stimme. „Was machen deine Packesel", fragte Utta lebhaft, „schlafen sie schon?"

Erst jetzt fiel ihm auf, daß die Paksi ihre abendliche Gebetszeremonie mit der Hast eines gewohnheitsmäßigen Alltagsgeschäftes hinter sich gebracht hatten und schon bewegungslos im Sand lagen. Er blickte hoch und sah weit oben am dunkelnden Himmel einen leuchtenden Punkt.

„Ja, ich glaube, du kannst kommen", sagte er. Seine Müdigkeit war wie weggeblasen. Die Glieder schmerzten zwar noch, waren auch schwerer, als es die Gravitation dieses Planeten normalerweise hätte bewirken können, aber kraftlos fühlte sich Juri nicht mehr. Er konstatierte das, und wenn er es sonst vielleicht bedenklich gefunden hätte — jetzt fand er es sehr angenehm.

Der Schweber setzte auf, Juri kletterte an Bord und befreite sich wohlig stöhnend von der nun schon drückenden Last des Schutzanzugs.

„Ich bring dich zum Raumschiff", sagte Utta, „da kannst du baden und dich massieren; du riechst ja schon fast wie ein Roboter!"

Jetzt ohne Bedenken ja sagen können! ging es Juri durch den Kopf. Aber dann entgegnete er: „Ich lasse die Karawane nicht ohne Aufsicht. Weiß der Kuckuck, was der Iskatoksi noch alles vor hat!"

„Dann bleibe ich eben solange hier", bot Utta an.

„Und ich hole dich morgen früh vor Sonnenaufgang wieder ab?" fragte Juri zögernd. Die Aussicht auf etwas Bequemlichkeit war zu verlockend.

„Oder morgen abend nach Sonnenuntergang. Hör mal zu, du hast vergangene Nacht kaum geschlafen, und der Marsch ist doch recht anstrengend. Ich dagegen bin ausgeruht; und unterscheiden können uns die Paksi sowieso nicht. Also laß mich morgen die Karawane begleiten!" erwiderte Utta.

Nun wurde Juri auch bewußt, daß dies kein plötzlicher Einfall von Utta war, sondern ein wohlvorbereiteter Vorschlag. Sie trug diesmal, anders als sonst, einen Schutzanzug in gleicher Farbe wie er. Dieses Vorbereitete aber störte ihn, und er fühlte sich ans Gängelband genommen. War er denn wirklich so schwierig, daß man ihn vorsichtig Schritt für Schritt in eine bestimmte Richtung bugsieren mußte, anstatt ihm klipp und klar zu sagen... Na ja, das klipp und klare Angebot hätte er vermutlich sofort abgelehnt...

„Was ist", fragte Utta, „du siehst verärgert aus, warum denn? Oder – sag mal –, nein, das wäre zu albern..."

„Was?"

„Schämst du dich etwa, daß du dich erschöpft fühlst?"

Wenn Juri nicht wirklich am Ende seiner Kräfte gewesen wäre, hätte er Uttas Besorgnis herausgehört. So aber empfand er nur Zudringlichkeit. Er hatte viele Jahre nicht so eng mit einem anderen Menschen zusammen gelebt, daß er diesem das Recht zugestanden hätte, in seine innersten Regungen einzudringen, hatte dies übrigens noch nie sehr gern gemocht. Und weil das alles zusammenkam, reagierte er so grob, daß er selbst darüber erstaunt war und daß es ihm gleich hinterher leid tat.

„Ja, ich schäme mich", sagte er, „und ich denke, das ist mein gutes Recht. Ich mag es nicht, wenn mir jemand in der Seele rumwühlt. Aber damit du nicht denkst, daß ich stur bin – wenn dir soviel daran liegt, nehme ich deinen Vorschlag an und fliege zum Raumschiff. Schluß der Debatte!"

Utta hätte Grund gehabt, beleidigt zu sein. Aber sie war nur traurig. Eine gute, freudige Stimmung brachte auch sie nicht mehr zuwege, und so verließ sie dann bald den Schweber, mit dem Juri zum Raumschiff zurückflog.

Am folgenden Morgen blieb Raja in der Höhle. Zum erstenmal war sie allein unter so vielen Paksi. Sie mußte sich damit abfinden, und sie wußte auch schon, daß das keine einfache Angelegenheit war.

Die Abscheu, die sie den Paksi gegenüber empfand, wurde immer mehr zu einem Hemmnis, sie mußte damit fertig werden, mußte dieses Gefühl überwinden. Es bestand kein Zweifel mehr, daß diese Roboter gesellschaftliche Wesen waren, und folglich hatte sie die Pflicht, sie als solche zu respektieren, auch in ihrem Fühlen und Empfinden.

Sie versuchte sich vorzustellen, wie sie reagieren würde, wenn sie auf eine urtümliche Horde einer primitiven, aber biologisch entstandenen Gesellschaft gestoßen wäre, und sie war sich ziemlich sicher, daß sie freundlich und hilfsbereit gewesen wäre. Aber wer weiß – wenn diese Horde eine andere überfallen und totschlagen würde... War es vielleicht gar nicht die Maschinenstruktur der Paksi, die sie abstieß, sondern ihr gesellschaftliches Verhalten? Aber nein, sie entsann sich ganz deutlich, aufgekommen war diese Aversion zuerst beim Blick in die unbeweglichen Gesichter, die keine Gesichter, sondern Maschinenfassaden waren. Doch hatte sie nicht inzwischen gelernt, in den Gesten wie in Gesichtern zu lesen?

Da war dieser Kisa. Er hatte zuerst und am meisten das Gefühl der Abscheu in ihr erregt, wohl deshalb, weil sie am häufigsten mit ihm zu tun hatte. Aber hatte nicht gerade er sich als – nun ja, wirklich –, als Freund erwiesen, hatte er nicht gewarnt, nützliche Ratschläge gegeben... Gut, vielleicht kämpften hier Interessengruppen gegeneinander, das war ja auch an irdischen Fürstenhöfen gang und gäbe gewesen, und vielleicht bezog er sie nur ein in das vorläufig undurchschaubare Spiel seiner speziellen Interessen. Aber wie auch immer – die Abneigung gerade gegen ihn war durch nichts gerechtfertigt...

Wie von ihren Gedanken herbeigerufen, erschien in diesem Augenblick Kisa und betrat ihre Höhle. Die Gesten, die seine Begrüßungsworte begleiteten, waren knapper als sonst. Raja schloß daraus, daß er etwas Dringliches mitzuteilen hatte – beinahe hätte sie gedacht: auf dem Herzen hatte. Sie fragte ihn direkt, nicht mehr über den Omikron, was er für Neuigkeiten bringe.

Die Karawane solle von Räubern überfallen werden, berichtete er. Der Iskatoksi habe dem Anführer der Karawane eine Marschroute befohlen, die ein Umweg sei und durch das Gebiet führe, in dem die Räuber operieren, und er habe zugleich über heimliche Querverbindungen die Räuber informiert. Er verfolge damit die Absicht, die Räuber und die Fremden gegeneinander auszuspielen.

Woher er das wisse, fragte Raja den Fürsten.

Auch er habe seine Verbindungen, antwortete Kisa.

Was nun seiner Meinung nach zu tun sei, wollte Raja wissen.

Ihm sei bekannt, sagte Kisa, daß die Fremden die Möglichkeit hätten, schneller als der Wind von einem Ort zum anderen zu gelangen. Wenn man ihn jetzt gleich zu den Räubern bringen würde, dann könne er den Überfall verhindern und damit auch die Konfrontation zwischen den Räubern und den Fremden.

Da war es wieder, das Mißtrauen. Raja registrierte es fast unwillig. Aber sie konnte sich dem Verdacht nicht entziehen, daß Kisa und andere, die vielleicht hinter ihm standen, nur die Technik der Raumfahrer auskundschaften wollten. Warum gerade er, ein Fürst, dieses Spiel des Iskatoksi durchkreuzen wolle, fragte sie.

Ob er den Fremden trauen könne, fragte Kisa zurück. Ob sie sich für alle Fremden verpflichten könne, jedem Pak gegenüber zu schweigen über das, was er ihr zur Beantwortung ihrer Frage mitteilen müßte?

Raja zögerte. Sie hätte einfach ja sagen können. Aber sie spürte fast körperlich die wachsende Verstrickung der Menschen in die Angelegenheiten der Paksi, die aus solch einer Verpflichtung entstände. Andererseits − darin verstrickt waren sie so oder so, und sie glaubte plötzlich, in Kisas Gestik ganz neue, bisher unbekannte Nuancen zu entdecken, die sie noch nicht zu deuten wußte, die aber Offenheit und Ehrlichkeit auszudrücken schienen. Sie neigte schon dazu, die geforderte Verpflichtung einzugehen, trieb dann jedoch die Sache auf die Spitze. Ob denn die Fremden dem Fürsten Kisa trauen könnten, fragte sie.

Wenig später hätte sie diese Frage gern zurückgenommen. Sie als Vertreterin einer viel weiter entwickelten Gesellschaft, in der Vertrauen selbstverständlich war, wurde von diesem Vertreter einer Klassengesellschaft beschämt, in der Vertrauen noch seltene Ausnahme, ja eigentlich sogar lebensgefährlich war! Denn nun erhielt sie Einblicke in Zustand und Mechanismus dieser Gesellschaft, die vieles erklärten. Einblicke, die sie nicht in fremde Angelegenheiten verstrickten, sondern die ihr und ihren Gefährten die Möglichkeit gaben, selbständig zu urteilen, zu verstehen und entsprechend zu handeln.

Die Räuber seien seine Freunde, erklärte Kisa. Dann erläuterte er ihr die gegenwärtigen Verhältnisse im Reiche des Iskatoksi. Zufrieden mit dem jetzigen Herrscher sei eigentlich niemand, weder die Beherrschten noch die an der Herrschaft Beteiligten, nicht einmal die Götter. Aber jene Unzufriedenheit sei nur bei oberflächlicher Betrachtung in der Person des Iskatoksi begründet. In Wirklichkeit hätten die blauen Münzen das Reich zersetzt. Ursprünglich als Erleichterung von den Göttern eingeführt, hätten sie dem Streben jedes Pak nach möglichst vielseitiger

Beschäftigung Raum und Möglichkeit eröffnet, die zur Unordnung führten, denn jeder müsse nun mal das tun, wofür er da sei. Diese Unordnung sei nur mit Gewalt einzudämmen gewesen, aber die Gewalt führe immer weiter zur Zersetzung des Reiches. Viele Paksi entzögen sich dieser Gewalt durch die Flucht in Wälder und Berge, und so sei bei vielen, auch führenden Paksi die Erkenntnis herangereift, daß der Kreislauf von Gewalt und Gegengewalt nur durch prinzipiell neue Lösungen zu beenden sei. Wie, darüber bestünden verschiedene Ansichten, aber zunächst einmal sei notwendig, alle Gegner des Iskatoksi zu sammeln. Zu den Führern dieser Sammlung gehöre auch er, Kisa.

Und nun wiederholte Kisa seine Frage, ob sie ihn schnell zu den Räubern bringen könne; er sei beauftragt, den vom Iskatoksi inszenierten Überfall zu verhindern.

Offenbar hatte Kisa inzwischen ebenso gelernt, in Rajas Gesicht zu lesen, wie sie gelernt hatte, seine Gesten zu deuten, denn er sagte nach kurzer Pause, er sehe, daß sie ihm immer noch nicht traue und ob dies sie vielleicht überzeuge? Er zog einen kleinen Kasten aus seinem Armbeutel und reichte ihn Raja.

Das war doch... Das war ein Funkgerät! Ein irdisches Funkgerät, ja eins vom Raumschiff, Raja erkannte es jetzt, das konnte folglich nur jenes Gerät sein, das sie selbst damals dem ersten Roboter gegeben hatte und durch das sie auf die Vorgänge am Kamelrücken aufmerksam wurden. Also hatte Kisa wirklich Kontakt zu den Räubern, und damit war auch alles andere, was er dargelegt hatte, höchstwahrscheinlich richtig.

Jetzt schämte sich Raja und spürte verwundert, daß in gleichem Maße, wie sie mit sich selbst ins Gericht ging, ihre Abscheu schwand, fast könnte man sagen, in Sekunden, und es war ihr eine ungeheure Erleichterung.

Nun war Raja auch bereit, Antwort zu geben – denn antworten bedeutete ja, Kisa in einige technische Geheimnisse der Menschen einzuweihen.

Sie forderte ihn zu einem Spaziergang auf. Außerhalb des Tales stellte sie über den Omikron eine Funkverbindung mit dem Raumschiff her und informierte die Gefährten. Kisa erklärte sie, daß ein Transport, jetzt am hellen Tage, zuviel Aufsehen erregen und die Aktion verraten würde, daß aber die Gefährten im

Raumschiff schon eine Lösung des Problems finden würden. Und dann gab sie ihm das Funkgerät zurück und unterwies ihn, wie es zu gebrauchen und innerhalb welchen Bereichs damit das Raumschiff zu erreichen sei — zum Beispiel auch vom Kamelrücken aus.

Utta hatte recht behalten — den Paksi war am Morgen überhaupt nicht aufgefallen, daß ein anderer Fremder sie jetzt begleitete. Aber sie bemerkte bald etwas, nämlich, daß die Karawane erheblich nach Süden abwich, von der Luftlinie zwischen dem Hof des Iskatoksi und dem Raumschiff. Zunächst beruhigte sie sich damit, daß nicht immer der gerade Weg die verkehrsmäßig günstigste Verbindung sei und daß die Paksi das Gelände besser kennen müßten als die Menschen, und dachte nicht weiter darüber nach. Denn noch immer grübelte sie, wie es zu der Verstimmung kommen konnte, in der sie sich am Vorabend von Juri getrennt hatte.
Nicht etwa, daß ihre Gefühle für ihn nun abzukühlen begannen — im Gegenteil, Hindernisse aktivierten sie. Aber sie wußte nun bald nicht mehr, was sie mit diesem Dickschädel anstellen sollte. Geduld war nicht ihre stärkste Seite, und schon gar nicht in diesem Fall, in dem ihrer Meinung nach alles eindeutig klar war: Sie liebten sich, davon war sie felsenfest überzeugt, und Juris Zögern bestätigte ihr nur, daß es auch ihm ernst war. Keiner von ihnen brauchte sich von jemand anders zu trennen, keiner verletzte irgend jemandes Gefühle, wenn sie sich verbanden. Warum denn nun bei allen Sternen der Milchstraße nicht den entscheidenden Schritt tun und sich öffentlich erklären?
Zwar hatte das in erster Linie moralische Bedeutung, doch auch gewisse praktische Folgen. Wenn sie offiziell verbunden waren, würde man das bei der Einteilung der Arbeiten berücksichtigen und sie bevorzugt zusammen einsetzen, das war so Brauch...
Plötzlich fiel Utta auf, daß ihr Schatten etwas rechts vor ihr lag. Es war vormittags, sie gingen also fast direkt nach Süden. Das war wohl nicht mehr mit der Wahl eines günstigeren Weges zu erklären. Das einfachste wäre nun gewesen, sie hätte das Raumschiff gerufen, von dort würden sie ihren Sender anpeilen und ihren Standort feststellen können. Aber eine Art Trotz hinderte

sie daran, das sofort zu tun — sie wollte selbst daraufkommen, was hier gespielt wurde. Juri würde an ihrer Stelle auch nicht gleich um Hilfe schreien, und er sollte auch auf keinen Fall denken, daß ihr der Austausch jetzt leid tue oder sie nicht mit der Aufgabe fertig werde. Sie zögerte noch, als die Spitze der Karawane deutlich nach Westen einschwenkte — na also, alles in Ordnung!

Zur vollen Stunde meldete sie sich beim Raumschiff, und das Raumschiff registrierte ihre Meldung wie gewöhnlich, also ohne spezielle Messungen und Rückfragen.

Bald darauf wurde das Gelände schwierig. Ein Bergmassiv tauchte auf, das umgangen wurde, schräge Geröllflächen waren zu überwinden. Utta mußte sich körperlich sehr anstrengen, und dabei wurde ihr bewußt, daß die Auswahl einer besseren Wegstrecke wohl nicht der Grund für das Abweichen nach Süden gewesen sein konnte. Was aber dann? Ihr fiel die Ausrede des Iskatoksi ein, jene nicht abgesandte erste Karawane, die angeblich von Räubern überfallen worden war, und sie fragte sich, ob dieser heimtückische Herrscher nicht vielleicht absichtlich einen Zusammenstoß mit den Räubern provozierte, indem er die Karawane weiter südlich marschieren ließ.

Sie holte eine Karte hervor und versuchte die zurückgelegte Wegstrecke abzuschätzen. Ja, wahrscheinlich waren sie jetzt etwa in Höhe der großen Biegung, die der Fluß um das Gebirge machte, also wohl in einem Gebiet, das von den Räubern kontrolliert wurde. Sie hatte nicht etwa Angst vor einer solchen Begegnung, sie würde schon damit fertig werden. Doch sollte sie das Raumschiff nicht besser von ihrer Vermutung informieren? Als sie noch darüber nachdachte, blieb der Anführer an der Spitze der Karawane plötzlich stehen.

Utta eilte nach vorn, an den Trägern und Weißkitteln vorbei, die sich ebenfalls nicht weiterbewegten. Dann sah sie, daß eine breite Spur, von Südwesten kommend, ihren Weg schnitt. Sie führte auf das Massiv zu, das sie eben umgangen hatten.

Es war fast windstill, und die Spur war daher noch nicht verweht. Es mußten viele hier gegangen sein, die Abdrücke überlagerten sich meist, nur an einigen Stellen waren einzelne Fußspuren zu sehen, darunter auch solche, die nicht von normalen Roboterfüßen stammten, sondern anscheinend von irgendwelchen

Behelfskonstruktionen. Also waren wohl Räuber hier entlanggezogen. Utta bedauerte jetzt, daß sie die Sprache der Paksi nicht gründlicher gelernt hatte; so verstand sie nicht alles, was der Anführer der Karawane mit zwei, drei anderen Weißkitteln, Unterführern offenbar, besprach. Aber das hätte ihr jetzt auch nichts mehr genützt. Hinter einem Hügel, der zwischen ihnen und dem Bergmassiv lag, brach ein Haufen Räuber hervor, und auch vor ihnen erschienen auf den Kämmen der leichtgewellten Wüstenlandschaft an mehreren Stellen Gruppen von Räubern – die Karawane schien eingekreist zu sein.

Juri war sofort mit dem Schweber gestartet, nachdem Rajas Nachricht eingetroffen war.

Einen kurzen Augenblick lang hatte Hellen gezögert, seinem Wunsch nachzugeben und ihn zu entsenden, weil sie fürchtete, er könnte emotional zu stark engagiert sein und sich zu Unüberlegtheiten hinreißen lassen. Aber dann hatte sie in sein beherrschtes Gesicht geblickt und zugestimmt. Gern hätte sie ihm noch jemanden mitgegeben, aber beim Raumschiff wurde jetzt jede Hand gebraucht, um die Anlage für die Treibstoffgewinnung fertigzustellen.

Juri war jedoch keineswegs so ruhig, wie es sein Gesicht ausdrückte. Er hoffte noch zur rechten Zeit zu kommen und einen Weg zu finden, wie er die Gefahr eines Zusammenstoßes abwenden konnte, ohne Gewalt anzuwenden. Aber er hatte Phantasie genug, sich eine Lage vorzustellen, in der es nicht mehr nur um eine Gefahr für die Karawane ging, sondern um eine Gefahr für Utta, und er hätte jetzt nicht zu sagen gewußt, ob er in einem solchen Fall lange überlegen würde. Er kannte sich und hatte allen Grund für die Annahme, daß er dann Paksi Paksi sein lassen und schnell und entschlossen „menschheitsegoistisch" handeln würde – ein Wort, das Tondo jetzt häufig im Munde führte.

Seine Erregung wurde noch verstärkt durch den Umstand, daß Utta sich nicht meldete. Das konnte alles mögliche bedeuten, und er begriff jetzt, wie Utta um ihn gebangt haben mußte, als er im Berg verschwunden war. Er mußte die Karawane schnell finden! Doch die Suche irgendwo südlich der normalen Marschroute würde Zeit in Anspruch nehmen, kostbare Zeit, vielleicht unersetzliche Zeit...

Juri schüttelte die Katastrophenstimmung ab. Der Schweber hatte Höhe gewonnen und würde bald das Knie des großen Flusses erreichen, jede Minute, die er trüben Spekulationen nachhing, konnte am Ende ebenfalls verloren sein.

Welche Mittel konnte er anwenden? Wenn es sich um Tiere handeln würde, waren Gravitationsfelder das unschädlichste Mittel der Beeinflussung. Auf diesem Gebiet gab es vielfältige Erfahrungen. Eine leichte Veränderung der Schwerkraft schädigte fremdes Leben nie, rief aber immer Fluchtreaktionen hervor, wenigstens bei höher organisierten Lebewesen, die über differenzierte Verhaltensweisen verfügten.

Hier jedoch stand er gesellschaftlichen Wesen gegenüber, da gab es keinerlei Erfahrungen, nicht einmal ausgearbeitete Theorien.

Inzwischen hatte er die Biegung des großen Flusses überflogen, bald mußte er auf Paksi stoßen, entweder auf die Karawane oder auf Räuber. Aber der Gesichtskreis war noch zu klein. Juri ließ den Schweber weiter steigen. Wenn ein Überfall geplant war, dann würde er wohl nicht in völlig ebenem Gelände stattfinden, sondern eher in der Nähe eines Bergmassivs. Drei solcher Hügelgruppen sah er jetzt am Horizont, am besten, er flog sie nacheinander ab. Es würde wohl genügen, jeweils einen Blick auf die Umgebung zu werfen. Aber dann, wenn er sie gefunden hätte – was dann?

Er versuchte sich vorzustellen, was sich dort abspielen würde. Die Räuber, wenn sie schon von der Karawane wußten, würden sicherlich mit überlegenen Kräften anrücken. Die Karawane würde versuchen zu entkommen. Also würden die Räuber sie einkreisen, er sah förmlich, wie sie von allen Seiten anrückten. Für einen Augenblick belebte sich der gleißende Sand tief unten mit den Gestalten seiner Phantasie, mit kleinen, krabbelnden Punkten, das erinnerte ihn an die gefährliche Situation damals auf G 13, dort war auch so eine Wüste gewesen, und er mußte Tamil suchen, den Gefährten, der überfällig war. Er fand ihn, eingekreist von Zehntausenden dieser kleinen Mineralfresser, sich wehrend mit dem Strahler, aber was nutzte das schon gegen diese Übermacht, er holte ihn mit einem Gravikissen heraus, im letzten Moment...

Das einfachste wäre wirklich, Utta an Bord zu nehmen und die Paksi ihre Probleme unter sich austragen zu lassen! Leider ging das nicht in diesem Falle, hier war alles komplizierter, größere Zusammenhänge entschieden, gesellschaftliche Zusammenhänge. Der Iskatoksi wollte also die Räuber gegen die Fremden hetzen. Wie wär's, wenn man den Spieß umdrehen würde? Ja, das wäre doch..., das müßte gehen...

In der Nähe eines Gebirgsmassivs gab es bestimmt Luftschichten, in denen man etwas spiegeln konnte..., zum Beispiel das Heer des Iskatoksi! Wenn das dort optisch auftauchte, würden die Räuber sicher das Weite suchen, sie würden glauben, der Iskatoksi habe sie mit Hilfe der Karawane in eine Falle locken wollen.

Juri rief sofort das Raumschiff und ließ sich die Aufnahmen überspielen, die seinerzeit von dem Heer gemacht worden waren.

In der Umgebung des ersten Massivs, das er ansteuerte, konnte er nichts entdecken. Aber als er sich dann dem zweiten näherte, sah er in dem leicht welligen Gelände schon bald dunkle Punkte, die sich bewegten: Räuber, wie die Vergrößerung zeigte.

Und dann sah er die Karawane, die schnurstracks auf diese Räubergruppe zumarschierte, in wenigen Minuten mußte sie mit ihr zusammenstoßen. Er zog den Schweber hoch, um einen Überblick zu bekommen – Räubergruppen überall im Umkreis der Karawane, nicht so nahe wie die erste, die er gesichtet hatte, aber nahe genug, um eingreifen zu können, falls es zu einem Kampf käme. Juris ursprünglicher Plan ging nicht auf. Es blieb keine Zeit mehr, die Luftschichtungen zu erkunden.

Juri starrte auf das Gewimmel hinunter. Von hier oben war Utta eine von vielen Gestalten, er konnte sie nur an der Farbe ihres Schutzanzugs erkennen, und ihm wurde plötzlich bewußt, daß alle die anderen Punkte da unten genauso selbständige Individuen waren, jeder eine Welt von eigenen Absichten, Plänen, Hoffnungen, Befürchtungen, der Räuber wie der Weißkittel oder der Träger, jeder zu respektieren als gesellschaftliches Wesen. Er durfte sich nicht von seiner Sorge um Utta hinreißen lassen zu

Handlungen, die den anderen schaden konnten – oder wenigstens nicht, solange es noch eine andere Möglichkeit gab... Wenn ihm doch nur eine einfiele!

Warum meldete sich Utta nicht endlich, er hatte doch schon seit wenigstens einer Minute ihre Kennung gefunkt! Natürlich, sie wird abgeschaltet haben, er selbst hatte ja auch während des Marsches das Gerät nicht die ganze Zeit über laufen lassen, wozu auch! Aber wie konnte er sie jetzt auf sich aufmerksam machen? Er konnte ja nicht gut mit dem Schweber hinuntergehen, denn wenn sich die Paksi auch normalerweise nicht für das interessierten, was in der Luft schwebte – einen so großen Körper wie den Schweber würden sie wohl doch bemerken, wenn er zu tief hinunterkam.

Jetzt hatten offenbar die Karawane und die erste Räubergruppe einander gesichtet – die Räuber drehten sich um und zogen sich zurück; sie wollten offenbar ihren anderen Gruppen Gelegenheit geben, näher heranzurücken. Auch die Karawane vollzog eine kleine Schwenkung. Die Weißkittel wollten ausweichen, aber es würde ihnen nicht gelingen, schon zog sich der Ring zusammen, die Führer der Karawane konnten es nicht sehen, aber sicherlich vermuteten sie es.

Wenigstens war etwas Zeit gewonnen; nicht so viel freilich, daß er seine ursprüngliche Absicht hätte ausführen können, aber ihm würde schon noch etwas einfallen. Zunächst mußte er sich mit Utta in Verbindung setzen. Er holte sie auf den Bildschirm. Jetzt sah er, daß sie am Ende der Karawane lief, schnell lief; die Roboter bewegten sich anscheinend sehr schnell, von oben war das nicht zu erkennen gewesen. Uttas Tempo schätzte er auf etwa acht Kilometer in der Stunde, unter diesen Bedingungen eine mörderische Geschwindigkeit für einen Menschen, und er sah, daß sie manchmal taumelte. Wenn er für sie die Gravitation nur etwas verringern könnte! Das war es, ja, das würde sie aufmerksam machen! Ein negativer Gravitationsstoß, schwach natürlich. Juri visierte sorgfältig, dann gab er einen Impuls.

Er meinte zu sehen, wie Uttas Körper sich plötzlich straffte und wie sie dann, nach dem Abklingen des Impulses, noch stärker taumelte. Aber jetzt hatte sie begriffen.

„Seid ihr da?" hörte er ihre Stimme.

„Ich bin hier, über euch", sagte Juri. „Bleib stehen, laß die Karawane ziehen!"

„Unsinn, ich muß doch dranbleiben, hier sind Räuber in der Nähe!" keuchte sie und lief weiter.

„Ich weiß, ich sehe doch alles, ihr seid eingekreist!"

„Eben, darum muß ich an die Spitze, ihnen helfen, daß sie ausbrechen können, aber ich schaffe es nicht, einen Zwischenspurt bringe ich nicht mehr zustande!"

„Bleib stehen", wiederholte Juri, „ich kann dir jetzt nicht alles erklären, aber mit Rennen ist hier überhaupt nichts zu gewinnen."

„Also gut", rief Utta und ließ sich nach ein paar weiteren Schritten in den Sand fallen.

„Verpuste dich erst einmal, zwei, drei Minuten werden wir noch Zeit haben. Ich hatte eigentlich vor, allen Beteiligten eine Fata Morgana vorzuführen, das Heer des Iskatoksi, aber ich komme nicht mehr dazu, die Luftschichten zu analysieren. Wenn eure Verfolger hier auftauchen, ziehe ich mit Antigrav eine Sandwolke vor dir hoch, die werden sie wohl umgehen. Auf alle Fälle kannst du deine Handkopien einschalten. Wenn alles vorbei ist, hole ich dich, und du setzt mich dann westlich von hier so ab, daß ich auf die Karawane stoße."

„Würde nicht der Ton ausreichen?" fragte Utta.

„Was für ein Ton?" Juri verstand nicht, was sie meinte.

„Diese gräßliche Musik, nach der das Heer um das Raumschiff marschiert ist, das muß doch so etwas wie eine Hymne sein. Wenn du die Aufnahmen von dem Heer hast, muß die doch dabei sein."

„Ja, aber so starke Schallwerfer... Warte mal, doch, das geht! Die klingenden Felsen!" Rasch begann er zu schalten.

„Darf man mal erfahren, was das ist?" fragte Utta.

„Was denn, hast du nie was von Gigmusik gehört? Ach ja, du bist ja ein paar Dezennien jünger. Gigantische musikalische Aufführungen waren das, in den Rocky Mountains haben sie damit seinerzeit begonnen. Musik wird in Gravitationsimpulse umgesetzt, und die werden auf einen geeigneten Felsen gerichtet... So, die Schaltung ist fertig, jetzt brauchen wir bloß noch einen ordentlichen Felsbrocken, Auswahl haben wir ja..."

Es dauerte noch einige Minuten, Utta mußte helfen, den Ton richtig abzustimmen, und dann konnte sie berichten, daß die Musik gut hörbar war. Juri hatte einen der letzten Ausläufer des Massivs als Klangkörper ausgewählt, so daß es Utta in dem welligen Gelände wirklich so schien, als käme von dorther das Heer anmarschiert.

Juri atmete auf. Es war auch höchste Zeit; auf dem Übersichtsschirm sah er, daß die Karawane kurz vor dem Zusammenstoß mit mehreren Räuberhaufen stand. Jetzt aber änderte sich das Bild. Die Räuber stutzten. Aber nicht lange – dann machten sie kehrt und liefen davon. Die Weißkittel ließen die Karawane allein weitermarschieren und verfolgten die Räuber – sie glaubten ja das Herr des Iskatoksi hinter sich.

Einige der fliehenden Räuber aus der Nachhut waren Utta schon bedenklich nahe, gleich mußten sie ...

„Achtung, sie kommen!" rief Utta.

Juri legte zwischen die Räuber und Utta ein schmales Feld negativer Gravitation, die Sandkörner erhoben sich und bildeten einen Vorhang, der sich immer mehr verdichtete und nach oben und nach den Seiten wuchs. Der leichte Wind trieb einen Teil der Körner aus dem Feld heraus, und Utta verschwand in einem undurchsichtigen Schleier.

Die Räuber, in schnellem Lauf, stutzten und bogen seitlich ab. Drei oder vier jedoch bekamen die Kurve nicht, sie stürzten in den Vorhang.

„Aufpassen, Utta!" rief Juri.

Utta antwortete nicht, aber er hörte an ihren Atemzügen, daß sie sich schnell bewegte. Das alles dauerte wohl nur Sekunden, aber für Juri dehnten sie sich endlos. Er konnte Utta nicht helfen, er durfte den Vorhang, der ihn hinderte einzugreifen, nicht beiseite schieben, bis die Räuber verschwunden waren. Er hörte, daß Utta aufschrie. Wenn jetzt ..., wenn ihr etwas zustieße ..., und er hatte sich gesperrt, hatte seine Meinung, seine Befürchtungen, seinen Willen so verdammt viel wichtiger genommen als das, was sie verband ...

Endlich taumelte Utta aus dem Sandtreiben heraus, während gleichzeitig auf der anderen Seite des Vorhangs die Räuber davonhinkten.

Juri warf noch einen Blick auf das Übersichtsbild. Ganz weit entfernt schon die Weißkittel, die die ersten Räubertrupps verfolgten. Auch die Räuber, die noch in der Nähe waren, liefen fort, ohne sich umzusehen. Dann ließ Juri den Schweber fallen, fing ihn kurz über dem Boden wieder ab und landete.

Mit drei, vier Sätzen war er bei Utta, die jetzt im Sand lag. Ihre Augen waren geschlossen. Juri öffnete ihren Helm, rief sie an, Utta schlug die Augen auf und lächelte.

„Wir erklären uns", sagte Juri, „sobald wir wieder im Raumschiff sind."

„Ja", sagte Utta. Und sie schwor sich, niemandem, auch Juri nicht, jemals zu verraten, daß sie eine Ohnmacht gespielt hatte, um ihn endlich dazu zu bringen, daß er sich überwand. Und falls sie ihren Schwur wirklich halten sollte, würde sie damit sich selbst die Illusion erhalten, diesen Entschluß herbeigeführt zu haben.

Es dauerte doch noch einige Tage, bis das Fest der öffentlichen Erklärung gefeiert wurde. Denn ein Fest sollte es werden, darin waren sich alle einig, bis auf Juri, der sich aber fügte. Wenn schon feiern, dann so irdisch wie möglich – Hellen hatte diese Losung ausgegeben, und Juri erkannte wohl nicht zu Unrecht darin eine kleine, freundschaftliche Anspielung auf seine bisherigen Vorbehalte.

So irdisch wie möglich, das hieß in diesem Fall im Freien, also nachts im Licht der beiden Monde, mit Zeremonien und Bräuchen, die wohl auf der Erde selbst kaum noch irgendwo so ernst genommen wurden. Ming hatte die meisten davon hervorgesucht und zelebrierte sie, und womöglich noch mehr Arbeit hatte sich Hellen gemacht mit der Bewirtung. Die selbstverständlich synthetischen Speisen und Getränke glichen den heimatlichen Naturprodukten zum Verwechseln: Das Brot, das gebrochen werden mußte, sah aus, duftete und schmeckte wie Brot, dazu der Braten, die Früchte, der Most, die diversen Leckerbissen. Utta verkündete dankbar, sie hätte selbst auf Erden selten so irdisch gegessen und getrunken.

Sogar eine Tanzfläche mit Lampions gab es, Ming hatte sie so präpariert, daß auf ihr irdische Schwerkraft herrschte, ein kostbarer Genuß, der ausgiebig genutzt wurde. Tondo hatte die historischen Kostüme so geschickt entworfen, daß sie ohne große Behinderung über den leichten Schutzanzug gezogen werden konnten. Nur Raja, die selbstverständlich zu dem nächtlichen Fest geholt worden war, hatte nichts zur Vorbereitung beitragen können. Sie war denn auch etwas erstaunt über den Aufwand, im guten Sinne erstaunt, versteht sich, und äußerte sich in dieser Richtung Tondo gegenüber, der ihr nach Lage der Dinge als Tischherr und Festpartner zugefallen war.

„Es ging wie bei allen Festen", sagte Tondo, „eins kam zum anderen, und am Schluß war es viel mehr, als man sich ursprünglich vorgenommen hatte. Wollen wir tanzen?"

Sie betraten die Tanzfläche und freuten sich über die Leichtigkeit ihrer Bewegungen. Erst nach einer Weile setzte Tondo seinen Gedanken fort: „Es lag wohl auch daran, daß sich so eine Art Pausenstimmung breitgemacht hat. Die Aufregungen sind vorbei, alles läuft, alles ist in geordnete Bahnen gelenkt, die Treibstoffproduktion ebenso wie die Beziehungen zu den Paksi, man kann aufatmen, man hat Zeit, Ruhe..."

Raja spürte deutlich die Unzufriedenheit in Tondos Worten. „Du hast schlechte Laune", sagte sie. „Komm, wir legen uns auf das Floß und lassen uns schaukeln!"

Tondo folgte ihr willig zu dem Plastfloß, das extra für diesen Zweck und diese Nacht in eine der noch ungenutzten Zisternen gesetzt worden war. Er hatte sich mit Raja immer am besten verstanden, und er hatte außerdem gleich mehrere Gründe, das Gespräch mit ihr zu suchen: Sie stand gegenwärtig dem Dienstgetriebe im Raumschiff fern, und sie war zugleich den Paksi am nächsten, hatte die meisten Erfahrungen im Umgang mit ihnen.

„Es ist nicht wegen Utta, falls du das denkst", sagte er, „obwohl – na ja." Er schwieg einen Augenblick. „Ich stecke in lauter Zwiespalten", fuhr er dann fort, „und der, in den mich Ito bringt, dieser gelehrige Pak, ist noch der kleinste. Anfangs war zu ihm überhaupt kein Kontakt zu bekommen, jetzt explodiert er geradezu vor Wissensdurst. Was kann ich ihm sagen, was nicht? Und wenn ja – wie? Er selbst aber sagt über seine Verhältnisse und seine Leute so gut wie nichts. Das dumme ist, der Kerl ist mir fast sympathisch, eben weil er alles wissen will, das ist so – irgendwie menschlich. Und ich habe ihn in dem stillen Verdacht, daß er unsere Sprache schon ganz gut versteht. Sag mal, ist das eigentlich technisch möglich, daß er mehr Laute aufnehmen als selbst sprechen kann?"

„Natürlich", sagte Raja, „du kannst ja auch mehr Laute hören als von dir geben! Diesen Zwiespalt übrigens fühle ich dir nach. Zuerst haben mir die Paksi fast Ekel eingeflößt, dann habe ich mich nach und nach an unseren Fürsten gewöhnt, diesen Kisa, und jetzt mag ich ihn direkt, vielleicht, weil er uns in einigen Fällen sehr geholfen hat. Aber nein, das ist es nicht — oder nicht allein. Ich freue mich, wenn er kommt, ich finde seine Gestik ausdrucksvoll, ich lebe auf in seiner Gesellschaft, lache über seine Späße — ja, stell dir vor, ich kann schon unterscheiden, was Spaß ist und was nicht. Wirklich, die Gestik bei ihnen ist genauso nuancenreich ausdrucksfähig wie bei uns das Gesicht, die Mimik. Wir stehen sozusagen auf ziemlich vertrautem Fuß. Trotzdem habe ich manchmal das Gefühl, er sagt auch nicht alles. Aber vielleicht entspringt das nur meiner eigenen Unsicherheit. Und selbst wenn er manchmal was verschweigt — ich kann es ihm nicht mal verdenken, ich habe da einen entscheidenden Fehler gemacht, Mißtrauen im falschen Moment. Aber Vertrauen? Mißtrauen? Man ist irgendwie hilflos dieser Gesellschaftsordnung gegenüber. Manchmal denke ich, sie sind aus dem Stadium heraus, in dem man ihnen direkt helfen könnte, und für gleichberechtigte Kontakte sind sie noch nicht reif."

Tondo nahm das Stichwort auf, das Raja gegeben hatte. „Kontakte! Ja, unsere Kontakte! Wir haben einen völlig einseitigen Kontakt zu den Herrschenden. Von den Beherrschten erfahren wir nichts. Nehmen wir die Räuber, was haben sie für Motive? Was für Ziele? Was für Ideen? Warum haben wir keinen Kontakt zu ihnen? Das Bauxit wird verarbeitet, die Alukatalysatoren sind fertig, die Anlage läuft automatisch, die Ausrede, daß wir zu beschäftigt sind, zieht auch nicht mehr — aber wir unternehmen nichts. Wir sind froh, wenn uns keiner was tut. Und die Herrschenden sind auch froh, wenn wir ihnen nichts tun, und so sind alle froh, ist das nicht schön? Die Fragen von deinem Götterboten — sie verraten auch nichts. Höchstens die hohe Kunst, so zu fragen, daß die andere Seite daraus keine Rückschlüsse ziehen kann. Allenfalls, daß die Götter ein bißchen von den Anfängen der Astronomie verstehen. Aber daß sie Nachtroboter haben, wußten wir schon, die normalen Paksi bekommen ja den Sternenhimmel nie zu sehen. Ist übrigens komisch: Götter, die sich nach dem Himmel erkundigen..."

So redeten Raja und Tondo nebeneinanderher, aber es waren nur dem äußeren Anschein nach Monologe. Sie redeten nicht aneinander vorbei, sondern stimmten sich auf ein gemeinsames Ziel ein, das ihnen selbst noch nicht bewußt war. Vielleicht harmonisierten sie so, weil gerade sie beide diejenigen gewesen waren, die von Anfang an ganz bestimmte Hypothesen vertreten hatten, gegensätzliche zwar, aber doch bestimmte. Nach und nach wurde das Gespräch zu einer Durchmusterung des gesamten, bisher gesammelten Wissens über die Paksi, und nirgends ergab sich ein Punkt, in dem der eine dem anderen hätte widersprechen wollen.

Raja griff Tondos letzte Bemerkung auf. „Götter..., Götter..., das Wort stimmt einfach nicht. Die Götter sind selbst Paksi, die neuen wenigstens, wenn ich die Geste des Götterboten richtig verstanden habe, und ich habe sie richtig verstanden, weil ich in der Deutung solcher Gesten Übung habe. In der Residenz haben die Wände Ohren, wenn einer dir etwas sagen will, was er nicht darf, geht er ins Freie oder gebraucht die Hände entsprechend. Vielleicht sind die neuen Götter eine privilegierte Gruppe, die das Monopol der Gehirnproduktion hat. Der Begriff Priesterschaft käme vielleicht ihrer wirklichen Rolle noch am nächsten..."

„Die alten Götter waren wie Kottsi, sagen die verbotenen Lieder", erinnerte Tondo, „also wohl biologisch entstandene gesellschaftliche Wesen. Mir scheint, daß hier auch die religiösen Abstraktionen mehr realen Gehalt haben als in der irdischen Geschichte. Wenn man nur dahinterkäme, was dieses ‚Vier gleich fünf' bedeutet. Vier Dinge haben die Paksi von den alten Göttern: die Seele, den Körper, die Sprache, das Symbol der blauen Sonne und das verlorene Wort. Was könnte der reale Hintergrund für diesen Widerspruch sein?"

„Vielleicht steckt das verlorene Wort in einem der anderen vier Dinge?" sagte Raja.

An dieser Stelle unterbrach Hellen sie. Sie war an den Rand der

Zisterne getreten und hatte wohl die letzten Sätze mitgehört. „Fachsimpelt ihr?" fragte sie.

„Ach wo", meinte Raja. „Wir jammern uns nur gegenseitig etwas vor."

„Na, dann ist es ja gut", antwortete Hellen, auf den Ton eingehend. „Übrigens wollte ich noch etwas mit euch besprechen, weil Raja nachher wieder aufbrechen muß. Es gefällt mir gar nicht, daß Raja jetzt vom Iskatoksi in Ruhe gelassen wird. Er hat so viel gewagt, um die Steine zu bekommen, ich kann mir einfach nicht vorstellen, daß er jetzt so eingeschüchtert sein sollte. Warum hat er das gewagt? Nur aus Habgier? Ich glaube eher, daß irgendwelche Machtfragen damit verbunden sind, die wir nicht durchschauen. Ihr müßt beide versuchen, von eurem jeweiligen Partner soviel wie möglich darüber zu erfahren. Wir müssen die Verstrickungen kennen, in denen wir uns befinden."

„Wir werden diese ganze Gesellschaft nur verstehen, wenn wir wissen, woher sie kommt!" behauptete Tondo.

„Sicher", erwiderte Hellen gelassen, „nur vor uns stehen mehr praktische Probleme als erkenntnistheoretische. Zum Beispiel das ganz praktische Problem, das Raja morgen erwartet, wenn sie die Steine abgeliefert hat. Und außerdem – wir sollten uns nicht für die Menschheit halten. Die Raumschiffe, die nach uns kommen, werden für eine umfassende Forschung besser gerüstet sein. Na, macht mal weiter!"

„Immer klein-klein", murrte Tondo, als Hellen gegangen war. „Diese ganze Verstrickungstheorie ist doch die reine Bequemlichkeit."

Tondo erweckte den Eindruck eines trotzigen kleinen Jungen, so daß Raja lachen mußte. „Komm, wir befolgen Hellens letzten Rat und machen wirklich weiter", sagte sie, „wir waren gerade so schön am Zuge. Wollen wir nicht mal versuchen, ob wir eine Hypothese zusammenbringen, der wir beide zustimmen können?"

„Und womit fangen wir an?" fragte Tondo gespannt, da ihm noch nicht ganz klar war, wie weit sich Raja von ihrer früheren Meinung getrennt und der seinigen angeschlossen hatte.

„Mit dem, was unbestreitbar ist – daß es sich um eine eigenständige Gesellschaft handelt."

„Trotzdem müssen wir festhalten, warum das unbestreitbar ist:

Es existiert eine gesellschaftliche Produktion, ihr Ziel ist die Reproduktion der Paksi und ihrer Gesellschaft. Es wurde kein noch so geringfügiger Prozeß entdeckt, der sich nicht darin einordnen ließe."

„Wenn ich ergänzen darf: Stadium – Klassengesellschaft, Formation – dem Feudalismus ähnlich. Es existieren entsprechende Produktionsverhältnisse und ein institutioneller und ideologischer Überbau. Du siehst, ein bißchen habe ich inzwischen auch meine historischen Kenntnisse aufgefrischt."

„Und deine Einwände gegen die unbiologische, die technische Seite der Reproduktion?" fragte Tondo gespannt.

„Darüber habe ich am meisten nachgedacht", antwortete Raja. „Vor allem, nachdem ich diese Muskelproduktion inspiziert hatte. Mir ist da etwas eingefallen. Ich war nämlich, bevor ich in den Kosmos flog, mal als Fachgutachter in einer lokalen Sicherheitskommission tätig und hatte nichtindustriell gefertigte technische Gebrauchsgegenstände einzuschätzen."

„Was ist denn das?" fragte Tondo verblüfft.

„Kurz ausgedrückt: Basteleien. Du wirst gleich verstehen, was ich meine. Also: Technische Basteleien von einer gewissen Leistung an mußten genehmigt werden, damit sie keinen Schaden anrichteten. Unsere Hauptkunden waren die Leute von einem örtlichen Bastelbezirk. Die hatten einen verrückten Stolz: Sie wollten vom Rohstoff bis zum fertigen Produkt alles selbst machen, mit primitivstem Werkzeug, ohne Industrie."

„Aber warum?" fragte Tondo, ein wenig verwirrt.

„Nun – aus Spaß an der Freude."

„Und was haben die gemacht?"

„Zuerst einfache Werkzeuge und Anlagen, um die Rohstoffe zu verarbeiten, dann komplizierte Werkzeuge und immer so weiter, und schließlich das Hauptprodukt, Ziel und Zweck des Ganzen: ein Fahrzeug, in dem der ganze Verein in der Stadt herumkutschte. Es war eine Sensation. Aber wir mußten es zulassen und haben es sogar gern getan, es genügte allen Sicherheitsvorschriften."

„Ich fange an zu verstehen", sagte Tondo. „Du meinst, auf einer gewissen Höhe der Technologie ist es möglich, auch komplizierte Maschinen sozusagen handwerklich herzustellen."

„Ja, wenn die Technik so hoch entwickelt ist, daß man für jedes Teilproblem nicht ein oder zwei, sondern hundert Lösungen zur Auswahl hat."

„Und was die Präzision betrifft", fügte Tondo lebhaft hinzu, „kann ich auch mit einigen Kuriositäten aus der menschlichen Geschichte aufwarten. Es gab da Leute, die haben Porträts in ein Menschenhaar geschnitzt und die Texte ganzer Bücher in einen Kirschkern – hm. Dann wäre also wenigstens theoretisch die Möglichkeit der Roboterproduktion auf Bastlerbasis begründet."

„Ja", sagte Raja, „bis auf die Produktion der Gehirne. Die kann ich mir beim besten Willen nicht so vorstellen, weil man sich dabei mit Molekularstrukturen befassen müßte. Obwohl, wenn man eine große Menge davon herstellt, dann sind vielleicht doch ein paar Milliprozente geeignetes Material darunter..."

„Siehst du!" triumphierte Tondo. „Mir genügt schon deine Bestätigung, daß es nicht prinzipiell unmöglich ist. Aber hast du gemerkt, daß sich daraus noch etwas viel Wichtigeres ergibt? Daß die Paksi sich selbst reproduzieren können, ohne große Industrie, das sehen wir. Aber unsere Überlegung zeigt, daß am Ausgangspunkt ihres Reproduktionsprozesses, zu Beginn ihrer gesellschaftlichen Entwicklung, das technologische Wissen vorhanden gewesen sein muß, das einer großen Industrie entspricht und nur durch sie hervorgebracht werden kann."

„Sie können letzten Endes nicht von sich selbst abstammen, das ist richtig."

„Oder um es ganz zugespitzt auszudrücken", setzte Tondo den Gedanken fort, „die Robotergesellschaft kann sich nicht aus der anorganischen Materie entwickeln, sie setzt einen bewußten Schöpfungsakt voraus, und zwar durch eine andere Gesellschaft, die ihrerseits technisch hoch genug entwickelt ist."

„Halt, da ist eine Denklücke", warf Raja ein. „Man könnte ja zunächst einmal annehmen, daß so etwas auch aus der Degenerierung eines hochentwickelten Industriesystems entstehen könnte, allmählich, durch immer weiter fortschreitende Vereinfachung oder Primitivierung."

„Moment mal", widersprach Tondo, „würde in einem solchen Prozeß nicht die umfassende technologische Information verlorengehen, die wir hier vorausgesetzt haben?"

„Dagegen läßt sich bestimmt auch ein Argument finden", meinte Raja. „Nein, die Sache ist viel einfacher. Setzen wir eine Gesellschaft voraus, die ihre gesamte materielle Reproduktion einem in sich geschlossenen Industriesystem überträgt, in das sie nicht mehr eingreift, dem sie nur die Aufträge übermittelt. Dann ist dieses System nicht selbstregulierend, sondern letztlich gesteuert, zentralgesteuert. Und es hat mindestens drei Steuerprinzipien, die immer zentral durchgesetzt werden — soweit sind wir schon zu Haus auf der Erde, wenn auch erst mal nur in der Theorie."

„Und was sind das für Prinzipien", fragte Tondo begierig, wie immer, wenn er in ein für ihn neues Gebiet eindrang.

„Das erste Prinzip sind die Aufträge der Gesellschaft, die unbedingt zu erfüllen sind. Das zweite Prinzip ist der geschlossene Stoffkreislauf mit ständiger Minimierung des Stoffverbrauchs. Das dritte Prinzip ist die Minimierung der Energieabgabe an die Außenwelt."

„Ja?" fragte Tondo, der noch nicht sah, worauf Rajas Argumentation hinauslief.

„Nehmen wir nun an, dieses Industriesystem wird von der Gesellschaft, aus welchem Grund auch immer, sich selbst überlassen. Was geschieht? Es erhält keine Aufträge mehr, braucht also nur das zweite und dritte Prinzip zu erfüllen. Beides sind Minimierungsprinzipien. Ergebnis: Das Industriesystem legt sich selbst still."

„Na ja", sagte Tondo gedehnt. „Und was passiert, wenn da irgendwas nicht so funktioniert, wie es soll? Meinetwegen, wenn der Teil, der die Minimierung macht, ausfällt?"

Raja lachte. „Sei nicht böse", sagte sie dann, „man merkt doch, daß du von materieller Produktion wenig Ahnung hast. Es ist doch nicht irgend ein Computer, der das für alle macht. Was ist denn zum Beispiel ein menschliches Prinzip? Etwas, was alle Menschen befolgen — oder zu befolgen sich bemühen. Und ein Prinzip in einem Industriesystem ist auch etwas, was nicht irgendwo lokalisiert ist, sondern was alle Teilsysteme befolgen."

„Weißt du was?" sagte Tondo. „Ich werde dir das lieber einfach glauben. Außerdem weist ja auch noch anderes auf einen solchen Schöpfungsakt hin: die Begrenzung auf das Wüstengebiet und das

Fehlen jeglicher Spur einer großen Industrie. Auch fehlen jegliche Überlieferungen von einem Urzustand."

„Letzteres stimmt nicht", widersprach Raja. „Der Urzustand ist gegeben durch die Zeit, als die Paksi das Wort noch nicht verloren hatten."

„Aber das wird als plötzliches, einmaliges Ereignis geschildert – halt, du hast recht, das besagt nichts; in der irdischen Mythologie wimmelt es auch nur so von einmaligen, einschneidenden Ereignissen: Sündenfall, Sintflut... Aber dafür haben wir ja noch die Kuppel, den Wohnsitz der alten Götter."

„Eben. Sie muß ein Produkt derjenigen sein, die die Paksigesellschaft in Gang gesetzt haben. Ich habe mir den Kopf zerbrochen, warum sie das getan haben könnten, denn das ergibt doch eine Riesenverantwortung. Wenn solch eine Gesellschaft einmal da ist, kann man sie ja nicht nach Belieben wieder beseitigen! Sie hat dann das Recht der Existenz und Entwicklung wie jede andere Gesellschaft. Ein Experiment aber muß Anfang und Ende haben! Sie müssen also schwerwiegende Gründe dafür gehabt haben. Und jetzt hilf mir mal: Wie siehst du die Perspektive dieser Paksi?"

Die Frage überraschte Tondo. Sein Denken war in letzter Zeit auf die Vergangenheit der Paksi gerichtet, nicht auf ihre Zukunft. Auf Anhieb fielen ihm nur Binsenwahrheiten ein, die Raja so gut wußte wie er: gesetzmäßige Prozesse wie Entwicklung von Industrie, Ausbreitung über den ganzen Planeten, Überwindung des Klassenstadiums und Errichtung der klassenlosen Gesellschaft...

„Wie lange gibst du ihnen dafür?" fragte Raja.

Tondo staunte. Eine solche Frage hatte er von Raja nicht erwartet, von jedem anderen vielleicht, aber nicht von Raja, für die sonst die geringste Unbestimmtheit genügte, um einen Gedanken als Spekulation abzulehnen.

„Ich sehe förmlich, was du denkst", sagte Raja vergnügt. „Aber wenn wir schon Hypothesen ausbrüten, dann auch möglichst kühn und verrückt. Na gut, ich frage behutsamer, beispielsweise so: Werden sie sich schneller entwickeln als die menschliche Gesellschaft im vergleichbaren Stadium?"

„Es gibt mindestens ein Dafür und ein Dagegen", antwortete Tondo zögernd. „Dagegen steht, daß sie die Hände zum Sprechen brauchen, also nur entweder produzieren oder kommunizieren können. Allerdings setzt die Maschinenbedienung die Notwendigkeit sprachlicher Kommandos herab. Zweitens steht dagegen, daß ihre Zahl für diese Entwicklung sehr klein ist."

„Das sind schon zwei Dagegen", warf Raja ein.

„Stimmt, aber auf der anderen Seite steht ein ganz besonders dickes Dafür. Arbeit ist ihr erstes Lebensbedürfnis. Jedenfalls entnehme ich das deinen Erklärungen über ihre Produktionsweise."

„Ja, und?" fragte Raja verwundert.

„Du kennst die Geschichte schlecht", sagte Tondo lachend. „In der menschlichen Klassengesellschaft war die Arbeit erzwungen, zuerst mit nackter Gewalt, später ökonomisch. Der Mensch fühlte sich, wenn überhaupt, erst nach der Arbeit als Mensch. Begreifst du, was das für die Produktivität, für das Tempo der Entwicklung bedeutete?"

„Unvorstellbar!" erwiderte Raja.

„Ja, ich denke, ihr Entwicklungstempo wird unvorstellbar schneller sein", sagte Tondo, der Rajas Bemerkung auf die Gesellschaft der Paksi bezogen hatte.

„Mir geht es immer noch um den Zweck, den die Leute verfolgt haben könnten, die diese Robotergesellschaft in Gang gesetzt haben", sagte Raja nachdenklich. „Ich habe einen Gedanken, doch der ist noch etwas unklar. Und absolut verrückt. Ich weiß nicht, ich möchte am liebsten damit rausplatzen, aber besser ist wohl, ich taste mich heran. Also – die Kuppel ist älter als die Paksi?"

„Ja, das ist wohl erwiesen."

„Was wird aber länger existieren – die Kuppel oder die Paksi?"

„Du stellst heute Fragen!" sagte Tondo, aber nicht entrüstet, sondern fast ergriffen. „Auf solche Fragen muß man erst kommen! Ja, wie ist das? Als Historiker sage ich natürlich: Eine Gesellschaft ist millionenmal dauerhafter als jede technische Einrichtung. Tektonische Entwicklungen zum Beispiel könnten die Kuppel zerstören, aber nicht die Gesellschaft. Warte mal – du meinst, die künstlich erzeugte Gesellschaft ist ein Mittel der Erbauer, langfristig präsent zu sein?"

„Die Kuppel steht in einem seismisch ruhigen Gebiet. Wenn man also damit rechnen kann, daß die Paksi in einer unbedeutenden Zeitspanne so weit reifen, daß sie die Geheimnisse der Kuppel verstehen und nutzen können, hat die Kuppel ihren Zweck erfüllt. Ich denke, sie enthält die technischen Mittel, mit den Urhebern in Verbindung zu treten."

„Und damit sie inzwischen keinen Unfug mit der Kuppel anstellen, gibt es das verlorene Wort, das sie erst wiederfinden, wenn sie soweit sind!" meinte Tondo lebhaft.

„Wie weit?" fragte Raja.

„Na, so weit, daß... Hm. Tatsächlich, da ist ein Haken. Wie kann gesichert werden, daß sie das Wort erst finden, wenn sie die Klassengesellschaft hinter sich haben? Ist es nun technisch oder ideell verschlüsselt?"

„Und nun frage ich noch einmal", sagte Raja mit seltsamer Spannung in der Stimme, „wie lange, grob geschätzt, brauchen die Paksi von ihrer Entstehung bis zur klassenlosen Gesellschaft?"

„Sagen wir mal — zehntausend Jahre?" bot Tondo unsicher an, halb als Frage.

„Dann würde das Ganze nur Sinn haben, wenn die Urheber der Robotergesellschaft höchstens alle dreißig- bis vierzigtausend Jahre kommen und nachsehen könnten, was hier geschieht." Raja sagte es sehr abschließend, mit einem tiefen Aufatmen. Das war ihr Gedanke gewesen, und der Schlußstein ergab sich jetzt von selbst, sie überließ es Tondo, ihn zu setzen.

„Dann wären sie aus einer anderen Galaxis", sagte er.

Eine Weile schwiegen sie beide, von dem Gedanken überwältigt.

Dann wurde Tondo rege. „Und welchen Zweck soll diese Präsenz am Rande unserer Galaxis haben?" fragte er. „Verstehst du — die Frage nach dem Zweck ist damit nicht gelöst, nur weggeschoben."

„Ja, das stimmt", gab Raja zu.

„Warte mal", fuhr Tondo gleich fort, „jede Gesellschaft begreift irgendwann, daß sie in den Tiefen des Alls nicht allein sein kann. Dann stellt sie sich die Aufgabe, Kontakt zu suchen. Ihr gesamter Reproduktionsprozeß erhält dadurch eine neue Richtung. Wir stehen zum Beispiel jetzt an dieser Schwelle, unser Unternehmen dient auch diesem Zweck. Wie ist das nun mit dem Kontakt von Galaxis zu Galaxis, technisch, meine ich?"

„Darüber wissen wir noch so gut wie nichts", sagte Raja, „aber ich könnte mir vorstellen, daß ein extragalaktisches Raumschiff für Reisen innerhalb einer Galaxis schlecht geeignet ist. Da sind Sterne und Nebel, da sind Gravitationswirbel, den galaktischen Wasserstoff und Staub darf man auch nicht vergessen... Das ist wie mit einem interkontinentalen Pneuexpreß und einer Rollstraße."

„Aha, selbst wenn die Extragalaktischen hierherkommen, können sie schwerlich bis zu uns vordringen, bis zu unserer Erde, so meinst du das?"

„Natürlich!" rief Raja. „In ein paar tausend Jahren wären die Paksi so weit, daß sie uns entdecken..."

„Oder wir sie, weil sie dann Funksignale oder auch schon Tachysignale aussenden. Die Paksi als Mittler zwischen den Extragalaktischen und uns. Oder auch anderen Gesellschaften unserer Galaxis, die wir noch nicht kennen."

„Jetzt schließt sich der Kreis", sagte Raja, „und das eigentlich Überzeugende ist, wir kommen zum Ausgangspunkt unserer eigenen Expedition zurück: zur Erforschung des galaktischen Randgebietes für die Kontaktaufnahme."

„Das erklärt alles!" sagte Tondo.

„Na, na", meinte Raja beschwichtigend. „Wenn wir eine Weile nachdenken, finden wir bestimmt noch manches Wenn und Aber."

„Aber die Kuppel!" rief Tondo. „Die Kuppel wird uns verraten, ob wir recht haben! Wir müssen das verlorene Wort finden! Oder auch ohne dieses Wort in die Kuppel eindringen, das kann doch nicht so schwierig sein!"

„Na, das kommt doch wohl nicht in Frage", sagte Raja nüchtern.

„Das meine ich auch", hörten sie plötzlich Hellen sagen. Sie stand hinter ihnen, am Rand der Zisterne. „Ich habe euch schon eine Weile zugehört, wollte euch nicht stören. Ihr habt ja alles um euch vergessen. – Aber ich gebe zu", fuhr sie nach einer kleinen Pause fort, „der Gedanke, den ihr da entwickelt habt, ist bestechend."

Hellen sagte das zwar nicht gegen ihre innere Überzeugung, denn solcher Heuchelei wäre ein Mensch gar nicht fähig gewesen, erst recht nicht einer, der kurz vor dem Eintritt in das Weisenalter stand. Aber mit ihrem Lob verfolgte sie auch eine bestimmte Absicht. Ihr war längst aufgefallen, daß von allen Angehörigen ihrer Besatzung Tondo am unruhigsten war, am wenigsten erfüllt von seinem Tun, getrieben von maßlosen Wünschen nach Ausweitung der Kontakte mit den Paksi. Diese Wünsche waren nicht an sich und überhaupt maßlos, sondern nur in Anbetracht ihrer Lage, weshalb er wohl auch nicht fähig war, die notwendige Beschränkung voll einzusehen. Hellen war weit davon entfernt, das als einen Fehler Tondos einzuschätzen, im Gegenteil, es hätte ihr leid getan und sie wohl auch ein bißchen enttäuscht, wenn er anders empfunden hätte, entsprach doch sein Verhalten seinem Charakter, Temperament, Beruf — und auch seinem Alter, natürlich. Nein, ihm rechnete sie das Ungestüm nicht als Fehler an. Wohl aber hätte sie selbst es sich als Fehler angerechnet, wenn sie nicht Wege gesucht hätte, diese Leidenschaft auf ein vertretbares und abgestimmtes Ziel im Rahmen der kleinen Gemeinschaft zu richten.

„Wenn ich es recht verstehe", sagte sie, „nimmt das verlorene Wort eine Schlüsselstellung ein?"

„Ja, und um es zu finden, müssen wir viel mehr wissen. Ich komme mir manchmal vor, als ob ich im Kreise laufe; mal erscheint mir dies wichtig, mal das, und nichts führt weiter!" Tondo war erregt; die gefundene Hypothese hatte seine Gedanken beflügelt.

„In welchem Kreis?" fragte Hellen freundlich.

„Wie? Ach so — im Kreis der Fakten, die wir bis jetzt zusammengetragen haben. Man sieht nicht, welche wichtig sind und welche unbedeutend. Ich habe auch noch kein Gefühl dafür — weißt du, was ich meine?"

„Ja, das weiß ich sehr gut", sagte Hellen nachdenklich. „Vielleicht sind es..." Sie verstummte, denn sie war sich nicht klar darüber, ob Tondo ihrem Gedanken folgen würde. Doch dann fuhr sie fort: „Vielleicht sind es nicht zuwenig Fakten, sondern zuviel!"

Tondo wollte protestieren — aber dann schwieg er. Hellen hatte wohl recht. Was sie bisher über die Paksi gesammelt hatten, konnte eine ganze Akademie beschäftigen.

Raja hatte den Wortwechsel der beiden aufmerksam verfolgt und freute sich, daß keine Schroffheit zwischen sie getreten war. Sie bewunderte wieder einmal, was ihr schon so oft an Hellen aufgefallen war, mitunter bei unbedeutenden Gelegenheiten, die den Jüngeren sicherlich entgangen waren: Hellen besaß die Gabe zu leiten, ohne ihre Autorität oder ihre geistige Überlegenheit in die Waagschale zu werfen, sondern indem sie jedem im Sinne und Interesse des gemeinsamen Auftrages zur Entfaltung verhalf. Jetzt sah Raja eine Gelegenheit, sie darin zu unterstützen. „Wie wäre es mit einer heuristischen Hypnose?" fragte sie, mit einem Blick auf Tondo.

Hellen schwieg eine Weile. Dann sagte sie: „Kommt mit."

Tondo war ein bißchen geschmeichelt, aber mehr noch verwundert. Er kannte diese Methode zwar nur vom Hörensagen, meinte aber zu wissen, daß sie fast ausschließlich auf naturwissenschaftlichem Gebiet angewandt wurde, und auch da nur in der Erkundungsforschung, bei bedeutenden Leuten, falls diese das wünschten. Aber statt eines Hochgefühls war ihm nur ein wenig bange. Was, wenn nichts herauskäme? Wäre er da nicht blamiert? Und wäre nicht, was schlimmer war, künftiges Drängen seinerseits von vornherein abgewertet?

„Kann schon sein, daß nichts dabei herauskommt", sagte Hellen. Sie wußte ungefähr, was in jemandem vorging, der sich zum erstenmal dieser Methode unterzog. Sie setzte leidenschaftliches Interesse am Gegenstand ebenso voraus wie gerade jenes Umherirren im Kreis der Fakten, von dem Tondo gesprochen hatte, drängenden Willen und Unsicherheit in der Wahl der Richtung, also auch Hoffnungen und Befürchtungen in gleicher Heftigkeit, den Ausgang des Experiments betreffend.

„Rajas Stimme ist dir wohl am angenehmsten", fügte sie hinzu, als sie das Raumschiff betraten, es war mehr eine Feststellung als eine Frage, und Tondo brauchte nicht zu antworten, so sicher war sie sich.

Es begann damit, daß sie eine Liste knappster Formulierungen von allen in Frage kommenden Fakten zusammenstellten: die Buchstaben der Paksisprache, alte Götter, neue Götter, Seele,

Körper, Sonnensymbol, Familie, Fürstenhof, Götterbote, Räuber, verlorenes Wort und so weiter. Es wurde eine ziemlich lange Liste. Dann sprach Raja diese Bezeichnungen langsam und monoton in ein Mikrofon.

Erst als alle sachlichen Vorbereitungen getroffen waren, erläuterte Hellen, was geschehen würde. „Du wirst in einer abgeschirmten Kammer in hypnotischen Schlaf versetzt. Dann senken wir die Schwerkraft auf etwa vier Fünftel der irdischen Gravitation, das ist der Zustand, bei dem die maximale Entspannung eintritt. Dann wird Rajas Stimme dir die Fakten vorsagen, und zwar stets in veränderter Reihenfolge, die ich je nach den Zwischenergebnissen variieren werde. Über Elektroden werden deine Hirnströme genommen, ähnlich wie beim EEG. Sie zeigen uns zunächst, auf welche Fakten du emotional oder, richtiger, mit Reizung oder Hemmung reagierst. Dann gehen wir zu Verbindungen zwischen diesen Fakten über, mischen auch mal welche von den sozusagen neutralen bei und erproben eventuell verschiedene Formulierungen ein und desselben Fakts. Ziel ist, herauszufinden, ob es Denkergebnisse gibt, die dir noch nicht bewußt geworden sind. Meistens gibt es welche. Ob sie allerdings objektive Sachverhalte widerspiegeln oder über rein subjektive Assoziationsbrücken entstanden sind, läßt sich an den Geräten nicht ablesen. Das ist dann Gegenstand der bewußten Analyse. Hast du noch Fragen?"

Tondo hatte keine Fragen mehr. Er ging in die Kammer und ließ sich die Elektroden an den Kopf kleben. Da Hellen ihn genau kannte, gelang es ihr leicht, ihn in Hypnose zu versetzen. Dann trat sie zu Raja in den Nebenraum.

Die erste Serie zeigte bereits deutlich, daß drei Fakten oder Faktengruppen Tondos Unterbewußtsein besonders stark beschäftigten: Die Buchstaben des Paksialphabets und das verlorene Wort riefen eine Reizung hervor und das Sonnensymbol eine Hemmung. Hellen brachte nun die drei Auslöser in verschiedene Reihenfolge. Dabei trat etwas Interessantes auf: Kam das Symbol zuerst, bewirkte es Hemmung. In der Reihenfolge Sprache, Symbol, verlorenes Wort blieb es neutral. Folgte es auf das verlorene Wort oder stand es am Ende, verursachte es dagegen eine Reizung.

„Chamäleoneffekt", kommentierte Hellen. „Wir machen mal eine Pause. Was hältst du davon?"

„Sprache, das ist klar", meinte Raja, „damit hat er sich am meisten beschäftigt. Das verlorene Wort auch, es hat in unserer Unterhaltung eine wichtige Rolle gespielt. Aber dieser Wechsel bei dem Symbol – soviel versteh ich nicht davon, das ist dein Gebiet."

„Ich denke, es ist nicht der Fakt an sich, der ihn unbewußt stört, sondern bestimmte Seiten oder Eigenschaften dieses Symbols", sagte Hellen. „Denk dir doch mal ein paar unterschiedliche Beschreibungen dieser blauen Sonne aus, kürzer oder länger formuliert, ich mache inzwischen weiter."

Hellen mischte und probierte, aber es ergab sich nichts Neues. Dann reichte sie Raja das Mikrofon.

Raja sprach die folgenden Sätze:

„Das Symbol der Sonne, das die Paksi tragen, ist ein blauer Kreis, von einem blauen Strahlenkranz umgeben.

Der blaue Kreis mit dem Strahlenkranz, den die Paksi tragen, ist vermutlich eine Abbildung der Sonne, um die dieser Planet kreist.

Die blaue Sonne der Paksi hat fünfzehn Strahlen."

Hellen gab nun mal die eine, mal die andere Formulierung unter die anderen Fakten. Es geschah etwas Merkwürdiges: Auf die erste Formulierung reagierte Tondo neutral. Die zweite zeigte eine leichte Hemmung bei dem Wort „Abbildung", die dritte jedoch bewirkte sogar zwei starke Hemmungen, eine bei „blaue" und eine bei „fünfzehn". Das blieb so während aller folgenden Versuche.

Schließlich sah Hellen auf die Uhr und erschrak. Fast eine Stunde war vergangen; vierzig Minuten hatte sie sich als Höchstzeit festgesetzt. Sie stellte die Apparatur ab und weckte Tondo.

„Und? Ist etwas herausgekommen?" fragte Tondo gespannt.

„Ich denke schon", sagte Hellen. „Viel zum Nachdenken und zum Analysieren. Am Symbol der blauen Sonne stört dich etwas. Was, haben wir ermittelt. Du mußt nun dahinterkommen, warum es dich stört." Hellen sagte das mit tiefer Befriedigung – in erster Linie natürlich, weil sie Tondo den Erfolg des Experiments gönnte, aber ein wenig auch, weil seine Aktivität dadurch auf Untersuchungen gelenkt wurde, die ihn nicht unentwegt auf neue

Kontakte mit den Paksi drängen lassen würden — denn von denen konnte er wohl nicht erwarten, etwas über das ererbte Symbol zu erfahren.

„Und was stört mich daran?" fragte Tondo.

„Eine genaue Auswertung machen wir noch", versprach Hellen. „Erst einmal soviel: Die reine Tatsache, daß sie dieses Symbol verwenden, stört dich nicht. Die Abbildung stört dich, aber auch nicht im ganzen. Vor allem sind es die Farbe und die fünfzehn Strahlen." Nach einer kurzen Denkpause fügte sie hinzu: „Aber die Farbe wiederum auch nicht an sich, sondern nur in der Wortverbindung ‚die blaue Sonne der Paksi'."

8

Es wäre falsch, zu behaupten, daß Raja mit Begeisterung an den Hof des Iskatoksi zurückkehrte. Vor dem Morgengrauen setzte sie der Schweber vor ihrer Höhle ab. Sie sah den kommenden Tagen gespannt entgegen – die Steine hatte sie mit, die Fragen des Raumschiffs an die Götter ebenfalls und dazu im Kopf die neue Hypothese.

Und es gab sogar etwas, worauf sie sich freute: die weiteren Gespräche mit Kisa.

Der erschien denn auch, kaum daß sie eine Stunde Schlaf hinter sich gebracht hatte.

Raja zeigte ihm sofort die Saphire, zwanzig apfelgroße, herrliche Steine, mit dem Eifer, mit dem man einem guten Freund ein schönes Mitbringsel vorweist. Sie wußte natürlich, daß diese Regung fehl am Platze war, aber sie hatte in dieser sonst so unschönen Umgebung einfach ästhetischen Genuß an den Saphiren.

Kisa hielt die Hand vor den Mund – bat also um Schweigen – und forderte Raja zu einem Spaziergang auf. Zugleich bedeutete er ihr, die Steine sicher zu verwahren, worauf Raja sie in den Werkzeugbehälter des Omikron schüttete.

Als sie sich weit genug aus dem Tal entfernt hatten, sagte Kisa, sorgfältig darauf achtend, daß seine gestikulierenden Hände durch den Rumpf gegen Einsicht gedeckt waren: „Weißt du, wozu der Iskatoksi die Saphire braucht?"

„Nein."

„Er verkauft sie den Göttern, und mit dem Erlös rüstet er sein Heer aus. Für einen großen Krieg."

„Wieder gegen die Räuber?"

Kisa schwieg. Er schwieg so lange, daß Raja immer stärker das Gefühl bekam, sie würde jetzt etwas Neues erfahren, etwas, was man ihr und den Gefährten bisher vorenthalten hatte. „Gegen die" – er gebrauchte ein Wort, das Raja nicht kannte – „im Norden", sagte er endlich.

Nach vielen und umständlichen Fragen sowie mehreren Mißverständnissen gewann Raja schließlich eine Vorstellung davon, was dieses nie gehörte Paksiwort bedeutete. Man übersetzte es wohl am besten mit „Kolonie".

Die Paksi bewohnten bekanntlich die Wüste mit ihren Bergen; ein riesiges Territorium, bezogen auf den ganzen Planeten jedoch nur einen kleinen Fleck. Hier fanden sie alle Stoffe und Mineralien, die sie zu ihrer Reproduktion brauchten, in leicht zugänglichen Lagerstätten. Vor einigen hundert Jahren aber begannen sich manche dieser Lagerstätten zu erschöpfen. Entsprechende Vorkommen wurden auch jenseits des nördlichen Gebirges entdeckt, nur war dieses Gebiet mit seiner üppigen Vegetation und vielem Wasser für die Paksi schwer zugänglich. Also wurden Verbannte dorthin geschickt, Mißliebige aller Art, um die benötigten Rohstoffe zu fördern, Schwefel vor allem, der für die vorwiegend chemische Produktion der Paksi unerläßlich war.

Die ständische Arbeitsteilung, die jedem vorschrieb, was er wann und wie zu tun hatte, funktionierte aber in diesem Gebiet nicht, noch weniger als im übrigen Reich des Iskatoksi. Der kleinste Regen brachte das strenge Reglement durcheinander. Häufig mußte jeder alles tun und auch tun können. Aber gerade das förderte die Entwicklung der Paksi. Ihr erstes Lebensbedürfnis, die Bewegung, hatte sich schon längst aus dem ursprünglich roboterhaften Bewegungsdrang weiterentwickelt zu einem Bedürfnis nach qualitativ höherer Bewegung in komplizierten und abwechslungsreichen Vorgängen mit einem möglichst hohen Anteil geistiger Regsamkeit. Es war zu einem Bedürfnis nach Arbeit geworden, nach Produktion, zu einem gesellschaftlichen Bedürfnis, das im Kampf mit der feindlichen Natur besser zu befriedigen war. Hinzu kam, daß die beiden anderen Grundbedürfnisse – Stromzufuhr und Schutz vor Feuchtigkeit – kompliziertere Vorkehrungen erforderten, also ebenfalls interessante Arbeit darstellten.

Das alles beschleunigte die Entwicklung der Produktivkräfte in diesem Gebiet, und die Münzen wurden zum einzigen Mittel, die Tätigkeit gegeneinander auszutauschen. Und so entstanden dort, wenn Raja richtig verstanden hatte, frühbürgerliche Verhältnisse. Plötzlich wurde das ursprünglich ärmste Gebiet zum reichsten, und folglich saugte der Feudalstaat des Iskatoksi dieses Gebiet und seine Bewohner noch mehr aus als die anderen, bis vor einigen Jahrzehnten die Mächtigen in dieser Kolonie eigene Truppen ausrüsteten, die königlichen Steuereinnehmer nach Hause schickten und für sich die Autonomie in Anspruch nahmen.

Daraufhin bildete der Iskatoksi aus den Weißkitteln, die ursprünglich als eine Art Polizei fungierten, militärische Einheiten und versuchte die Kolonie niederzuwerfen. Die ersten Feldzüge scheiterten kläglich, der Iskatoksi und sein Hof begriffen anfangs überhaupt nicht, daß sie es da nicht mit Rebellen zu tun hatten, sondern mit etwas grundlegend Neuem. Diese untauglichen Versuche brachten vielmehr das Reich selbst an den Rand des Ruins, und so folgte eine relativ friedliche Periode, während der der Iskatoksi seine Macht stabilisierte, bis zu einem gewissen Grade wenigstens, denn die Räuber im Süden zu beseitigen war ihm ebenfalls nicht gelungen. Diese Zeitspanne war auch ökonomisch notwendig gewesen, denn der Iskatoksi brauchte den Schwefel und die anderen Produkte der Kolonie ebenso, wie die Kolonie junge Paksi und Einzelteile aus dem Königreich brauchte. Nun aber hatte die offiziell in einen Sieg umgemünzte, tatsächlich jedoch jedermann bewußte Niederlage gegen die Räuber bei Hofe die Meinung gefestigt, man müsse die Kolonisten im Norden niederwerfen, dann würde sich das Räuberunwesen im Süden von selbst geben. Und deshalb, so Kisa, hole der Iskatoksi jetzt zum entscheidenden Schlag aus.

Manches an Kisas Ausführungen war Raja noch unklar, vor allem aber eins: wie Kisa selbst zu den Vorkommnissen stand. Daß er Kontakte zu den Räubern hatte und dem Iskatoksi feind war, wußte sie. Sie fragte ihn danach.

Die Antwort war verschwommen, und die Verschwommenheit ließ sich auch nicht beseitigen, als Raja präzisierende Zusatzfragen stellte. Kontakte zu den Führern der Kolonisten habe er, aber wie man dort die Probleme löse, das sei vielleicht praktikabel für diesen schwierigen Landstrich, kaum aber für das ganze Land. Andererseits hätten viele Einsichtige begriffen, daß die Niederwerfung der Kolonie auch das Königreich ruinieren würde, stärker noch als bei den ersten Feldzügen. Aber sie könnten sich im Augenblick nicht durchsetzen, den Ablauf nur verzögern, und deshalb also die Bitte – und damit waren sie beim Angelpunkt und eigentlichen Zweck der Unterhaltung –, Raja solle die Steine noch nicht übergeben.

Im Raumschiff, mit dem Raja sofort über den Omikron Verbindung aufnahm, löste die Neuigkeit über die Kolonie im Norden und alles, was sie darüber erfahren hatte, solches Interesse aus, daß die praktische Frage, was mit den Steinen geschehen solle, etwas in den Hintergrund geriet. Hellen bevollmächtigte Raja, irgendeinen Weg zu suchen, der die Übergabe hinauszögerte, ohne daß dadurch die Beziehungen zum Iskatoksi völlig abgebrochen werden mußten.

Da hatten sie ja etwas Schlimmes angerichtet! Es war klar, daß die Kolonie im Norden, obwohl sie sie nicht kannten, im Bewußtsein der Menschen sofort ihren Platz als historisch fortgeschrittenere Formation fand, die zu unterstützen eigentlich Pflicht gewesen wäre. Statt dessen hatten sich die Ereignisse so entwickelt, daß der scheinbar harmlose Austausch von synthetischen Edelsteinen gegen Bauxit nun die Kolonisten bedrohte. Raja sah deutlich, wie recht eigentlich beide hatten. Hellen ebenso wie Tondo – Hellen mit ihrer Befürchtung, zu tief in die Geschäfte der Paksi verstrickt zu werden, und Tondo mit seiner Kritik an den ungenügenden Kontakten.

Aber sie, Raja, mußte jetzt eine praktische Lösung finden. Kisas Wunsch war ebenso eindeutig wie berechtigt, aber wohl nicht ganz erfüllbar. Das Raumschiff brauchte den Normalraumtreibstoff, die Anlage mußte laufen, und sie gegen einen massiven Angriff der Weißkittel zu schützen würde nicht so ganz einfach sein. Die Schutzhülle, mit der das Raumschiff sich umgeben konnte, ließ sich nicht ohne weiteres so weit ausdehnen. Also mußte der Iskatoksi hingehalten werden. Der wiederum mußte die Götter vertrösten... Moment mal, was für eine seltsame Rolle spielten denn in diesem Fall die Götter, die sich doch angeblich nicht in die Geschäfte des Iskatoksi einmischten?

Raja beschloß, mit dem Götterboten zu sprechen. Aufsuchen mußte sie ihn sowieso, hatte sie doch die Antworten auf die Götterfragen und auch die Fragen an die Götter mitgebracht. Diese Fragen zielten vor allem darauf, die ökonomische Rolle der Götter zu erklären. Tondo hatte jedoch schon bei der Abfassung Zweifel geäußert, ob sie darauf aussagekräftige Antworten erhalten würden; schließlich waren alle Ausbeuterklassen in der menschlichen Geschichte immer bestrebt, die Ökonomie möglichst zu verschleiern. Nun, vielleicht erkannten sie wenigstens an der Fragestellung, daß die Menschen durchaus in der Lage waren, wenn auch nicht alle Einzelheiten, so doch das Prinzip zu durchschauen.

Raja bat Kisa, den Götterboten zu einem Spaziergang einzuladen.

Am Nachmittag trafen sie sich, der Götterbote überflog die Schriftstücke, die Raja ihm überreichte, und steckte sie dann mit der Bemerkung ein, daß die Beantwortung der Fragen sicherlich eine längere Zeit in Anspruch nehmen würde.

Raja kam der Gedanke, daß dieser Götterbote bei aller Machtfülle, die ihm wohl zur Verfügung stand, doch nicht über die Antworten entscheiden konnte. Sie war selbst überrascht über diesen Gedanken und wunderte sich, daß sie schon anfing, die Schliche zu durchschauen, mit denen hier wirkliche Verhältnisse halb verdeckt, halb offenbart wurden. Solche Geheimniskrämerei war ein für Menschen ganz unverständliches und kaum nachvollziehbares Verhalten, obwohl es in der vergleichbaren Geschichtsepoche der Menschheit wohl auch nicht anders zugegangen war. Außerdem durfte man jetzt wohl annehmen, daß Götter wie Götterboten allesamt Paksi waren, eine bestimmte Klasse, für die es in der irdischen Geschichte nichts Vergleichbares gab – die Übersetzung mit Priesterschaft würde den Sachverhalt wohl auch nicht treffen.

Es schien so, als ob der Götterbote selbst nicht unbedingt damit rechnete, daß die Fragen überhaupt beantwortet würden. Trotzdem mußten die Götter aus irgendeinem Grund an den Menschen interessiert sein, denn wenn es ihnen nur darum gegangen wäre, sich um eine Antwort zu drücken, hätte der Götterbote ja nicht zu diesem Spaziergang zu kommen brauchen. Eigentlich deutete aber sein Kommen sogar eine gewisse Bereitschaft an, auch vertrauliche Dinge zu besprechen.

Raja beschloß auszuloten, wieweit diese Bereitschaft ging. „Wozu brauchen die Götter die blauen Steine?" fragte sie.

Der Götterbote schwieg. Raja sah jedoch an seinen Händen, daß er mehrfach zu einer Antwort ansetzte. Schließlich sagte er, und Raja war sofort überzeugt, daß es die Wahrheit war: „Um die Seelen der Paksi herzustellen."

Wieder empfand Raja deutlich, daß all die übersetzten Begriffe in diesem Bereich – Seelen, Götter und so weiter – ganz unzutreffend waren. Aber es war wohl zu spät, das zu ändern, man mußte sie immer mit den nötigen gedanklichen Einschränkungen gebrauchen.

„Wenn die Götter um dieser Steine willen in Kauf nehmen, daß der Iskatoksi seine Macht vergrößert und die Kolonisten unterwirft, muß ich daraus den Schluß ziehen, daß die Götter Schwierigkeiten haben, die Seelen der Paksi herzustellen?" fragte Raja jetzt.

Der Götterbote machte eine bejahende Geste.

„Oder möchten die Götter selbst die Kolonie vernichtet sehen?"

Diesmal folgte eine verneinende Geste, und nun wußte Raja nicht recht weiter. Obwohl sie vieles in der Gestik der Paksi schon zu deuten wußte und noch mehr intuitiv erfaßte, fiel es ihr doch immer noch schwer, zu erkennen, was in einem Pak vorging. Immerhin bemerkte sie, daß der Götterbote seine Schritte beschleunigte, und sie schloß daraus, daß auch seine Gedanken sich stürmischer bewegten. Sie wartete also, bis er von selbst anfing zu sprechen.

„Niemand ist ganz und gar Herr seiner Entschlüsse", sagte er. „Der Iskatoksi ist in einer Zwangslage – wenn er die Kolonie nicht erobert, zerfällt sein Reich. Das scheinen Sie ja zu wissen. Die Kolonie ist ebenfalls in einer Zwangslage – wenn sie unterworfen wird, können die Paksi dort nicht existieren, und das ist weit schlimmer, denn was sie herstellen, wird unbedingt gebraucht. Aber auch die Götter, die beide erhalten möchten, sind in einer Zwangslage, sie brauchen die Steine, sonst wird die Zahl der Paksi abnehmen, zuerst langsam, später immer schneller, und diese Zwangslage ist die schlimmste."

Er schwieg einen Augenblick, und dann fuhr er fort: „Ich gehe jetzt weit über das hinaus, was die Götter mir erlaubt haben zu sagen, aber ich sehe, daß die Fremden auch so alles Wichtige erfahren, und wo sie es nicht direkt erfahren, dringen sie mit der Kraft ihrer Gedanken ein. Und ich sehe, daß die Fremden an

Wissen und Kraft den alten Göttern ähnlich sind. Ja, es ist sehr schwierig geworden, die Seelen der Paksi herzustellen. Einiges, was wir dazu brauchen, ist uns von den alten Göttern überkommen, aber die Zeit, der Herrscher über alles, auch über die alten Götter, beginnt es zu zerstören. Anderes lag früher an der Oberfläche der Iska, leicht zu greifen, wenn man wußte, was es war; heute ist es nur noch selten zu finden, zum Beispiel solche Steine. Für dies und das haben unsere Gelehrten schon eine Lösung gefunden, und vielleicht finden sie auch noch weitere Lösungen, aber wann? In hundert Jahren? In tausend Jahren? Einige von den Göttern hoffen, die Fremden könnten uns helfen."

Raja nickte zum Zeichen der Zustimmung, aber dann fiel ihr ein, daß der Götterbote das unter dem Helm nicht richtig sehen und vielleicht auch nicht deuten könnte, und sie sagte: „Ja — ich bin sicher, wir können Ihnen helfen. Aber dazu müßten wir sehen, wie die Seelen hergestellt werden und was dazu gebraucht wird."

Der Götterbote machte eine abwehrende Geste, äußerte sich aber nicht dazu. Er lenkte vielmehr die Schritte in das Tal zurück, wobei er über die verschiedensten Dinge plauderte, auch auf Schönheiten des Geländes aufmerksam machte, oder richtiger: auf das, was die Paksi offenbar als schön empfanden.

Vor dem Eingang in das Tal blieb Raja stehen, und wohl oder übel mußte auch der Götterbote anhalten. Ihr war ein Gedanke gekommen. Alles, was sie gehört hatte, schien darauf hinzudeuten, daß die Steine eine Schlüsselstellung in der Produktion der datenverarbeitenden Teile der Roboter einnahmen und daß durchaus nicht alle sofort gebraucht würden.

Raja drehte sich um und zeigte auf den Weg zurück, den sie genommen hatten, so als fiele ihr dort in der Wüste etwas auf, wonach sie fragen wollte. Auch der Götterbote drehte sich um, den Rücken dem Tal zu.

„Brauchen Sie die Steine sehr schnell?" fragte sie.

Der Götterbote schien rasch zu verstehen, kein Wunder, immerhin war er ein exponierter Pak.

„Einer würde zunächst genügen", sagte er, „die anderen vielleicht nach und nach. Solange noch etwas aussteht, wird der Iskatoksi kaum die Beziehungen zu Ihnen aufs Spiel setzen. Ach, und noch etwas, bevor wir uns wieder umdrehen: Vertrauen Sie diesem Ito, der als Gesandter bei Ihnen ist, nicht allzuviel an."

Tondo hatte sich ernsthaft bemüht herauszufinden, was seine Reaktionen bei der heuristischen Hypnose bedeuteten, aber das Ergebnis war bisher mager. Nur die Reaktion auf das Wort „fünfzehn" glaubte er geklärt zu haben: Das Symbol der blauen Sonne hatte zwar fünfzehn Strahlen, das war richtig, aber diese Strahlen waren unterschiedlich – sechs waren lang und neun kurz, so daß man eigentlich statt fünfzehn genauer sechs und neun sagen sollte oder, wenn man eine Zahl haben wollte, sechs Komma neun.

Aber alles Weitere blieb dunkel. Ohne zusätzliche Bezugspunkte und Hinweise war diese Zahl genauso stumm wie die Fünfzehn.

Dann aber hatte Rajas Meldung und ihr bald darauf folgender ausführlicher Bericht die Raumfahrer in einen Wirbel von Auseinandersetzungen versetzt.

Tondo fand sich in seiner Auffassung bestätigt, das ängstliche Vermeiden weiterer Kontakte sei sinn- und nutzlos. Es zeigte sich ja jetzt, daß die Menschen dadurch den reaktionärsten Teilen der Paksigesellschaft halfen, und das erfüllte ihn mit einem gerechten Zorn. „Wir können uns nicht mehr heraushalten", sagte er erregt, „wir sind doch schon mittendrin! Wir müssen sofort mit dieser Kolonie Verbindung aufnehmen!"

„Du gehst also davon aus", fragte Hellen, sanft wie immer, „daß diese Kolonie – wenn das Wort den Sachverhalt richtig wiedergibt – eine fortgeschrittenere Gesellschaftsordnung repräsentiert?"

„Ja – natürlich", sagte Tondo, etwas verwirrt, „in Ansätzen wenigstens!"

„Das ist aber nur eine Vermutung", meinte Hellen. „Nichts gegen die Allgemeingültigkeit der gesellschaftlichen Entwicklungsgesetze, aber wer sagt denn, daß das Stadium der Klassengesellschaft hier bei den Paksi in der gleichen Stufenfolge abläuft wie in der irdischen Altgeschichte?" Sie wandte sich an Ming. „Wann haben wir genügend Treibstoff zusammen?"

„In vierzehn Tagen etwa", antwortete Juri statt seiner.

„Dann werden wir starten", sagte Hellen. „Die Geschichte der

Paksi wird auch ohne uns ihren gesetzmäßigen Verlauf nehmen."

Tondo war wie vor den Kopf geschlagen. War das Zynismus? Er lauschte noch einmal den eben verklungenen Worten Hellens nach — nein, davon war nichts zu spüren, damit täte er Hellen unrecht. Aber wie konnte sie dann so etwas vorschlagen? Begriff sie, die Kommandantin, gar nicht, was sie da sagte? Tondo blickte die anderen Gefährten an, er sah nicht, daß Hellens Äußerungen einen davon sonderlich erregt hätte. Freilich, keiner von ihnen hatte sich je im Leben gründlich mit den Problemen der Klassengesellschaft befaßt, auch Hellen wohl nicht. Nein, auch Hellen nicht! Und ihre Überlegenheit, auf allen anderen Gebieten vorhanden und entsprechend zu respektieren, existierte auf diesem Gebiet nicht!

Nein, sie wußte wirklich nicht, was sie da sagte. Wußte nicht, daß sie eine der dümmsten und abgeschmacktesten Ausreden wiederholte, die in der Periode gang und gäbe waren, als die menschliche Gesellschaft sich aus ihren Fesseln befreite, Ausreden für die Furchtsamen, Bequemen und Denkfaulen. Ganze Theorien und Philosophien hatten sich darum gerankt, ausgearbeitet von intellektuellen Dienern des Alten, um dieses: Wenn alles gesetzmäßig abläuft, dann braucht man sich ja nicht abzurackern, sondern kann in aller Ruhe abwarten, was sich am Ende durchsetzt...

Nein, es gab keinen Zweifel: Hellen war das nicht bewußt. Sie dachte und handelte nur aus Sorge um das Raumschiff, aus ehrlicher und überzeugter Sorge. Aber das war es ja gerade! Sie hatten mehr zu besorgen als ihre ungehinderte Abreise. Und das erlegte nun ihm, Tondo, eine ungeheure Verantwortung auf. Er wußte es, und nur er konnte die anderen überzeugen, zu tun, was notwendig war, notwendig aus Verantwortung vor der Geschichte, der eigenen wie der der Paksi. Nur er — nicht, weil er ein besonders tiefer Denker oder ein sonstwie hervorragender Mensch war, sondern einfach, weil er das nötige Wissen dazu hatte. Also mußte er die natürliche Scheu überwinden, die aus der Erfahrung erwachsen war, daß die Älteren sowieso immer die besseren Argumente hatten. Und plötzlich war ihm klar, daß er, der sich schon lange für erwachsen hielt, eben jetzt, in dieser Stunde, erst wirklich erwachsen wurde, erst die wirkliche und richtige Prüfung des Menschseins abzulegen hatte.

Aber wie sollte er vorgehen? Sollte er an Hellens Fehler anknüpfen? Die Gesetze erläutern, ihre Wirkungsweise? Ganz allgemein dozieren, was ohnehin jeder wußte? Daß die Gesetze der Gesellschaft sich durch das Handeln ihrer Mitglieder durchsetzen, nicht von selbst? Nein, er mußte sachlich sprechen, zur Sache also und überzeugend, so daß sich Abstraktes mit Sinnfälligem verband.

Tondo begann leise, fast schüchtern. „Daß die Kolonie eine fortgeschrittenere Gesellschaftsordnung repräsentiert, ist allerdings bis jetzt noch eine Vermutung", sagte er.

Hellen sah erstaunt auf. Sie hatte ihrer letzten Äußerung einen sehr abschließenden Ton gegeben, weil sie das Thema auch für durchaus abgeschlossen gehalten hatte. Aber sie fiel ihm nicht ins Wort.

Tondo fuhr fort: „Wir sind überhaupt in vielen Dingen auf Vermutungen angewiesen. Einiges aber kann man wohl als gesichert betrachten: Es existieren mindestens fünf relativ selbständige Kräfte in dieser Gesellschaft. Der Feudalstaat des Iskatoksi, in sich sicherlich in Klassen und Schichten gespalten. Die Kolonie, die sich in ihrer ökonomischen Struktur offenbar davon abhebt, wenn wir auch noch nicht wissen, in welchem Maße. Die neuen Götter, die anscheinend eine übergreifende, alle Bereiche umfassende Funktion haben. Die Räuber, die wir wohl besser als Rebellen bezeichnen würden."

„Und die fünfte Kraft?" fragte Utta, die mitgezählt hatte.

„Sind wir."

Die anderen schwiegen einen Augenblick erstaunt. Dann sagte Juri: „Was für ein Unsinn? Wir gehören doch nicht zu den Paksi!"

„Aber wir wirken in ihrer Gesellschaft mit, und zwar kräftig. Mit dem Iskatoksi unterhalten wir Beziehungen, wir haben ihm damit einen Erfolg verschafft, als er mit den Räubern nicht fertig wurde, wißt ihr noch, daß wir das sogar beabsichtigt hatten? Und wir verschaffen ihm die ökonomische Grundlage zur Kriegführung. Mit den neuen Göttern stehen wir in Verhandlungen, sie haben offenbar ein Anliegen an uns, und kein unwichtiges. Die

Rebellen im Süden wissen von uns. Und wer wollte behaupten, daß diese Kolonisten im Norden noch nichts von uns gehört haben? Ob wir wollen oder nicht — schon mit dem allerersten Kontakt sind wir zu einem handelnden Faktor dieser Gesellschaft geworden."

„Ja, vor allem durch dein Handeln", sagte Juri ärgerlich, „sonst wären wir jetzt auf dem Heimweg, das wollen wir doch nicht vergessen!"

„Und durch mein Handeln!" ergänzte Utta — sie wollte Juris Ausfall etwas entschärfen und merkte gar nicht, daß sie ihn damit nur betonte.

„Vergessen wollen wir das nicht", sagte Ming mit milder Zurechtweisung, „aber doch wohl aus diesem Sachzusammenhang heraushalten!"

„Bitte weiter", forderte Hellen mit leichter Ungeduld. Ton und Haltung drückten Ablehnung aus, und Tondo war nicht so sehr von sich eingenommen, daß er diese Ablehnung nur auf Juris Einwurf bezogen hätte.

„Ich sagte: handelnder Faktor. Und wie handeln wir? Wir unterstützen die Kraft, in der wir nach unseren Kenntnissen die reaktionärste vermuten müssen, und..."

„Eben", warf Hellen ein, „vermuten!"

Tondo ließ sich zu einem Ausbruch verleiten. „In diesem Zusammenhang ist mir schon die Vermutung unerträglich!" rief er aufgebracht.

„Sollen wir uns danach richten, was du ertragen kannst und was nicht?" fragte Juri böse. Aber er hatte kein gutes Gefühl dabei, er wußte selbst nicht, was ihn dazu angestachelt hatte, diesen Mißton in die Debatte zu bringen. War es der alte Groll wegen des verpaßten Starts, der all diese für Juri quälenden Verwirrungen ausgelöst hatte, oder war es eine leise Eifersucht darauf, daß Utta Tondos Ausführungen mit zunehmendem Interesse folgte, ja, daß sie geradezu an seinen Lippen hing!

Himmel! dachte Hellen, wann sind eigentlich die Leute früher erwachsen geworden, als sie schon mit fünfzig graue Haare hatten? Aber sie meinte damit nicht nur Juri, der ja etwa in diesem Alter war, sondern ein bißchen auch sich selbst, denn sie war sich plötzlich klar darüber, daß sie Juris Entgleisung provoziert hatte.

Aber was hatte sie selbst dazu veranlaßt? War sie sich ihrer Position in diesem Meinungsstreit vielleicht doch nicht so sicher, wie sie gedacht hatte? Meldeten sich hier unterdrückte Zweifel?

„Ich habe mich falsch ausgedrückt", meinte Tondo nach einer Pause versöhnlich, und diese Versöhnlichkeit, die seine Position stärkte, war nicht gespielt. „Ich meinte eigentlich etwas anderes. Daß wir wie eine mächtige Kraft dieser Gesellschaft wirken, habt ihr nicht bestritten. Gut. Die anderen Kräfte handeln blind, nur ihren engen Interessen folgend. Wir dagegen kennen die gesellschaftlichen Gesetze, und darum, darum haben wir eine viel höhere Verantwortung für die Paksi als sie selbst."

Er atmete tief. In diesem Augenblick drängte sich ihm der Vergleich auf zu dem Gespräch mit Raja auf dem Floß, als sie ihre Hypothese aufgestellt hatten. Wie leicht, wie locker waren da die Gedanken gekommen, scheinbar ohne Anstrengung rückten sie wie von selbst zur rechten Zeit an den rechten Platz. Das hier dagegen war Auseinandersetzung, Anstrengung — aber auch angenehm, von einem eigenartigen Genuß begleitet, besonders jetzt, da er das Gefühl hatte, daß das Gespräch auf dem richtigen Wege war.

Hellen schien durchaus begriffen zu haben, daß ihre Abschlußbemerkung von vorhin widerlegt war. Sie hätte jetzt neue Argumente bringen müssen — sie brachte aber nur die alten.

„Besteht deiner Ansicht nach die Möglichkeit", wandte sie sich an Tondo, „daß wir in ein paar Wochen die Struktur dieser Gesellschaft soweit aufdecken können, wie nötig ist, um unsere Handlungen genau richtig anzusetzen und ihre Folgen ganz überblicken zu können?"

„Nein", sagte Tondo, „nicht in dem Maße, wie wir das aus unserer Gesellschaft gewohnt sind, wenn wir planen und Entscheidungen vorbereiten. Das ist in der Klassengesellschaft auch gar nicht möglich. Stellt euch zum Beispiel vor: Ein Führer der Unterdrückten. Jahrzehnte eingekerkert. Abgeschnitten von jeder Information. Dann freigekämpft. Kommt aus dem Gefängnis. Wird sofort mit Fragen bestürmt. Muß antworten, kann sich nicht drücken. Und da er ein Führer ist, wird jede Antwort zu einer Entscheidung."

Ming schüttelte den Kopf. „Ohne ausreichende Information?

Ohne die Folgen abzusehen?" Man konnte direkt hören, wie schon der Gedanke ihn schreckte.

„Ohne im einzelnen die Folgen abzusehen", bestätigte Tondo. „Handeln nach einem Prinzip, in der richtigen Richtung. Einzelne Fehler, die dabei auftreten, in der Praxis korrigieren. – Auch wir müssen endlich handeln."

„Das mag sein", sagte Hellen mit seltsam dünner Stimme, „aber das sollten wir trotzdem denen überlassen, die nach uns kommen und besser dafür gerüstet sind."

Eine magere Entgegnung, dachte Tondo. Die Entscheidung auf andere schieben... Und dann wurde ihm plötzlich klar, daß Hellen damit stillschweigend die Richtigkeit seiner Argumente anerkannt hatte. Sofort fiel ihm die Antwort ein, die er geben mußte, und er wußte auch schon, daß er sich durchgesetzt hatte. Er sagte: „Und wenn die nächste irdische Expedition die Paksi nicht mehr vorfindet?"

Mit dieser Frage war es ihm gelungen, alle zu verblüffen. Es war ja auch schlechthin unvorstellbar, daß eine Gesellschaft von der Bildfläche verschwinden, eingehen, zerstört werden oder sich selbst zerstören sollte. Aber er konnte darauf hinweisen, daß auch die Menschheit nach der Entdeckung der Kernkraft hart an der Vernichtung vorbeigegangen war und daß in noch früherer Zeit einzelne Völker wahrscheinlich wirklich untergegangen waren, wie das immer noch rätselhafte Verschwinden der Mayas vermuten ließ. Und er erläuterte die beiden Hauptgefahren, die die Paksi bedrohten, indem sie die Produktion der Hirne gefährdeten: der Kriegszug, der das Reproduktionsschema völlig durcheinanderbringen würde – und an dem die Menschen durch ihre Saphire ungewollt Anteil hatten –, und andererseits die technologischen Schwierigkeiten, die die Götter offenbar hatten und bei denen die Menschen mindestens Hilfe leisten konnten.

Ming erkannte, daß die Debatte zu Ende war. Er erhob sich und besorgte eine Runde Erfrischungsgetränke. Währenddessen pendelte das Gespräch noch um ein paar allgemeine Erwägungen, etwa derart, daß eine biologisch entstandene Gesellschaft solche Probleme nicht habe, da sie eben von vornherein, kybernetisch gesprochen, einen bedeutend höheren Überschuß an Organisation besitze. Aber dann versiegte die Unterhaltung.

Als alle ausgetrunken hatten, sagte Hellen: „Und nun – was tun wir?"

„Raja muß den Göttern helfen", sagte Tondo, „und wir müssen mit den Kolonisten Verbindung aufnehmen. Ich denke, dieser Götterbote kann uns dabei helfen. Vielleicht auch Kisa."

„Nun gut!" Hellen seufzte. „Raja soll das in die Wege leiten. Und dann besuchen Ming und Juri die Kolonie. Ming, weil er der Bedächtigste von uns ist, und Juri, weil es möglicherweise ganz praktische Probleme dabei geben wird."

„Schickt Tondo!" sagte Juri. Er war beschämt. Die Größe der Auseinandersetzung war ihm erst später als den anderen bewußt geworden, und nun bedrückte ihn nicht nur die Kleinlichkeit seiner Einwürfe und Reaktionen, ihn quälte auch seine seltsame Unbeweglichkeit in allen nicht unmittelbar praktischen Fragen. Auch wollte er an Tondo etwas gutmachen.

„Nein, du fliegst", entschied Hellen. „Ming und du." Nach einer Weile fügte sie hinzu: „Und Utta. Mit dem Gebirge dazwischen könnte es Probleme der Funkverbindung geben. Es genügt völlig, wenn Tondo und ich hierbleiben."

Tondo aber war es zufrieden. Er war so zufrieden, daß er Juri gut zuredete und ihn schließlich von der Zweckmäßigkeit des Arrangements überzeugte. Er fühlte sich nämlich zu diesem Zeitpunkt an seinem Arbeitspult im Raumschiff viel nützlicher als bei der Entdeckung irgendwelcher Einzelheiten – wenn nur die Sache selbst in Gang kam.

Die drei Delegierten hatten im stillen erwartet, diese Kolonie werde sich als etwas Besseres erweisen, irgendwie vernünftiger eingerichtet, leichter zugänglich sein als der Hof des Iskatoksi, kurz: ihrer eigenen gesellschaftlichen Struktur näherstehen. Aber da wurden sie – wenigstens vorläufig – arg enttäuscht.

Zuerst war es gar nicht einfach, die Kolonisten überhaupt zu finden. Die drei hatten zwar Empfehlungsschreiben, ein offenes vom Götterboten und ein geheimes von Kisa. Sie wußten auch, daß es so etwas wie eine Hauptstadt gab oder, richtiger, eine zentrale Ansiedlung. Aber Karten existierten nicht, und die Kolonisten siedelten in einem praktisch endlosen Waldgebiet jenseits des Nordgebirges. Es lagen zwar Wegbeschreibungen vor, aber wie lange hätten sie gebraucht, wenn sie einem solchen Weg hätten folgen wollen? Und aus der Luft gesehen, verloren sich alle Wege in der Undurchdringlichkeit der Baumkronen. Denn das war ein anderer Wald als der, den sie vom Südgebirge her kannten: Er war höher, dichter und bestand wohl auch vorwiegend aus andersartigen Bäumen.

Nachdem sie sich eine Zeitlang ergebnislos mit den Luftbildern abgemüht hatten, beschlossen sie, am Rand des Gebirges in geringer Höhe entlangzuschweben. Irgendwo mußten schließlich Paksi sein oder wenigstens Spuren ihrer Arbeit, und dann würde man weitersehen. Dann aber, als sie solch eine Spur gefunden hatten, den Ausgang eines Bergwerks vermutlich, erwies sich das Weitere als gar nicht so einfach.

Dieser Platz war eine kleine ebene Waldlichtung vor einer Felswand. Hier ragte kein Felszacken über die benachbarten Wipfel hinaus, wie das sonst öfter zu sehen war, auffallend jedoch waren die verschiedenfarbigen Gesteinshaufen auf der Lichtung. Aus seitlicher Sicht konnte man die Stollenmündung sehen, und nachdem sie eine halbe Stunde gewartet, aber keinen Pak erblickt hatten, ließen sich Utta und Juri aus etwa zweihundert Meter Höhe nach unten liften. Danach zog Ming, der an Bord geblieben war, den Schweber sofort wieder hoch — im Rahmen des Möglichen wollten sie ja auch weiterhin vermeiden, den Paksi ihre technischen Mittel zu Gesicht zu bringen.

Vom Boden aus wirkte dieser Wald noch seltsamer und befremdender. Sie sahen ihn sich gründlich an — mußten sie doch damit rechnen, daß ihr Besuch in der Kolonie sich nur unter solchem Wald abspielen würde, der allem Anschein nach die ganze Region bedeckte.

Der Wald hatte zwei deutliche, ja geradezu kraß unterschiedene Etagen.

Die Bäume, im Durchschnitt etwa zehn Meter hoch, standen ziemlich licht. Sie trugen kurze, starke Äste, und nur die Wipfel waren belaubt und verflochten sich weit oben miteinander zu der zusammenhängenden Decke, die sie von oben gesehen hatten. Von hier unten freilich wirkte sie gar nicht so undurchdringlich, im Gegenteil, sie ließ so viel Licht durch, daß es bei Sonnenschein für irdische Augen wohl immer noch blendend hell gewesen wäre.

Selbst jetzt, bei geschlossener Wolkendecke, entsprach die Beleuchtungsstärke einem irdischen Sonnentag.

Genügend Licht jedenfalls für die zweite Etage: ein wildes Dickicht holzfreier oder doch holzarmer Pflanzen, das überall die Zwischenräume füllte, die die hohen Bäume ließen, zum Teil auch an diesen aufgehängt war, nach Art irdischer Rankengewächse etwa. Dieses Gestrüpp war fast überall mindestens einen Meter hoch, aber selten höher als zwei Meter. Als Utta und Juri auf einen Steinhaufen kletterten, bot sich ihnen ein seltsamer Anblick. Zwischen den hohen Stämmen hindurch konnte man sehr weit sehen, aber der niedrige Bewuchs bildete, schräg von oben betrachtet, eine zusammenhängende Fläche, gleichsam einen zweiten Waldboden, eine endlose grüne Zeltbahn, die zwischen den Bäumen aufgespannt war. Übrigens, ganz so gleichmäßig war die Fläche doch nicht: Utta sah auch eine Stelle, wo das untere Dickicht zerfetzt war. Dort wuchsen anscheinend jüngere Vertreter der hohen Baumgattung, die mit ihren Wipfeln erst knapp über die untere Etage hinausragten. Sollte es so sein, daß die Baumriesen erst dann Platz für ihren Nachwuchs schufen, wenn einige von ihnen umstürzten? Ein Biotop also aus zwei Komponenten, die sich gegenseitig negierten? Utta konnte sich nicht entsinnen, ob es auf der Erde etwas gab, was dieser krassen Gegensätzlichkeit entsprochen hätte. Vielleicht war das höhere Angebot an Sonnenenergie hier die Ursache? Utta war zwar keine Biologin, aber sie nahm sich vor, Hellen danach zu fragen.

Juri dagegen beschäftigten wie stets praktische Dinge. „Da ist ein Pfad", sagte er, sprang von dem Steinhaufen herunter und reichte Utta die Hand. „Komm!"

Tatsächlich, von der anderen Seite des kleinen Platzes führte ein Weg in den Wald, sichtbar künstlich angelegt, durch das grüne Dickicht geschlagen und offenbar häufig benutzt, denn es war keine Stelle zu sehen, wo er etwa zuzuwachsen drohte.

„Wollen wir nicht ein Stück in den Stollen hinein?" fragte Utta neugierig. Aber Juri schüttelte den Kopf, und auch Ming, vom Schweber aus, riet davon ab.

Juri und Utta folgten also dem Pfad, der stellenweise etwas gewunden verlief, weil er die großen Bäume umging. Nach ein paar Minuten kamen sie an eine Gabelung. Juri zögerte einen

Augenblick und wählte dann die linke Abzweigung, die offenbar weiter am Rand des Gebirges entlangführte.

Es war nicht ganz eben hier, auch wich der Pfad ab und zu einem größeren Felsblock aus, so daß sie nie sehr weit sehen konnten. Plötzlich blieb Juri stehen. Gleichzeitig meinte Utta, von vorn her einen Ruf zu vernehmen. Gespannt sah sie Juri über die Schulter.

Vor ihnen weitete sich der Pfad zu einer Lichtung. Auf einer kleinen Hügelkuppe war das Dickicht in einem Kreis von etwa zwanzig Meter Durchmesser gerodet, statt dessen standen zwischen hohen Bäumen — nun ja, Zelte war wohl der passendste Ausdruck für die niedrigen Hütten, die anscheinend mit Plastfolie überspannt waren.

Dazwischen aber wimmelte es von Paksi, die jetzt alle auf den Pfad zugelaufen kamen und...

Juri wollte einen Schritt zurücktreten, aber Utta stand zu dicht hinter ihm. Er schrie leise auf und riß die Arme vor das Helmfenster, und nun sah auch Utta, daß die Paksi mit Steinen nach ihnen warfen. Schnell zog sie Juri ein Stück zurück, bis sie durch die Biegung gedeckt waren.

„Helm zu und Panzereffekt!" sagte Juri.

„Was ist los?" wollte Ming wissen, der ja von oben nichts sah.

„Wir sind auf ein Dorf gestoßen", berichtete Juri, „und da wurden wir mit Steinwürfen empfangen!"

Sie warteten eine Weile, aber niemand kam. Anscheinend reichte es den Paksi aus, daß sie sie verjagt hatten.

Utta hatte große Lust herauszufinden, warum sie hier so unfreundlich begrüßt wurden, aber Juri schaltete den Panzereffekt wieder ab und meinte: „Wir gehen zurück bis zur Gabelung und nehmen den anderen Pfad, der muß ja auch irgendwohin führen."

„Ich habe den Punkt auf der Karte markiert, berichtet mir sofort, wenn ihr etwas bemerkt", sagte Ming.

„Am besten, wir halten etwas Abstand, damit jeder Bewegungsfreiheit hat und notfalls dem anderen zu Hilfe kommen kann", schlug Juri vor. „Wer weiß, was hier im Gange ist. Als Raumfahrer haben sie uns doch bestimmt nicht erkannt!"

Sie horchten nun auch aufmerksam auf alle Geräusche, denn

der Wald war ja nicht still: Aus den Baumkronen kam ein leises, gleichförmiges Rauschen, ab und zu drang aus unbestimmbarer Richtung ein dumpfes Poltern zu ihnen, vielleicht stürzte irgendwo ein alter Baum zu Boden. Es schien also nicht ganz ungefährlich zu sein in diesem Wald, und Utta übernahm es, nach oben zu sehen, um rechtzeitig warnen zu können, falls so ein Riese sie bedrohen sollte. Sie kamen darauf, als sie über einen Stamm klettern mußten, der sich quer über den Pfad gelegt hatte.

Und Tierlaute gab es natürlich auch: schrille und flötende Vogelstimmen, manchmal den schwirrenden Flug eines großen Insekts. Sogar eine Art von Spechten schien hier zu hämmern. Je aufmerksamer sie lauschten, um so mehr Geräusche unterschieden sie, ohne daß sie bei allen die Herkunft bestimmen oder auch nur vermuten konnten.

Der andere Pfad, ebenfalls gewunden, schien um das Dorf herumzuführen. Ming, der von oben mit Hilfe der Funkpeilung ihren Weg verfolgte, bestätigte, daß sie einen großen Bogen beschrieben. Als sie gerade an einem kleinen Felsen vorbeigingen, sah Utta plötzlich, wie sich über Juri etwas vom oberen Rand des Felsens löste. Sie schrie, um ihn zu warnen, und spürte im selben Augenblick, wie eine schwere Last auf Rücken und Schultern prallte und sie niederwarf. Im Hinstürzen sah sie von oben mehrere Paksi auf den Pfad zwischen ihr und Juri springen. Juri, den sie nicht hatten niederwerfen können, schlug verzweifelt um sich. Utta spannte alle Kräfte an, um sich aufzurichten, es gelang ihr auch. Ein Pak zog an ihrem linken Bein, sie schleuderte ihn mit einer kräftigen Bewegung fort: Himmel, wohin sind wir nur geraten, dachte sie und verteilte Hiebe nach allen Seiten. Schon aber spürte sie, daß sie der Übermacht nicht mehr lange würde standhalten können.

„Sieh zu", keuchte Juri, „daß du den Panzer..." Sie hatte eigentlich mehr an die Handkopie gedacht, aber die war hier wohl nutzlos auf so engem Raum. Noch einmal schüttelte sie sich frei, griff blitzschnell zum Gurt, ließ sich dann fallen und blieb ruhig liegen. Im Fallen sah sie, daß Juri das gleiche getan hatte.

Ming fragte besorgt, und Juri, allmählich wieder Atem gewinnend, erstattete Bericht. „Jetzt versuchen sie erst einmal, uns die Arme und Beine auszureißen", sagte er dann, schon wieder fast vergnügt, „aber dazu reicht es nicht. Wenn wir allerdings den Panzereffekt nicht hätten, wäre das weniger lustig."

„Ein Glück, daß sie uns für Roboter halten", meinte Utta, die nun auch ihren Humor wiedergewann, „und Roboter sind sich wenigstens für die gegenseitige Vernichtung zu kostbar."

„Übrigens scheinen das hier wieder andere Paksi zu sein, wohl auch Soldaten, bloß haben die hier blaue Umhänge mit einer weißen Sonne."

Die Paksi gaben den Versuch auf, die Menschen zu demontieren, hoben sie auf und trugen sie auf dem Pfad weiter. Die drei einigten sich schnell, abzuwarten, was weiter geschehen würde, und diskutierten inzwischen.

„Es werden wohl Soldaten dieser Kolonie sein", meinte Ming, „daher die gegensätzliche Kennzeichnung zu den Truppen des Iskatoksi."

„Ein etwas primitives Gegenteil", meinte Juri abschätzig.

„Vielleicht haben sie außer der materialeigenen Färbung nur Blau und Weiß zur Verfügung", mutmaßte Utta, „und auf das Symbol wollten sie nicht verzichten."

Sie wurden auf eine frisch geschlagene Lichtung getragen, die abgeschnittenen Ranken, Zweige und Sträucher, am Rande einfach aufgestapelt, waren noch nicht verwelkt. Hier sahen sie nicht die zeltartigen Hütten wie in jenem Dorf, sondern nur da und dort eine aufgespannte Folie als Schutz gegen den Regen, der jetzt gerade einsetzte. Unter einem solchen Dach schritten zwei Paksi im Gespräch auf und ab, der eine in blauem Kittel mit weißer Sonne und einigen zusätzlichen Verzierungen, die wohl Rangabzeichen waren, der andere in normalem Graubraun, aber ebenfalls mit verschiedenem Zierat geschmückt. Vor diesen beiden wurden sie niedergelegt.

Er dauerte keine fünf Minuten, und sie waren nicht mehr Gefangene, sondern hochgeehrte Gäste. Der verzierte Blaukittel war der Kommandeur der Truppe, der andere der Chef des Bergwerks, beide hatten schon von den Fremden gehört und auch davon, daß sie bald die Kolonie besuchen würden. Beide konnten lesen, sich also anhand der Empfehlung des Götterboten und des Fürsten Kisa vom Sachverhalt überzeugen. Es gab Entschuldigungen und den Hinweis, daß die Fremden in der Metropole erwartet würden. Man werde ihnen einen Führer geben, und sie möchten sich gleich auf den Weg machen.

Utta konnte sich des Eindrucks nicht erwehren, daß die beiden Paksi sie möglichst schnell wieder loswerden wollten. Wie weit es bis zur Metropole sei, fragte sie.

Ein schneller Läufer, so erfuhren sie, würde drei Stunden brauchen.

Dann möge ein Pak dorthin laufen und diesen Stein mitnehmen, bat Utta und gab dem Kommandeur eine kleine Funkquelle, wie sie sie gelegentlich zur Markierung bestimmter Plätze benutzten. Sie würden dann etwas später hier aufbrechen – wo der Stein sei, dorthin könnten sie dann auf anderem Wege sehr schnell gelangen.

Juri war nicht ganz einverstanden mit Uttas Initiative, er hätte sich lieber gleich wieder an Bord des Schwebers begeben, aber er wollte ihr vor den Paksi nicht widersprechen.

Ming ließ sich hören und mahnte zu Vorsicht und Nichteinmischung. Überdies teilte er mit, daß er das Raumschiff dazugeschaltet habe und Tondo bereit sei, notfalls Ratschläge zu geben.

Utta wollte wissen, was hier los war; sie hatte Verdacht geschöpft, daß hier etwas nicht stimmte. Überdies war sie von dem Vorgefundenen noch enttäuschter als der nüchterner denkende Juri. „Wir wurden übrigens schon einmal angegriffen, mit Steinwürfen", sagte sie wie nebenbei zu den beiden hochgestellten Paksi.

Der Bergwerkschef antwortete. In seiner Rede kamen viele den Menschen unbekannte Vokabeln vor, es mochten Fachausdrücke oder Schimpfworte sein, aber der Sinn wurde doch klar: Es handelte sich bei den Bewohnern des Dorfes um Bergarbeiter, die sich da verschanzt hatten. Sie weigerten sich aus irgendeinem Grund, im Schacht zu arbeiten, und die Soldaten waren ausgesandt worden, ihren Widerstand zu brechen.

Utta fühlte eine heftige Abneigung in sich aufsteigen. Wie qualvoll oder gefährlich mußte die Arbeit sein, daß sich jemand weigerte, sie zu tun! Oder nein, in dieser historischen Epoche war ja die Arbeit noch nicht erstes Lebensbedürfnis... Doch bei den Paksi war sie das schon immer... Uttas Gedanken verwirrten sich.

Jedenfalls war das ein..., ein..., wie hieß das noch, das hatte es auf der Erde doch auch gegeben? „Wie nennt man das, Tondo?" fragte sie. „Dafür gibt es doch in der Geschichte ein bestimmtes Wort?"

„Streik", sagte Tondo. „Und dieser Chef da, das ist vielleicht der Besitzer des Bergwerks. Wäre doch möglich, daß eine Art Kapitalismus im Keim schon vorhanden ist!"

Utta war mit ganzem Herzen sofort auf der Seite der Streikenden. Sie fragte direkt, warum die Bewohner des Dorfes die Arbeit niedergelegt hätten.

Während der Besitzer wieder mit vielen unverständlichen Vokabeln antwortete, ohne daß konkrete Gründe erkennbar wurden, sprach der Kommandeur sachlich und für die Menschen verständlich. Utta horchte auf – sie fühlte Differenzen zwischen den beiden heraus. Offenbar war der Kommandeur über seinen Auftrag gar nicht sehr glücklich. Auch Juri wurde aufmerksam, aber aus einem anderen Grund. Es stellte sich heraus, daß der Stollen zum Teil brüchig war und herabstürzende Steine einige Paksi erschlagen hatten. Juri entsann sich, daß er nirgends Bauholz oder überhaupt einen Holzeinschlag gesehen hatte. Aus der Geschichte der Technik, die er in groben Zügen kannte, wußte er, wie früher auf der Erde in Bergwerken gearbeitet worden war, und er erkundigte sich nach dem Ausbau des Stollens. Es zeigte sich, daß es so etwas nicht gab. Anscheinend hatten die Paksi bisher nur Tagebau betrieben beziehungsweise vorhandene Höhlen genutzt, wenn sie irgendwo in den Berg eingedrungen waren.

Juri versuchte dem Besitzer zu erläutern, was es mit Grubenholz auf sich habe und wie man das Problem lösen könne. Aber der gab sich, als verstehe er nichts, und lenkte das Gespräch auf die gefährdete Lage der Kolonie, den sicher bevorstehenden Angriff des Iskatoksi, der dazu zwinge, Reserven anzulegen...

„Dem Kommandeur mußt du das erklären, der wird eher Sinn dafür haben", sagte Utta zwischendurch zu Juri „dem paßt das nämlich auch alles nicht!" Sie nahm den Besitzer beim Arm, zog ihn beiseite und verwickelte ihn in ein Gespräch über die Situation der Kolonie.

Als sie sich dann später verabschiedet hatten und den Pfad ins

Innere des Waldes weitergingen, damit die Paksi nicht sähen, wie sie an Bord des Schwebers genommen wurden, berichtete Juri: „Der war wirklich sehr interessiert. Ich glaube, der wird den anderen zwingen, den Stollen ausbauen zu lassen."

„Wäre schön", sagte Utta, „wenn wir damit das Schlimmste verhindert hätten." Sie seufzte — leider hatten sie weder Zeit noch Möglichkeit, nachhaltiger einzuwirken.

Tondo fand immer mehr Gefallen an Ito, diesem gelehrten Pak vom Hofe des Iskatoksi. Er kannte zwar die Warnungen, die sowohl Kisa als auch dieser Götterbote den Menschen hatten zukommen lassen, aber er gab immer weniger darauf. Dieses Stadium der gesellschaftlichen Entwicklung brachte Mißtrauen und Intrigen hervor, das wußte Tondo, und wahrscheinlich war die grundsätzlich negative Beurteilung anderer nichts als eine gewöhnliche Vorsichtsmaßnahme. Ito dagegen warb förmlich um Tondos Vertrauen, anders war es wohl nicht zu erklären, daß er ihm sogar die Berichte zeigte, die er von Zeit zu Zeit für den Hof anfertigte, und ihn bat, sie zu korrigieren, wenn sich eine falsche Darstellung eingeschlichen haben sollte.
Jeden Tag unterhielten sie sich mehrere Stunden lang, und Ito ging immer mehr aus sich heraus. So erfuhr Tondo auch manches Interne über den Hof, das wieder Raja zugute kam — Fakten, die dann auch von Kisa bestätigt wurden. Es erwies sich, daß keine Lüge, keine Entstellung unter Itos Mitteilungen waren. Höchstens einmal beurteilte er die Zusammenhänge anders als Kisa.
Allerdings wußte Tondo aus der Geschichte, bis zu welcher Kunst in jener Epoche die Verstellung entwickelt worden war, und bewahrte sich noch einen Rest von Vorbehalt, zumal Ito bisher kein Wort über die Kolonie verloren hatte. Freilich hatte sich bisher noch keine Situation ergeben, in der man direkt von einem Verschweigen hätte sprechen können, denn zumeist drehten sich die Gespräche entweder um wissenschaftliche oder um persönliche Dinge. Tondo beschloß also, Ito auf die Probe zu stellen.
Er unterwies Ito in der Landvermessung und in der Zeichnung von Landkarten. Dabei begann er mit der unmittelbaren Umgebung, die sie praktisch vermessen konnten, und vergrößerte

allmählich das zu kartographierende Gebiet, wobei er auch Luftaufnahmen zu Rate zog. Felsengruppen in der Wüste, der Fluß und das Südgebirge wurden mit einbezogen, und schließlich war der Maßstab so verkleinert, daß die Karte weit über das nördliche Gebirge hinausreichte, den Teil also miterfaßte, auf dem die Kolonie lag.

Und dann stellte Tondo die Frage, die er die ganze Zeit über im Sinn gehabt hatte: „Leben da überall Paksi?"

Ito hätte nun einfach bejahen können. Er berichtete jedoch von sich aus über die Kolonisten und deren Widerspenstigkeit, nicht mit Sympathie freilich, aber ohne etwas Wichtiges wegzulassen, wenigstens soweit Tondo das beurteilen konnte. Er erwähnte sogar, daß es seinerzeit nicht gelungen sei, die Kolonie niederzuwerfen, und daß man am Hofe lange Zeit die Lebensfähigkeit dieses Gebildes unterschätzt habe.

Warum er bisher nichts davon erzählt habe, wollte Tondo wissen.

Man spreche nicht gern darüber, war die Antwort.

Und wie das denn weitergehen solle?

Ito zögerte, und an seinen Bewegungen glaubte Tondo zu erkennen, daß dieses Zögern kein einfaches Überlegen war, sondern eine wirkliche Entscheidung begleitete. Ganz sicher war er aber nicht. Doch die Antwort, die Ito dann schließlich gab, befriedigte ihn tief.

Es habe, sagte Ito, am Hofe immer mal wieder Tendenzen gegeben, die Kolonisten niederzuwerfen, aber sie seien ebenso regelmäßig von realistischen Betrachtungen abgelöst worden, so daß sie eigentlich nicht mehr recht ernst genommen worden wären. In letzter Zeit habe die kriegerische Tendenz jedoch bedeutend an Boden gewonnen, und es stehe wohl ein Feldzug des Iskatoksi bevor. Ob er allerdings zu dem gewünschten Ergebnis führen werde, das müsse er, Ito, bezweifeln. Denn er habe heimlichen Kontakt mit einigen Kollegen dort, mit Wissenschaftlern, und wenngleich er nicht in allem mit ihnen übereinstimme, so müsse er doch sagen, daß sie dort eine größere Rolle spielen als am Hofe des Iskatoksi und in vielen Dingen weiter seien.

Von diesem Gespräch an genoß Ito zumindest Tondos volles Vertrauen, denn er hatte eine Information gegeben, von der er kaum wissen konnte, daß die Menschen sie schon besaßen. Allerdings, das mußte auch Tondo zugeben, nur: kaum.

Vierzehn Tage befanden sich die drei nun schon in der Metropole der Kolonie, und sie hatten noch immer alle Hände voll zu tun. Der erste Anschein hatte nämlich getäuscht. Diese Kolonie war wirklich, obwohl formal noch immer zum Reich des Iskatoksi gehörend, einen historischen Schritt weiter. Eigentlich war der Streik, den sie anfangs erlebt hatten, sogar ein Beweis dafür: Selbst die sozialen Gegensätze waren weiter entwickelt, wenn auch die Bedrohung durch den Iskatoksi ein gemeinsames Interesse wachhielt. Das gab der Kolonie trotz immer wieder aufbrechender innerer Gegensätze einen festen Zusammenhalt. Und so kam die Hilfe der Raumfahrer zwar auch den Herrschenden, aber nicht nur ihnen zugute.

Und Hilfe leisteten sie auf manchen Gebieten, und vielleicht lernten sie gerade dadurch die Paksi viel besser kennen.

Nur die ersten, sozusagen offiziellen Gespräche mit dem Präsidenten Aksit — sie hatten sich auf die Übersetzung „Präsident" geeinigt — führten sie zu dritt; danach blieben die Verhandlungen Ming überlassen, der sich zwischendurch mit Tondo konsultierte. Aber Ming verhandelte nicht nur; die meiste Zeit brachte er damit zu, mit dem Schweber das Gebiet zu überfliegen und aus der Luft planctologische Erkundungen durchzuführen.

Die Verhandlungen verdienten eigentlich nur anfangs diesen Namen. Sehr schnell freundete sich Ming mit dem klugen Präsidenten Aksit an, und so wurden daraus Gedankenaustausch, gegenseitige Information und Beratung.

Daß der erfahrene Aksit von seiner gewiß knappen Zeit soviel den Menschen widmete, hatte zwei gute Gründe: Einmal schätzte er die praktische Hilfe, die die drei den Kolonisten gewährten, hoch ein. Zum anderen aber konnte er mit Ming so offen wie mit niemandem sonst über seine Sorgen sprechen, und vielleicht hoffte er auch im stillen, weit größere, lebenswichtige Hilfe von den Menschen zu erhalten, wenn die Zeit dazu herangereift wäre. Denn seine größte Sorge war, wie die Kolonisten einem übermächtigen Angriff des Iskatoksi standhalten sollten.

Rein militärisch konnten die Truppen der Kolonie es mit der

zehnfachen Übermacht der Weißkittel aufnehmen, wenn im Gebirge oder im Wald gekämpft wurde — sie waren immer noch Revolutionssoldaten. In offener Feldschlacht jedoch würde ihnen das wenig nützen. Und sie würden dann auch nicht in der Lage sein zu verhindern, daß der Iskatoksi die drei oder vier wichtigsten Punkte der Kolonie eroberte und damit zwei Drittel der Produktion in die Hand bekam. Zwar könnten sich die Kolonisten danach immer noch in Wald und Bergen behaupten, jedoch nur als Rebellen. Und gerade von den Leuten, auf die es ankäme, von den Besitzenden also, würden viele die Herrschaft des Iskatoksi einem Rebellenleben vorziehen. Nein, wenn der Iskatoksi wirklich den Überfall wagen würde, dann sei die Lage jetzt ganz anders als noch vor Jahren. Die einzige Rettung bestehe darin, ihn vor Erreichen der Kolonie zu schlagen, also im offenen Gelände auf dem etwa fünfzig Kilometer breiten Streifen zwischen Salzseen und Nordgebirge. Aber gerade das sei eben unmöglich, und man müsse leider damit rechnen, daß auch der Iskatoksi das wisse.

Nun, das stand dahin. Inzwischen halfen die Menschen nach Kräften. Juri, auf vielen technischen Gebieten bewandert, hielt experimentelle Vorlesungen an der Akademie — denn diese Einrichtung gab es hier, und sie war hoch angesehen. Utta befaßte sich mit Problemen der Energieversorgung, denn die sahen hier ganz anders aus als im Wüstengebiet. Das durch Wolken und Baumwipfel abgeschwächte Licht reichte nicht aus, den Strombedarf der Paksi über die Kopffolien voll zu decken. Zusätzlich brauchten sie ständig Akkus, für die sich die Ladestationen meist auf hohen Felsen befanden. Dort betrieben große Windräder ganze Reihen von Elektrisierapparaten. Utta half den Spezialisten in ihren Bemühungen, kleine transportable Ladegeräte auf der gleichen technologischen Grundlage herzustellen — eine andere als die bekannte Technologie hätte ihnen ohnehin nichts genützt, weil zu ihrer Ausnutzung alle sachlichen Voraussetzungen fehlten. Aber bei dieser Arbeit wurde Utta erst richtig verständlich, was Raja allgemein formuliert hatte, daß nämlich einige ausgewählte, hochentwickelte Technologien existierten, die, wenn auch mit primitiven Mitteln praktiziert, zur Reproduktion der Paksi ausreichten. Und dazwischen, auf der ganzen Breite technisch-wissenschaftlicher Entwicklung, gab es so gut wie nichts.

Ming dagegen ließ sich durch die Sorgen des Präsidenten Aksit dazu verleiten, seine planetologischen Erkundungen auch auf den Streifen zwischen Salzseen und Gebirge auszudehnen, der die Grenze zwischen der Kolonie und dem Machtbereich des Iskatoksi bildete.

Da wurde eines Tages überraschend Utta abberufen. Raja brauchte ihre Hilfe.

Auch Raja hatte in den letzten Wochen eine umfangreiche Arbeit geleistet. Sie war nicht mehr so isoliert bei Hofe. Als sie nach und nach, immer in Abständen von drei bis vier Tagen, die Saphire auslieferte, wandelte sich auch das Verhalten des Iskatoksi ihr gegenüber, und er gab sich liebenswürdig. Zwar ließ sie sich nicht täuschen, dennoch hatte das bessere Einvernehmen Folgen: Die Version, der Omikron sei der Gesandte, wurde aufgegeben, und Raja wurde nun auch zu Gesprächen mit vielen anderen Würdenträgern eingeladen. Sie mußte freilich immer auf der Hut sein, und das war sehr anstrengend. Erholsam waren nur die Gespräche mit Kisa, in denen er nicht ohne ihre geistige Hilfe nach und nach so etwas wie ein Programm für die Opposition und die Rebellen entwickelte, das im wesentlichen auf Reformen hinauslief: eine Art Ständeparlament sollte eingeführt werden; jeder Pak sollte das Recht haben, seine Tätigkeit zu wechseln; die Ausbildung der jungen Paksi sollte vielseitiger und teilweise in öffentlichen Schulen erfolgen – und natürlich sollten alle Rebellen begnadigt werden.

Mehr als Denkanstöße gab Raja allerdings nicht, denn ein bißchen beklommen war ihr dabei doch zumute. All diese Reformen mochten zwar einen Fortschritt darstellen, führten aber eben doch nur wieder zur Ausbeutung, zu verschärfter Ausbeutung sogar. Aber anders ging es ja nicht.

Wenn auch nicht freundschaftlich, so doch freundlich entwickelten sich die Beziehungen zum Götterboten, der ihren Verstand ebenfalls zu schätzen schien. Raja wartete jedoch zunächst vergeblich darauf, daß der Götterbote auf das Thema der technischen Hilfe zurückkam. Statt dessen diskutierten sie gesellschaftliche Fragen. Für den Götterboten mochten diese Unterhaltungen anregend sein, für Raja jedoch waren sie viel mehr. Sie gewann einen Überblick über die Struktur der „neuen Götter" — es handelte sich, wie sie mehr und mehr erkannte, tatsächlich um eine seltsame Mischung aus nüchternem ökonomischem Monopol und kultisch-geheimnisvoller Priesterschaft. Die Götter hätten Münzen eingeführt, führte der Bote aus. Darin liege die Zukunft, was sich in gewisser Weise schon in der Kolonie abzeichne. Auch hier müsse das nach und nach durchgesetzt werden. Der einzelne Pak müsse seine Tätigkeit frei wählen können.

„Wählen unter den Tätigkeiten, für die die Götter bereit sind, Münzen zu geben?" fragte Raja.

„Ja, gewiß", erwiderte der Götterbote mit entwaffnender Offenheit, „wie soll sonst gewährleistet werden, daß das Notwendige getan und das Überflüssige nicht getan wird?"

Was sollte Raja darauf antworten. Es gab eben in diesem Entwicklungsstadium keinen anderen Weg.

Raja erkannte jedoch an diesem Punkt der Unterhaltung, daß die Vorstellungen Kisas und seiner Opposition gar nicht so sehr verschieden von denen der neuen Götter waren. Sie liefen auf etwas hinaus, das sich — nach Tondos Meinung — entfernt mit einer konstitutionellen Monarchie vergleichen ließ. Sie überlegte, ob es nicht von Nutzen sei, eine Annäherung zwischen Kisa und dem Götterboten anzubahnen, und sie entschloß sich, den Boten auf diese Übereinstimmung der Ansicht hinzuweisen.

„Wir verfolgen Fürst Kisas Weg", sagte der Götterbote. Nach einigem Zögern setzte er hinzu: „Im stillen fördern wir ihn. Aber das ist nur für Sie bestimmt." Er machte eine abschließende Handbewegung. Dann aber überraschte er Raja mit der Einladung, die Schöpfungsstätte der Paksiseelen zu besichtigen.

Raja bat, Utta mitbringen zu dürfen, die die technische Hilfe dann realisieren würde, und das wurde ihr gestattet.

Zwei Tage später war es soweit. Der Ort war ein Felsmassiv in der Wüste, vom Hof des Iskatoksi etwa fünfzig Kilometer entfernt.

Utta holte Raja mit dem Schweber ab, und sie nahmen — nach Absprache mit dem Raumschiff — auch den Götterboten mit. Sie waren sich darüber einig geworden, daß es nicht schaden konnte, dieser offenbar mächtigsten Kräftegruppierung der Paksi einen winzigen Zipfel des Schleiers zu lüften, den sie über die wirklichen technischen Möglichkeiten der Menschen vorsorglich gebreitet hatten.

Die Produktionsabschnitte, die bei der Herstellung der datenverarbeitenden Teile der Roboter, ihrer „Seelen", durchlaufen werden mußten, waren für Raja und Utta schon vorher klar — sie ergaben sich aus dem Produkt. Ein Glasfaden entsprechender Dünne und Reinheit mußte hergestellt und mit Fremdatomen dotiert werden; dann mußten der Faden gebündelt, die Bündel in tausendstel Millimeter starken Scheiben quergeschnitten und die Scheiben zu unterschiedlichen Blöcken, die Blöcke schließlich zum Ganzen zusammengesetzt werden. Aber wie das alles ohne Präzisionsgeräte, ohne Hochvakuum, hochbeschleunigten Ionenstrahl, also kurz ohne alle Raffinessen eines hochentwickelten wissenschaftlichen Gerätebaus vor sich gehen sollte — das eben erfüllte sie mit großer Spannung.

Düstere Gänge im Felsen. Die Seelen der Paksi wurden nicht im Himmel geboren, sondern in der Hölle — das war der erste Eindruck, den Utta und Raja hatten. Sie konnten sich in der großen Höhle, die sie zunächst betraten, nur mit geschlossenem Helmvisier aufhalten, so groß war die Hitze, so beißend der Dampf, so erstickend der feine Glasstaub — alles freilich Faktoren, die den Paksi nichts oder kaum etwas ausmachten. Was da allerdings geschah, war nicht einfach erstaunlich — es war im Grunde genommen unglaublich.

Durch Sammellinsen gebündeltes Sonnenlicht schmolz das Glas, verdampfte Metall; ein scharf gebündelter Strahl drückte Metallionen an der Stelle in den Glasfaden, wo er entstand — viel zu dick, viel zu grob, viel zu ungenau alles. Dann wurde der Faden durch Edelsteindüsen gezogen und auf die erforderliche Stärke gebracht, nun gut, aber die Dotierung? Übrigens war hier einer der Engpässe, hier wurden die Saphire gebraucht. Hätte man das vorher gewußt, wäre der Umweg über den Iskatoksi mit seinen gefährlichen Folgen nicht notwendig gewesen, aber das war wohl für die Götter wie für den Iskatoksi jetzt schon keine ökonomische Frage mehr, sondern eine politische.

Und dann löste sich das Geheimnis, wie taugliches, das heißt genau dotiertes Material entstehen konnte, auf die denkbar einfachste Weise: Rund neunzig Prozent des Fadens wanderten als Ausschuß zurück in den Stoffkreislauf, höchstens zehn Prozent, manchmal auch weniger, wurden für brauchbar befunden.

Aber genau das, die Qualitätskontrolle, war nicht mehr mit der Technologie lösbar, die den Paksi zur Verfügung stand. An diesem Punkt hatten die unbekannten Schöpfer der Paksi zu einer fragwürdigen Notlösung greifen müssen. Raja und Utta, die beide das geniale Werk grenzenlos bewunderten, empfanden das fast wie eine persönliche Kränkung. Die Schöpfer hatten den Paksi für diesen Zweck ein spezielles Meßgerät in großer Stückzahl hinterlassen. Wahrscheinlich hatten sie die Zahl so berechnet, daß sie ausreichte, bis die Paksi sich selbst so weit entwickelt hätten, daß sie es nachbauen konnten oder aber nicht mehr benötigten. Doch sie hatten sich verrechnet; es existierte jetzt nur noch eine kleine Anzahl, ausreichend vielleicht für ein paar hundert Jahre, wie der Götterbote, der sie führte, erklärte.

Oder hatten sich nicht die Schöpfer, sondern die Paksi verrechnet? War das vielleicht eine Bremse, die verhindern sollte, daß sie sich unkontrolliert und sprunghaft vermehrten, bevor sie das gesellschaftlich vertragen konnten?

Raja wies stumm nach draußen, der Götterbote verstand ihre Geste und führte sie aus dem Saal. In den angrenzenden Räumen, wo gebündelt, geschnitten, gepreßt und weiterverarbeitet wurde, ließ es sich zur Not atmen.

Hier jedoch wurde Raja und Utta das noch viel Erstaunlichere bewußt: Von all den vielen Paksi, die hier mit Hilfe von Lupen und sogar primitiven Mikroskopen verblüffende Präzisionsarbeit leisteten, wußte nicht einer, was er tat. Jeder hatte die Handgriffe wie einen Ritus von seinem Vorgänger erlernt, und hinter den jetzt Arbeitenden standen andere, die nur zusahen und sich jede Bewegung so lange einprägten, bis sie ihnen..., beinahe hätte Raja gedacht: in Fleisch und Blut übergegangen waren. Aber Wesen aus Fleisch und Blut hätten diese absolut exakte Wiederholung über viele Generationen hinweg wohl gar nicht zustande gebracht.

„Nun", fragte der Götterbote, „können Sie uns helfen?"

„Haben Sie von den bereits verbrauchten Meßgeräten einige aufgehoben?" fragte Raja zurück.

Der Götterbote erteilte einen Auftrag, und kurz darauf wurde eines gebracht.

Raja gab Utta das Gerät und bat sie, es auseinanderzunehmen und sich ruhig genügend Zeit zu lassen, bevor sie ein Urteil abgab. Denn Raja brauchte jetzt Zeit zum Überlegen. Wie auch Uttas Urteil ausfallen würde, auf ihre Antwort an den Götterboten konnte es nur insofern Einfluß haben, als man natürlich nichts Unmögliches versprechen konnte. Aber gesetzt den Fall, Utta kam zu dem Ergebnis, daß die Reparatur der Geräte oder sogar ihre Herstellung im Raumschiff möglich wäre, so blieb immer noch zu entscheiden, ob man das dem Götterboten sagen sollte. Flüchtig lächelte Raja — die Fähigkeit zu lügen, die man mit den Kindertagen hinter sich ließ, hatte sie hier in einer Gesellschaft, wo jeder genötigt war, Wahrheiten zu verheimlichen oder zu entstellen, sehr schnell wieder erworben. Dann zwang sie sich, über die bevorstehende Entscheidung nachzudenken.

Wenn die Schöpfer der Paksi sich wirklich verrechnet hatten, dann war es in ihrem Sinne, diesen Fehler zu korrigieren, also den Göttern funktionsfähige Geräte zu verschaffen. Hatten sie aber die zahlenmäßige Begrenzung der Paksi beabsichtigt, dann war es sicherlich falsch, ihre Absichten zu durchkreuzen. Welche Relationen bestanden zwischen der Zahl der Paksi und ihrer gesellschaftlichen Entwicklung? Raja kannte sich darin nicht aus. Man würde die Sache mit Tondo besprechen müssen. Und womöglich reichte auch das nicht, vielleicht, nein, sicherlich mußte die Erde diese Frage entscheiden. Eine ausweichende Antwort war also notwendig. Aber sie durfte von den Göttern nicht als Ausrede, als Absage verstanden werden.

„Kleinigkeit", sagte Utta zu Raja. „Wie viele von den Dingern soll ich in Schuß bringen?"

„Warte", erwiderte Raja und wandte sich an den Götterboten. „Auf dem Stern, von dem wir herkommen", sagte sie, „können wir so viele von diesen Geräten bauen, wie die Paksi brauchen." Sie zeigte dem Götterboten das geöffnete Gerät. „Sie sehen, daß das Gerät aus vielen kleinen Teilen besteht. Manche davon haben wir in unserer Höhle, manche können wir hier herstellen, manche aber nicht. Wenn wir in einigen Jahren wiederkommen, werden wir so viele solcher Geräte mitbringen, wie die Götter wünschen.

Sie nennen uns die Zahl, und wir schließen einen Vertrag darüber."

„Das Wort der Fremden ist hochgeachtet bei den Göttern", sagte der Bote. „Es wäre aber für diejenigen unter den Göttern, die den Fremden nahestehen, von Vorteil, wenn zu dem Wort ein Zeichen treten würde."

Raja verstand – offenbar war es nicht ganz einfach gewesen, den Besuch hier durchzusetzen, und ein gewisser sichtbarer Erfolg würde die Fraktion stärken, die zur Zusammenarbeit bereit war und die man vielleicht noch brauchte.

„Das ist möglich", sagte sie. „Meist ist bei einem solchen Gerät nicht jedes einzelne Teil defekt, sondern immer nur das eine oder andere. Wenn Sie uns also zehn solche alten Geräte geben, können wir daraus ein neues, funktionsfähiges zusammensetzen."

„Bis wann?" fragte der Bote. Es schien ihm dringlich zu sein.

Raja sah Utta an, die dem Gespräch verwundert lauschte. „In drei Tagen, was meinst du?"

Utta nickte, obwohl sie nicht verstand, warum Raja solche Ausflüchte machte. Plötzlich erschien ihr die Gefährtin ganz fremd. War es nicht eine Herabsetzung der Menschen in den Augen der Paksi, wenn sie so tat, als könnten sie nicht einmal ein so primitives Ding reparieren? Aber entfernt ahnte sie doch, daß Raja aus tieferem Begreifen der Zusammenhänge handelte.

„Ich bin einverstanden", sagte der Götterbote. An seiner Gestik erkannte Raja, daß er erleichtert war, und auch, daß sie dies erkennen sollte.

Tondo war auf die Metropole der Kolonie sehr gespannt.

Nach dem letzten Gespräch mit Aksit, dem Präsidenten, waren auch Ming und Juri zurückgekehrt, denn das Ergebnis dieses Gesprächs war so wichtig gewesen, daß man im Kollektiv hatte beraten müssen.

An diesem Gespräch hatte, wohl um die Wichtigkeit zu betonen, auch der dortige Götterbote, namens Topo, teilgenommen, der ebenfalls zur Führung der Kolonie gehörte – anders also als am Hofe des Iskatoksi, wo die Götter mehr aus dem Hintergrund Einfluß nahmen.

Die Führer der Kolonisten waren nach neuesten Meldungen

überzeugt, daß der Angriff des Iskatoksi unmittelbar bevorstehe. Sie hatten die Menschen nicht um Hilfe gebeten, aber doch durchblicken lassen, daß sie Unterstützung, woher sie auch käme, nicht ablehnen würden. Und Ming hatte einen Plan. Freilich hatte er ihn dort nicht zur Debatte gestellt, jedoch zu verstehen gegeben, daß die Delegation der Menschen nicht wegen unwesentlicher Dinge für kurze Zeit zum Raumschiff zurückkehre, jedenfalls aber binnen kurzem wiederkommen werde. Offenbar, um dieses Wiederkommen zu sichern, hatte daraufhin Topo eine Einladung ausgesprochen, die selbst Aksit erstaunte: eine Einladung an die Menschen, das Heiligtum des Nordens zu besuchen — eine Einrichtung, von der sie hier zum erstenmal hörten.

Dieses Heiligtum nun sollte Tondo besuchen, vielleicht gab es dort Aufschlüsse über die Herkunft der Paksi. Unterdessen würde Ming den Führern der Kolonie die Vorschläge der Menschen unterbreiten. Diese Vorschläge, auf Mings Ideen fußend, liefen darauf hinaus, den Streifen zwischen Salzseen und Gebirge für große Massen von Paksi unpassierbar zu machen, so daß das Heer des Iskatoksi sich nicht entfalten konnte, die Kolonie dagegen eine Grenze erhielt, die leicht zu verteidigen war. Das alles sollte scheinbar ohne das Eingreifen des Raumschiffs geschehen, sondern als Folge von Naturereignissen, die allerdings von den Menschen erst in Gang zu setzen und zu steuern waren. Auf diese Weise würde es der Kolonie möglich sein, den Angriff aus eigener Kraft abzuschlagen, was für ihre innere Entwicklung zweifellos von großer Bedeutung war — Geschenke zahlen sich historisch nicht aus, nur das selbst Errungene zählt.

Grundlage für das Experiment waren Feststellungen, die Ming bei seinen planetologischen Erkundungen getroffen hatte. Die Salzseen setzten sich nämlich unterirdisch bis zum Gebirge fort, drangen aber, durch eine isolierende Schicht zurückgehalten, nicht an die Oberfläche. Es genügte wahrscheinlich, diese Schicht an einigen Punkten zu zerstören, dann würde auch der fünfzig Kilometer breite Grenzstreifen, der jetzt noch Wüste war, sich in eine Kette von Salzseen verwandeln und ein unüberwindliches Hindernis für eine Armee wie die des Iskatoksi bilden, dagegen kaum ein Hemmnis für friedlichen Handel und Warenaustausch sein.

Es hatte keine prinzipiellen Einwände gegeben bei der Beratung, nur Probleme der praktischen Durchführung waren besprochen worden, und Juri und Utta hatten Aufträge für die Vorbereitung der planetologischen Operation erhalten. Lediglich unter vier Augen hatte Hellen gegenüber Ming bemerkt, welch ein glücklicher Zufall es sei, daß man auf diese Weise operieren könne. Aber Ming hatte geantwortet, wenn das Gelände dort anders aussehen würde, wäre ihm auch schon etwas Entsprechendes eingefallen.

Tondo war über diese Entwicklung der Dinge sehr froh. Noch immer war er in der Deutung der Rätsel keinen Schritt weiter gekommen, und er hoffte, daß neue Eindrücke ihm helfen würden.

Juri und Utta, die für ihre Arbeit den Schweber brauchten, setzten Ming und Tondo in unmittelbarer Nachbarschaft der Hauptstadt ab. Ming, der den Weg schon kannte, führte, und Tondo konnte sich ganz seinen Eindrücken hingeben.

Metropole und Hauptstadt waren natürlich für diese Zeltstadt unter den Bäumen fast ironische Bezeichnungen, aber das wußte Tondo schon von den Beschreibungen der anderen her. Was er jedoch mit seinem historisch geschulten Blick sofort sah, waren die größeren sozialen Unterschiede, über die Juri und Utta anfangs so drastisch belehrt worden waren. Sie offenbarten sich Tondo bereits an vielen Kleinigkeiten. So waren zum Beispiel im Reich des Iskatoksi alle Wohnstätten Höhlen — mehr oder weniger große, mit etwas mehr oder weniger Inventar, aber im Prinzip unterschied sich die Behausung des Iskatoksi nicht von der seines letzten Untertanen. Hier aber existierten mindestens zwei Arten von Wohnungen: Zelte und Häuser mit mannigfaltigen Unterschieden und Zwischenstufen. Und es gab noch viel mehr, was ihn interessiert hätte; sie wurden jedoch sofort zu Aksit gebeten, und Tondo mußte mitgehen, um vorgestellt zu werden.

Er fand in Aksit einen Pak, in dessen Gestik sich würdevolle Gemessenheit mit Energie auf überraschende Weise paarte. Wenn auch der Besuch rein zeremoniell war, so erbrachte er doch für Tondo eine Anregung zum Nachdenken. Aksit war zu diesem Anlaß militärisch gekleidet, er trug den blauen Kittel mit der weißen Sonne, und als er Tondo antrug, er möge Fragen stellen, wenn ihm etwas der Frage wert erscheine, dachte Tondo an sein

Problem mit der blauen Sonne und fragte, warum die Kolonisten eine weiße Sonne trügen.

Die alte Ordnung, entgegnete Aksit, obwohl sie vielleicht auch einmal vernünftig gewesen sein mochte, habe doch alles Vernünftige in das Gegenteil verkehrt, und die Kolonisten seien bestrebt, überall die Vernunft walten zu lassen. Was aber sei vernünftiger, so fragte er, als die Sonne weiß darzustellen, da jedermann sie doch weiß sehe? Tondo spürte, daß diese Antwort irgend etwas in seinem Innern bewegte, aber er wußte nicht, was, und wollte die Formalität, die diese Begegnung ja war, nicht sinnlos in die Länge ziehen, zumal er sich sagen konnte, daß der Präsident mit viel größerer Spannung dem entgegensah, was Ming ihm mitzuteilen hatte. Er ließ sich deshalb gern der Obhut des Götterboten Topo übergeben, der ihn sogleich zum Heiligtum zu führen versprach.

Dieses „sogleich" bedeutete allerdings einen Fußmarsch von einer guten Stunde, aber zu sagen, die Anstrengung wurde reich belohnt, wäre eine haarsträubende Untertreibung. Was Tondo dort gezeigt wurde, brachte ihn so vollständig durcheinander, daß ihn bis zu seiner Rückkehr in das Raumschiff überhaupt nichts mehr interessierte.

Zunächst erschien ihm das Heiligtum, dem er sich, von Topo geleitet, inmitten einer Schar von Pilgern näherte, als ein großes, unter den Bäumen liegendes Rohr von vielleicht fünf Meter Durchmesser und noch nicht erkennbarer Länge. Als sie näher traten, wollte er es anfassen, aber das war verboten, und wohl auch mit Recht, denn jetzt wurde deutlich, daß es aus einem schon fast vollständig korrodierten Metall bestand, es sah aus, als würde es bei Berührung sofort zerfallen.

Sie zogen langsam an diesem Rohr entlang und kamen nach etwa vierzig Schritten an sein Ende, ein abgerundetes Schlußteil, an dem kleine Huckel und Unebenheiten erkennen ließen, daß da vor undenklichen Zeiten einmal mehr gewesen sein mußte. Und hier regte sich bei Tondo zum erstenmal ein Verdacht, den er zunächst nicht wahrhaben wollte.

Auf der anderen Seite gingen sie zurück, es waren etwa hundert Schritte bis zum anderen Ende des Rohres, und diese Seite war interessanter; denn hier war die Fläche nicht überall glatt. Mit jeder Einzelheit, die Tondo wahrnahm, verstärkte sich der ungeheuerliche Verdacht, der schließlich zur Gewißheit wurde, als Tondo den längst erblindeten, aber in der Form vollständig erhaltenen großen Hohlspiegel sah: Das war ein uraltes Raumschiff, wie es in den ersten Jahrtausenden der irdischen Raumfahrt auch gebaut worden war, als man die Gravitation noch nicht beherrschte, ein sogenanntes Photonenraumschiff!

Aber dann..., aber dann... Mit diesem fast vorsintflutlichen Monstrum konnten doch die Räume zwischen den Galaxien nicht durchquert werden... Und dann war ihre ganze schöne Hypothese, auf die Raja und er so stolz waren, zum Teufel! Zum Teufel! Er wiederholte bei sich diesen altgeschichtlichen Kraftausdruck, so, als könne kräftige Ausdrucksweise sein schwankendes Gedankengebäude noch ein wenig aufrechterhalten.

Denn das war ja nicht alles. Wenn das ein Raumschiff war und dessen Mannschaft die Paksi geschaffen hatte — dann waren diese Raumfahrer, diese „alten Götter" keineswegs auf dem technischen Stand der Erbauer jener Kuppel im Süden... Wimmelte es hier plötzlich nur so von fremden Gesellschaften, nachdem man Jahrtausende vergeblich nach dem winzigsten Anzeichen von Brüdern im All gesucht hatte? Das widersprach doch wahrhaftig nicht nur dem gesunden Menschenverstand, das versperrte sich auch jeder wissenschaftlichen Einsicht!

Tondo war so hilflos, daß er sich auch noch freute, als Topo seine Niedergeschlagenheit für so etwas wie religiöse Ergriffenheit nahm. Eins schien Tondo nun unausweichlich: Nichts von allem würde er klären können in der restlichen Zeit, die ihnen hier noch verblieb, gar nichts!

„Das ist wie beim Bergsteigen manchmal", sagte Juri tröstend, als sie zum Raumschiff zurückflogen. Seltsamerweise hatte sich seine Einstellung zu Tondo in letzter Zeit gewandelt; aber eigentlich war das gar nicht so merkwürdig, eher normal, eine Rückkehr zum üblichen, kameradschaftlichen Verhältnis. Hinzu kam die Achtung, die Tondo in seinen Augen dadurch gewonnen hatte, daß er ihnen den richtigen Weg gezeigt hatte. Jetzt, da Tondo so bedrückt war, hatte er jedenfalls das lebhafte Bedürfnis, ihm zuzusprechen. „Wie beim Bergsteigen — die letzten Meter vor dem Gipfel sind die schwersten, und man denkt, man schafft es nicht mehr."

Tondo lächelte etwas gequält.

„Na gut", meinte Juri nachgiebig, „ich gestehe ein, das Gegenteil kommt ebenfalls vor."

„Bergsteiger bist du auch?" fragte Tondo, im Grunde froh über die Ablenkung.

„Jeder Kosmonaut ist Bergsteiger", sagte Juri, „ich meine, jeder ältere, das ist so eine Tradition. Es gibt ein paar Berge, auf denen muß man gewesen sein. Zum Beispiel auf dem Cotopaxi, wo das Denkmal für Iskander Bekmet und seine Mannschaft steht."

Cotopaxi, Iskander Bekmet – irgendwie klangen Tondo diese Wörter vertraut, obwohl er sich sicher war, daß er davon noch nie etwas gehört hatte. „Was ist denn das für ein Denkmal?" fragte er.

„Mitte des zweiten Jahrtausends hat es eine Raumschiffserie gegeben, die nach großen Bergen benannt war. Diese Serie war nicht sehr erfolgreich, denn zwei Schiffe davon sind verschollen, darunter die ‚Cotopaxi‘, Iskander Bekmet war ihr Kommandant", berichtete Juri.

Cotopaxi, Iskander – noch immer klangen und klingelten diese Wörter in Tondos Ohren. Iskander – Cotopaxi... Iskatoksi klang ganz ähnlich... Moment mal, wenn man Cotopaxi rein lautlich schrieb..., Kotopaksi..., dann, ja dann enthielt das Wort alle Buchstaben der Paksisprache. Pak, Mehrzahl Paksi, und der Planet hieß Iska..., von Iskander? Nein, noch mal genau überprüfen: Kotopaksi enthielt die Vokale o, a, i, die Konsonanten k, t, p, s – tatsächlich alle Laute der Paksi. Dazu das Wort „Iska". Das konnte kein Zufall sein. Das war Verschlüsselung, ein Kryptogramm... Und, fiel ihm plötzlich ein, die blaue Sonne! Die Paksi sahen sie weiß, blau war sie nur entsprechend der irdischen Bezeichnung des Spektraltyps... Das war es, was ihn bei der Farbe Blau hatte stutzen lassen...

„Tondo! Was ist denn los!"

Tondo sah auf.

Juri machte ein besorgtes Gesicht. „Ist dir nicht gut?"

„Was waren das für Raumschiffe, diese Serie?" fragte Tondo mühsam.

„Photonenschiffe", antwortete Juri verwundert.

Tondo getraute sich nicht zu sagen, was er eben entdeckt hatte.

Es war zu verrückt, zu unmöglich auch, und doch war er sicher. Wenn man das nur irgendwie beweisen konnte! Wie könnte man das beweisen? Ihm fiel nichts ein.

Der Götterbote empfing Raja und erstaunlicherweise diesmal auch Kisa, der sie bis vor dessen Höhle begleitet hatte.

Raja übergab das reparierte Meßgerät, der Götterbote dankte und legte es dann achtlos weg, andeutend, daß dieser Beweis für ihn persönlich nicht notwendig sei.

„Diesmal können wir hier sprechen, wir werden nicht belauscht", sagte der Götterbote.

Raja hatte nie herausbekommen, auf welche Weise die Gespräche mitgehört wurden und wo eventuelle Lauscher versteckt sein sollten, sie hatte in der ihr zugewiesenen Höhle vergeblich danach gesucht. Da aber alle wichtigen Gespräche unter freiem Himmel, in einiger Entfernung vom Hof geführt worden waren, mußte es wohl so sein, daß man zumindest immer damit zu rechnen hatte. Sie glaubte also ihrem Partner, und sie glaubte auch jetzt dem Götterboten.

„Wichtige Neuigkeiten?" fragte sie.

Der Götterbote drehte die Handfläche nach oben – eine bejahende Geste. „Sie werden morgen den letzten Stein übergeben?" fragte er.

„Ich kann es nicht weiter hinauszögern", bestätigte Raja.

„Es würde auch nichts nützen. Vermutlich wird der Iskatoksi Sie danach auffordern, den Hof zu verlassen und zum Raumschiff zurückzukehren. Ich glaube nicht, daß er Sie bedrohen wird, denn er hat ja die Erfahrung gemacht, daß er Sie nicht als Geisel benutzen kann." Er spreizte die Finger, was soviel ausdrückte wie das Lächeln auf dem Gesicht eines Menschen. „Und so viel technische Kenntnisse hat er nicht, um zu begreifen, daß Sie Ihre Kraft nur ausüben können, wenn Ihre fliegende Kugel in der Nähe ist."

Raja war erstaunt, daß dem Götterboten dieser Zusammenhang bekannt war, aber sie ließ es sich nicht anmerken.

„Sie werden also morgen abend den Hof verlassen", fuhr der Götterbote fort, „aber vorher müssen wir noch einiges ordnen, und deshalb habe ich auch Fürst Kisa zu dieser Unterredung gebeten, obwohl er die Götter nicht liebt. Aber die Götter haben beschlossen", er wandte sich an Kisa, „Ihre Bewegung, Fürst, zu unterstützen. Ich weiß, daß Sie jetzt endlich ein gemeinsames Programm gefunden haben, aber Sie werden daran noch einige Abstriche vornehmen müssen, besonders, was Ihre Gegnerschaft gegenüber den Göttern betrifft. Andernfalls werden Sie die Unterstützung von..." − er nannte eine Reihe von Namen, die Raja nichts sagten − „sehr schnell verlieren, und mit den Rebellen allein können Sie nichts durchsetzen. Falls Sie es noch nicht begriffen haben, so müssen Sie es jetzt begreifen: Entweder Sie siegen mit den Göttern, oder Sie gehen allein unter. Der Untergang nützt niemandem, aber als unser Partner können Sie sehr viel von Ihrem Programm durchsetzen, auch was die Wiedereingliederung der Rebellen betrifft."

Zweierlei war Raja sofort klar: Hier wurde harte Machtpolitik betrieben, der ökonomisch Stärkere setzte rücksichtslos seine Interessen durch − und Kisa war aufs höchste überrascht von der Sachkenntnis des Götterboten. Aber dieser Überraschungseffekt gehörte wohl mit zur Machtpolitik der Götter, wenn auch nur als taktisches Moment. Der Zeitpunkt war jedenfalls geschickt gewählt − wie geschickt, das zeigte sich erst im folgenden Teil des Gesprächs.

„Dazu brauche ich wohl etwas mehr Zeit!" erklärte Kisa, als er sich gefaßt hatte.

„Es ist jetzt die letzte Gelegenheit", antwortete der Götterbote. „Morgen wird der Iskatoksi Sie auffordern, zu den alten Göttern zu gehen." Er wandte sich zu Raja. „Damit Sie wissen, wovon die Rede ist: Es gibt einen alten, überlieferten Brauch, daß nach Ablauf einer gewissen Zeit ein junger Aristokrat zur Götterburg geht und eine Fassung des verlorenen Wortes ausprobiert, die die Gelehrten des jeweiligen Iskatoksi erarbeitet haben. Natürlich wird er dabei..." Er gebrauchte ein Wort, das Raja nicht verstand, und bemerkte das. „Ich meine, er stirbt, aber den zweiten, harten Tod, bei dem auch die Seele zerstört wird. Dieser barbarische Brauch ist zwar schon lange nicht mehr ausgeübt worden, aber man kann den Iskatoksi nicht daran hindern, ihn neu zu beleben, zumal sich damit eine Art Volksfest verbindet." Er wandte sich wieder Kisa zu. „Und was wäre Ihre Verschwörung ohne ihr Haupt wert? Sie müssen also heute noch den Hof verlassen, die Fremden können das sicherlich einrichten."

„Dann gehe ich zu den Rebellen!" erklärte Kisa entschlossen.

„Richtig", bestätigte der Götterbote. „Aber Sie können auf zweierlei Weise dorthin gehen. Als unser Verbündeter — dann werde ich veranlassen, daß hier morgen eine Erklärung von Ihnen zirkuliert, wonach Sie den Krieg des Iskatoksi verurteilen und deshalb erst nach seiner Niederlage zu den alten Göttern gehen werden, weil Sie mit Ihrem Gang nicht den Krieg unterstützen wollen. Später sehen wir dann weiter. In diesem Falle könnten Sie zugleich für uns und die Fremden das verbindende Glied zu den Rebellen sein. Oder aber" — er machte eine Pause — „oder aber Sie gehen als unser Feind. Dann werden wir Sie morgen als Feigling verurteilen, der sich seiner vornehmsten Pflicht entzieht, und nicht einmal die Rebellen werden mehr auf Sie hören. Denn dann wird der Iskatoksi zweifellos klug genug sein, die Rebellen zu begnadigen, und viele von ihnen werden dieser Begnadigung mehr Glauben schenken als einem Führer, der sich als Feigling entpuppt. Nein, ich weiß, daß Sie das nicht sind, und mir persönlich ist die erste Variante bedeutend lieber, aber es geht ja weder mir noch Ihnen um Persönliches."

Erpressung, dachte Raja. Nackte Erpressung! Das war also das wahre Gesicht dieser scheinbar so seriösen Götter!

„Ich weiß, Fürst", sagte der Götterbote, „daß ich Ihren Stolz verletze, aber glauben Sie mir, keiner kann heute allein die Geschicke der Paksi lenken. Wenn Sie einmal Iskatoksi sein werden, müssen wir eine ähnliche Partnerschaft entwickeln, wie mein Freund Topo sie mit dem Präsidenten Aksit hat. Und das ist absolut ehrlich: Ich hätte Sie lieber allmählich überzeugt, aber leider muß ich Sie zwingen, weil wir keine Zeit haben. Wie lange brauchen Sie, um einen Aufstand zu organisieren?"

„Zehn, vierzehn Tage", sagte Kisa, fast gegen seinen Willen, denn er war so überrumpelt worden, daß er nicht mehr wußte, wogegen er sich zuerst wehren sollte; so wenigstens schien es Raja.

„Schade", erwiderte der Götterbote, „das ist zu spät. Denn in sechs Tagen wird der Iskatoksi zu seinem Kriegszug gegen die Kolonisten aufbrechen."

9

Hellen betrachtete ihre Haut, die frisch war wie vor über achtzig Jahren zur Zeit der ersten Verliebtheit – keine Fältchen, keine Runzeln, kein einziges Zeichen des Alterns. Aber der Kopf, der Geist, die Seele? Nun gut, sie hatte sich korrigieren müssen – sie hatte das schnell und entschlossen getan. Nein, erst wenn man von sich selbst erwartete, nicht den kleinsten Fehler zu machen, nie zu irren, immer recht zu haben – erst dann war man wirklich alt.

Jetzt war alles klar, alles lief folgerichtig ab. Juri und Utta durchlöcherten die Trennschicht unter dem Wüstenstreifen mit starken G-Impulsen, bald würde das Salzwasser die Oberfläche erreichen, und das Heer des Iskatoksi würde davor haltmachen müssen. In den Ausläufern des Gebirges aber oder gar im Gebirge selbst waren die Weißkittel nicht viel wert, das wußten der Iskatoksi und seine Militärs sicherlich selbst. Und wenn sie es trotzdem versuchten – die Kolonie würde sich zu verteidigen wissen.

Auch Tondo war auf gutem Wege. Er hatte ihr, ihr allein, seine Beobachtungen und Schlußfolgerungen anvertraut. Es war wohl ein bißchen Trotz dabei gewesen; nicht zu Raja oder Ming war er gegangen, mit denen er sich am besten verstand, sondern aus Verantwortung zum Verantwortlichen, also zu ihr – es freute sie. Sie hatte ihn jedoch zu Ming geschickt, vielleicht sah der einen Weg, handgreifliche Beweise zu finden.

Auch im Machtbereich des Iskatoksi entwickelten sich die Dinge, wie sie von Raja wußte. Und alles ging im Grunde genommen so, wie es auch ohne ihre Anwesenheit gegangen wäre, sie hemmten nichts, sie förderten nur hier und da ein ganz klein wenig – unbedeutend für die geschichtliche Entwicklung der Paksi. Die Erfüllung von Tondos Forderung hatte alles ins Gleichgewicht gebracht. Sie würden mit gutem Gewissen abreisen können.

Warum dann aber hatte sie noch immer dieses verschwommene Gefühl, sich in einem Strudel zu befinden? Sie wußte nicht, woher es kam, aber es war da, und es war deutlich da. Deshalb hatte sie nach Zeichen des Alterns gesucht, aber sie war sich jetzt klar, daß das nur ein Ausweichen gewesen war. Unbewußte Befürchtungen, unerkannte Zusammenhänge, unbeachtete reale Anzeichen wurden von der Lebenserfahrung manchmal zu solch einem Gefühlserlebnis zusammengedrängt. Ja, wenn sie sich selbst einer heuristischen Hypnose unterziehen könnte... Aber das konnte sie leider nicht.

Es hieß aufpassen. Welche Fragen waren noch offen? Eigentlich nur eine: Ito. Der gelehrte Pak, ursprünglich Abgesandter des Iskatoksi, war auf dessen Ruf hin nicht an den Hof zurückgekehrt. Er wollte bei den Menschen bleiben. Diese Entscheidung kam so überraschend, daß sie zu langsam reagiert hatten. Sie hätten sie gleich zurückweisen müssen. Nachdem der Iskatoksi nun davon unterrichtet war, konnte man Ito wohl nicht gut zurückschicken, es wäre sein sicherer Tod. Daraus würde sich ergeben, daß man ihn auf die Erde mitnehmen mußte. Vielleicht ganz günstig? Jedenfalls kaum eine Sache, die noch auf den Ablauf der Ereignisse Einfluß haben konnte. Nein, wohl kaum...

Ein Ruf von Ming riß sie aus ihren Grübeleien. Sie erhob sich und ging in die Zentrale.

Sie fand einen lächelnden Ming vor und einen zappelnden, übermütigen, stolzen Tondo, aus dessen Augen unbändige Freude leuchtete.

„Also tatsächlich die ‚Cotopaxi‘?" fragte sie.

Tondo überließ Ming das Reden — er hätte keinen zusammenhängenden Satz herausgebracht.

„Raja hat doch diese Geräte mitgebracht, die von den alten Göttern stammen", sagte Ming. „Das Material hat das Isotopenspektrum, das für unser heimatliches Sonnensystem charakteristisch ist. Die Wahrscheinlichkeit, daß woanders das gleiche Spektrum auftritt, existiert zwar, aber sie ist so minimal, daß wir das ruhig als Beweis ansehen dürfen. Und wenn schon von der Erde, dann auch ‚Cotopaxi‘."

„Bleibt nur die Kleinigkeit offen, wie sie hierhergekommen sind. Ein Photonenraumschiff! Juri wird sagen, das ist unmöglich."

„Was halte ich für unmöglich?" fragte Juri, der plötzlich hinter ihnen stand.

Jetzt erklärte Tondo den Sachverhalt. Er war voller Freude,

und er wollte diese Freude teilen — er wollte Juri klarmachen, daß erst dessen Bergsteigerei ihn darauf gebracht hatte.

„Bis heute hätte ich wirklich gesagt, das ist unmöglich", erklärte Juri, „aber wartet mal, wir haben doch wie alle Raumschiffe ein vollständiges Raumfahrtarchiv — benutzen wir es also!" Er setzte sich und rief einige Daten ab, während die anderen gespannt warteten. Dann lehnte er sich zurück und sagte: „Tja..."

Sie sahen an Juris Gesicht, wie es in seinem Kopf arbeitete. Keiner störte ihn durch eine vorzeitige Frage.

„Tja", wiederholte er schließlich, „auffallend ist, daß unsere Abflugtrasse von der Erde bis zum Startfenster in den Transitraum genau übereinstimmt mit der Reiseroute, der die ‚Cotopaxi' folgte, und ungefähr in der Höhe unseres Startfensters brach die Verbindung ab." Er schwieg wieder, und wieder warteten alle.

„Rein theoretisch", er balancierte diese beiden Wörter zwischen den Zähnen wie einen zu heißen Speisebrocken, „rein theoretisch würde die Möglichkeit bestehen, daß die ‚Cotopaxi' zufällig in den antimetrischen Kreisel geraten ist, der sich bildet, wenn sich das Startfenster in den Transitraum öffnet... Und dann müßten sie zwangsläufig hier in der Nähe herausgekommen sein..."

„Ohne zu wissen, wie ihnen geschah!" platzte Tondo heraus.

Juri nickte. „Ja, und vor allem, ohne zu wissen, wie sie je wieder zurückkommen sollten."

Alle schwiegen — aber es war ein anderes Schweigen jetzt, eine von niemandem veranlaßte und darum um so tiefere Schweigeminute.

„Und das Salzwasser?" fragte schließlich Ming.

„Steigt", sagte Juri. Und nach einer Weile setzte er hinzu: „Etwas langsamer als berechnet. Übermorgen nacht wird es an die Oberfläche kommen."

„Gut", sagte Ming.

Und dann fiel ihm plötzlich ein, daß das gar nicht gut war. Denn Raja hatte ihm, bevor sie schlafen ging, die letzten Neuigkeiten mitgeteilt — den genauen Marschplan des Iskatoksi. Sie hatte ihn über Funk von Kisa erhalten, der bei den Rebellen im Südgebirge war und noch das kleine Funkgerät besaß, und der hatte ihn durch einen Läufer vom Götterboten bekommen. Der Marschplan besagte, daß das Heer am übernächsten Abend genau auf diesem Streifen sein Lager aufschlagen würde, um am folgenden Morgen die Kolonie zu besetzen. Zehntausende Paksi würden im Salzsumpf versinken — nein.

„Ypsilon", sagte Ming. „Letzte Information von Raja wiederholen."

Alle hörten aufmerksam zu und verstanden sofort.

Der Strudel! dachte Hellen schmerzlich. „Wie können wir sie aufhalten?" fragte sie.

Luft ist schwieriger zu bewegen als andere Stoffe, wenigstens mit Gravitationskräften. Man kann eigentlich nur eins machen: auf einer gewissen Fläche die Gravitation aufheben, dann wird Luft gewichtlos und steigt folglich hoch, der Zentrifugalkraft gehorchend, die durch die planetarische Rotation erzeugt wird. Und das hat dann etwa die gleiche Wirkung wie ein Flächenbrand: Rings um das Gravitationsloch entstehen Stürme, auf das Zentrum gerichtet, doch nur, wenn das Loch auf ebenem Gelände liegt.

Ming und Juri hatten sich jedoch eine Stelle ausgesucht, wo der Heerwurm des Iskatoksi durch ein Bergmassiv kriechen mußte.

Als das gesamte Heer in dem langen, fast geraden Tal marschierte, durch das sein Weg führte, erzeugten die beiden vom Schweber aus solch einen Aufwind, und bald pfiff ein starker Sturm durch das Tal, den Soldaten ins Gesicht. Er nahm so viel Sand mit, daß das Heer bald ihren Blicken entzogen war.

In diesem Fall versagten alle Hilfsmittel: Elektromagnetische Strahlung durchdrang den Sandsturm nicht, das Graviecholot wurde durch die Sandkörner und derer Reibung aneinander zu sehr gestört. Ming und Juri erhielten wohl ein verschwommenes Bild der Talsohle, aber keine Konturen der Paksi.

Nach einer Stunde wurde Ming unruhig. „Wir wollen sie aufhalten, damit sie nicht in den Salzseen versacken", sagte er, „und statt dessen begraben wir sie jetzt vielleicht im Sand?"

Es blieb ihnen nichts übrig, als den Versuch einzustellen. Der Sand legte sich auch in der folgenden bangen halben Stunde nicht. Erst als jenseits des Massivs die Spitze des Heerzuges aus der Wolke herausmarschiert kam, konnten sie aufatmen.

„Wieviel Zeit haben wir ihnen abgenommen?"

Juri verglich mit der Marschtabelle, die sie aufgestellt hatten. „Eine Dreiviertelstunde", antwortete er!

„Das heißt, wir müßten heute oder morgen noch fünf bis sechs solcher Stellen finden", sagte Ming und schüttelte den Kopf. „So geht es nicht."

„Fliegen wir mal den Rest der Marschroute ab", schlug Juri vor.

Tatsächlich, solche Gelegenheiten wie in diesem Felsmassiv gab es nicht mehr. In freier Wüste, wo der Wind von allen Seiten zuströmen konnte, würde die Windgeschwindigkeit zu klein sein.

„Und wenn wir sie ständig unter einer solchen Wolke marschieren lassen?" fragte Ming. „Die Energie, die sie mit ihren Folien der Sonnenstrahlung entnehmen, reicht dann vielleicht nicht mehr aus?"

Nichts einfacher als das: Sie zogen mit einem Gravitationsfeld weit vor der Kolonne Sand in die Luft, die schwereren Körnchen fielen schnell wieder herunter, aber der feine Staub hielt sich lange.

Sie taten das einen halben Tag lang, zu ihrer Überraschung jedoch verringerte sich das Marschtempo des Heeres überhaupt nicht. Weil sie sich das nicht erklären konnten, zogen sie die Gefährten im Raumschiff zu Rate. Die waren zwar alle mit dem Abbau der Anlagen beschäftigt, in denen sie den Normalraumtreibstoff produziert hatten, aber jeder kam doch von Zeit zu Zeit mal in die Zentrale und erkundigte sich nach dem Stand der Dinge.

Raja war es, die die vermutlich richtige, aber leider nicht überprüfbare Erklärung fand. „Sie werden für die Operationen im Wald einen ausreichenden Vorrat von Akkus mitgenommen haben!" sagte sie.

Die Bilanz dieses Tages sah gar nicht gut aus. Etwa um eine Stunde hatten sie schließlich den Marsch verzögert, das reichte aber bei weitem nicht, selbst wenn ihnen das morgen wieder gelingen würde.

Noch vor dem Morgengrauen brachen Ming und Juri wieder auf. Am Abend zuvor hatten sie beraten, was zu tun sei, Vorschläge wurden diskutiert und größtenteils wieder verworfen — entweder waren sie zu gefährlich für das Heer, oder sie verletzten die Bedingungen, die sie sich selbst gestellt hatten, daß nämlich alles aussehen müsse wie ein Naturereignis. Schließlich blieb nur noch zweierlei: Man wollte zunächst versuchen, ob es möglich sei, Regen zu machen, sobald das Heer sich dem Gebiet der alten, schon immer bestehenden Salzseen näherte, an denen die Marschroute entlangführte. Und wenn gar keine andere Möglichkeit mehr bestand, mußte man eben doch die Vorsätze aufgeben und das Heer mittels Gravitationsfeldern hindern, die gefährliche Zone zu betreten.

Nun war Regenmachen zwar eine uralte Kunst, aber unter den weitgehend unbekannten klimatischen Verhältnissen am Nordrand der Wüste war es nicht so einfach. Immerhin hatten Ming und Juri bis zum Mittag alle in Frage kommenden Faktoren weitgehend erforscht und sahen dem sich nähernden Heer zuversichtlich entgegen.

Als es noch etwa zehn Kilometer vom Rand der alten Salzseen entfernt war, stiegen Ming und Juri mit dem Schweber bis an den Rand der Troposphäre auf, erzeugten Ionenwolken, elektrische Wirbelfelder und noch manches andere, und tatsächlich begann sich schon bald unter ihnen eine Dunstschicht zu bilden.

Als die ersten Blitze zuckten, gingen sie nach unten. Unterhalb der Wolken regnete es. Ming und Juri sahen sich zufrieden an. Aber der Boden war immer noch durch Dunstschleier ihren Blicken entzogen. Mit dem Infrarotwandler suchten und fanden sie schließlich das Heer des Iskatoksi: Es marschierte weiter.

Juri setzte den Schweber auf den Boden auf, selbstverständlich außer Sichtweite des Heeres. Sie stiegen aus und erlebten eine böse Überraschung: Der Regen reichte nicht bis auf den Boden. In der trockenen, glühheißen Wüstenluft verdampfte er, bevor er den Boden erreichte, und bildete in etwa zehn Meter Höhe eine undurchdringliche Dunstschicht. Aber auch darunter war es etwas diesig.

Sie stiegen wieder auf und schalteten den Infrarotwandler ein, damit sie wenigstens nicht das Heer aus dem Auge verloren.

„Wir sehen sie, sie uns nicht — darauf ist momentan unsere ganze Überlegenheit zusammengeschrumpft", sagte Juri ärgerlich.

„Wonach mögen die sich orientieren?" fragte Ming nachdenklich.

„Im Augenblick sicher gar nicht", meinte Juri, „sie marschieren einfach weiter, bis sie auf die Salzseen stoßen."

„Und sonst?"

„Sonst? Nach irgendwelchen Geländemerkmalen, nach der Sonne, was weiß ich. Moment mal, du meinst..."

„Genau das! Wir spielen für sie Sonne und leiten sie langsam im Kreis nach Süden!"

Auch dieser Versuch, mit einem Scheinwerfer die Dunstschicht zu durchdringen und „Sonne zu spielen", war zunächst nicht mehr als eine vage Hoffnung. Es konnte ja sein, daß die wirkliche Sonne früher als erwartet wieder zum Vorschein kam, ebenso war es möglich, daß das Heer auf irgendwelche bekannten Landschaftsmerkmale stieß, obwohl zunächst noch flache Wüste vor ihnen lag.

Vor allem aber war nicht bekannt, wie groß der Kreis gehalten werden mußte, damit die Paksi die Täuschung nicht merkten. Bei Menschen würde ein Radius von wenigen Kilometern genügen, aber wie war das bei Robotern?

Fast zwei Stunden lang glückte es ihnen, die Paksi irrezuführen. Dann begann sich die Wolkendecke zu lichten. Auch die Dunstschichten wurden schwächer.

„Reicht es schon?" fragte Ming.

Juri berechnete den Weg, den das Heer noch vor sich hatte, wenn es jetzt die Richtung korrigierte. „Knapp, sehr knapp!" sagte er.

Ming seufzte. „Es nützt nichts, wir müssen unsere falsche Sonne jetzt abschalten!"

Aber diesmal halfen ihnen die Paksi selbst. Als die wahre Sonne am Himmel erschien, bemerkten sie natürlich, daß sie in die falsche Richtung marschierten. Und diese Tatsache beeindruckte sie doch so, daß sie nicht einfach kehrtmachten, sondern anhielten und etwa eine Stunde lang beratschlagten. Und danach war endlich klar, daß sie die Landenge vor Sonnenuntergang nicht mehr erreichen würden.

Alle Anlagen waren abgebaut, im Raumschiff gab es nichts

mehr zu tun. Tondo konnte sich wieder seinen Grübeleien widmen.

Nicht der Arbeit, sondern Grübelein — so bezeichnete er es selber. Denn was blieb ihm noch zu tun? Der Logik seiner eigenen Auffassungen, die er durchgesetzt hatte, entsprach es, den Planeten in dem Augenblick zu verlassen, wenn die verschiedenen Einwirkungen auf die Gesellschaft der Paksi sich ungefähr gegenseitig aufhoben und höchstens eine Tendenz zum Positiven übrigblieb. Dieser Zeitpunkt war zweifellos erreicht, wenn das Heer des Iskatoksi umkehrte oder sich an den Rändern des Nordgebirges in aussichtslose Kämpfe verwickelte. Jedes weitere Zögern würde die Raumfahrer erneut in Auseinandersetzungen einbeziehen, aus denen sie sich dann noch schwerer lösen konnten. Was zählte es dagegen, wenn ein paar Fragen ungeklärt blieben, die ihm, Tondo, besonders am Herzen lagen — zum Beispiel die Frage nach dem verlorenen Wort oder die Frage, was die Leute der „Cotopaxi" zu dem schwerwiegenden Schritt veranlaßt haben mochte, eine solche Gesellschaft wie die der Paksi in Gang zu setzen?

Bei alldem war Tondo dankbar, daß Hellen den genauen Termin für die Abreise noch nicht festgelegt hatte, um handlungsfähig zu bleiben, falls die Lage wechseln sollte. Trotzdem gab es für ihn keinen Zweifel an dem Rückstart am nächsten Tag.

Er saß unter dem Raumschiff und sah Ito zu, der sich zum letztenmal auf seinem Heimatplaneten zur Nachtruhe niederlegte. Da kam Raja heraus und sagte, daß es Ming und Juri gelungen sei, das Heer zu retten.

„Also ist alles entschieden", stellte Tondo fest.

„Ich denke auch", antwortete Raja. „Nur schade um unsere schöne Hypothese. Da sieht man, was herauskommt, wenn man ins Blaue spekuliert."

„Ja, ins Blaue", sagte Tondo ein bißchen traurig, „in die blaue Sonne der Paksi mit ihren fünfzehn oder sechs Komma neun Strahlen. Eins von den vier Dingen, die fünf sind..."

„Frag doch mal die Kristallothek ab, ob es einen Zusammenhang gibt zwischen Sonne, blau und sechs Komma neun", rief Raja.

„Hab ich doch schon", sagte Tondo.

„Im Zusammenhang?"

„Nein, das nicht", gab Tondo zu und wurde plötzlich aktiv. So dicht beim Raumschiff erreichte er Ypsilon von hier unten auch über den Helm und gab den Auftrag.

Raja schaltete sich ein und hörte zu, was der Computer nach kurzer Zeit antwortete: „Sechs Komma neun mal zehn hoch vierzehn ist die Frequenz der blauen Linien der Balmer-Serie des Wasserstoffspektrums."

Beide schwiegen verblüfft.

„Ypsilon Ende", sagte Raja, um Tondo die Deutung zu überlassen, die auf der Hand lag.

„Das wäre denn also das verlorene Wort?" sagte Tondo, halb als Frage, nicht weil er nicht davon überzeugt gewesen wäre, sondern weil er aufs äußerste verwundert war, daß sich plötzlich alles als so einfach herausstellte und diese Entdeckung so harmlos und unsensationell daherkam. Er verstand in diesem Augenblick nicht, daß sie die reife Frucht war, die wie von selbst herabfiel, nachdem er die ganze Zeit für ihr Wachstum gesorgt hatte.

Sie debattierten lang und breit, wie man sich der Kuppel zu nähern habe, ob man mit dem Strahler auf jenen Teil der Apparatur zielen müsse, den sie auf den Aufnahmen gleich für einen Strahlensensor gehalten hatten, oder ob es genügen würde, einfach einen gefächerten Strahl mit der Frequenz der blauen Linie auf den Eingang zu richten — aber sie empfanden das Unwirkliche ihres Gesprächs, weil sie ja beide überzeugt waren, das würde erst eine Sache der nächsten Expedition von der Erde sein.

Am folgenden Morgen bestätigte sich das, was sich schon am Vorabend angekündigt hatte: Der Iskatoksi kehrte mit seinem Heer nach einigen gescheiterten Versuchen, die jetzt von Salzwasser versumpfte Landenge zu überqueren, einfach um. Gegen Mittag war klar, daß er nach Süden marschiere; es schien jedoch so, als zeige die neue Marschrichtung nicht auf den Hof des Iskatoksi, sondern auf das Raumschiff. Ming und Juri waren noch einmal mit dem Schweber gestartet, um das zu kontrollieren, und Tondo hatte sie aus Neugier und Langeweile begleitet.

Dann saßen alle in der Zentrale.

„Ich halte es für zweckmäßig, wenn wir jetzt auf eine Parkbahn gehen und von dort den Rückflug antreten", sagte Hellen. „Was ist eure Meinung?"

„Wo ist denn Ito?" fragte Tondo.

Tatsächlich — Ito war nicht da. Die Computerkontrolle meldete, daß er nicht an Bord gegangen sei, und in der Umgebung des Raumschiffs war er nicht zu sehen.

„Vielleicht hat er sich's überlegt und in letzter Minute Angst bekommen. Das soll auch schon Menschen so gegangen sein." Juri sprach diese Vermutung aus.

„Kann ich mir nicht denken", sagte Tondo. „Es stand ihm doch frei, er hätte sich dann doch verabschieden können."

„Schwer verständlich bei dem, was ihn erwartet, wenn er dem Iskatoksi in die Hände fällt!" warf Raja ein. „Oder..."

„Oder was?"

Raja wandte sich an Tondo. „Hat er gestern abend schon geschlafen, als wir uns über das verlorene Wort unterhalten haben?"

„Ich weiß nicht", sagte Tondo unsicher, „es hatte aber den Anschein. Außerdem, wir haben doch in unserer Sprache gesprochen!"

„Wennschon", meinte Raja, „mein Kisa verstand unsere Sprache auch schon sehr gut. Sie lernen schnell. Zwar können sie unsere Laute nicht nachsprechen, aber hören können sie sie, und wenn einer längeren Umgang mit Menschen hat... Was hast du ihm denn alles beigebracht? Kann er mit einem Strahler umgehen?"

Tondo nickte. Allmählich dämmerte ihm, was das für Folgen haben würde, wenn sich Rajas Verdacht bestätigte. Er wollte das aber nicht glauben, nicht von Ito, mit dem er sich so gut verstanden hatte. Obwohl er ja besser als die anderen wußte, daß Verstellung in Itos Gesellschaftsordnung und speziell in seiner Klasse etwas ganz Normales war, stemmte sich sein Fühlen dagegen.

„Seht nach, ob irgendwo ein Strahler fehlt", sagte Hellen müde, „vor allem in der Schleuse."

Ja, es fehlte einer.

Tondo hielt den Kopf gesenkt. Damals, als er wirklich etwas verschuldet hatte, als das Raumschiff seinetwegen nicht starten konnte, schon einmal nicht starten konnte, dachte er verbittert, damals hatten ihm die Vorwürfe nicht viel ausgemacht. Diesmal jedoch erwartete er sie, hätte sie als tief berechtigt empfunden, aber diesmal kamen keine. Es schien, die anderen verstanden, was er fühlte.

„Wenn er damit zum Iskatoksi kommt, ist er der Größte!" meinte Utta salopp.

„Die Leute von der ‚Cotopaxi' haben die Kuppel gesperrt, damit die Paksi nicht zu früh hineingelangen", sagte Raja sachlich. „Jetzt müssen wir verhindern, daß ihre Voraussicht durch unser Ungeschick wirkungslos gemacht wird."

„Wir werden ihn finden", sagte Juri. „Wenn er dem Iskatoksi entgegengeht, muß er durch die Wüste..."

„Und wenn er zu den Rebellen gegangen ist?" fragte Hellen. „Im Prinzip läuft das auf das gleiche hinaus. Nur ist er dann längst im Wald verschwunden."

„Es gibt nur einen Weg", sagte Ming.

„Und welchen?"

„Das verlorene Wort ändern. Das Signal, auf das sich der Laser im Eingang ausschaltet. Meinetwegen von der blauen auf die rote Linie."

„Oder auf eine Kombination", fügte Utta lebhaft hinzu, „damit nicht durch Ausprobieren zufällig einer dahinterkommt."

„Nehmt den Schweber", entschied Hellen. „Juri und Raja, ihr beobachtet, was sich beim Heer tut. Vorher setzt ihr Utta und Ming bei der Kuppel ab. Auch Tondo", fügte sie hinzu, als sie bemerkte, wie niedergeschlagen der junge Historiker dasaß. Außerdem, wenn einer mit dem Innenleben dieser Kuppel etwas anfangen konnte, dann er.

Das „verlorene Wort" hatte ihnen den Eingang geöffnet, sie waren im Innern der Kuppel. Utta machte sich sogleich daran, den Mechanismus der Schutzeinrichtung zu untersuchen, und überließ es Tondo, sich umzusehen.

Es war hell hier drin, aber es gab nichts zu sehen. Doch das war nicht das Nichts leerer Räume, sondern ein konturenloses, von allen Seiten gleichmäßig strahlendes Nichts. Aber auf irgend etwas standen sie, und Wände mußten ebenfalls existieren, nach den Schichtaufnahmen, die sie gemacht hatten. Hier war wohl auch ein Gang.

Utta hatte ihren Instrumentenkoffer abgestellt und sich den

Geräten zugewandt, die als einziges Unterscheidbare gleich am Eingang standen, deshalb hatte sie nicht diesen Eindruck der Grenzenlosigkeit.

Ming legte Tondo die Hand auf die Schulter. „Es scheint, das war nicht nur für die Leute von der ‚Cotopaxi' zu hoch, sondern ist es auch für uns", sagte er, und es war deutlich herauszuhören, was er eigentlich meinte: Nicht weitergehen, hierbleiben, nicht herumtappen und den Elefanten im Porzellanladen spielen!

Dann wandte Ming die Augen ab. Er hielt wohl den Anblick nicht länger aus und drehte sich zu Utta, um ihr zu helfen.

Tondo blieb ruhig stehen – nicht weil er mit Ming übereinstimmte, sondern weil er das deutliche Gefühl hatte, er müsse auf etwas warten, wenn er auch nicht hätte sagen können, worauf.

Anscheinend begannen die Augen sich an das Licht zu gewöhnen, denn nach und nach schälten sich Umrisse heraus, erst schwach, Täuschungen ähnlich, dann immer deutlicher. Tondo erblickte einen Gang, und der sah merkwürdigerweise genauso aus, wie er ihn sich vorgestellt hatte, lang und leer und mit türlosen Durchgängen auf beiden Seiten. Er ging vorwärts, dem Gang folgend, und blickte in die Öffnungen rechts und links. Sie glänzten alle in dem gleichen milchigen Licht, das zuvor auch den Gang unsichtbar gemacht hatte.

Tondo blieb vor irgendeiner der Öffnungen stehen. Und nach und nach wurden auch diesmal dahinter die Konturen eines Raumes sichtbar.

Also gewöhnt sich nicht das Auge an das Licht, sondern das Licht an das Auge, stellte Tondo fest und lächelte über diese paradoxe Formulierung. Aber dann stutzte er – irgend etwas in der Art mußte es sein.

Er betrat den Raum. Fast quadratisch, dachte er. Warum nicht rund? Was für ein Unsinn, wieso rund, rund – Tondo erstarrte: Vor seinen Augen wurde der Raum rund, kugelförmig. Nicht weniger erstaunlich war, daß er das überhaupt bemerkte, ohne das Vorhandensein von Ecken, Kanten und Farbkontrasten hätte er es eigentlich gar nicht sehen dürfen. Es verwirrte ihn, und ohne weiter nachzudenken, wünschte er sich den Raum wieder würfelförmig. Und der Raum richtete sich nach seinem Wunsch.

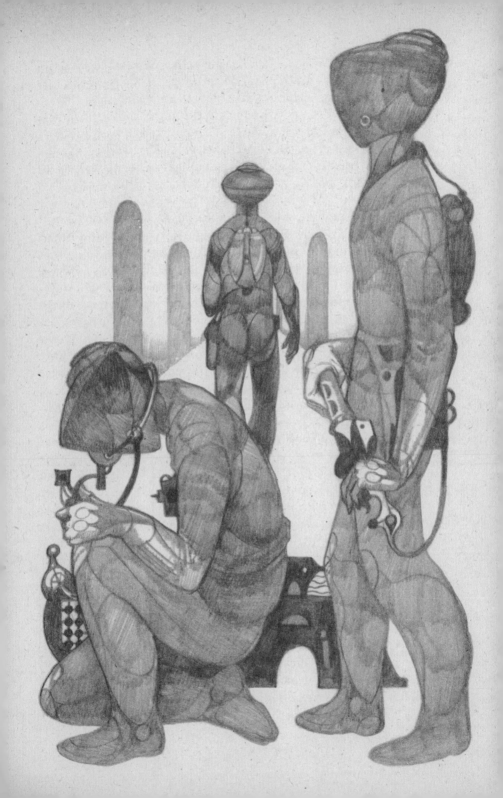

Jetzt erschrak Tondo. Wenn er mit seinen Wünschen Reaktionen auslöste, dann mußte er sehr vorsichtig sein, wer weiß, was er ohne böse Absicht alles bewirken konnte! Wenngleich – ein so perfekt funktionierendes System mußte ja Sicherungen haben. Der Gedanke machte ihm wieder Mut. Immerhin war ihm jetzt klar, daß die Anlage vor den Paksi geschützt werden mußte, wenigstens bis sie eine gewisse gesellschaftliche Reife erreicht hatten. Wenn die Kuppel alle Wünsche so erfüllte wie eben seine...!

Dann aber drängten sich ihm einfache, sachliche Fragen auf: Hatte der Raum sich wirklich oder nur in seinen Vorstellungen verändert? Und der Gang, der genauso ausgesehen hatte, wie er ihn sich vorgestellt hatte – existierte der wirklich oder...? Aber er war ihn doch entlanggegangen, wenigstens der Boden unter seinen Füßen mußte real sein. Also entweder hatte sich der Raum wirklich verformt, dann hätte er aber nicht sagen können, wie das bewerkstelligt worden war, oder die Verformung bestand nur in seiner Phantasie – und dann galt eigentlich das gleiche. Er griff nach der Wand und fühlte sie, aber im selben Augenblick sagte er sich: Ein System, das die optische Wahrnehmung täuschen konnte, war wohl ebensogut in der Lage, die taktile Wahrnehmung zu täuschen.

Nein, die scheinbar einfachen, praktischen Fragen waren hier die kompliziertesten. Weitere Einsichten konnte er wohl zunächst nur dem System als Ganzem entlocken. Er mußte sich wiederum etwas wünschen, Antworten auf seine wichtigsten Fragen, aber Vorsicht: Keine Aktion, nur Information! Zum Beispiel: Wie sahen die Erbauer der Kuppel aus? Wie sahen sie aus? Wie – sahen – sie – aus?

Tondo hatte diesen Satz so intensiv wie möglich gedacht, aber nichts veränderte sich. Er überlegte, warum diesmal nichts geschah. Worin bestand der Unterschied zu vorhin? Richtig, den Gang und den Raum hatte er sich bildlich vorgestellt, so wie er sie vermutete nach den Schichtaufnahmen, die sie seinerzeit gemacht hatten... War es das? Denken in Bildern? Immerhin möglich; denn sprachliches Denken konnte die Kuppel ohne Kenntnis der betreffenden Sprache kaum verstehen... Verstehen – ein seltsam unpassender Ausdruck für ein Bauwerk! Und wie konnte er in Bildern nach den Erbauern der Kuppel fragen, von denen er sich ja eben kein Bild machen konnte.

Sollte er sich vorstellen, wie die Kuppel verschwand und wieder auftauchte? Um Himmels willen, vielleicht tat sie das dann wirklich! Nein, erbauen, hm, erbauen, wie konnte man sich das so vorstellen, daß es nur als Prinzip und nicht praktisch auf die Kuppel bezogen werden konnte?

Er vergegenwärtigte sich die Kuppel im ganzen, bemühte sich, das Bild wieder zu löschen, und rief sich dann eine historische Darstellung ins Gedächtnis: Leute, die mauerten, Stein für Stein eine Wand errichteten.

Sofort begann sich an der Wand ihm gegenüber etwas zu verändern. Einzelne Steine wurden umrißhaft sichtbar, und bald sah die Wand aus wie aus roten Ziegeln gemauert. Die Kuppel hatte ihn mißverstanden.

Plötzlich wurde im bewußt, daß er ja den Schutzhelm aufhatte. Ganz sicher stand die Kuppel mit seinem Gehirn in Verbindung – unvorstellbar, wie, aber offenbar sogar durch die Abschirmung des Helmes hindurch! Wenn er den nun abnähme...

Das konnte gefährlich sein, einen Schock hervorrufen, wenn der Kopf plötzlich ungeschützt war. Andererseits, ja, andererseits mußte die Kuppel Erfahrung haben mit menschlichen Gehirnen, mit denen von den Leuten der „Cotopaxi". Und wohl nur auf diese Weise würde er mehr erfahren. Der Helm ließ sicherlich nur die kräftigsten Impulse nach außen dringen, eben bildliche Vorstellungen.

Tondo war sich klar darüber, daß es sich eigentlich gehört hätte, diese Frage mit den anderen zu beraten. Aber er wußte auch, daß niemand, er selbst eingeschlossen, ihm mehr Zeit gegeben hätte, als Utta für die Umstellung des Lasers brauchte. Also wagte er es.

Was sich in der folgenden Sekunde in seinem Kopf abspielte, war unbeschreiblich. In ungeordneter, blitzschneller Reihenfolge sah, hörte, fühlte, roch und schmeckte er tausenderlei Dinge, aber nicht mit der Stärke einer tatsächlichen Sinneswahrnehmung, sondern mehr wie in einer sehr lebhaften Erinnerung, und all diese Dinge empfand er auch als bekannt, und zugleich fühlte er sich dumpf und willenlos! Dann war der Spuk vorbei, ihm war frei und leicht. Er wußte merkwürdigerweise sofort, was geschehen war: Die Kuppel hatte sein Gedächtnis abgetastet, und wenn nicht das ganze Gedächtnis, dann jedenfalls doch die gespeicherten Sinneseindrücke.

Ob es jetzt vielleicht Zweck hatte, den Versuch zu wiederholen? Möglicherweise konnte die Kuppel jetzt auch sprachliches Denken empfangen, vielleicht kannte sie die Sprache von den Leuten der „Cotopaxi"? Wie – sahen – die – Erbauer – der – Kuppel – aus?

An der Wand gegenüber traten verschwommen Konturen und Farben hervor, aber zugleich fühlte Tondo sich unbehaglich. Er wiederholte den Satz mehrmals in Gedanken, das Bild wurde schärfer, zugleich jedoch wuchs auch das unangenehme Gefühl, es war etwas Einengendes, Lastendes, eine Mischung aus Angst, Ärger und anderen negativen Emotionen. Es kostete ihn große Willensanstrengung, dieses Gefühl zu unterdrücken. Dafür aber wurde das Bild immer deutlicher – und immer weniger deutbar. Farbflecken wie ein Mosaik ohne scharfe Fugen, sie wanderten, das Ganze wogte in sich, ohne Richtung, kein erkennbares Bild fügte sich zusammen, nichts Menschenähnliches... Menschenähnlich! Welcher Unsinn! Wie konnte er erwarten, daß diese Wesen menschenähnlich waren! Nein, dieses Bild sperrte sich dem Verständnis!

Diese Feststellung ließ das Bild erlöschen, und zugleich fiel das bedrängend unangenehme Gefühl von ihm ab. Was war das gewesen? Übertrug das Gefühl eine Information, wurde es von der Kuppel erzeugt? Er horchte in sich hinein und spürte, daß es noch nicht ganz abgeklungen war. Wollte die Kuppel ihn etwa nicht informieren? Wieder falsch! Die Kuppel war ein Automat, und sie gehorchte seinem Willen, wie sich gezeigt hatte. Der Widerstand – wenn man das Gefühl so werten wollte – war vielleicht eine Folge von nicht vollständig vollzogener Anpassung. War es nicht bewunderungswürdig, wie die Kuppel in der Lage war, sich einem völlig andersgearteten Wesen anzupassen! Aber wenn eine automatische Verbindungsstelle zu noch unbekannten anderen Gesellschaften einen Sinn haben sollte, dann mußte sie auch eine solche Anpassungsfähigkeit besitzen.

Tondo versuchte es mit einer anderen Frage, einer, die jedenfalls verständlich beantwortet werden konnte. Wo – kommen – die

– Erbauer – her? Dazu stellte er sich den Sternenhimmel dieser Region vor.

Wieder schwoll das bedrückende Gefühl stark an, war sogar noch heftiger als beim erstenmal. Tondo kämpfte dagegen an, es drängte ihn, davonzulaufen, und um das nicht zu tun, setzte er sich hin. Aber er sah auch, daß auf der Wand schon der Sternenhimmel erschien. Er strengte all seine Willenskraft an, um das Bild zu halten, und spürte, wie ihm der Schweiß ausbrach. Trotzdem brachte er es noch fertig, sich die Zeichen und Veränderungen des Sternenhimmels zu merken, er änderte sich jetzt rasend schnell, fast alle Sterne verschwanden – intergalaktischer Raum! Jetzt kam das Bild einer Galaxis näher, typisch der Kern und die Spiralarme...

Als das Bild erloschen war, wurde ihm sofort leichter. Er war ziemlich sicher, daß er sich alles fest eingeprägt hatte und anhand der Sternenkarte herausfinden würde, um welche Galaxis es sich handelte. Welch ein Erfolg! Er hätte jubeln mögen.

Aber dann machte ihm der Widerstand der Kuppel doch Sorgen. Seine Vermutung, es liege an der unvollständigen Anpassung, war wohl falsch gewesen, denn dann hätte der emotionale Druck beim zweiten Bild schwächer sein müssen als beim ersten. Wenn es sich aber wirklich um eine automatische Verbindungsstelle handelte, dann wäre doch gerade Informationsübertragung ihre Aufgabe? Welche Information mochte von diesem Gefühl getragen werden, was konnte damit gemeint sein? Denn aus ihm selbst kam es nicht, er spürte es sofort wieder, als die erste Freude abgeklungen war und er sich weitere Fragen überlegte.

Was bewirken negative Emotionen? Wo man sich die Finger verbrannt hat, faßt man nicht noch einmal hin. Er sollte also keine Fragen stellen. Keine Fragen stellen? Warum nicht? Wozu sonst war er hier?

Tondo versuchte, sich die Kuppel als Gesprächspartner vorzustellen. Dieser Partner hatte auch einen Willen, offenbar aber einen schwächeren. Er ließ sich, wenn auch widerwillig, zu Antworten zwingen. Tondo fragte, die Kuppel antwortete, er fragte, die Kuppel antwortete... Plötzlich wurde ihm bewußt, daß das gar kein Gespräch war, sondern eher ein Examen. Wenn nun der Partner mit dem schwächeren Willen auf ein ganz anderes Thema hinauswollte, aber nicht zu Wort kam? Ein menschlicher Gesprächspartner würde in diesem Falle eine unlustige Miene aufsetzen, heftige Gesten machen, seinerseits versuchen, den anderen vom Thema abzubringen...

Das war es! Die schlechte Anpassung lag nicht an der Kuppel, sondern an ihm selbst. Sie hatte sich seinem Informationsbedürfnis unterworfen, aber er nicht dem ihren.

Tondo fühlte, wie der Druck nachließ, das bestätigte ihm, daß er auf dem richtigen Wege war.

Aber da gab es noch einen Widerspruch. Die Kuppel hatte offenbar gleich zu Anfang alles Wichtige aus ihm herausgeholt. Darum konnte es sich also nicht handeln. Und wenn sie ihm selbst etwas anderes mitteilen wollte, warum tat sie es nicht einfach? Es sei denn..., dieses andere ließe sich nicht ausschließlich in einer optischen Bilderfolge darstellen, sondern verlangte noch intensivere Einstimmung! Das würde aber bedeuten, daß er sich jetzt entspannen mußte, ganz willenlos erwarten, was da käme, sich völlig hingeben... War das nicht gefährlich? Nein, wohl nicht riskanter als das Helmabsetzen...

Tondo zog die Knie an, legte die Arme darauf und stützte das Kinn auf den rechten Unterarm. Es schien ihm, als höre er irgendwo ganz leise Töne. Er schloß die Augen, um sie besser vernehmen zu können.

Utta hatte die Anlage auseinandergenommen, und es war ihr nicht schwergefallen, die Funktionsweise festzustellen. Die Apparatur bestand aus dem Laser, einem Miniaturreaktor, der mit einem äußerst langlebigen Transuran betrieben wurde, einem Schaltelement und zwei Sensoren. Der eine war für das Licht der blauen Linie bestimmt, das die Anlage stillegte. Der andere diente offensichtlich der Auslösung des Laserstrahls – aber worauf sprach er an? Das war die einzige Schwierigkeit. Sie brauchte das für ihren Zweck jetzt gar nicht zu wissen, aber es interessierte sie doch.

Mit der Schließtechnik der Kuppel konnte er nicht unmittelbar gekoppelt sein, dazu war die technologische Stufe viel zu unterschiedlich. Bekanntlich reagierte dieser Sensor, wenn die Kuppel sich öffnete, und er schien auch, dem Bau nach, ein optischer Sensor zu sein. Aber draußen war Licht, und in der Kuppel war auch Licht, jetzt wenigstens. Außerdem mußte er ja auch bei Nacht funktionieren.

Utta besprach die Sache mit Ming, und der brachte sie auf die Idee, das jetzt in der Kuppel strahlende Licht zu vermessen. Tatsächlich stellte sich heraus, daß es aus nur vier streng monochromatischen Komponenten bestand. Es konnte also sein, daß der Sensor auf andere Linien ansprach, die im Licht der Iska stark vertreten waren. Aber auf welche? Und was war nachts?

Das Rätsel löste sich teils durch Überlegen, teils durch Probieren. Infrarote Strahlung war auf diesem warmen Planeten immer in ziemlicher Stärke vorhanden, auch nachts, während sie innerhalb der Kuppel anscheinend weitgehend absorbiert wurde. Selbstverständlich hatte Utta den Laser beim Experimentieren abgeschaltet und kontrollierte nun die Kontakte des Sensors. Auf diese Weise hatte sie bald die Bereiche ermittelt, auf die der Sensor eingestellt war.

„So, das hätten wir", sagte Utta vergnügt und rieb sich die Hände. „Für den Blaulichtsensor baue ich einfach einen anderen ein, das ist ein Klacks!" Sie drehte sich zu Ming um und stutzte. „Wo ist denn Tondo?"

„In die Kuppel reingegangen", antwortete Ming.

„Tondo läßt sich nicht anbinden", sagte Utta, und es war nicht zu hören, ob sie das nun mißbilligte oder ob es ihr imponierte. „Sag ihm, in fünf Minuten sind wir fertig."

„Sag du es ihm", meinte Ming.

Utta sah sich um. Rings um sie war nur strahlendes Licht.

„Brauchst dir keine Sorgen zu machen, wenn es hier Schutzmechanismen gäbe, hätten unsere Vorfahren nicht diesen Laser aufgebaut."

„So?" sagte Utta. Sie war nun doch beunruhigt, und die Unruhe und ihr Widerspruchsgeist gaben ihr einen Gedanken ein, auf den bisher noch niemand gekommen war. „Und wenn der Laser nun gar nicht die Kuppel vor den Paksi schützen soll, sondern umgekehrt – die Paksi vor der Kuppel?"

„Kluges Kind!" entgegnete Ming nachdenklich. Jetzt war auch er besorgt.

„Ich mach hier weiter", sagte Utta, „helfen kannst du mir nicht mehr, sieh zu, daß du Tondo findest! Wahrscheinlich studiert er irgendwo die Geschichte der Kuppel!" Sie wandte sich entschlossen der Anlage zu.

„Wo steckt er nur?" murmelte Ming und blickte in die Richtung, in die Tondo vorhin gegangen war. Es irritierte ihn jetzt immer mehr, daß außer gleißendem Licht nichts zu erkennen war.

„Siehst du ihn?" fragte Utta, ohne sich umzudrehen.

„Nein", antwortete Ming, „halt, warte mal, ich glaube, jetzt gewöhnen sich meine Augen an das Licht. Ja, ich sehe ihn, er sitzt mitten in der Kuppel, hat den Helm neben sich gelegt, jetzt verschränkt er die Arme auf den Knien und stützt das Kinn darauf, und jetzt..., schließt er die Augen... Ich gehe mal hin!"

Ein Bild tauchte vor Tondos geschlossenen Augen auf, das Bild eines Mannes. Er erkannte ihn nach der Stereoaufnahme aus dem Raumfahrtarchiv; es war jener Iskander Bekmet, der Kommandant der „Cotopaxi". Das Bild wurde immer lebendiger, und nun bewegte es sich und sprach:

„Ihr, Menschen eines kommenden Jahrtausends! Des achten? Zehnten? Zwölften? Ich weiß es nicht, aber ich hoffe, daß ihr es seid. Denn dann hatten unsere Bemühungen Erfolg.

Wir waren die Besatzung der ‚Cotopaxi', eines Raumschiffes des zweiten Jahrtausends der neuen Geschichte. Wir wissen nicht, wie wir hierhergekommen sind, euch ist es sicherlich bekannt. Wir wissen nur, daß wir der Menschheit diese extragalaktische Verbindungsstelle zugänglich machen müssen. Wir hoffen, daß wir einen Weg gefunden haben, auf dem die Menschheit früher erfährt, was hier am Rande der Galaxis auf sie wartet. Für uns aber erhält das Leben dadurch einen Sinn. Vielleicht versteht ihr, daß uns das steinerne Denkmal, das verschollenen Kosmonauten auf der Erde gesetzt wird, nicht genügt.

Jetzt, Freund, wirst du, auf den sich die Kuppel besonders eingestellt hat, die wichtigsten Abschnitte unserer Arbeit, unserer Zweifel und Auseinandersetzungen und schließlich unseres gemeinsamen Werkes kennenlernen. Vielleicht erscheint dir das nicht so wunderbar, wie es uns erschien, als wir einige der zugänglichsten Geheimnisse dieser Kuppel gelüftet hatten. Aber

sicherlich werdet ihr auch damit weiter kommen, als es uns gelungen ist. Eins jedoch steht fest: daß wir die Kuppel vor unseren Geschöpfen, den Paksi, schützen müssen, und umgekehrt auch die Paksi vor der Kuppel, bis sie gesellschaftlich so weit sind, daß sie sie ertragen können, ohne sich selbst zu verlieren."

Sich selbst zu verlieren..., verlieren... Tondo lauschte der Stimme nach, denn jetzt war er plötzlich allein, sah und hörte nichts, fühlte kaum seinen Körper. Zwar war er sich die ganze Zeit über der Tatsache bewußt gewesen, daß er nur Bilder und Töne wahrnahm, die auf irgendeine ihm unbekannte Weise in seinem Gehirn erzeugt wurden, und er hatte dieses Bewußtsein nicht eine Sekunde verloren; aber jetzt bemerkte er doch, daß die reale Welt ringsum gleichsam versunken war. Trotzdem wußte er genau, wo er war und was mit ihm geschah, und das machte ihn sicher. Er öffnete sich dem, was auf ihn zukam.

So erlebte er auf eine seltsame Weise die Not und Verzweiflung der „Cotopaxi"-Besatzung mit – die Verwirrung über das Unbegreifliche, das ihnen geschehen war; die Befürchtungen, sich steigernd bis zum Entsetzen, als unwiderruflich feststand, daß sie sich am Rande der Galaxis befanden, und als endlich ausgesprochen wurde, was daraus folgte: Sie würden die Erde nie wiedersehen.

Iskander Bekmet, der Kommandant, sprach es aus, es war seine Stimme, die Tondo hörte, aber er vernahm auch die Stimmen oder Gedanken der anderen dazu, nacheinander wie in einer Diskussion. Aber es war keine Diskussion, die Kuppel hatte die Gedanken der verschollenen Raumfahrer aneinandergefügt, und das wirkte wohl noch bedrückender als ein naturalistischer Bericht. Tiefe Mutlosigkeit hatte alle erfaßt, wie verschieden auch ihre Äußerungen aussahen, vom verzweifelten Grübeln bis zu Selbstmordgedanken – selbst Tondo wurde von einem Hauch dieser Stimmung gestreift. Am leichtesten hatte es in dieser Situation der Kommandant, er mußte an alle denken. Und da er ebenfalls keinen Ausweg sah, organisierte er zunächst das alltägliche Leben und dann die Forschungstätigkeit. So unterblieben Ausbrüche, aber die scheinbar sinnlose Forschungsarbeit konnte die Depression nicht aufheben.

Hin und wieder blitzte ein hoffnungsvoller Gedanke auf, aber immer erwies sich seine Undurchführbarkeit, sobald man ihn näher untersuchte. Sich fortpflanzen, ein neues Menschengeschlecht gründen, eine Gesellschaft, die eines Tages, nach vielen Zehntausenden von Jahren, mit der alten Erde in Kontakt treten konnte? Schöner Gedanke — aber wer wollte vor seinen Kindern und Enkeln die Verantwortung übernehmen, wenn sie infolge der heftigen Sonnenstrahlung biologisch degenerierten oder wenn sie die Lebensbedingungen ihrer Eltern nicht mehr reproduzieren konnten, schließlich auch ihr Wissen verloren und in das Stadium der Urgemeinschaft zurückfielen oder wenn, was am wahrscheinlichsten war, beides zusammen eintrat?

Soviel wie möglich erforschen und die Ergebnisse für die Erde hinterlegen? Aber welche Aufbewahrungsart überstand Jahrtausende? Sie kannten keine. Sie wußten nur, daß keine der bestehenden physikalischen Theorien ihren Flug hierher erklären konnte, und sie durften sicher sein, daß die Erde noch einen weiten Weg vor sich hatte, bis sie diese Kräfte meistern konnte. Und selbst dann mochte es weitere Ewigkeiten dauern, bis die Menschheit sich dieser verlassenen Gegend der Galaxis zuwenden würde.

So, Schritt für Schritt, verstärkte sich die Depression wieder. Warum sollte man forschen? Weshalb sich vor der blauen Sonne schützen? Als das erste Besatzungsmitglied durch Strahlungsschäden starb, rüttelte das die anderen auf. Die Disziplin hob sich, die Forschungen wurden wieder intensiver betrieben, zugleich rundete sich auch das Bild, das man sich von diesem Sonnensystem machen konnte, und schüchtern keimte hier und da die erste kleine, noch sehr verletzliche Freude an den Ergebnissen der eigenen Arbeit auf.

Und dann wurde die Kuppel entdeckt, zuerst auf Satellitenaufnahmen. Die gesamte Besatzung durchquerte auf einem ihrer Transporter die Wüste. Der Kommandant betrat als erster Mensch das fremde Bauwerk.

Tondo bemerkte, daß eine Pause eingetreten war in der seltsamen Informationsübermittlung, die ihn Stimmen hören ließ, aber nicht irgendwelche, sondern offenbar wohlausgewählte Worte oder Gedanken aus einem sicherlich viel umfangreicheren Material, das die Kuppel damals den Gehirnen der Leute von der

„Cotopaxi" entnommen hatte. Warum nur Stimmen? fragte sich Tondo. Nun, er würde sehen.

Er war überzeugt, daß er auch noch mehr optische Eindrücke empfangen konnte. Und nur ganz entfernt dachte er an Ming und Utta und wunderte sich ein wenig, daß sie ihn nicht riefen, aber in diesem Augenblick war ihm das gleichgültig. Der Gedanke an sie war so fern wie die Erde, und Tondo gab sich nicht im geringsten Rechenschaft darüber ab, wie sehr sein Verhalten vom Normalen abwich. Vielleicht wäre es ihm aufgefallen, wenn er Zeit dazu gehabt, Abstand vom Vernommenen gewonnen hätte, aber nun begann die Kuppel wieder zu senden, und diesmal — wie er vermutet und gehofft hatte — in Ton und Bild.

Tondo sah jetzt die „Cotopaxi"-Besatzung, und er wußte merkwürdigerweise sofort, wer jeder einzelne war, obwohl er bisher nur das Bild des Kommandanten kannte. Er wurde Zeuge, wie sie versuchten, hinter das Geheimnis der Kuppel zu kommen, und dabei die gleichen Erfahrungen machten wie er selbst. Es war, als sei er unsichtbar unter ihnen, nicht nur, wenn sie die Kuppel betraten, sondern auch sonst, in ihrem Raumschiff, bei ihren Unternehmungen, und er hatte jetzt nicht einmal mehr das Gefühl, es handle sich um ausgewählte Abschnitte, so sehr floß eins ins andere.

Aber er erfuhr dann auch manches über die Kuppel, was ihm neu war, was ihm bestimmte Wahrnehmungen erklärte, die er selbst gemacht hatte. Es gab, wie bei ihm, Fragen, auf die die Kuppel nicht antwortete, oder vielmehr: Sie antwortete mit der Erregung negativer Emotionen, die je nach Temperament und Charakter des Fragenden verschieden waren. Furcht bei dem einen, Ekel bei dem anderen, fieberhafte Hitze bei einem dritten. Und Tondo lernte, daß man ihr auf diese Weise Alternativfragen vorlegen konnte, die sie so beantwortete: negative Emotionen — nein, positive Emotionen — ja, oder keine Emotionen — dann eben keine Antwort.

Nur, irgendeine Systematik, wann die Kuppel antwortete und wann nicht, konnten auch die Leute von der „Cotopaxi" nicht entdecken. Sie stellten jedoch ebenfalls sehr bald fest, daß die Kuppel eine extragalaktische Kontaktstelle sein mußte. Und sie erfuhren noch mehr: Es würde mindestens hunderttausend Jahre dauern, bis die Erbauer der Kuppel selbst wieder erscheinen würden.

Diese Entdeckungen brachten ungeheure Aufregung unter die Besatzung der „Cotopaxi", Aufregung – und eine große Hoffnung. Konnte es nicht vielleicht mit Hilfe dieser weit überlegenen Technik möglich sein, daß sie doch einen Weg nach Hause fänden?

Nach und nach mußten sie jedoch erkennen, daß diese Hoffnung trügerisch war. Die Kuppel war bei all ihrer Großartigkeit und all ihren Möglichkeiten nicht in der Lage, naturwissenschaftlichen Unterricht zu erteilen und das Wissen vieler Jahrtausende zu vermitteln, das ihnen fehlte. Sie waren wohl enttäuscht, aber doch nicht so verzweifelt wie in der ersten Zeit – vor Entdeckung der Kuppel –, denn sie hatten jetzt einen unerschöpflichen Stoff für Überlegungen, Erfindungen, Projekte. Wenn man schon nicht zurückkehren konnte, so mußte sich doch irgendeine Möglichkeit finden lassen, die Erde wenigstens über diese Entdeckung zu informieren. Mochte es auch noch Tausende von Jahren dauern, bis ein irdisches Raumschiff diese Entfernung überbrücken konnte – wenn die Menschheit wußte, was hier existierte, würde sie ihre Bemühungen verdoppeln.

Das Ausstrahlen einer Sendung zur Erde schien zunächst gar nicht so unmöglich zu sein, trotz der über zwanzigtausend Lichtjahre Abstand. Sie hatten noch genug Energie, ein Tachygramm aufzugeben, und die Technik ihres Raumschiffs erlaubte das auch. Zu überwinden war nur die Schwierigkeit, daß man Richtung und Entfernung der Erde nicht genau genug feststellen konnte.

Dieses Hindernis, zunächst geringgeschätzt, erwies sich in zunehmendem Maße als unüberwindlich. Schließlich spitzte sich die Frage so zu: Entweder man sandte das Tachygramm ab, mit einer ganz geringen Wahrscheinlichkeit, daß es die Erde auch erreichte, und verbrauchte dazu fast den gesamten Energievorrat, den die „Cotopaxi" noch hatte, oder man sparte die Energie auf für andere Wege, die noch zu finden wären. Die Besatzung entschied sich für die zweite Variante.

Aber was hieß denn: andere Wege finden? Es gab doch im Grunde genommen nur einen. Man mußte auf diesem Planeten irgend etwas veranstalten, das die Erde zu gegebener Zeit auf ihn aufmerksam machte. Wenn die Menschheit einmal soweit sein würde, solche Entfernungen zielbewußt zu bezwingen, dann sollte ihr diese Stelle im All durch irgend etwas auffallen..., aber wodurch? Technische Anlagen, etwa Sendeanlagen, die viele Jahrtausende überdauern konnten, gab es nicht, wenigstens nicht für die Möglichkeiten der Leute von der „Cotopaxi".

Tondo erlebte das qualvolle Suchen nach einem gangbaren Weg mit, als sei er selbst einer der Suchenden, und doch war es gerade diese Qual, die die Besatzung der „Cotopaxi" am Leben hielt, die all ihren Handlungen Sinn verlieh. Die Aufgabe, der Menschheit viele Jahrtausende bei der Suche nach anderen Gesellschaften in den Tiefen des Alls zu ersparen, wurde zum Daseinszweck der jetzt noch dreizehn gestrandeten Kosmonauten.

Was war dauerhafter als technische Anlagen? Die biologische Entwicklung zum Beispiel. Primaten existierten hier, ja, aber die Biologen der Besatzung schätzten die Zeit, bis sich daraus die Anfänge einer Gesellschaft bilden konnten, auf hunderttausend Jahre — das war also auch kein Weg. Man hatte sich daran gewöhnt, von zehntausend Jahren zu sprechen, wenn es darum ging, wann die Menschheit soweit sein würde, diese riesige Entfernung zu bezwingen. Eine runde Zahl setzt sich leichter im Gedächtnis fest, sie erleichtert das Denken, wenn man täglich damit operiert, und das taten die Kosmonauten.

Einmal schon waren ihre Überlegungen bis an die Grenze des Denkbaren gegangen, bis zu der Möglichkeit der Etablierung einer Gesellschaft. Und eine Gesellschaft war freilich noch dauerhafter als eine biologische Entwicklung. Mehrmals nahmen sie diesen Gedanken wieder auf. Sie experimentierten mit Primaten und deren Erbanlagen, aber sie sahen bald, daß ihr Leben nicht ausreichen würde, etwas Bleibendes zu schaffen, selbst wenn sie so alt werden sollten wie auf der Erde... Und das würden sie nicht unter den unwirtlichen Bedingungen des fremden Planeten...

So kamen sie eines Tages dazu, die Grenze des Möglichen zu überschreiten und das Unmögliche zu denken: eine Gesellschaft von Robotern?

Als der Strom der Bilder, Töne und Gedanken plötzlich abriß, wußte Tondo im ersten Augenblick nicht, wo er sich befand. Ihm war, als tauche er aus einer unendlich tiefen Versunkenheit auf, ihm wurde bewußt, daß diese Versunkenheit nicht ungefährlich war; es war nicht selbstverständlich, daß man daraus wieder emporstieg. Für einen Moment glaute er, er könne jetzt entscheiden, ob er völlig zu sich kommen, aufstehen und weggehen wolle oder ob er weitersehen, weiterhören, weiter erleben wolle, was geschah, was vor achttausend Jahren geschehen war. Und er entschied sich, weiter dabeizusein.

Die jetzt folgende Etappe zog ihn noch tiefer in das Leben der „Cotopaxi"-Besatzung hinein. Er hatte jetzt nicht nur das Gefühl, unsichtbar teilzunehmen, er war nicht mehr nur Beobachter wie eben noch. Jetzt meinte er mitzudiskutieren, die Argumente der anderen mit abzuwägen, selbst welche zu suchen und zu finden, denn natürlich war er dafür, für dieses Experiment mit den Robotern, und er litt darunter, daß er nicht sagen konnte: Es geht, ich weiß es, ich kenne den Ausgang. Sein gesamtes Wissen war zwar in seinem Kopf vorhanden, aber er konnte nichts davon aussprechen, es war, als sei sein Bewußtsein geteilt. Das wurde noch schlimmer, als die Leute von der „Cotopaxi" mit soziologischen Berechnungen begannen. Tondo kannte alle wesentlichen Formeln und mathematischen Kalküle, die die Menschheit in den dazwischenliegenden Jahrtausenden auf diesem Gebiet entwickelt hatte, aber er konnte sie nicht reproduzieren. Dabei war das, was er erlebte, für ihn mehr als eine Aufzeichnung, es war aktive Gegenwart, leidenschaftliche Teilnahme.

Nicht wenige der „Cotopaxi"-Besatzung scheuten anfangs vor der ungeheuren Verantwortung zurück, die sie übernahmen, wenn sie wirklich eine gesellschaftsähnliche Entwicklung der Roboter in Gang setzten; sie sahen darin gewaltigere Schwierigkeiten als in den technischen Fragen, die zu lösen waren. Auch war es nicht so, daß an einem bestimmten Punkt ihrer Entwicklung plötzlich festgestanden hätte: Ja, es geht. Diese Gewißheit bildete sich erst im Laufe der Arbeiten heraus, und mit ihr kam auch die Bereitschaft zur Verantwortung. Letzten Endes konnten sie sich dabei nur auf die Gewißheit stützen, daß die gesellschaftlichen Gesetze genau so universell Gültigkeit haben wie die Naturgesetze.

Sie demontierten alle Computer und Sensoren des Raumschiffs, um daraus Material für die Robotergehirne und deren Sensoren zu gewinnen. Vorher hatten sie aus Tausenden von Technologien diejenigen ausgesucht, die unter den hiesigen Bedingungen für die Reproduktion der Roboter geeignet waren. Viele Jahrzehnte mußte diese Arbeit gedauert haben, Tondo wußte diesen Zeitraum irgendwie, er „fühlte" ihn, obwohl auch das nicht das richtige Wort dafür war. Und schließlich — einige Mitglieder der Besatzung waren schon gestorben —, schließlich erschien der erste Roboter, den die Roboter selbst reproduziert hatten...

Wieder verloschen die Bilder und Töne. Tondo fühlte sich plötzlich allein, schrecklich allein. Er bemerkte, daß er nicht mehr genau wußte, in welcher Welt er wirklich lebte, ob er die Zukunft oder die Vergangenheit geträumt hatte, und er bekam Angst, heftige Angst, die ihn wie ein wildes Tier anfiel. Mit aller Willenskraft versuchte er aufzutauchen, die Rückgabe seiner Persönlichkeit von der Kuppel zu erzwingen. Er spürte seine Glieder nicht mehr, er wollte sie bewegen, nahm aber auch die Bewegung nicht wahr, er fühlte, daß die Bilder gleich wiederkommen würden, er wehrte sich dagegen, aber das nützte nichts, nach und nach erlahmte sein Widerstand und...

Was er nun vernahm, waren nicht Bilder und Töne, sondern Gedanken und Emotionen — das, was die letzten Kosmonauten der „Cotopaxi" am Ende ihrer Tage dachten und fühlten. Das vorherrschende Gefühl war Hoffnung, und die Gedanken bewegten sich in die Zukunft. Es waren Gedanken von großer Allgemeinheit. Die Konstruktion der Roboter und ihrer Gehirne reichte sicherlich aus für die Bewältigung der gesellschaftlichen Vorgeschichte bis hin zur klassenlosen Gesellschaft. Und dann würden sich, wenn es nötig sein sollte, die Roboter selbst vervollkommnen können, im Einklang mit der gesellschaftlichen Entwicklung. Auch würden sie dann dazu fähig sein, auf technischem Wege den Abstand zu überbrücken, den sie in psychischer Beziehung zu biologisch entstandenen gesellschaftlichen Wesen hatten, und auf diese Weise würden sie sich in ferner, fernster Zukunft leicht den anderen Gesellschaften annähern können... Die Zukunft, so dachten die Leute von der „Cotopaxi" jetzt, weil die Kuppel es zu beweisen schien, lag weit mehr im Gehirn als in den unglaublichsten technischen Entwicklungen, denn die denkende Materie, sei sie nun biologisch oder wie bei den

Robotern technisch entstanden, war im wesentlichen gesellschaftlicher Natur...

Tondo wurde jäh herausgerissen. Plötzlich war ihm alles wieder gegenwärtig, er spürte Mings Hand an seinem Arm, den Schutzhelm auf dem Kopf. Ming hatte ihm den Helm aufgesetzt, in der richtigen Vermutung, daß der ihn vom Einfluß der Kuppel isolieren würde.

Jetzt spürte Tondo auch seine Glieder wieder, sie schmerzten wie nach einer übergroßen Belastung. Er konnte nur mit Mings Hilfe aufstehen, und dann mußte auch Utta ihm mit unter die Arme greifen. Aber sein Kopf war klar, alles, was er erlebt hatte, war deutlich eingeprägt.

„Was war eigentlich los mit dir?" wollte Ming wissen.

„Ich berichte später", sagte Tondo, „laß mich erst etwas ausruhen. Danke schön erst mal! Ich weiß nicht, was geworden wäre, wenn du nicht gekommen wärst. Noch ein paar Stunden und..." Er verstummte nachdenklich.

„Wieso Stunden?" fragte Ming erstaunt. „Als ich sah, daß du die Augen schließt, bin ich losgegangen und habe dir den Helm aufgesetzt!"

Der Schweber, der die Gruppe von der Kuppel abholen sollte, machte am Kamelrücken Zwischenstation und setzte Raja dort ab. Es war notwendig, Kisa über die veränderte Lage zu informieren.

Im Tal vor dem Kamelrücken waren so viele Räuber-Rebellen versammelt, daß die gesamte Fläche bis zu den Waldrändern bedeckt schien, und weitere Abteilungen strömten herbei. Aber auch das, so erfuhr Raja, sei nur ein Teil des Rebellenheeres, das sich jetzt an verschiedenen Punkten sammelte.

Sie erfuhr das von einem Pak, der sie nach Funkabsprache mit Kisa an ihrem Landepunkt erwartet hatte und nun durch das Gewühl führte. Sie sah nun, da ihr Blick durch den langen Aufenthalt am Hofe für Einzelheiten geschärft war, daß sich dieses Heer aus Angehörigen fast aller Stände zusammensetzte. Die äußerlichen Standesmerkmale, schon normalerweise schwer auszumachen, waren zwar hier bei den meisten „verwildert" wie die ganze äußere Erscheinung, aber sie konnte doch hier einen ehemaligen Weißkittel, da einen Adligen, dort einen Hofbeamten unterscheiden.

Schon aus einiger Entfernung bemerkte sie Kisa, der etwas erhöht stand. In ununterbrochener Kette traten andere Pak zu ihm, besprachen etwas und entfernten sich wieder. An diesem sinnfälligen Vorgang erkannte Raja, welche ungeheure Zahl von Verbindungen Kisa unterhielt und welche gewaltige Arbeit er schon vom Hof des Iskatoksi aus geleistet haben mußte, wo er doch häufig den halben Tag mit ihr zusammen gewesen war und in scheinbarer Ruhe alle möglichen Fragen diskutiert hatte. Denn das Rebellenheer, das sich jetzt hier und an anderen Treffpunkten versammelte, konnte ja wieder nur ein Teil der Aufstandsbewegung sein; in den Siedlungen der Paksi in den Bergmassiven der Wüste würden sich ähnliche Mobilisierungen abspielen, dort selbstverständlich illegal. Auch sie mußten koordiniert werden, und das bei diesem primitiven Stand der Kommunikation!

Kisa begrüßte sie. „Weißt du, wer das ist, der dich hergebracht hat?" fragte er.

Raja betrachtete den Pak genauer, aber sie konnte nichts Besonderes entdecken.

„Es ist Oki, der euch zuerst gefunden hat", sagte Kisa.

Tatsächlich, jetzt bemerkte Raja die fehlende Hand und den Flicken, der ihnen den ersten entscheidenden Aufschluß gegeben hatte.

„Du bringst wichtige Neuigkeiten?" fragte Kisa.

Raja konzentrierte sich. Natürlich, Kisas Zeit war jetzt sehr bemessen. „Wir müßten sie allein besprechen", sagte sie.

Kisa machte eine Handbewegung, und um sie herum bildete sich ein leerer Kreis.

„Das Heer des Iskatoksi ist umgekehrt und marschiert in Richtung Süden", berichtete Raja.

„Er ist nicht über die Kolonie hergefallen?' fragte Kisa erstaunt.

„Zwischen den Salzseen und dem Gebirge", erklärte Raja, „haben sich weitere Salzsümpfe gebildet, er konnte sie mit dem Heer nicht überwinden."

Kisa machte eine Gebärde der Bewunderung, die wohl ausdrücken sollte, daß er ahnte, die Sümpfe seien nicht von allein entstanden. „Das ändert vieles", sagte er dann, und diesmal drückten seine Gesten Sorge aus. „Wo sind sie jetzt? Können wir vor ihnen den Hof erreichen?"

„Kaum", sagte Raja, die sich die Karte vergegenwärtigte und übrigens die gleiche Überlegung auch schon angestellt hatte. „Ich glaube auch gar nicht, daß er zum Hof zurückkehrt", fuhr sie fort, „das ist nämlich nicht die einzige Neuigkeit, die ich mitgebracht habe."

„Sondern?" fragte Kisa.

Plötzlich waren Raja die letzten Ereignisse unangenehm. Es war peinlich, zuzugeben, daß den Menschen so etwas unterlaufen konnte wie Itos Verrat, noch dazu, wo Kisa und auch der Götterbote vor Ito gewarnt hatten.

„Er marschiert jetzt in Richtung auf unser Raumschiff, aber ich nehme an, er wird kurz vorher abbiegen in Richtung auf die Götterburg."

„Wieso?"

„Ito ist nicht bei euch erschienen?" fragte Raja dagegen.

„Ito, nein. Ito!" Kisa war äußerst beunruhigt.

„Wir haben das verlorene Wort gefunden. Ito hat durch Zufall alles erfahren und uns verlassen. Wir nehmen an, er wird den Iskatoksi aufsuchen, und der wird zur Götterburg marschieren, um sie selbst zu betreten."

„Das verlorene Wort – das gibt es wirklich?"

„Ja, es ist nur kein Wort in eigentlichem Sinne, sondern ein Zeichen mit einem solchen Gerät hier." Sie zeigte auf ihren Strahler.

„Dann gib mir das Gerät und sage mir das Zeichen!" forderte Kisa.

Raja schüttelte den Kopf. Es lag ihr daran, Kisa verständlich zu machen, daß die Zeit für die Paksi noch nicht gekommen sei. Aber wie sollte sie ihm verständlich machen, daß jeder Paksi und überhaupt jeder Angehörige einer Klassengesellschaft in dieser Kuppel mit ihrem anscheinend unbegrenzten Wunscherfüllungs- und Anpassungsmechanismus sich selbst verlieren würde? Sie mußte, um die Wahrheit zu sagen, lügen, das heißt, sie mußte in der Begriffswelt bleiben, die Kisa zugänglich und verständlich war.

„Wir haben mit den alten Göttern gesprochen", sagte sie. „Selbst wir haben sie nicht völlig verstanden, aber soviel wurde klar: Es ist zu eurem Schutz, wenn sie euch nicht zu sich lassen. Erst wenn ihr so weit seid, daß ihr selbst solche Geräte bauen könnt", sie wies erneut auf den Strahler, „erst dann ist eure Zeit gekommen."

„Und wenn Iskatoksi zu ihnen geht?" fragte Kisa.

„Wird er vernichtet."

Kisa dachte lange nach, ging auf und ab, und Raja entnahm seinen Bewegungen, daß sich etwas in ihm veränderte. Dann blieb er stehen.

„Gib mir trotzdem das Gerät und das Zeichen!" befahl er, diesmal hatte seine Gestik etwas Drohendes, das Raja befremdete. Sollte er, seinem Machtstreben zuliebe, ihre Freundschaft opfern wollen? Raja versuchte ihn zu verstehen. Als Exponent einer gesellschaftlichen Bewegung hatte er nicht für sich zu entscheiden und nach seinen persönlichen Bindungen zu fragen, und damit begriff Raja, daß er notfalls sogar versuchen würde, Gewalt gegen sie anzuwenden. Sie mußte ihm nun auch den Rest mitteilen.

„Das wäre zwecklos", sagte sie. „Das Wort wurde geändert."

Kisa sah sie lange an. „Und das neue Wort kennt auch ihr nicht?" fragte er dann.

„Nein", erwiderte Raja und wunderte sich, daß man ihrer Stimme nicht anhörte, wie sehr sich alles in ihr verkrampfte bei dieser ersten Lüge ihres Lebens.

„Die Fremden haben immer wahr gesprochen", sagte Kisa nach einer längeren Pause, „ich glaube dir."

Raja fühlte einen Stich im Herzen.

„Und auch ich will dir die Wahrheit sagen", fuhr Kisa fort. „Ich bin froh, daß ich nicht Gewalt anwenden muß gegen dich."

Raja hatte das Gefühl, daß alles in ihr nach oben drängte, zum Mund, daß die Wahrheit mit Macht hinauswollte, und sie beherrschte sich nur mit Mühe. Dabei spürte sie, wie sie innerlich von Kisa abrückte, wie die freundliche Vertrautheit schwand. Raja wollte sich dagegen wehren, schließlich hatte sie diese Situation selbst heraufbeschworen, wenn auch durch die Umstände dazu gezwungen. Dann jedoch sagte sie sich, daß ihre

Freundschaft zu Kisa vielleicht ebenso verkrampft war wie vorher ihr Ekel, und sie wurde ruhiger. Eins blieb ihr jedoch: ein tiefer Respekt vor dem Revolutionär Kisa.

Einem Menschen wäre sicherlich aufgefallen, was in ihr vorging, Kisa jedoch schien den menschlichen Gesichtsausdruck noch nicht genau beurteilen zu können. Er winkte, und Oki, sein Adjutant, kam herbei.

„Der Iskatoksi marschiert zur Götterburg", sagte Kisa, „wir könnten ihn beim Flußübergang angreifen, aber dann würden wir unsere Freunde im Heer zwingen, gegen uns zu kämpfen. Besser ist, wir marschieren auch dorthin, aber durch den Wald. Ich glaube, die Aufstände in den Siedlungen können stattfinden wie geplant, überrechne das noch einmal. Das Heer ist jetzt – wo?" Er wandte sich zu Raja.

Raja hatte geschwitzt, sie fühlte sich klebrig und widerwärtig am ganzen Leibe, aber diese sachliche Auskunft zu geben beruhigte sie.

„Und du kehrst zu den Deinen zurück und verläßt uns?" fragte Kisa, als Oki gegangen war.

„Ich bleibe bei dir, wenn du zur Götterburg marschierst", sagte Raja.

Zwei Tage später überquerte das Heer des Iskatoksi den Fluß und nahm zwischen Fluß und Kuppel Aufstellung. Aus dem Waldrand traten die ersten Reihen des Rebellenheeres hervor und machten ebenfalls halt. Eine Pause voller Spannungen entstand.

Die Raumschiffbesatzung, bis auf Raja, beobachtete die Ereignisse von oben, aus dem Schweber. Lange hatten sie debattiert, alle möglichen Varianten durchgespielt – und waren doch zu dem Ergebnis gekommen, daß sich die Ereignisse kaum vorhersehen ließen. Zuwenig wußten sie von den verborgenen gesellschaftlichen Vorgängen bei den Paksi, zuwenig über die Stärke von Kisas Bewegung, über Traditionen und Bräuche, über all das, was die Entschlüsse der beiden Seiten beeinflussen konnte.

So waren sie sich nur über eins einig geworden: alles einzusetzen, damit kein einziger Paksi, sei er fortschrittlich oder reaktionär, an den Folgen des menschlichen Eingreifens sterben müsse.

In dieser Situation hatte sich auch Hellen entschlossen, das Raumschiff zu verlassen und mitzukommen. Es sprach ja nichts dagegen, denn das Raumschiff schützte sich selbst. Über alle logischen Argumente hinweg spürte sie, wie dieser Strudel sie immer tiefer in sich hineinzog. Hier mußten Entscheidungen fallen, und der Rat einer Kommandantin würde gebraucht werden. Die Raumfahrer konnten rein äußerlich eine Menge tun. Sie konnten die Gravitation benutzen und Trennwände errichten, die verhinderten, daß die Heere aufeinanderstießen, und vieles andere. Aber in keinem Fall waren sie in der Lage, die Folgen vorherzusehen, schon kaum die unmittelbaren und erst recht nicht die, die für den gesamten gesellschaftlichen Entwicklungsprozeß entstünden.

Zwischen den beiden Heeren lag ein freier Raum von etwa fünfhundert Metern, seitlich davon die Kuppel. Und in diesen freien Raum, aber natürlich außerhalb des Öffnungskorridors der Kuppel, trat nun eine weitere Gruppe aus dem Wald heraus: der Götterbote mit mehreren Begleitern, die wie er dunkel und ohne Folie waren.

Der Götterbote winkte. Von der Waldseite her näherten sich Kisa und Raja, die ihn begleitete, von der Flußseite her der Iskatoksi, und neben ihm — ja, das war Ito.

Es wurde lange und ausgiebig verhandelt. Man schlug dem Iskatoksi vor, er solle abdanken, berichtete ihm von den Aufständen und machte ehrenhafte Bedingungen. Er aber lehnte alles ab. Offenbar verließ er sich auf das verlorene Wort und den Strahler, den er sichtbar trug.

Da ordnete Hellen an, Raja solle ihm sagen, daß das Wort geändert sei.

Raja trat vor ihn hin. „Der Iskatoksi weiß", sagte sie, „daß die Fremden die Wahrheit sprechen. Der Iskatoksi möge wohl erwägen, was sie ihm jetzt sagen. Er baut darauf, daß er das verlorene Wort kennt. Aber das Wort wurde geändert. Es ist sein Tod, wenn er die alten Götter versucht!"

Der Iskatoksi würdigte sie keiner Antwort. Nur seine Hände lachten — lachten grob und höhnisch. Dann drehte er sich um und schritt auf die Kuppel zu.

Hellen gab ein Zeichen. Juri, Tondo und Utta legten die Hände auf die Steuerung der Gravimodulatoren.

Noch zehn Schritte vielleicht.

Hellen sah Ming an, aber der senkte die Augen. Nein, von ihm konnte sie keine Hilfe bei dieser Entscheidung erwarten, hier war er überfordert.

Da ging, wenn sie nicht eingriffen, ein gesellschaftliches Wesen in den Tod, man könnte sagen, durch eigene Schuld, aber das wäre nicht wahr. Dieses Wesen war in seinen historischen Vorstellungen befangen und übersah nicht die Zusammenhänge. Schuld waren die Menschen, wenn es geschah. Und wenn es nicht geschah, wenn sie ihn daran hinderten? Sie waren sich einig gewesen, daß sie dies oder ähnliches würden verhindern müssen, aber in diesem Augenblick erkannte Hellen, daß ihre Einigkeit in dieser Frage zwar ihrer Moral entsprach, aber nicht der der Paksi.

Noch fünf Schritte.

Und wenn sie ihn hinderten, ihm den Weg verlegten? Würden dann die beiden Heere übereinander herfallen? Oder nicht? Wer konnte das sagen. Eine Entscheidung mußte gefällt werden, deren Folgen nicht absehbar waren, die man nicht durch ausreichende Information vorbereitet hatte und mit der man so oder so eine schwere moralische Schuld auf sich lud, eben die Entscheidung, die Hellen die ganze Zeit über schon geahnt und gefürchtet hatte. Und sie konnte sie niemand anderem überlassen, nicht Tondo, der vielleicht vom Gesellschaftlichen mehr verstand, aber viel zu jung war, nicht Juri, Utta, Raja und leider auch nicht Ming. Es war ihre Entscheidung, mit der und deren Folgen sie würde leben müssen.

Noch zwei Schritte.

Tondo hob unruhig den Kopf.

Ein gesellschaftliches Wesen. Zwei Heere. Hellen trat an das Pult. Sie war die einzige, die sich jetzt bewegte. Langsam, mühevoll hob sie die Hand und — schaltete die Gravigeneratoren ab.

Alle Köpfe fuhren ruckartig zu ihr herum und drehten sich dann langsam wieder zu den Bildschirmen zurück.

Der Iskatoksi trat einen weiteren Schritt vor.

Der Eingang der Kuppel begann sich zu öffnen.

Noch einen Schritt, noch einen.

Ein heller Strahl, der Iskatoksi krümmte sich, und dann explodierte etwas an ihm, wohl der Strahler, den er in der Hand gehalten und betätigt hatte.

Hundert Schritte davon entfernt nahm der Götterbote den Arm Kisas und hielt ihn hoch empor — eine einfache und verständliche Geste.

Hellen blieb nach dem Start aus der Parkbahn am Bildschirm, bis die optische Wiedergabe des Planeten erlosch.

„Es war richtig", sagte Tondo, der neben ihr geblieben war.

„Aber das konnte ich nicht wissen", sagte Hellen.

„Du hast doch vorausgesehen, daß es so und nicht anders kommt!" sagte Tondo. „Das habe ich doch sogar gewußt. Oder würde es gewußt haben, wenn ich gründlicher nachgedacht hätte."

Hellen schüttelte den Kopf. „Richtig ist solch eine Entscheidung immer erst hinterher. Vorher kannst du dich höchstens fragen, ob sie menschlich ist." Sie lächelte. „Wußte die ‚Cotopaxi'-Besatzung etwa genau, was mit ihren Geschöpfen geschehen würde?" Und dann fügte sie mit dem Blick auf die eigene Zukunft hinzu: „Weiß denn ein Erzieher immer genau, ob er richtig entscheidet? Kommt es nicht mehr darauf an, daß er das menschlich tut?"